W0387701

LÀ-HAUT

Pierre Schœndœrffer est né en 1928 à Chamalières (Puy-de-Dôme). Après son échec à l'examen théorique de lieutenant au long cours de l'École nationale de la Marine marchande, il s'embarque comme novice puis « matelot léger » sur un caboteur suédois (Baltique et mer du Nord, 1947-1948). Engagé volontaire dans le corps expéditionnaire d'Indochine en 1951, détaché aux services d'information, correspondant de guerre cinéaste, il est fait prisonnier le 7 mai 1954 à Dien Bien Phu (quatre mois chez les Viets) et décoré de la Médaille militaire. Rendu à la vie civile, il devient reporter photographe, caméraman et réalisateur de films : La Passe du diable *(1957, Prix Pellman et Prix de la ville de Berlin),* Ramuntcho *(1958),* Pêcheur d'Islande *(1959). Le Prix du meilleur scénario au festival de Cannes 1964 est décerné au film qu'il a réalisé d'après son premier roman :* La 317e Section *(1963, Prix de l'Académie de Bretagne). En 1967,* La Section Anderson *lui vaut une célébrité mondiale et l'Oscar du documentaire à Hollywood. Suivront d'autres reportages et courts métrages pour la télévision.*
Son second roman L'Adieu au roi *(1969) a obtenu le Prix Interallié. Son troisième* Le Crabe-Tambour *a reçu le Grand Prix du roman de l'Académie française (1976).*

Qui est Henri Lanvern ? Peut-être faudrait-il dire : qui *était* Lanvern... Car depuis ce soir de juin 78 où, lors du tournage d'un film qu'il devait signer, le cinéaste a annoncé à son équipe qu'il partait le lendemain vers le Laos chercher un ami de longue date, ancien d'Indochine comme lui, nul ne l'a revu, n'a recueilli le moindre écho de sa vie.
Au devant de qui, au juste, se portait Lanvern ? De son frère d'armes Cao Ba Ky. Mais dans quelles circonstances, quelles conditions — et pourquoi ce silence ? S'agirait-il d'un meurtre longuement prémédité ou d'un kidnapping des nouveaux maîtres du Vietnam ? Ou encore — à l'inverse — d'une fuite ? Autant de questions qui jalonnent une recherche singulièrement chargée d'ombres et de brumes.

(Suite au verso.)

Mais c'est une femme qui mène l'enquête, et ce que femme veut... L'un après l'autre, le Producteur, le colonel du S.D.E.G.E., le monteur, le prêtre breton qui a connu et confessé Lanvern enfant finiront par livrer leur part de vérité de cette histoire dont la clé fondamentale, bien avant la découverte finale, pourrait avoir pour définition cette observation simple et superbe : « Un seul type bien, vraiment bien, et ça change tout. Un seul ! »
Une histoire haletante, parfois énigmatique, parfois bouleversante, et constamment prenante par le poids de vérité humaine qu'elle impose dans le parcours de ce labyrinthe.

ŒUVRES DE PIERRE SCHOENDOERFFER

Dans Le Livre de Poche :

L'ADIEU AU ROI.
LE CRABE-TAMBOUR.

PIERRE SCHOENDOERFFER

Là-haut

GRASSET

© Éditions Grasset & Fasquelle, 1981.
Tous droits de reproduction, de traduction et d'adaptation
réservés pour tous pays.

Pour Amélie-Victoire (Dame Langouste).

A la mémoire du général Phan Van Phu
qui fut capitaine là-haut.

LE DÉTONATEUR

« Il était une fois... »
Les Contes de ma mère l'Oye.

JE choisis le fait qui, je pense, a déclenché toute l'affaire.

Un fait strident, une sonnerie de téléphone ! Le 15 mai 1978, vers 10 h 30. Dans les bureaux de la Production du Rayon Vert.

« "Dites-lui que c'est de la part du colonel Dubail..." Bête et discipliné, j'ai fait basculer la communication dans le bureau du producteur qui s'engueulait avec Lanvern. »

LE PRODUCTEUR

« Pourquoi m'as-tu fait ça ?... Pourquoi m'as-tu trompé ? »

JACOB,
Genèse, XXIX, 25.

LA Production du Rayon Vert.

Un hall couvert d'affiches de films. Une secrétaire me fait patienter — le temps de m'annoncer.

Le producteur est assis derrière un immense bureau Directoire encombré de papiers, de documents, de téléphones. Un homme corpulent, au visage lourd, au teint blafard, au cheveu rare ; des lunettes de myope à verres épais lui donnent un regard de poisson. Il me désigne un fauteuil et en vient tout de suite au fait.

« Je n'ai plus très envie de parler de cet individu, j'ai déjà dit tout ce que j'en pensais aux journalistes ; Lanvern a commis ce qu'on appelle une « faute professionnelle grave », et une saloperie envers moi. Je souhaite qu'ils le libèrent un jour, parce que je ne suis pas méchant. J'ai tourné la page. Je prépare d'autres films. »

Son air bonhomme tempère un peu la brutalité de ses paroles. Il est plus tendre qu'il veut en avoir l'air. Je lui confirme ce que je lui ai déjà dit en prenant rendez-vous.

(Moi) « J'essaie de savoir exactement ce qui s'est passé pour... »

Il me coupe.

« C'est très simple ! Un soir, au beau milieu du tournage, il a réuni les acteurs, le Japonais, Assenforder, le chef opérateur et je ne sais qui encore et leur a déclaré tranquillement qu'il partait le lendemain matin vers le Laos rechercher un de ses vieux copains. Et le lendemain il est parti, laissant tout en plan... Comme vous le savez il n'est jamais revenu. On a réussi à terminer sans lui. »

Je lui demande si ça ne l'ennuie pas que j'enregistre notre conversation pour n'avoir pas à prendre de notes.

« Si vous voulez, mais je ne vois rien d'autre à vous dire. »

(Moi) « Il a reçu un coup de téléphone d'un colonel, ici, le 15 mai. Vous étiez avec lui. Que s'est-il passé ? »

« Oui... on dit qu'il est du S.D.E.C.E... Vous avez lu les journaux. Ils ont démenti lui avoir confié une mission. Allez savoir ?... Moi je suis comme saint Thomas, je ne crois qu'à ce que je vois et que je peux toucher : Lanvern a été arrêté au Laos, accusé d'espionnage ; je ne sais rien d'autre. »

(Moi) « C'est seulement ce que vous avez vu et entendu qui m'intéresse. J'essaie de reconstituer ce qui est arrivé. C'est comme un puzzle, j'ai besoin de tous les détails. Vous aviez alors des problèmes avec votre vedette, je crois ? Comment était Lanvern, ce jour-là ? »

Il se carre dans son fauteuil et m'examine attentivement. J'ai l'impression qu'il hésite. Il regarde sa montre.

« Tous les détails, hein ? Ça risque d'être long ! »

Il m'observe, toujours hésitant.

« Si je comprends bien, vous allez interroger tout

le monde, tous ceux qui étaient avec lui, là-haut... Assen, et les autres, les acteurs ? »

(Moi) « Oui, c'est ça. »

« Le colonel aussi ? »

(Moi) « Oui. »

Ses gros yeux me surveillent. Il a un sourire désabusé.

« Ils vous diront ce qu'ils veulent bien... beaucoup de gens mentent, vous savez, c'est la nature humaine. »

(Moi) « Peut-être, mais tous ne mentiront pas sur les mêmes choses. Je pourrai recouper. »

Il a un grand rire, un peu forcé.

« Vous êtes redoutable. »

De nouveau il regarde sa montre d'un geste machinal. Je lis dans ses yeux qu'il a pris sa décision. Par l'interphone, il demande à sa secrétaire de n'être pas dérangé. Il se lève, prend une bouteille de whisky, deux verres, du Perrier, de la glace dans une armoire et m'apporte à boire sans me demander mon avis, puis il retourne à son bureau, s'installe confortablement, boit une gorgée et allume une cigarette. Il se concentre.

« Ça m'ennuie de repenser à tout ça. »

Il boit, il tire sur sa cigarette, il me regarde.

« Vous me laisserez lire votre rapport, quand il sera fini ?... Moi aussi j'aimerais bien savoir... »

Je hoche la tête sans trop m'engager. Il ferme les yeux un instant, paraît chercher dans ses souvenirs.

« Il était là, dans votre fauteuil... tassé, les épaules remontées, le front en avant... son regard gris venant d'en dessous, comme s'il allait charger — mauvais, buté, muet. Il a un sale caractère quand il veut, celui-là !... J'étais furieux contre lui. J'avais toutes les raisons de l'être. Cent millions en l'air si on ne récupérait pas la vedette du film...

Pour vous résumer la situation, son contrat était prêt, tout le monde était d'accord, il ne restait plus qu'à signer... Et puis... Je ne sais pas ce que cet imbécile de Lanvern a pu faire ou dire... Je reçois un coup de fil de l'imprésario, mielleux mais ferme : « On ne tourne plus. Imcompatibilité « d'humeur avec votre metteur en scène. » Un divorce ! Et qui risquait de me coûter une fortune ! Lanvern ne disait rien, il avait pris sa tête de Breton. J'essayais de comprendre : « Vous lui avez « fait peur avec vos histoires de jungle, hein ? tir « à balles réelles et autres bêtises ! Vous n'avez pas « de psychologie. » Il fallait absolument que cet imbécile explique à tout le monde que le film serait très dur !... Autant parler à une pierre. Et ils devaient partir là-haut ensemble dans quinze jours ! au fin fond de la Thaïlande ! »

Le producteur vide son verre.

« Je ne sais pas si vous connaissez les mécanismes de la production en France ?... Je vais vous expliquer, c'est très simple : le film était à gros budget — très gros budget ! Il n'y a guère que quatre ou cinq vedettes françaises qui permettent de trouver le financement d'un budget de cette taille. On avait la nôtre... et puis tout à coup, on ne l'avait plus. A cause de cette mauvaise tête de Breton ! Notez bien, j'avais des moyens de pression sur l'imprésario — j'avais vu ça avec mes avocats — son affaire était indéfendable, mais il fallait aussi que Lanvern aille réparer la casse, lui-même, parce que les acteurs ont leur caractère. Il y en a qui préféreraient se ruiner que de perdre la face. Je l'ai dit à Lanvern : « Allez le voir, à quatre « pattes s'il le faut, les mains jointes, en chemise, « la corde au cou. Emmenez-le dans un restaurant « russe, caviar, vodka, violons ; c'est très bon pour « les acteurs, ils n'y résistent pas. » Je sais qu'il m'écoutait — je le connais mieux que n'importe qui, j'ai fait cinq films avec lui ! Pour m'énerver il chantonnait une de ces sinistres complaintes de marins bretons :

J'ai encore un p'tit frère qui dort dans son berceau
Je t'en supplie, ma mère, n'en fais pas un matelot.

« On travaille vraiment avec des gens impossibles ! »

Le producteur contemple son verre vide. Il prend la bouteille, se verse une bonne rasade et ajoute un peu de glace. Il boit une gorgée avant de continuer.

« C'est alors que le grouillot m'a passé la communication. Je ne savais pas que c'était une deuxième bombe qui me tombait sur la tête. Et quelle bombe ! à retardement peut-être, mais... J'aurais dû raccrocher... : « C'est pour vous : un colonel ! » Lanvern s'est levé. Il m'a dit : « Prenez n'importe qui, du « plus con je ferai un roi. » Je me suis cramponné au combiné : « Ne dites pas de bêtises, ça sera lui « ou rien. » Il a rigolé : « Bien sûr ! c'était pour « vous asticoter. » J'en avais bien besoin !... Il a discuté avec son colonel, tranquillement. Je n'ai pas écouté. Quand il a raccroché, il m'a dit : « Je « pars, j'en ai pour deux heures. Arrangez un « rendez-vous avec notre roi pour ce soir, dans « votre bistrot russe. Je monterai en ligne. » Et il est sorti. »

Encore une gorgée. Ses gros yeux sont humides.

« Dans la nuit, il m'a appelé : « C'est réglé, grâce « à la Sainte Russie. » Sa voix était tout à fait sobre, mais pas joyeuse du tout. J'entendais les tsiganes piailler derrière. Le lendemain, je l'ai revu au bureau. Toujours sa tête des mauvais jours. Il n'a rien expliqué, mais l'imprésario avait confirmé... Je pense que l'histoire avec son colonel le préoccupait. Je ne savais pas, je ne pouvais pas l'aider. Je crois qu'il hésitait à m'en parler... vous savez, nous étions quand même très liés, tous les deux ; c'est moi qui lui ai fait faire son premier film. C'est un ami... J'ai insisté pour savoir ce qui s'était passé dans la boîte russe. Il a grogné... Excusez-moi, c'est très grossier, mais... De toute façon c'est une image... Je ne tiens pas à vous le répéter — drôle et ordurier. Il est comme ça parfois... Oui, c'était un ami... Je ne comprends pas. Pourquoi ne m'a-t-il rien dit ? On était pourtant tous deux embarqués dans le même bateau. Ce film ! »

Le producteur a une grimace triste, un geste de découragement. Il boit une nouvelle gorgée. J'ai l'impression que l'alcool le pousse à s'attendrir un peu sur lui-même.

« Quand ça ne va pas il va se réfugier tout seul dans son trou, comme un crabe. Je vais vous dire, je crois que c'est un orgueilleux... La plupart de ces metteurs en scène font trop grand cas d'eux-mêmes... ils battent l'estrade, poussent des cris et s'agitent de peur qu'on ne reconnaisse pas leur talent. Encouragés d'ailleurs par une bonne partie de la critique !... Ce ne sont pas des artistes, vous savez, tout juste des artisans, des faiseurs à façon ; il y en a qui ont un peu plus la manière que d'autres, c'est tout... Je veux bien croire que Lanvern... Encore que sa *Mort d'un capitaine* m'ait fait perdre deux cents millions au bas mot... Enfin !... Je suis trop bon avec eux. Il faudrait les tenir en laisse. Avec une bonne longueur de corde pour qu'ils aient l'illusion de la liberté, ils n'en demandent pas plus... Chez lui il y a peut-être quelque chose de différent, c'est vrai. Je sais un peu ce que la vie lui a appris... je devine... je connais des petites choses !... C'est un orgueilleux !... Avez-vous fait de l'instruction religieuse ?

Dans ma jeunesse, les bons pères nous disaient que l'orgueil était le plus terrible de tous les péchés mortels. On ne vous apprend plus ça, aujourd'hui... Un orgueilleux et un ingrat... La révolte de Satan, le prince du Matin, est crime d'ingratitude autant que d'orgueil. »

Il rit. Il enlève ses lunettes et s'essuie les yeux. Il termine son verre, se laisse aller contre le dossier de son siège et réfléchit un peu avant de reprendre :

« Il faisait une gueule impossible ce matin-là, j'aurais dû me méfier mais ça ne me préoccupait pas trop ; les semaines qui précèdent un début de tournage sont toujours très pénibles pour un metteur en scène. J'ai produit plus de cinquante films, chaque fois c'est la même histoire... Il y en a qu'il faut aller chercher chez eux, les extirper de leur lit comme des bernard-l'ermite de leur coquille... Je pourrais vous en raconter. Il y a quelques années, juste avant de tourner la *Mort d'un capitaine* — il buvait beaucoup à l'époque —, on traînait dans les bistrots, il ne voulait pas se coucher, il m'a expliqué son inquiétude avant de commencer à tourner... Il était sérieusement éméché, faut dire... A genoux dans la sciure de bois et les mégots, plaqué contre le bar, il regardait sa montre. Il braillait : « Un dernier verre de rhum, « les enfants, une dernière cigarette. Dans cinq « minutes on y va ! » Il était si convaincant que d'autres ivrognes se sont tapis derrière le bar, et que le patron nous a tendu une bouteille de whisky par-dessus le zinc — du Chivas, il ne perdait pas le nord, lui — on a bu au goulot, on se serrait les uns contre les autres. « Encore trois minutes, les « enfant, à moins d'un contrordre !... » On était dans la boue d'une tranchée, on avait mal au ventre, on avait froid — il pleuvait, l'odeur de poudre et de mort. On y était ! un vrai acteur ! Il aurait pu devenir acteur d'ailleurs. Il insistait aussi beaucoup sur les mouches, le bourdonnement des mouches!... « Encore deux minutes. Pas de « contrordre, les enfants ! » Il avait un visage tendu, et aucun des ivrognes ne rigolait plus, vous pouvez me croire... Une scène grotesque ! On était tous tapis contre le bar, comptant les secondes qui nous restaient ! « Dans cinq secondes, les enfants ! » Il a levé le bras. « Attention... EN AVANT ! » — un véritable hurlement. On s'est tous redressés comme des diables. Il s'est accoudé au comptoir, tout à fait paisible, il a allumé une cigarette. Les ivrognes étaient déçus. « Et alors ? Et la suite ? » Il les a regardés d'un air insolent en laissant tomber : « Alors ? Rien ! Maintenant faut courir « mon petit lapin. Tu tombes, ou tu y arrives ! » Comme quelques types grognaient encore, il a ajouté avant de leur tourner le dos : « Allez vous « laver, vous avez tous sué la peur. » Aucun de ces abrutis ne lui a cassé une bouteille sur la tête... On a encore pas mal bu, mais l'alcool ne lui faisait plus aucun effet. C'est à ce moment qu'il m'a expliqué : « C'est comme ça avant de tourner : « l'attente !... Parfois on voudrait tomber malade, « avoir une vraie excuse... mais on sait qu'on va y « aller. C'est une question de vie ou de mort... Bien « sûr on ressuscite, hein ! aucun film ne nous a « jamais tués tout à fait. Mais, quand même, une « question de vie ou de mort ! Chaque fois !... » Quand je vous disais que c'est un orgueilleux. Il était ivre, d'accord ! *In vino veritas !* »

Il remplit son verre et me regarde attentivement, comme s'il guettait une réaction de ma part.

« Moi je bois un peu le soir, jamais avant !... pour me détendre. Ça m'énerve de parler de ce faux jeton. »

Il repose son verre sans y avoir touché.

« Il ne boit plus du tout, depuis des années déjà, depuis la sortie de la *Mort d'un capitaine* — le film a été un échec ; ne jamais choisir un titre avec le mot « mort » dedans, croyez-moi, ce n'est pas de la superstition, mais...

« Il était allé se réfugier en Bretagne, dans son village — un crabe dans son trou — quand il est revenu, il ne buvait plus... Vous devriez aussi faire votre enquête là-bas — c'est un bon conseil — avec un peu de chance vous risquez d'apprendre pas mal de choses sur lui... Bon, ce matin-là, il faisait une gueule impossible. Il la faisait à cause de moi... Demandez à Assen, il vous le répétera ! C'est ce matin-là, dans mon bureau, qu'il a compris qu'il allait me trahir... Ne riez pas, je pèse mes mots. Trahir... Pas seulement moi... son devoir, la profession... lui-même. »

Un long silence. Il est pesamment tassé dans son fauteuil, blafard. Ses yeux humides, grossis par les verres de myope, semblent pleins de compassion.

« Sur cette terre, si on veut vivre honnêtement, si on veut avoir en son temps une mort... tolérable, il faut se cramponner à quelques notions simples... Vous êtes trop jeune, vous ne comprenez pas. Vous ne savez pas encore. La vie est dangereuse... pas seulement pour le corps, mais pour... comment dire ? pour notre intégrité morale — mes bons pères auraient dit : « notre âme »... il n'avait pas le droit, personne n'a le droit de faire ce qu'il m'a fait. »

Il a un rire, plutôt un ricanement, et change de ton.

« L'acteur, lui aussi, avait été sur le point de trahir, mais mes avocats l'ont vite fait rentrer dans le rang. Il nous avait donné son accord verbal, on lui a mis le nez dedans ! Il a bien été forcé de reconnaître... Vous savez, personne n'aime s'entendre dire : vous êtes un parjure. »

La voix est sèche, les derniers mots ont été prononcés comme une insulte.

Il pousse un soupir et boit en faisant tinter les glaçons.

« Lanvern n'était pas un histrion, une vedette, un fragile... Il avait ses faiblesses, bien sûr, comme tout un chacun... Il avait bu autrefois — beaucoup trop !... Et ce besoin de se réfugier dans son trou, seul, quand les choses vont mal !... D'autres faiblesses encore, que je ne connais sans doute pas... qu'il voulait ignorer. Qu'il soupçonnait vaguement ?... Comme si je n'avais pas moi aussi mes petites misères, mes plaies secrètes, dans ma poche, hein ? Et vous ?... Si on fouillait dans toutes les poches, on n'en finirait plus... Non ! Lanvern était solide. Je connais ce genre d'hommes. Il y en a plus qu'on ne croit. Il donnait l'impression qu'on pouvait compter sur lui dans n'importe quelle situation. Il ne cherchait pas à vous entortiller, à vous séduire. Il était abrupt... »

Il boit une longue gorgée.

« Il était... vous auriez parié qu'il était franc comme l'or. Vous auriez tout perdu ! J'ai failli tout perdre à cause de lui. Et c'était mon ami !... C'est moi qui l'ai fait ce qu'il est — ce qu'il était, plutôt ! C'est moi qui lui ai donné sa chance... Son premier film... Il y a vingt ans, non, dix-huit... Je pensais que c'était mon ami... Nous avions signé un contrat. Nous avions fait un pacte. C'était notre plus grand film, à lui et à moi... Moi aussi j'y jouais ma peau — bien sûr, on ressuscite, comme il disait, mais dans quel état ?... Je ne voudrais pas avoir l'air cynique, mais un film est d'abord une opération financière saine. Notre devoir à nous, notre honnêteté, pour employer les grands mots, c'est de produire des films qui font recette. Tout le monde est payé, tout le monde est content. Le reste ?... Le public, vous savez, il n'en demande pas tant : bien souvent il préfère retrouver ses bonnes petites habitudes. La « pâtée ronron », comme disait Lanvern !... Mais, pour ce film-là, on visait autre chose, on avait de l'ambition, on prenait des risques. On voulait... Pas seulement une œuvre d'imagination ! Il avait vécu tout ça, je crois, en tout cas quelque chose d'approchant, il connaissait !... Quitte ou double ! ça marchait ou je sautais. La roulette russe !... Je lui faisais confiance, malgré l'échec de la *Mort*... J'étais entre ses mains. Jamais il n'avait eu de tels moyens, un tel budget. J'ai dû aller chercher de l'argent jusque chez les Américains ! Près de dix ans qu'on voulait le faire, ce film — depuis la sortie du roman. On a bataillé... On avait gagné. Je lui ai donné tout ce qu'il fallait pour son affaire. Il a travaillé plus d'un an avec l'auteur sur le scénario — un beau scénario, il faut dire. Il avait le goût du grand large — c'est un Breton, un Celte — eh bien, on est allés au Japon, en Corée, à Formose, aux Philippines, en Malaisie, à... jusqu'à Bornéo — et je déteste l'avion, ça me donne des angoisses. On a passé des nuits et des nuits, et le lendemain il fallait que j'aille retrouver mes banquiers ! Je me souviens, une nuit — il n'avait pas bu, il ne buvait plus... moi par contre, il fallait bien tenir le coup, non ? Il a dit — une citation d'un livre, ou d'un film : « Il n'y a que trois « métiers pour un homme : roi, poète ou capitaine. « Vous n'êtes pas poète, je ne suis pas capitaine, « alors tous les deux on va faire un roi. »... Les banquiers ne sont pas poètes non plus, vous savez... C'est lui qui a choisi. « Voilà notre roi ! » Je vous répète, il ne buvait pas, il était excité parce qu'il avait la certitude d'avoir trouvé l'acteur qui pouvait incarner notre roi. Il y eut alors une panne d'électricité — ou une grève surprise, je ne sais plus —, le patron a allumé quelques bougies. Les gens avaient l'air sinistre et bizarre à traîner devant le bar, ils avaient tous rappliqué comme des papillons éblouis par les flammes des bougies. « Notre film doit être comme ça, un petit ver « luisant dans la nuit », a dit Lanvern. Moi j'étais plutôt préoccupé par mes soucis de financement... Un souvenir... il m'avait raconté qu'une fois il s'était collé une luciole dans le dos pour que les types qui le suivaient ne se perdent pas dans la nuit... Oui, toutes ces nuits ensemble ! Une belle aventure, côte à côte. Il a trahi tout ça... »

Un long silence, embarrassé. Il vide son verre, se redresse, son visage lourd change d'expression ; il semble furieux de s'être un peu laissé aller.

« Vous me faites parler... Vous êtes très indiscrète ! De toute façon ces choses-là ne m'intéressent plus. Je regarde l'avenir, moi... Je ne sais pas ce qui s'est passé là-haut, je n'y étais pas. C'est Assen qui m'a tout raconté... »

Un silence. Ses gros yeux sont froids, peut-être moins durs qu'il ne le voudrait. Il me regarde sans complaisance. Il a un ricanement amer, sort un classeur et l'ouvre devant lui.

« Je n'ai eu droit qu'à ça... »

Il me tend un papier jauni, plié en quatre. Je lis :

Si jamais... (Suivent quelques mots raturés, illisibles.)

Ami, je ne peux pas faire autrement. Il faut... (Deux mots biffés. Je crois lire : *y aller* ?)

C'est comme ça. Si vous étiez à ma place peut-être feriez-vous la même chose. Je vous connais.

Je suis obligé.

Pas le temps. Il faut que je parte.

Le plus gros du film est fait. Prenez Assen pour le finir. Personne d'autre. (Ces deux mots ont été soulignés.) *Il fera ça très bien.* (*Aussi bien que moi* a été rayé mais reste très lisible. Les mots *très bien* ont été rajoutés au-dessus.)

Donnez à Carlo deux mois de plus pour le montage. Ça ne sera pas de trop. Ne changez pas de musicien, on a tourné sur son thème. Vous aurez un grand film.

Adieu, ami.

Une signature (indéchiffrable).

(L'impression d'un texte griffonné rapidement. « Une dernière tentative infructueuse pour s'expliquer », me confirme la graphologue à laquelle j'ai soumis une photocopie du document : « Il s'est jeté à l'eau au début, l'écriture est mouvementée, anguleuse, avec des pressions fortes, spasmodiques, signes d'une violente émotivité. Puis, il a renoncé à tenter d'exprimer les raisons de son comportement. Il s'est repris et a contrôlé son graphisme. Le dessin complètement détendu et calme de *Adieu, ami* donne à penser que le sujet a déjà tourné le dos à son correspondant, qu'il est déjà parti en quelque sorte. »)

Le producteur a profité de ma lecture pour nous resservir à boire, malgré mes protestations.

« Un dernier ! le petit dernier... Vous avez lu ?... Plein d'orgueil ! Il ne s'excuse même pas. Il laisse tout tomber, et il me donne des ordres par-dessus le marché ! »

(Moi) « Quand il vous a écrit cette note, il était sûr de ne pas revenir. »

« Non, il leur avait dit : trois, quatre jours — là-haut. Il a laissé ce... ce chiffon de papier à Assen avant de partir pour qu'il me le remette au cas...

L'imbécile! comme si ces histoires-là pouvaient bien tourner... Je vais vous dire : je me fiche de Lanvern et de ce qui lui est arrivé ; il paie ses conneries ! Mais le film... On a eu de la chance que les Thaïlandais ne nous expulsent pas ! »

Il avale une gorgée.

« Vous comprenez maintenant que déloyauté, mensonge, trahison ne sont pas des mots excessifs. Lanvern a déserté son film — notre film ! — pour courir après un fantôme, après Dieu sait quoi ?... Un ami, a-t-il dit... Et moi, je n'étais pas son ami ? »

(Moi) « Peut-être avait-il des obligations... ? »

Il m'interrompt brutalement.

« Quelles obligations ?... Certainement il avait des obligations ! Envers moi !... Croyez-moi, ma chère enfant, il a été minable plus qu'autre chose. Il s'est pris pour ce qu'il n'était pas. Résultat : il pourrit en taule, il risque d'être fusillé, pendu, ou de crever oublié de tous, et pour rien ! Il ne faut pas essayer d'être ce qu'on n'est pas... J'ai bien cru que je serais un grand peintre, moi !... Je ne sais pas s'il n'a été qu'un pauvre type manipulé par des services secrets, ou un agent délibérément sacrifié pour quelques obscurs intérêts supérieurs ; je m'en fiche. Je sais ce qu'il m'a fait !... Et je me contente de lire les romans d'espionnage, d'en faire des films à l'occasion, je n'essaie pas de les vivre, moi ! Un metteur en scène n'est pas un aventurier, un maître à penser, un gourou. On ne lui demande pas de jouer au héros... ni au kamikaze ! On ne lui demande pas de sauver le monde... Je vais vous dire ce qu'on lui demande : faire de bons films ! Ce n'est déjà pas si facile... On ne lui demande pas de résoudre les problèmes de la vie, qu'il laisse ça aux démagogues ! On ne lui demande pas de démontrer, on lui demande de montrer... d'approcher, de tourner un peu plus près de ce secret qu'est l'homme de chair et d'os... plus de chair que d'os... de l'homme qui boit, qui mange, qui travaille, aime, souffre... et qui meurt : vous ! moi ! nous !... »

Il boit une gorgée. Sa voix s'est enflée, il est presque véhément. Il ne semble pas ivre, mais l'alcool a sans doute une part dans son exaltation.

« ... Vous savez très bien ce que vous espérez de chaque film en faisant la queue pour vos billets, hein ?... Combien de déceptions !... On attend une révélation, même vague, fugitive... « Un homme « n'est pas une nature morte, même un homme « mort », m'a dit un de mes amis peintre. C'est très vrai !... »

Il vide son verre. J'ai l'impression qu'il a un peu perdu le fil de son discours. Il reprend avec lassitude :

« Il n'avait pas le droit de tout laisser tomber... Qu'il transforme ses problèmes... ses inquiétudes, ses expériences passées, ses amours, ses amitiés perdues... sa vie en œuvre, en films... qu'il allume sa petite bougie, la nuit, sous les étoiles. Voilà ce qu'on lui demande ! voilà pourquoi on le paie !... »

L'interphone grésille. Il appuie machinalement sur le bouton.

« Un instant, qu'il attende. »

Il me jette un regard et lève les bras.

« Ma part à moi est de l'encourager, de lui donner les moyens, les bougies et les allumettes. Moi, j'avais fait ma part ! Excusez-moi... le prochain film. »

Il se penche sur l'interphone et parle à sa secrétaire.

SEPT PHOTOS

> « J'ai fait tout ce que les soldats ont coutume de faire et pour le reste j'ai fait ce que j'ai pu. »
>
> LA HIRE.

LA secrétaire du producteur m'a remis un dossier contenant, outre quelques interviews, des critiques de films et une biographie succincte sans grand intérêt, sept photographies d'Henri Lanvern.

La première, dans l'ordre chronologique, est la photocopie d'un document publié le 25 décembre 1953 dans une des pages locales du quotidien *Ouest-France*, sous le titre : « *Un de nos concitoyens à la peine et à l'honneur.* » Lanvern est un adolescent émacié, aux pommettes hautes, aux yeux enfoncés. La tête rejetée en arrière, la bouche ouverte, la pomme d'Adam saillante, il a l'air égaré, perdu. Sa main gauche étreint son épaule droite ; elle est noire du sang qui a ruisselé sur sa poitrine, qui macule jusqu'aux pieds sa tenue léopard de parachutiste. Il est soutenu et poussé par un petit soldat asiatique au visage anxieux. Derrière un arbuste à moitié calciné, un autre soldat, courbé, les genoux ployés, le fusil brandi, semble protéger leur retraite. Tout autour de hautes herbes sont en feu. Un pan de montagne brûle. Des volutes de fumée montent dans un ciel d'orage.

Une légende : « *Le caporal-chef Henri Lanvern de Saint-Guénolé (Finistère), blessé le 14 décembre au cours d'un combat sur la piste Pavie au Tonkin, en traitement à l'hôpital Lanessan de Hanoi, a été décoré de la croix de guerre vietnamienne avec étoile de bronze. La rédaction du journal lui adresse ses félicitations et des vœux de prompt rétablissement.* »

Les six autres photographies sont moins dramatiques, mais très significatives. Elles fixent les étapes de la carrière du cinéaste entre 1960 et 1978. Dix-huit ans de vie professionnelle !

Lanvern devient un homme. Son visage change imperceptiblement. Certains traits ébauchés se creusent au fil des ans, d'autres se résorbent, s'effacent. On peut constater les marques laissées par les choix, les faiblesses, les chutes, les luttes, les victoires et les défaites. On peut deviner aussi le meilleur ; l'énergie, la vie intérieure, ce qui reste de l'innocence du jeune adolescent. On sent que la vie, très complète, a passé. L'impression générale n'est pas triste.

Six instantanés, six visages immobilisés dans le mouvement au centième de seconde tout au long de cette longue route de dix-huit ans. La trajectoire n'est pas rectiligne.

La première de ces photos (1960) a été prise sur le pont d'un bateau de pêche en haute mer. Lanvern, vêtu d'un ciré luisant, les cheveux collés comme des algues sur le front, le regard intense, serre les deux poings dans l'attitude d'un lutteur.

Près de lui un opérateur barbu en bonnet de laine et une caméra, à l'arrière-plan un vol de mouettes sur fond de tempête.

Deuxième photo (1964) : un escalier monumental, des gardes républicains sabre au clair, Lanvern triomphant, en smoking (pas tout à fait à sa taille, il a dû le louer au Cor de chasse !). Il ne cache pas sa joie, il a l'air si heureux ! A sa droite une jeune femme asiatique en tunique de soie brodée. Elle aussi semble heureuse, mais son sourire est plus réservé. Autour d'eux la cohue d'une sortie de spectacle où l'on reconnaît des visages d'acteurs et d'actrices célèbres.

Troisième et quatrième photos (1967 et 1969) : des gros plans. Elles font découvrir un Lanvern moins simple, moins net, un peu empâté, comme si, vaincu, il commençait à s'abandonner à la pesanteur.

La cinquième photo (1971) rétablit les choses. Toute trace de veulerie a disparu. Seules les rides plus profondes aux coins de la bouche et un reste d'inquiétude dans le regard peuvent laisser supposer que le combat n'a pas été facile. Appuyé contre un mur de brique, les mains croisées derrière la nuque, concentré, sévère, il semble méditer sur lui-même sans complaisance.

La dernière enfin, la plus récente, date de juin 1978, en Thaïlande, pendant le tournage de son dernier film, moins d'un mois avant qu'il ne parte pour le Laos en abandonnant tout. Il a quarante-quatre ans. On dit, quand un homme a dépassé la quarantaine, qu'il est responsable de sa tête. Sur cette photo Lanvern donne le sentiment de la force tranquille. Il sourit légèrement et ses yeux un peu rapprochés, très enfoncés n'expriment plus aucune inquiétude mais une assurance sereine mêlée d'une pointe de malice ou d'insolence, comme s'il venait de jouer un bon tour. Vêtu d'un tricot de marin serrant le torse et d'un pantalon de toile noire, debout, il a le bras levé, la main tendue paume en avant, doigts écartés, en un geste de salut ou d'adieu. Il se tient à coté d'un indigène de type mongol couvert de colliers d'argent, sur une crête, dans les hautes herbes couchées par le vent. Il a plu. Au loin les collines de jungle émergent de la brume sous un ciel sombre, épais, où il y a çà et là des déchirures qui laissent passer en éventail les rayons d'un soleil dur. C'est très beau.

Sept photos.

Les hommes de certaines tribus primitives n'acceptent pas qu'on les photographie de peur qu'à chaque image un peu de leur âme ne leur soit volé. Y a-t-il dans ces sept photos, dans ces sept regards, un peu de l'âme capturée de Henri Lanvern ? Y a-t-il là, inscrit quelque part, caché dans ces noirs, ces gris et ces blancs, une indication, un signe, quelque chose qui permettrait d'éclairer le comportement apparemment inexplicable du cinéaste ?

Je ne sais pas. Sans doute. Je regarde ces sept visages avec une loupe et je suis incapable de rien découvrir.

LE ROI DE GOUTTIÈRE

« Avec le talent, on fait ce qu'on veut ; avec le génie on fait ce qu'on peut. »

OSCAR WILDE.

UNE grande maison avec jardin de la banlieue ouest de Paris ; une sorte de phalanstère où des jeunes gens, des jeunes femmes, trois ou quatre chiens bâtards, deux enfants braillards et quelques chats vont, viennent, boivent, mangent, rient, se chamaillent en un étonnant désordre. Il n'y a aucune hiérarchie apparente, je n'ai pu découvrir qui vivait avec qui et le rôle respectif des uns et des autres. Un garçon de vingt-huit/trente ans domine cependant — non point qu'il donne des ordres — par une évidente présence. On sent immédiatement qu'il est le centre, le noyau de ce chaos démocratique, que sans lui tous se disperseraient.

On comprend que Lanvern l'ait choisi ; il est roi, entouré de sa modeste cour. Une masse de quatre-vingts kilos qui s'envole tout à coup comme le danseur Barichnikoff. Une joie physique qui éclate comme un rire. Il n'est pas vraiment beau, plutôt fruste ; des cheveux raides, un menton puissant, un nez trop fort, des mains énormes. Un regard bleu, tour à tour d'une clarté transparente ou d'une étrange intensité — impression fugitive d'un chat tapi derrière une vitre, qui guette, observant tout, les nuages derrière la fenêtre, les chiens, ses amis, moi, tout ce qui bouge — puis la transparence revient... « *Mer immense où fuyaient des galères* », comme dit le poète.

Il m'entraîne dans son bureau, une grande pièce donnant sur le jardin, éclairée en partie par de hautes fenêtres et par une lampe sur pied ; des livres, des manuscrits en désordre partout, un buste de Molière en stuc, des photos de scène, une maquette de voilier sur une table qui se perdra dans une ombre indistincte à mesure que la soirée avancera. Il a l'habitude des interviews, mon magnétophone ne l'intimide pas. Il s'installe confortablement et hurle à la cantonade : « Du thé, apporte-nous du thé — celui que j'ai ramené de Bangkok — et après foutez-moi la paix, je travaille ! »

Il parlera facilement, surtout de lui-même, en observant mes réactions, et j'ai eu l'impression parfois qu'il me jouait la comédie ; ce qui l'intéressait n'était pas tant ce qu'il me disait que l'effet produit sur moi par ses confidences. Il me semble néanmoins qu'on perçoit dans son monologue une sorte de fascination exercée par Lanvern.

En partant, à la porte, il conclura : « Je suis trop bon comédien pour jouer un personnage aussi ennuyeux que moi-même. » Je pense que ces quelques mots donnent le ton et les limites de son témoignage. Au cours de la transcription de la bande magnétique j'ai supprimé mes questions et mes interventions, elles ne me semblaient pas nécessaires.

« Je n'avais plus envie de faire son film, une part de moi-même n'en avait plus envie. Nous sommes tous schizophrènes, mais nous, les comédiens, nous le sommes un peu plus que vous. Ha! ha! ha! J'ai eu la frousse... Oh! pas des conditions horribles de tournage dont il m'avait parlé; la jungle, les sangsues, la pluie, tout ça, non! je jouerais dans une cave pleine de rats et de serpents s'il le fallait. J'ai eu peur de lui... Vous savez, quand on commence un film — surtout celui-là — on sait qu'on ne sera plus tout à fait le même à la sortie. On aura changé un peu, définitivement. Tout ce qu'on fait vous marque, définitivement. Cette cigarette que j'allume va me marquer... Seulement c'est infinitésimal, ça ne compte pas — à la fin de ma vie je paierai l'addition, c'est tout!

« Tourner un film, entrer dans la peau d'un autre et vivre, nous change. Tous mes films m'ont changé, mais je savais que celui-là... C'est juste et bien, c'est la vie même, tout change, tout le temps... Pour nous, dans certains cas, dans certains rôles, ce n'est pas un changement, c'est... c'est une intoxication... On dit que les caméléons finissent par crever si on les met trop longtemps sur des plaques de couleurs trop violentes et trop contrastées...

« Oui, c'est un métier dangereux : on réveille de vieux démons, là, juste sous la surface, on les accueille... attention, il faut bien les surveiller, leur taper sur la tête à l'occasion !... Rien de ce qui est humain ne nous est étranger, ha! ha! Il y a beaucoup de choses inhumaines dans un homme. Il faut des mois pour retrouver un nouvel équilibre qui vous permette de vivre... Il y en a que ça conduit tout droit à l'alcoolisme, ou dans un asile d'aliénés.

« Nous n'allons pas pleurer là-dessus, c'est notre

métier, nous l'avons choisi !... Lanvern a une théorie, que je crois juste. Il m'a expliqué ça, là-haut, une nuit, dans la case du chef de village, avant le tournage ; on était seuls tous les deux... Une nuit d'orage, au début de la mousson... On était bien à l'abri, au chaud, devant le feu... Bref, il dit que les comédiens dans leurs rôles donnent une illustration parfaite de la condition de l'homme sur cette terre. Le destin est là, écrit — le scénario — et le comédien ne peut que s'en accommoder. Celui-ci va mourir, celui-là va aimer, celui-là encore va tuer... Comme dans la vie on dit des choses qu'on ne voudrait pas dire, on fait des choses qu'on ne voudrait pas faire. Rares sont les rôles qui vous vont comme un gant, vous savez, la plupart du temps on est un peu mal dans sa peau, comme tout homme dans la vie. Il dit que seul un grand comédien — comme certains hommes dans la vie — a le pouvoir d'infléchir un destin trop médiocre — un scénario despotique —, donner plus qu'il n'a reçu en partage, suggérer autre chose, briser le masque étroit, faire scintiller les perles dans l'auge des cochons... Comme ces miroirs des contes de fées qui un bref instant cessent de renvoyer notre reflet pour laisser entrevoir l'inaccessible !... Et même dans la chute faire ressentir à tous les hommes, avec une conviction irréfutable, cette nostalgie, cette soif de vérité, de justice et de beauté qui est gravée dans nos gènes. Point final !... Vous pouvez rire... Il n'a pas peur des grands mots... Moi non plus ; un comédien n'en a pas peur, il les aime. Au commencement était le Verbe... L'homo sapiens — ou l'homme de Cro-Magnon, ou de Néanderthal, je ne sais plus lequel — a découvert les mots avec le feu. Le jour il poussait des cris, des grognements de bête pour coordonner la chasse du clan, mais le soir, dans sa caverne, à l'abri, au chaud, éclairé par les flammes, il inventait les mots. Pas pour dire j'ai faim, j'ai soif, file-moi une cigarette ! Non ! Pour dire... le reste, je ne sais pas... ce qu'essaient de nous dire tous les grands livres, sans jamais y parvenir tout à fait... Et avec les mots il y a eu le premier comédien.

« Nous, comédiens, nous disons les mots que vous n'osez plus dire, nous interpellons directement Dieu, la Gloire, l'Amour, la Mort, surtout la Mort ! ha ! ha ! »

Il était assis devant moi, bien sage, une grosse bête au repos, et le voilà qui se lève, qui sort du cône de lumière tombée de l'abat-jour pour entrer dans l'ombre. Sa haute silhouette semble planer, il inquiète un peu. Le ton de sa voix change aussi.

« ... *Meurs, meurs, brève lueur !*
La vie n'est rien qu'une ombre errante,
un pauvre comédien
qui se pavane et gesticule une heure sur scène,
et se tait à jamais ; c'est un conte
dit par un idiot, plein de bruit et de fureur,
qui ne signifie rien. »

La démonstration est parfaite. Elle n'est pas terminée. Il réapparaît soudain dans le cône de lumière, l'index de sa main droite pointé sur moi comme le canon d'un gros revolver.

« Si j'étais une femme je voudrais jouer Lady Macbeth :

Toujours cette odeur de sang !... »

Sa main, son énorme battoir, s'ouvre et se retourne, il la regarde avec horreur.

« *Tous les parfums de l'Arabie ne purifieront pas cette petite main...* »

Il se laisse tomber dans son fauteuil et de nouveau j'assiste à une métamorphose.

« Ne vous inquiétez pas, je répète. Dans huit

jours on donne *Macbeth* à Nanterre... L'éclairage était bon, n'est-ce pas ?... Oui, j'ai le sens de l'éclairage ! Il faut savoir ça. Et de la place, de la position, sur scène.

« Vous viendrez un soir voir la pièce, je vous donnerai des billets. On fait ça avec une jeune troupe. Je les aide un peu, ils avaient besoin de mon nom pour monter leur affaire. Ils sont très bien, mais... trop d'intelligence, de raisonnement, pas d'instinct. Pour bien jouer un rôle, le vivre, il faut avoir beaucoup appris, beaucoup travaillé, et puis oublier. Plus de cris, plus de gestes, plus d'éloquence ! Il faut que ça sorte, comme ça, tout vivant...

« Le théâtre c'est... j'en ai besoin... c'est... On est tout seul, avec sa voix, avec son texte... Rien dans les mains, rien dans les poches. On est nu... On pourrait aussi bien jouer tout nu, mais les gens ne regarderaient plus que la taille de votre zizi ! Et puis ces... comment dire ? ces attributs qui ballottent. Un peu ridicule ! Alors autant garder son pantalon... « *Si ma soutane était de bronze, on entendrait sonner mâtines.* »... Ha ! ha ! ha ! Ce n'est pas de moi, malheureusement, c'est du vieux curé gaulois de Meudon, Rabelais...

« Au cinéma vous avez... la pluie, la nuit, la ville endormie, un train qui passe, une fenêtre qui s'éclaire, une grosse voiture noire et luisante qui glisse sans bruit, une ombre furtive, la musique qui vous empoigne... et hop, c'est parti ! Au théâtre, rien ! Il y a les mots et vous, tout seul et nu... Et pourtant tous les soirs, à Nanterre, la forêt de Birnan se mettra en marche vers Dunsinane, par la seule force de l'esprit !...

« Il y a cette zone de lumière où je suis et cette zone d'ombre où ils sont. On voit luire leurs yeux comme ceux de chauves-souris... Aujourd'hui on parle beaucoup de parapsychologie, de transmission de pensée, de télépathie ; c'est la mode. Les gens, les savants, disent : « Est-ce possible ? La « pensée n'est pas une force physique, l'esprit n'est « pas... » bla, bla, bla... Nous, comédiens, nous le savons bien, depuis toujours. Chaque soir, le combat de l'esprit contre l'esprit recommence. Chaque soir ! Ils sont là, je les sens, ils me poussent ou ils m'abandonnent... Une grosse houle qui enfle, ou se brise et se retire, qui éclate contre un roc !... Chaque soir je les prends, à un contre mille, tout seul, avec ma seule chair pour m'épauler... et les mots, le texte, il ne faut quand même pas l'oublier, celui-là ! Ils me poussent, j'esquive, je leur donne un moment ce qu'ils veulent pour mieux les mener où je veux, où l'auteur voulait les mener... et plus loin encore, si c'est possible. Ce n'est pas un combat gagné d'avance. Il y a des nuits terribles !... On trébuche, on tombe, on est balayé, on fuit, on fait un peu la pute, on sauve les meubles par les trucs du métier... On ment, on trahit, et on découvre le goût amer de la honte.

« Croyez-moi, toutes leurs pensées, tous leurs esprits additionnés, je le sens, physiquement, comme si j'enfonçais ma main dans du beurre, comme le vent sur mon visage, comme la pesanteur qui fait que lever le bras est un effort, que marcher est un effort... Chaque soir on recommence. Jamais le combat n'est tout à fait le même, jamais le public n'est le même... Si on gagne — et on gagne ! — toutes les chauves-souris perdues dans la nuit se précipitent avec des battements d'ailes, attirées par le phare qu'on a allumé. Clap, clap, clap, clap. Bravo !

« On ne peut pas dire : je les ai baisés encore une fois. Non ! Ce n'est pas une victoire contre eux, mais avec eux. C'est une alliance. Une entente.

On les a réveillés, on a eu raison de leur incrédulité, on a infléchi leurs pensées, ils se sont laissé subjuguer... Le vent souffle où il veut mais le voilier va quand même là où il veut. Le vrai ennemi du marin ce n'est pas la tempête, c'est le calme plat, le pot au noir...

« Alors on rentre au port, on se retire dans sa loge, vidé, blanc, indifférent, le cœur plein d'un amour lointain pour l'humanité, vaguement heureux, seul. Quelquefois on a envie de faire l'amour, comme ça, tout de suite, pour échapper à... Le temps passe. Alors une étrange tristesse inexplicable s'infiltre doucement comme une eau froide et noire... On boit un verre. *Ecce homo !*

« Lanvern a raison, nous sommes un microcosme, un concentré de la condition humaine. Ha ! ha ! ha ! Mais ce qu'il a oublié de dire, l'essentiel, c'est qu'on veut... qu'on a besoin d'être aimés... « *Oui, mais dis-moi d'abord que tu m'ai-* « *mes !* » C'est ce que répondait le petit Mozart enfant quand on lui demandait de taper sur son piano... Dans huit jours on va remettre ça, à Nanterre. Ça m'excite. Vous viendrez me voir ?

« Je parle beaucoup, je sais, je sais... tout ce que je viens de dire n'est pas idiot, ça vous aide à comprendre pourquoi on peut regimber... reculer, refuser un combat douteux. Oui, j'ai eu la trouille, je n'ai pas peur de le dire. De lui... de cette solitude là-bas, seul avec lui. Il ne voulait pas que j'emmène mes amis, même pas un de mes chiens ou un chat ! Je n'aime pas, je ne supporte pas la solitude. « *Un homme seul est en mauvaise compagnie* », a dit je ne sais plus qui... Le rôle : le roi est un solitaire !... Lanvern est un solitaire ! J'ai eu peur, ça va vous étonner, j'ai eu peur de son influence, de me soumettre, de perdre un peu de mon identité... Il ne faut pas tenter le diable !...

« Je me suis fait une fois hypnotiser — je suis curieux — une expérience pour voir. Je suis, paraît-il, un bon sujet. Je ne recommencerai plus jamais... On m'a fait lever le bras, marcher, ouvrir une porte, des trucs à la con. On m'a demandé : Pourquoi faites-vous ça ? Je ne pouvais que répondre : C'est pas moi, c'est vous qui me le faites faire... Horrible ! Plus jamais ! Je n'étais plus le maître de mon propre corps... On m'a dit : essayez d'empêcher votre main droite de bouger quand on lui en donnera l'ordre. Et ma main gauche — qui était encore à moi — s'est battue avec ma main droite pour l'empêcher de bouger... Il y a des gens qui disent que la transmission de pensée n'existe pas, que c'est une illusion ! Les imbéciles !

« Lanvern a du caractère. C'est un Breton, un Celte ; ceux-là, ils sont tous un peu fous, vous savez... Il y avait aussi beaucoup de racontars sur son compte — des amis bien intentionnés qui susurraient : C'est une brute, un aventurier, un tyran, un phallocrate, il aime briser les comédiens, c'est un foutu réac, fieffé facho, social-traître et compagnie. Toutes ces choses aimables qu'on suggère aujourd'hui quand on veut démolir quelqu'un. Je n'étais pas dupe, bien sûr, mais... Lanvern m'inquiétait... et en même temps paradoxalement, il m'intéressait, il me plaisait, j'avais une sorte de sympathie pour lui... vous savez les « affinités électives » du sieur Goethe, ces atomes crochus comme on dit vulgairement. Il y a des gens qu'on ne rencontre qu'une fois, entre deux trains, et dont on sent qu'on pourrait faire des amis. D'autres, au contraire, dont on se fout, qu'on ne voit pas, ou qui provoquent un rejet... Avec certaines femmes on sait tout de suite, d'un seul regard, que tout est possible. Un message codé, un signe imperceptible de reconnaissance ; on se croise sans un mot... on s'éloigne le cœur un peu plus gai... Vous savez ça très bien, toutes les femmes le savent... S'il n'y avait pas ce courant entre nous je vous aurais envoyée paître depuis longtemps, au lieu d'essayer de vous intéresser avec mes histoires...

« Oui, j'avais une réelle sympathie pour lui...

« Il en va des affinités comme des groupes sanguins. Un type du groupe A peut donner son sang à un autre A, pas à quelqu'un du groupe B ou O. Seulement, nous, les comédiens, nous sommes des donneurs universels !... des receveurs aussi. Et nous connaissons la force, la puissance de persuasion de la pensée des autres ; nous la subissons tous les soirs sur scène. J'ai eu peur que cette sympathie me désarme dans ce duel que j'aurais avec lui, là-haut, seul, sans personne pour m'épauler, dans ces villages perdus du bout du monde, au milieu de ces peuplades inconnues — il voulait que je passe trois semaines avec lui, là-haut, avant de commencer le tournage : « Pour « faire connaissance avec votre peuple. » J'ai eu peur que de nouveau ma main droite lutte contre ma main gauche, j'ai eu peur qu'il ne m'entraîne, me persuade, qu'il ne me force peu à peu à... comment dire ?... Il ne faut pas mélanger les genres. Un film n'est qu'un songe et mon royaume n'est qu'un théâtre. Nous ne sommes pas des aventuriers, nous ne sommes que leur reflet, nous avons seulement le pouvoir d'exprimer la houle intérieure des passions, où chacun d'entre vous puise, reconnaît et nourrit les siennes propres. Nous n'avons pas à affronter la mort pour exprimer la Mort, ni à être amoureux pour exprimer l'Amour. Nous n'en avons pas besoin.

« J'avais tort. Comme vous le savez, c'est Lanvern — lui tout seul — qui a mélangé les genres ! Mais mon instinct avait quand même décelé quelque chose... j'avais reniflé le danger, hein ?... Prémonition !

« Le destin était en marche — pas le scénario — le vrai ! Les deux envoyés impénétrables attendaient déjà le signal. Les trois sorcières, les trois Parques avaient déjà lancé dans la nuit leur sinistre prédiction.

All hail, Macbeth ! That shalt be king hereafter !

Salut à toi, Macbeth qui sera bientôt roi !

« Ha ! ha ! — je répète, pour Nanterre ! Ha ! ha ! Vous viendrez me voir ?... N'ayez pas peur, je ne vais pas vous culbuter dans ma loge après le spectacle. Je vous le demanderai poliment... ou bien on ira boire un verre...

« Il n'y a pas de quoi rire ! Dans l'affaire qui vous intéresse, ce n'étaient pas trois sorcières, mais deux types aux tronches hermétiques. *All hail*, Lanvern ! qui sera bientôt prisonnier !... Un mécanisme dramatique bien remonté ! tic, tac, tic, tac. Le coup de théâtre pouvait éclater à chaque instant...

« Et si Lanvern était parti dès les premiers jours de tournage, hein ?... La débandade !

« On a vécu, travaillé avec cette épée de Damoclès pendue au-dessus de la tête. Il était seul à le savoir. Et il se comportait comme si le film était la seule chose au monde qui comptait, comme s'il n'y avait rien d'autre... Le cheveu qui retenait l'épée était plus mince qu'un fil d'araignée. Un matin : crac !... On a dit par la suite, on a écrit dans les journaux : « Quelle monstrueuse dupli-« cité ! » Mais si Lanvern avait seulement dit une parole, il tuait le film. Il n'y a rien de pire que le doute. Nous avons besoin de confiance et de certitude pour accomplir chaque jour notre boulot. Il nous les a données. Faut lui reconnaître ça.

« J'ai de la chance... Il en est des films comme des hommes, il y en a qui ont de la chance ; celui-là en avait. On l'a senti tout de suite, là-haut, à un tas de petits détails, de coïncidences... Et quand Lanvern a fini par ficher le camp, un matin à l'aube, avec les deux mecs aux gueules d'emplâtres qui l'attendaient dans la Land Rover, je m'en foutais. Je n'avais plus besoin de lui, je ne pouvais plus faire d'erreur, j'étais roi. N'importe quel imbécile pouvait terminer le film... Je ne dis pas ça pour Assen, il a été très bien. Mais c'est vrai, la bataille était gagnée. Il ne restait qu'à continuer sur la lancée...

« On a quand même éprouvé une sorte de vide, après, quand on a compris qu'il ne reviendrait plus... En tout cas moi j'ai ressenti ma solitude... C'est qu'il était devenu un ami... Et puis il savait tellement bien créer le climat nécessaire... Vous savez, un bon metteur en scène n'est pas quelqu'un qui vous dit ce qu'il faut faire, c'est quelqu'un qui cherche avec vous... Il n'était pas tyrannique, il était passionné, profond, intense, et dominateur aussi... On avait l'impression qu'il pouvait tordre une barre de fer rien qu'en la regardant. Il était stimulant... exigeant. Il plaçait la barre très haut... C'est bien d'avoir quelqu'un qui demande, qui attend beaucoup... C'est un peu comme votre propre conscience...

« Je vais vous dire : un bon metteur ne sert à rien d'autre qu'à faire jaillir ce courage que le comédien sent en lui quand on l'aime.

« Le sujet du film n'est pas rigolo-rigolo, hein ? — c'est le moins qu'on puisse dire — et on vivait plutôt frugalement là-haut, je veux !... pourtant... je me souviens surtout de grands rires de défoulement avec lui après les scènes difficiles. On barbotait dans la boue... le froid, la pluie de la mousson — et ça dégringole, croyez-moi ! — les sangsues, toutes les saloperies de petites bestioles de la jungle ; on riait comme des mômes. La joie ! A se taper sur les cuisses. Même les Méo — les types du coin —, l'acteur et les frimants Japonais, les Chinois qui n'y comprenaient que dalle, ils ne pouvaient s'empêcher de rigoler avec nous...

« Oui, on n'avait plus besoin de lui, mais... il nous manquait... on ne riait plus.

« Le producteur a rappliqué en hélicoptère une semaine plus tard avec une caisse de whisky irlandais et un technocrate des banques ou des assurances en petit costume blanc de chez Cardin, tous les deux agités et pompant de l'air. Nous avions repris le travail depuis trois, quatre jours. Assen à la barre ! Nous voulions, nous devions rester entre nous pour finir. Avec le producteur ça s'est assez bien passé — il était un peu de la famille après tout, c'était aussi son film ! Je l'ai même trouvé touchant. On a beaucoup bu, beaucoup dit d'âneries, on s'est beaucoup attendris les uns sur les autres le soir dans la grande paillote, les idées un peu entortillées par le whisky. Il a tout de suite compris qu'on ne lâchait pas le morceau, qu'on terminerait si on nous laissait faire — il en avait les yeux embués d'émotion derrière ses lunettes.

Le banquier, lui, avait mal au foie. Il voulait tout arrêter, mettre le film en « sinistre » en attendant l'arrivée d'un hypothétique metteur en scène de remplacement. « Restons dans la légalité », disait-il pompeusement. Il égrenait des noms, les commentait avec une gravité imbécile : « Celui-là, il a le « sens du tragique » — oui, le ver blanc osait parler du tragique ! — « Ah ! celui-ci : grand « technicien !... Si on prenait un Américain ? ils « sont meilleurs dans l'action. »... C'était comique mais ça ne nous faisait pas rire.

« Je l'ai menacé de refuser de tourner s'il nous imposait un nouveau metteur — je crois que mon contrat me le permettait — mais c'est Patrick, le petit assistant, et le génial comédien japonais au nom impossible qui ont eu sa peau. Patrick avait acheté à Bangkok un cobra empaillé dressé sur sa queue. Depuis le début du film il l'avait collé en sentinelle à l'entrée de nos toilettes — des installations assez succinctes, il faut bien le noter. Le banquier blafard n'appréciait guère le pays. Nous avions aggravé ses présomptions par d'affreuses histoires inspirées par le whisky irlandais. Il marchait en levant haut les pattes, soupçonnant chaque touffe d'herbe de planquer une bête répugnante ; un échassier, avec une petite tête aux yeux ronds qui tournait dans tous les sens, comme une poule. Assen lui avait fait croire que certains crissements de cigales étaient le cri du serpent prêt à vous sauter dessus. Il y a beaucoup de ces bruits là-bas, qui partent et qui s'arrêtent brutalement on ne sait pourquoi — c'est plus strident et moins monotone que nos cigales de Provence... Vous imaginez ce qui s'est passé quand le banquier a eu besoin de... Patrick a crié : « Ne bougez pas ! » L'autre était blanc comme son petit costume du dimanche ; il avait attrapé le hoquet, il aurait pu mourir d'une crise cardiaque aussi sec, ce qui n'aurait pas arrangé nos affaires. Le Japonais — celui qui tient le rôle du colonel de l'armée fantôme — a brandi son sabre de samouraï en poussant des grognements gutturaux comme dans les films de Kurosawa. Quelle leçon ! il faut être Japonais pour faire des trucs pareils ! Il avançait sur le reptile, l'air hypnotisé, pendant que l'autre lâchait de temps en temps un discret hoquet. On était tous perchés sur la véranda à se mordre les lèvres pour ne pas rire trop fort... Un grand cri, à faire dresser les cheveux — *kiaïïïï !* le cri qui paralyse ! —, un coup de sabre, le Japonais fait voler la tête du cobra et alors, comme par enchantement, ces sacrées cigales ont arrêté de grincer. Un drôle de silence ! Le banquier essayait de mettre fin à son hoquet, il retenait son souffle, en conséquence de quoi il hoquetait plus fort, et plus douloureusement sans doute... Il n'avait plus aucune envie d'aller faire sa petite affaire. Toute cette farce était grotesque, du plus mauvais goût ; elle nous a inondés de bonheur... Il est reparti le lendemain, on a pu travailler en paix...

« J'essaie de vous faire comprendre que ce film nous avait tous rendus un peu cinglés... Je n'avais jamais rien vécu de semblable avant... Il faut remettre les choses à leur vraie place, un film n'est qu'un film ; un assemblage de mots, d'images et de bruits ; au mieux un divertissement réussi, n'est-ce pas ?... Pas de quoi casser trois pattes à un canard ! Pourtant, pendant des mois, là-haut, nous avons tous eu l'impression de participer à une entreprise qui nous dépassait... Oui !... Superbe !... On ne peut pas vivre comme ça longtemps, c'est pour ça qu'on était si pressés de finir, ensemble, avant que ça ne retombe.

« On flottait sur des sommets... toute la bande,

les Méo, les Chinois, les Japs, les machinos, les techniciens... Je le sais parce que je suis un donneur et un receveur universel ! Nous avions tous foi en la beauté, la force, la vérité et la nécessité de ce foutu film !... Ce qui n'est pas de la tarte, soit dit en passant... Il n'y a qu'à voir le résultat. La pellicule est plus sensible qu'on le croit. Voilà ce qui s'est passé, mon petit lapin, comme dirait Lanvern. Ne me demandez pas pourquoi.

« J'aurais pu louper ça... En arrivant dans ce restaurant russe j'étais presque décidé à refuser, à reprendre ma liberté... J'étais de mauvaise humeur. L'idée de la conversation qui allait suivre me soulevait le cœur. Je ne voulais pas me laisser embarquer. Il m'a convaincu... Il n'a rien fait pour me convaincre. J'ai même cru un moment qu'il souhaitait que je dise non.

« Il est arrivé avec une tronche fermée. Le masque ! J'ai presque été soulagé. Je me suis dit : au moins ça sera vite fait, je vais couper à la scène du III. Vous savez : « Vous ne pouvez pas nous « faire ça. » « Sans vous le film est impossible. « J'admire votre talent. » « Il n'y a pas de raison « qu'on ne s'entende pas. » Ou bien : « Le producteur vous collera un procès au cul... » et patati et patata. Il a choisi le caviar, du belouga gros grains de la Caspienne, il me l'a conseillé plus exactement. J'ai choisi la vodka — Wyborowa — qu'on nous a apportée dans une bouteille givrée de glace. Parfait !... Il restait silencieux. Parfait ! Une vieille Tsigane énorme chantait. Sa voix râpée par la vie, l'alcool, le tabac, était superbe... Nous étions silencieux. J'en profitais pour me taper mon caviar, avec des blinis et de la crème aigre. J'aime le caviar et la vodka — ma grand-mère polonaise! Lui aussi jouait des mandibules — sa pomme d'Adam, qu'il a proéminente, faisait l'ascenseur avec régularité. Un moment il a dit... Je ne vous cite pas ce qu'il m'a dit — je n'avais pas de magnétophone, moi... Je vous dis ce que je me souviens avoir entendu. « Elle a une voix à chier « partout, mais à quoi servirait-elle, cette voix, si « elle n'avait que des conneries à exprimer ? » Il peut être parfois abominablement grossier. Et un peu plus tard : « Vous aussi vous chantez pas mal, « mais jusqu'à présent le cinéma ne vous a jamais « donné que de la pâtée ronron à débiter. » Ça m'a énervé, mais il faut reconnaître que c'était vrai. Il a encore ajouté : « C'est pas grave, vous avez le « théâtre pour vous sauver. » L'animal! il m'avait bien repéré.

« Le belouga gros grains nous mettait peu à peu de bonne humeur. Cette musique vague, triste, avec des fureurs de joie... Vous m'inquiétez avec votre appareil, quand tout ce que je vous raconte aujourd'hui aura été tapé par une dactylo, il manquera l'essentiel... La colonne de gauche du scénario, les indications de jeu... le ton, le moment, notre complicité. N'est-ce pas ?... Cette nuit d'hiver qui avance sur Paris, le calme ici et l'agitation de mes copains à côté, le thé que nous buvons... Les nuances les plus subtiles, les plus fines vont disparaître... Tout le monde joue la comédie! Il y a beaucoup de moyens de faire passer le message, ou de dissimuler le secret, pas seulement les mots. Si vous voulez que votre rapport soit juste et honnête, indiquez toujours le décor, l'heure... essayez de suggérer le ton de la voix qui parle... les yeux... le sens des mots peut être changé par un regard. C'est un conseil de professionnel, mon petit lapin. On ne dit pas les mêmes choses — plutôt, on ne dit pas les choses de la même manière — dans le métro, sur une scène de théâtre, dans un lit, ou la nuit sous les étoiles... ou encore dans une boîte russe !

« La voix de la vieille nous troublait... Elle a donné le ton à tout ce que nous avons pu nous dire... Elle revenait toujours vers notre table. A la fin elle ne chantait que pour nous. Peut-être Lanvern le lui avait-il demandé ? Il la connaissait. Je crois qu'elle a senti elle-même... Je me souviens... Il a dit... il jetait sur moi des coups d'œil rapides comme s'il voulait surveiller l'effet de ses paroles : « Si vous avez un doute, ne venez pas. « Là-haut plus de masque, plus de costume d'Arle-« quin ; vous allez risquer de découvrir qui vous « êtes... Vous allez risquer de connaître votre « propre poids. Ce n'est pas toujours une décou-« verte réconfortante. Vous allez risquer de perdre « le peu d'estime que vous avez de vous-même. « Si vous avez un doute, ne venez pas... Il est « dangereux de mêler la vie à la fiction. C'est « pourtant bien ce qui va se passer là-haut. »

« Étrange, n'est-ce pas !... Je n'ai pas enregistré ses paroles, c'est ce que je pense, c'est ce que je crois avoir entendu... Peut-être à cause de la voix de cette sacrée Tsigane, j'ai su que tout cela était vrai.

« Il ne buvait pas — on me l'avait dit —, l'alcool le rend fou. S'il boit, il boit trop. Il a rempli un grand verre de vodka, l'a porté et tenu longtemps à ses lèvres. Très longtemps ! puis il l'a reposé sans avoir bu une goutte — sa pomme d'Adam n'a pas bougé ! Il a dit : « C'est très simple, ce que « vous avez décidé de faire, faites-le ! » Il m'a tendu le verre. « Tenez, buvez ça, et écoutons cette « femme. »... Je croyais qu'il s'adressait à moi. Aujourd'hui je sais. Il venait de rencontrer son tentateur... son colonel... il se parlait à lui-même, le pauvre vieux... C'est cette nuit-là qu'il a décidé, quand on l'appellerait, de répondre : oui !, de partir à la recherche de son copain. Je suis sûr qu'il a pris sa décision sous mes yeux... Et moi aussi j'ai pris la mienne, cette nuit-là. Je n'étais pas ivre. Moi aussi j'ai sauté dans le... Quitte ou double ! Je ne l'ai pas regretté. Mais on a eu de la chance. Bon Dieu ! On a eu de la chance ! Tout ce qu'il a dit cette nuit-là était vrai. Là-haut on n'a pas toujours distingué la vie de la fiction... Je crois que les Méo n'oublieront pas non plus... C'est vrai, j'ai découvert mon propre poids. Je sais qui je suis... C'est mon affaire, mais... je peux vous dire que, tout compte fait, la découverte n'a pas été trop déprimante. »

Un long silence. Il se lève.

« Les bonnes femmes !... Vous m'avez tendu la pomme, et j'ai mordu... Vous êtes contente ? »

Un peu plus tard il ajoute :

« La puissance d'une voix de femme, éraillée, cassée, brisée... glorieuse... Voilà le vrai *deus ex machina*, le vrai détonateur de toute cette histoire de fous, mon petit lapin !... Si vous venez me voir à Nanterre, je vous dirai comment ça s'est passé là-haut. »

LE COLONEL

« De quoi s'agit-il ? »
JOFFRE.

BOULEVARD MORTIER. Une caserne accolée au grand mur gris de la piscine des Tourelles. Une guérite et un garde mobile en armes. Une entrée en chicane, la porte s'ouvre automatiquement et se referme sur mon passage, avec un claquement. Des factionnaires en civil m'observent à travers des vitres. On me demande ma carte d'identité. Je la tends à travers un guichet.

« Le colonel vous attend. On va vous conduire. On vous rendra vos papiers à la sortie. »

Pendant un long moment rien ne se passe, puis l'autre porte s'ouvre soudain avec le même claquement sec. Une cour couverte de gravier, pas un arbre. Je suis un planton. Nous traversons une bâtisse décrépite par un couloir mal éclairé. Une seconde cour et un haut bâtiment, très moderne, blanc, au toit plat planté d'antennes dessinant d'étranges motifs sur les nuages. Un grand hall clair. Plusieurs ascenseurs. Nous entrons dans une des cabines d'acier. Le planton appuie sur le bouton du neuvième étage.

Un immense couloir silencieux avec de part et d'autre des portes, toutes fermées. Le planton me fait pénétrer dans une petite pièce grise, anonyme, vide.

« Il va venir tout de suite. »

Je me retrouve seule. Un bureau métallique, une lampe, un téléphone, deux fauteuils, aucun papier, aucun livre, pas même un sous-main ou un crayon, seulement un peu de poussière ; cela sent vaguement le renfermé. Cet endroit est rarement utilisé. Au mur, un avis concernant les mesures à prendre en cas d'incendie. La fenêtre donne sur la cour ; au-delà de la vieille bâtisse et du mur d'enceinte les camions et les voitures roulent sur le boulevard Mortier et plus loin, derrière les immeubles de banlieue, le rocher du zoo de Vincennes se dresse dans le ciel blanc de l'hiver.

Dans mon dos la porte s'ouvre. Un homme âgé, de taille moyenne, de carrure sportive entre, me salue, me désigne un des fauteuils. Lui-même va s'asseoir derrière le bureau, dans le contre-jour de la fenêtre. Il est en civil. Il lui manque le bras gauche, la manche vide est épinglée sur la poche de sa veste.

« Colonel Dubail », dit-il, après m'avoir observée.

Sa voix est nette, froide. Ses yeux sombres sont absolument inexpressifs. Il a des cheveux gris fer coupés en brosse, un front puissant et bombé comme celui d'un vieux bébé, un visage fermement dessiné, boucané, au teint jaunâtre. J'ai l'impression que ses traits sont définis à jamais et ne changeront plus jusqu'à sa mort.

De la main il me fait signe de brancher mon magnétophone.

« Je préfère que ce truc marche. Sur cette affaire on nous a trop souvent fait dire ce que nous n'avions pas dit. On a raconté n'importe quoi. Ça tourne ?... Bon. Sachez d'abord : je ne vous reçois que parce qu'on m'en a donné l'ordre. Je dois vous faire un petit topo. Ensuite vous poserez des questions si c'est nécessaire. »

Il attend mon acquiescement pour continuer.

« Premièrement : Lanvern n'a jamais appartenu à la maison, à nos services. C'est un fait. Tout ce qu'on a insinué à ce sujet est faux.

« Deuxièmement : c'est moi qui l'ai mêlé à cette affaire. J'en porte seul la responsabilité... Ce n'était pas une opération du S.D.E.C.E. Nous n'y avons pas participé. Nous étions informés et nous suivions le déroulement... de loin. C'est tout ! »

Il a le ton et le style d'un médecin légiste. Il n'est ni méprisant ni dédaigneux, tout simplement impassible. Je le distingue mal dans le contre-jour, mais je sens que pas un instant il ne détourne son regard de moi.

« Il y eut un concours de circonstances... une coïncidence... une rencontre due au hasard. Deux événements absolument indépendants l'un de l'autre se sont produits simultanément... La chance ?... le hasard, oui ! Je vous explique.

« Premier événement : au début de cette année, en janvier 1978, nous apprenons de source sûre — A4, dans notre jargon c'est ce qu'il y a de plus fiable — que le général Cao Ba Ky doit s'évader de son camp de prisonniers avec la complicité d'un des cadres du camp et de deux gardes. Aujourd'hui je peux presque tout vous dire, ça n'a plus d'importance, nous ne risquons plus de mettre en danger personne ; la plupart de ceux qui ont participé à cette évasion ont été liquidés. Nous le savons... »

Un silence.

En réécoutant ma bande magnétique pour transcrire ce monologue, je suis à nouveau frappée par le manque d'expression de la voix. On ne peut pas savoir si le colonel est indifférent, ou s'il se contrôle parfaitement.

« *Il y a beaucoup de moyens de faire passer le message, ou de dissimuler le secret, pas seulement les mots.* »

Il est parfaitement opaque. Les mots qu'il utilise n'ont que le sens qu'on leur trouve dans le dictionnaire, aucune vie ne les fait vibrer.

« Ce n'était pas une évasion ordinaire... mais une opération de guerre froide. Notre source d'information était les services secrets chinois. Chine communiste, bien sûr. Une rencontre à un très haut niveau, je ne peux pas vous en dire plus. Les Chinois entendaient assurer la réussite de cette opération. Pour des raisons évidentes ils ne voulaient pas accueillir un ancien général de la « clique » de Thieu chez eux, mais ils tenaient à le voir arriver sain et sauf à l'Ouest. Ils tenaient surtout à voir arriver le cadre — un ex-membre important du bureau politique vietminh... excusez-moi, un vieux réflexe, je veux dire vietnamien, dégommé pour déviationnisme ou fractionnisme et mis sur la touche dans le camp... Cette évasion faisait donc partie de la campagne menée par Pékin pour miner la politique pro-soviétique des dirigeants actuels du Vietnam. Les Chinois tenaient beaucoup à ce que Ky et surtout le cadre puissent parler librement à des journalistes occidentaux — ils avaient des révélations à faire, paraît-il. Les Chinois nous tiendraient informés de l'évolution de l'affaire et nous demandaient seulement de recueillir Ky et ses complices quand ils arriveraient dans le nord de la Thaïlande, pour éviter toute bavure. Nous avions été choisis — nous Français — de préférence aux Thaïlandais, aux Américains, ou même aux Anglais, parce que nous n'avons plus d'intérêt politique dans le

Sud-Est asiatique tout en y conservant une solide position... morale, et un bon réseau d'informateurs. Voilà pour le premier événement...

« Encore deux détails. Le camp de Ky était — est, il existe toujours — dans le nord-ouest du Tonkin, à la frontière du Laos, pas très loin de Dien Bien Phu, un camp de rééducation par le travail — dit « de régime sévère » — les détenus sont tous d'anciens officiers supérieurs ou hauts fonctionnaires du Sud jugés irrécupérables. Utilisés comme coolies à la réfection des pistes... Vous pouvez imaginer... Vous n'avez qu'à lire ce qui a été écrit sur les goulags... A la différence que chez les Russes on écrase l'homme de l'extérieur — on se fout de ce que pense le prisonnier, tant que ça ne ressort pas ; chez les Viets l'écrasement est aussi intérieur — le prisonnier est acculé à l'autocritique permanente de ses propres pensées. C'est d'une redoutable efficacité... Enfin, pour terminer, les évadés devaient être pris en charge par des dissidents montagnards, les Hmong — que les Vietnamiens appellent Méo, sauvages — et convoyés par les lignes de crêtes à travers le Nord-Laos. Nous considérions la participation des Hmong comme une garantie...

« Non, vous poserez vos questions tout à l'heure, laissez-moi terminer... Deuxième événement. Je lis dans la presse — toujours au début de cette année — que Lanvern prépare un film dans le nord de la Thaïlande, chez les Hmong justement. C'était une longue interview ; Lanvern indiquait son intention de transposer dans les confins thaïlandais l'action d'un roman qui se déroulait à Bornéo chez les Dayak, à la fin de la Deuxième Guerre mondiale. Il expliquait son choix des Hmong — « une des « minorités les plus authentiques, les plus indépen- « dantes, les plus nobles d'Asie », je le cite —, il savait de quoi il parlait ! Le tournage du film devait durer plus de trois mois, en période de mousson. Un camp de base serait installé dans une vallée pour recevoir les acteurs, les techniciens, les figurants japonais et chinois, etc. Voilà pour le deuxième événement. »

De nouveau un silence. Je n'ose plus rien dire. J'attends, sous le regard insondable du colonel.

« Le gouvernement français ne voulait pas que nos gens — nos honorables correspondants — recueillent les évadés en Thaïlande, pour ne pas risquer d'envenimer nos rapports déjà tendus avec les autorités du Vietnam et du Laos... J'ai alors suggéré de refiler le bébé à Lanvern... De profiter de tout le remue-ménage que son film allait provoquer dans les hautes régions pour lui demander de récupérer Ky et les autres. J'ai reçu l'autorisation de contacter Lanvern à ce sujet. Lanvern a accepté. Ce n'était pas une mission, c'est un choix personnel qu'il a fait. Je l'avais mis en garde : en aucun cas il ne devait approcher la frontière laotienne de moins de dix kilomètres... Le reste, vous connaissez. »

Silence. A-t-il terminé ? Il devine mon interrogation et hoche la tête.

« Vous pouvez poser vos questions. »

(Moi) « J'en ai beaucoup. Mais d'abord : pourquoi Lanvern a-t-il accepté ? »

Il prend le temps de réfléchir. Il ne détourne pas les yeux mais j'ai l'impression que pour quelques instants son regard est fixé sur un monde intérieur.

« Vous savez que Lanvern est un ancien du corps expéditionnaire, qu'il a fait l'Indochine ?... Cao Ba Ky était son patron au 5e *bawoan*, le 5e bataillon de parachutistes vietnamien... Lanvern était un gamin à l'époque... un bon gamin, mais un gamin !... C'est Cao Ba Ky qui lui a changé ses premiers langes... »

Je vois l'esquisse d'un sourire sur le visage mort du colonel.

« ... Lanvern est toujours un gamin. Je ne sais pas comment il a pu conserver cette... cette sorte d'innocence de l'enfance. La vie l'a pourtant étrillé comme nous tous... La grande différence entre un enfant et un adulte c'est que l'enfant est capable d'amitié, d'amour absolu ; il ne discute pas une amitié, il ne la nuance pas, il n'a pas d'esprit critique, pour lui c'est tout ou rien... Quand j'ai appelé Lanvern, je savais qu'il accepterait. »

(Moi) « Vous le connaissez bien. »

« Oui... oui, je crois. C'est un ami, mais... moi je ne suis qu'un adulte... »

La voix est toujours aussi neutre, j'ai pourtant l'impression que le colonel commence à laisser passer quelque chose, comme une nostalgie. Je pousse mon avantage.

(Moi) « N'avez-vous pas le sentiment d'avoir exploité son innocence, comme vous dites ; de l'avoir poussé dans un piège ? »

« Ne jouez pas ce genre de jeu avec moi, vous êtes trop jeune... Vous voulez savoir ? ou vous voulez juger, tout de suite... comme les autres ? »

Il y a de la colère dans son impassibilité. Je l'ai fait un peu sortir de ses gonds.

(Moi) « Excusez-moi, j'essaie de comprendre. Des journalistes ont suggéré que Lanvern était soit une « taupe », soit un imbécile manipulé. »

Le colonel a un geste de la main pour balayer la poussière du bureau. Il regarde la trace grise sur sa paume et souffle dessus.

« Lanvern est peut-être un gamin, pas un imbécile. Il a fait ce qu'il a cru devoir faire. »

Un silence, qui s'éternise. Je change de sujet.

(Moi) « Parlez-moi de ce Cao Ba Ky. »

« C'était un soldat... C'était l'un des nôtres. »

(Moi) « Vous voulez dire qu'il était du S.D.E.-C.E. ? »

« Non, pas du tout. Excusez-moi, je me suis mal exprimé... Il a été un de nos compagnons de guerre. Il a été plus que ça, même. Je voulais dire qu'il était de notre famille ; le corps expéditionnaire est un club assez fermé. »

(Moi) « Vous dites : il était. Est-il mort ? »

« Oui... Je le crois. Nous ne le savons pas exactement... Je souhaite qu'il soit mort. »

(Moi) « Pourquoi ? »

« Il vaut mieux être abattu que de finir comme un rat empoisonné dans son trou. C'était un soldat. »

(Moi) « Était-il si important de le récupérer ? Si je comprends bien c'est uniquement pour lui que vous avez lancé Lanvern. »

« Non... Son retour n'avait aucune importance pour nous, pour la France. Aucune... Le cadre avait un peu plus de valeur — pas particulièrement pour nous, la France ; pour l'opinion mondiale. Il avait sans doute des révélations à faire sur le régime de Hanoi. Il avait été un des gros bonnets. »

(Moi) « Lanvern n'a accepté que pour Ky ? ou aussi pour d'autres raisons ? »

« Pour lui... Je vous l'ai déjà dit. »

(Moi) « Parlez-moi encore de ce général Cao Ba Ky, si vous voulez bien. »

De nouveau il prend un temps de réflexion avant de lâcher par bribes :

« Tonkinois... Son père de la région de Hanoi, sa mère de Haiphong... Bonne famille, descendant du poète Cao Ba Quat... Nationaliste, patriote... sympathisant du V.N.Q.D.D. et du Daï-Viet... Le père avait beaucoup espéré des Japonais pendant leur occupation de l'Indochine... La fin de l'hégémonie des Blancs ! Mais les Japonais ont été tout aussi brutaux et arrogants que les Allemands ! Désillusion !... Vous ne connaissez rien à l'histoire contemporaine du Vietnam ?... Bon !... Pour comprendre, il faut quand même que vous sachiez que la fin de la Deuxième Guerre mondiale en Asie a été aussi tumultueuse qu'en Europe... Il y eut alors chez tous les Vietnamiens un immense espoir d'indépendance nationale. *Doc Lap*. Liberté de la Patrie. Espoir déçu !...

« Au Tonkin, le cocktail était particulièrement explosif. Il y avait le gouvernement provisoire formé par le citoyen Vinh Thuy, l'empereur Bao-Daï qui avait abdiqué. Il y avait la famine, due à des inondations catastrophiques — pas la pénurie, la vraie famine, avec des centaines de milliers de morts ! Il y avait les Chinois entrés à pied à la fin d'août par Lao Kay, Cao Bang, Langson, soi-disant pour désarmer les Japonais — un vol de sauterelles ! Il y avait les agents de l'O.S.S. très défavorables au « colonialisme » français — des Américains bien tranquilles ! Il y avait le grouillement des partis nationalistes : V.N.Q.D.D., Daï-Viet, Dong-minh, et d'autres encore que j'ai oubliés — tous rivaux, anxieux de devancer leurs concurrents dans la prise du pouvoir. Il y avait le Viet-minh, bien sûr, un Front national contrôlé par Ho Chi Minh et le P.C. indochinois — la redoutable et efficace organisation communiste. Il y avait le jeu subtil des Japonais, toujours maîtres des armes. Il y avait la colonie française, inquiète, à juste titre, sans protection... Et il y avait aussi quelques soldats français isolés, parachutés de-ci, de-là, qui n'eurent pas tous beaucoup de chance...

« Nous sommes revenus en Indochine en 1945 sans qu'aucune politique n'ait été définie par le gouvernement de la Libération... De Gaulle jugeait sans doute inévitable l'indépendance de l'Indochine, mais il estimait — comme il l'a fait plus tard pour l'Algérie — qu'un préalable s'imposait avant toute décision politique : le retour au « statu quo « ante », le rétablissement de la France en Indochine dans tous ses pouvoirs. Seulement, alors, l'indépendance pourrait être octroyée. Il y avait là une ambiguïté d'où allait naître la guerre... Leclerc et Sainteny au Tonkin trouvèrent un accord avec le Viet-minh, d'Argenlieu à Saigon le torpilla... Bombardement d'Haiphong... Incohérence, inertie, mensonges... Le monde avait changé et on s'évertuait à ramener les choses au point où elles en étaient en 1939... L'échec était certain... Le prix de la veulerie est toujours le mal... Il faut savoir tout ça si on veut essayer de comprendre l'état d'esprit d'un jeune Vietnamien de seize ans. Et comprendre la route qu'il a suivie... »

J'ai l'impression que ce que le colonel vient de me dire, en dépit d'un apparent désordre, a été sélectionné avec un soin méticuleux à partir d'une vérité plus considérable ; ce n'est que la partie émergée d'un iceberg.

« ... Il faut savoir aussi que la lutte des Vietnamiens pour l'indépendance nationale n'a pas été accompagnée d'une résistance à la culture française — pas plus que par le passé la lutte contre la domination chinoise n'a impliqué un rejet du taoïsme ou du bouddhisme. Bien au contraire la culture étrangère, tout en s'adaptant, se développait et contribuait à l'effort de libération nationale — c'est un des paradoxes les plus curieux du Vietnam... Cao Ba Ky avait une... petite culture française — son père était instituteur !... »

(Moi) « Comme vous semblez avoir une petite culture vietnamienne ! »

Il reste un instant surpris, et puis pour la première fois il se détend. Il se met à rire.

« Petite, très petite, c'est juste... »

Il rit encore, son rire fait un contraste surprenant avec le ton de sa voix si dépourvue de vie.

« Ky était plus fort que moi, il pouvait réciter du Victor Hugo. Moi je n'ai jamais été capable de dire un poème de son ancêtre Cao Ba Quat... Bon ! on continue ?... Je ne vous ennuie pas ? »

L'expression détendue du colonel se dissipe.

(Moi) « Oui... Non, non ! »

« Bon. Je résume... Je serai quand même obligé de vous rappeler des faits historiques, sans ça... La vie d'un homme c'est... des événements, des circonstances qui ne dépendent pas de lui, et des choix qui sont l'homme même. Les choix sont liés aux événements... Je ne vous parle pas de choix entre telle ou telle marque de cigarettes, ou de voitures... Je vous parle de choix essentiels : « *Entre la Justice et ma mère* [1]... » Vous connaissez ?... Tout le monde ne choisit pas, il y a ceux qui subissent, et s'adaptent... »

Le colonel me semble soudain beaucoup moins indifférent. La froideur et la circonspection d'un homme qui joue un jeu prudent se mêlent en lui au besoin de convaincre. Sa voix n'en est pas plus chaleureuse pour ça.

« Après l'échec du coup du 19 décembre 1946... Les Viets avaient rompu la trêve — le *modus vivendi* —, attaqué par surprise nos garnisons ; une affaire plutôt sanglante !... La famille Cao a filé pour éviter le retour de bâton dans la région de Vinh, l'Annam rouge — le berceau du nationalisme vietnamien, xénophobe et révolté... Ky se retrouva *du kich* dans une unité régionale et

1. Albert Camus.

tirailla un peu contre les postes français sur le Day... En 1950, après Cao Bang, avant de Lattre — un des pires moments pour nous —, Ky s'évada de sa zone et rejoignit Hanoi. C'était l'époque où les Viets commençaient sérieusement à purger les éléments non communistes de leurs unités, ceci explique cela... Et puis de Lattre arriva. Discours du lycée Chasseloup-Laubat à la jeunesse : « Il faut « choisir ! Si vous êtes communiste allez rejoindre « le Viet-minh, il y a là-bas des gens qui se battent « bien pour une cause mauvaise. Si vous êtes « patriote combattez pour votre patrie, car cette « guerre est la vôtre ! » — je cite de mémoire. Un ton neuf !... Un langage clair, enfin !... Ky s'engage. Je ne pense pas que ce soit seulement à cause du discours, Ky ne m'en a jamais parlé ; les grands mots et les slogans l'embarrassaient, il n'aimait pas qu'on le croie si naïf... Il y avait un vent nouveau, un progrès... Les accords de la baie d'Along, un semblant d'indépendance, un début... une armée nationale vietnamienne. Un jeune patriote pouvait espérer. On l'envoie à l'école d'élèves officiers de Thu Duc. C'est là que je l'ai rencontré pour la première fois... J'ai été son instructeur de guerre de jungle. Il y avait quelques types pas mal dans le lot... Ky était le meilleur... un de ces petits sous-lieutenants tellement bien, qui se font tuer tout de suite ! A la sortie de l'école il a demandé les paras. Trois mois au 2e B.P.C. — les paras coloniaux — pour rodage, puis il est affecté au 5e *bawoan*, chef de section. La section de Lanvern, qui était caporal-chef, lui... »

Un silence. Il commence à faire sombre dans le bureau du colonel.

« Je ne sais pas comment je peux vous expliquer... parce que... tout ce que je dois dire de Ky fait rire aujourd'hui. Honneur, courage, devoir... Valeurs anachroniques ! Dépassées !... Comme s'il pouvait y avoir une société basée sur le déshonneur et la lâcheté !... Le 5e *bawoan* s'est fait étriller plusieurs fois — mais il a rendu tous les coups avec usure — avant de finir à Dien Bien Phu [1]...

« En décembre 1953 sur les crêtes à l'est de la piste Pavie il y eut une sale affaire... des blessés brûlés vifs dans l'herbe à éléphant — Lanvern est blessé, un capitaine tué, Ky hérita de sa compagnie... Ce n'était pas un cadeau, c'était une justice. Il était le plus jeune commandant de compagnie...

« A Dien Bien Phu, pendant la bataille... Par la suite on a voulu délibérément salir nos camarades vietnamiens... Ça arrangeait beaucoup de monde... On n'avait que des pauvres types avec nous, des « fantoches », les bons étaient de l'autre côté. Mensonge !... Oui, à Dien Bien Phu il y eut du flottement le 15 mars au cours de la contre-attaque sur Gabrielle... mais beaucoup de grands chefs flottaient dans leur trou ce matin-là !... Et il faut savoir comment on a engagé le *bawoan* qui venait de sauter... Ky, blême de rage, épura sa compagnie, désarma quatre hommes et un aspirant et les chassa. Il voulait faire fusiller l'aspirant pour l'exemple... Cela vous choque ? Comment croyez-vous qu'on fait la guerre ? Comment croyez-vous que la faisaient ceux d'en face ?... Les quatre types sont revenus. Ky les a gardés comme coolies en première ligne jusqu'à ce qu'il les juge dignes de porter les armes des morts... En avril, pendant la bataille des Cinq Collines, sept fois dans la nuit il a relancé à l'attaque les survivants de sa compagnie. Sept fois. A la dernière charge ils chantaient

1. Note pour l'Histoire : à Dien Bien Phu, le 5e *bawoan* était commandé par le chef de bataillon Botella.

La Marseillaise... On ne la reconnaissait pas tout à fait à cause du fracas des combats — la guerre ça fait beaucoup de bruit — et à cause de leurs voix aussi... Ils connaissaient mal l'air... A l'aube ils étaient moins de cinquante sur le sommet reconquis. Ce matin-là ce sont les Viets de la fameuse 308, la division de Fer, qui ont flotté et lâché pied... Ky est promu capitaine au feu, chevalier de la Légion d'honneur... Je l'ai vu, là-haut. De la boue et des morts. Trois couches par endroits, comme des épis de blé... L'odeur, et les mouches... Il pleuvait. Ky avait installé son P.C. près du sommet, dans une sorte de vague trou recouvert d'un vieux lit métallique sur lequel on avait entassé pour faire pare-éclats les paquetages, les armes des Viets morts et un peu de boue. Je ne sais pas d'où pouvait venir ce lit. Peut-être des précédents occupants, des tirailleurs ?... « Alors, Ky, tu fais chan-« ter *La Marseillaise* maintenant ? » Il s'est mis à rire : « Ce n'est pas seulement l'hymne de la « France, c'est l'hymne de la liberté, nous aussi on « peut la chanter, après tout nous sommes des « alliés. » Voilà ce qu'il m'a répondu, cela le faisait vraiment rire — le rire, chez les Vietnamiens, est une réaction de pudeur... Lanvern était un peu plus loin, roulé en chien de fusil sous un poncho, dans un trou de boue à côté d'une mitrailleuse. Il y avait des mouches autour de ses yeux fermés et de sa bouche ouverte, j'ai cru qu'il était mort...

« Il existe pour estimer à sa juste valeur la qualité d'une troupe au combat un baromètre infaillible : les pertes, les blessés et les morts. Les prisonniers ne signifient rien ; ou bien ils sont la preuve d'un refus de se battre, ou les victimes d'une défaite stratégique. Les Viets n'ont pas fait beaucoup de prisonniers du 5e *bawoan* en bon état — pas plus que de légionnaires ou de paras de la coloniale... Le 7 mai, quand tout a été... consommé, j'ai pensé : « Ça ne va pas être très rigolo pour « nous, mais pour nos camarades vietnamiens... ! » On nous a séparés, comme un troupeau, avec des gestes et des cris ; ceux-ci à droite, ceux-là à gauche... »

Une histoire de mort, dite d'une voix morte. Le soir est venu. Le colonel n'a pas allumé la lampe, je ne le distingue plus ; une masse sombre contre la fenêtre et le ciel gris. Je change la bande de mon magnétophone.

« ... Ky a été libéré longtemps après nous. En décembre. Il a fallu faire intervenir la Commission internationale de contrôle parce que les Viets ne voulaient pas le lâcher... Il est resté deux mois dans sa famille, réfugiée à Saigon. J'allais le voir souvent. Il ne parlait jamais de sa captivité. Personne n'en parlait, nous n'en parlions pas... Lanvern, revenu de son camp, s'était fait démobiliser sur place. Il ne voulait plus quitter le pays. Il était très maigre et un peu agité, exalté... Il apprenait la photo et le cinéma avec ses amis les reporters du service Cinéma des armées qu'il avait rencontrés autrefois au cours d'opérations et à Dien Bien Phu... Ça ne me semblait pas sérieux !... Lui non plus ne parlait pas de sa captivité... C'était un gamin... Je... je crois qu'il avait l'impression... comment dire ?... de s'être compromis, d'avoir cherché à leur laisser croire qu'il était devenu un bon « combattant de la paix » !... Quand on est un honnête petit soldat ce sont des choses qu'on n'oublie pas facilement, qu'on ne se pardonne pas à soi-même, ni à ceux qui vous ont fait... aboyer ! Je ne dévoile pas un secret, il l'a dit, beaucoup plus tard, dans une interview à la radio ou à la télévision, à propos de son film, *Mort d'un capitaine*... Nous étions tous à peu près dans le même bain...

Mais les camps de troupe étaient plus durs, en un sens, que les nôtres... Nous, officiers, avions notre esprit de corps, de caste, nos règles strictes d'honneur... nous avions choisi la servitude du métier des armes par vocation... il nous était plus simple de résister au grignotement... au piège de l'autocritique et de l'autorééducation. Il ne faut pas jouer leur jeu, ce n'est pas le jeu de la vérité... Il faut dire d'énormes âneries, ou ne rien dire : c'est le seul moyen d'en revenir à peu près intact... La troupe était plus fragile, elle n'avait que son bon sens... les qualités individuelles de chacun... il lui fallait tout trouver en elle-même... Et ils mouraient comme des mouches, là-bas... Un garçon de vingt ans a une terrible soif de vie... son corps se défend avec la ruse et l'âpreté d'une bête, comme s'il avait une volonté autonome... et les Viets étaient passés maîtres dans l'exploitation des ruses de la chair pour obnubiler l'esprit... »

Un silence.

(Moi) « Expliquez-moi un peu plus précisément ce qui s'est passé dans les camps. »

« Non... il y a des livres... »

(Moi) « Vous pensez que Lanvern a... »

Il me coupe brutalement.

« Ne jugez pas trop vite. Tout cela n'était que balivernes. Il avait survécu, voilà ce qui était sérieux... J'essaie seulement de vous indiquer son état d'esprit... Il faisait ses comptes ! Il venait de découvrir qu'on peut trébucher dans la vie. La première fois c'est une découverte assez pénible, mais ce n'est pas si grave, tout le monde trébuche un jour ou l'autre ; ce qui importe c'est qu'on peut se relever — presque toujours... Ky l'aidait à remettre les choses à leur juste place. Ils faisaient de longues balades ensemble... On voyait aussi de temps en temps des survivants du bataillon, et d'autres... Un officier de marine qui voulait rentrer à la voile, en jonque !... *Cau di phap !* Nous reprenions notre souffle, ensemble... Lanvern est tombé amoureux et on le voyait moins... Un matin il a réveillé Ky : « Mon capitaine, ne me posez pas de « question, j'ai besoin de vous. » Il l'a traîné à la mairie de Da Kao. Les parents de la petite étaient pleins de réserve à l'idée de confier leur fille à un *lin tay* [1]... Ky a accepté d'être le témoin. Il y eut une belle fête à Can Tho, la ville de la famille, avec tous les oncles, les tantes, les cousins... le traditionnel repas...

« Maintenant la rue Catinat s'appelait rue Tu Do. Les Américains nous remplaçaient, avec un peu d'ostentation. La saison des pluies allait venir. L'heure avait sonné, pour nous, soldats français, de partir... On ne chasse pas ceux qui s'attardent, ce serait contraire aux lois de l'hospitalité ; c'était à nous de comprendre... Nous avons fait un dernier tour dans le Delta, du côté de My Tho avec le marin qui avait fait son premier séjour sur le fleuve et y avait gardé beaucoup d'amis. On pouvait circuler sans arme. Nous cherchions à nous imprégner à jamais des couleurs, des odeurs, de l'air...

« Il y eut encore un soubresaut... Il n'est pas si facile de partir... L'affaire des sectes, pour renverser le régime de Ngo Ding Diem jugé par certains dangereux et trop antifrançais... Ky avait reçu le commandement d'un bataillon parachutiste cantonné à Nha Trang. Il n'a pas hésité. Il a volé au secours de Diem, le chef du gouvernement de son pays... et l'a sauvé !... Quelques-uns de ses anciens camarades de combat français étaient venus le voir pour lui dire : « Laisse-le tomber. »

1. Soldat français.

Ky leur a répondu en riant : « Je vous aime bien, « vous êtes mes amis. Mais je suis un soldat, « laissez-moi faire mon devoir. Adieu. »

« Diem pouvait faire illusion, c'était un patriote sincère, mais son entourage était douteux. Le malheur veut que ces pauvres Vietnamiens du Sud n'aient jamais eu un Clemenceau... un homme politique de classe...

« Nous sommes partis en juillet. Tous les drapeaux des régiments qui s'étaient battus en Indochine — tous ; ceux de la conquête, de 1860, de 1880, et ceux de la guerre qui venait de s'achever — ont descendu la rue Catinat, la rue Tu Do, avec leurs gardes d'honneur pour embarquer sur un bâtiment de la Marine en face de l'arsenal. On nous avait dit : « Ne faites pas ça, soyez discrets ou « il y aura des manifestations, des injures, des « bagarres, des coups de feu, peut-être, et des « morts. » Il y avait une foule immense, silencieuse... Les hommes enlevaient leur chapeau pour saluer, d'autres se tenaient dans une sorte de garde-à-vous... Nos anciens camarades portaient leurs décorations françaises... beaucoup pleuraient. Nous partions. Adieu !

« J'ai revu Ky une dernière fois. Il m'avait invité dans son bataillon. Ce jour-là, il recevait aussi des conseillers techniques américains. Au début du repas, au mess, un major a fait un petit speech assez maladroit. Quelque chose comme : « Vous ne « pouviez pas bien vous battre pour le colonialisme « français, mais aujourd'hui avec notre aide, cela « va changer... » Ky souriait. Un peu plus tard il s'est levé en s'excusant : « J'ai quelques ordres « à donner. » A la fin du repas, nous sommes sortis sur la véranda. Tout le bataillon était rassemblé, impeccablement aligné, section par section. Certains hommes étaient en treillis, beaucoup avec un foulard rouge, d'autres en tenue de sortie, tous mêlés. Ky nous a présenté son unité : « Effectif : « 633. L'effectif du 5e bataillon de parachutistes « vietnamien quand il a sauté à Dien Bien Phu. » Puis il a donné un ordre et tous les hommes en tenue de sortie ont quitté les rangs, ensemble, laissant de grands vides ici et là. « Ce sont ceux « qui sont morts au combat », a dit Ky au major. Il a donné un autre ordre et les hommes en treillis avec un foulard rouge sont à leur tour sortis du rang. « Ce sont ceux qui ont été blessés. » Il ne restait plus sur la place d'armes que de petits groupes épars. 76 hommes exactement... Le major était blême. Il a salué et dit : « Excusez-moi, je ne « savais pas, j'ai été stupide. »... Voyez-vous, c'est un peu pour moi que Ky avait monté ce numéro. »

(Moi) « Je ne comprends pas. Pourquoi ? »

« Le 5e *bawoan* était mon bataillon. C'est moi qui le commandais à Dien Bien Phu. »

La voix morte se tait. Il fait nuit. J'ai presque froid dans ce bureau obscur. Le colonel a un geste, je le devine plus que je ne le vois, et la lumière de la lampe m'éblouit. L'abat-jour est incliné de telle sorte que son visage reste dans l'ombre ; c'est moi qui pose les questions mais j'ai l'impression que je vais être soumise à un interrogatoire de police. Je remets l'abat-jour en place.

« Excusez-moi, je n'avais pas fait attention », dit-il.

Je n'en suis pas si sûre. Je pense qu'il préférait rester invisible.

Un silence.

(Moi) « Et ensuite, que lui est-il arrivé ? »

Un temps, puis la voix reprend avec dans le ton peut-être plus de lassitude que d'impassibilité.

« J'ai suivi son évolution, de loin, sa carrière — par ses lettres. Il a été plusieurs fois mis sur la touche ; le caractère est une vertu incommode, tour à tour recherchée ou tenue à l'écart suivant les nécessités du moment. Par Diem d'abord, dès 1960. Par Khanh ensuite, par Thieu... Les Américains ont vite découvert qu'ils tenaient en lui le meilleur général vietnamien, ils l'envoyèrent faire des stages aux États-Unis... Ky eut aussi maille à partir avec Westmoreland, à propos du *body count*... C'est un des moyens d'évaluer le résultat d'une opération militaire, on compte les cadavres restés sur le champ de bataille. C'est un moyen extrêmement dangereux dans ce genre de guerre sans front... Par la force des choses n'importe quel cadavre devient celui d'un adversaire... les vieillards, les femmes, les enfants ! Pour une troupe sans grande conscience morale et sans chef digne de ce nom cela peut même inciter au... massacre ; par faiblesse, par peur, pour redorer un bilan médiocre. C'est arrivé à la division Americal. *My laï !*... De notre temps on pratiquait le *weapons count*, le décompte des armes récupérées ; c'était quand même plus exact... Malgré tout en 1968, au moment du Têt rouge, Ky reçut le commandement d'une brigade. C'est lui qui reprit la citadelle impériale de Hué après que d'autres eurent échoué. Il contourna les défenses. Les brouillards matinaux si fréquents à cette saison le long de la rivière des Parfums couvrirent les mouvements de ses troupes durant la phase critique de la manœuvre. Il écrasa les Viets qui l'attendaient à l'est... Il avait le « don », cette intuition, ce mélange d'instinct et de raison, qui fait le succès des entreprises. L'impétuosité du jeune capitaine que j'avais connu avait fait place à la froide réserve, au laconisme et à la concision... La marque d'un chef !... C'est encore lui, en 1972, qui arrêta la retraite devant Hué, contre-attaqua, enfonça le flanc des blindés de

Giap, reprit Quang Tri et atteignit le 17e parallèle. Une petite victoire de la Marne. En 1975 Thieu lui redonna in extremis un commandement. Trop tard ! Il s'est rendu trois jours après le chute de Saigon... Voilà ! Je ne vois pas à quoi tout ce que je viens de vous dire pourra vous servir. »

La dernière phrase du colonel m'agace un peu. Je rétorque froidement :

(Moi) « Je ne vois pas très bien moi-même. C'est pour ce général Ky que Lanvern a abandonné son film — le film le plus important de sa carrière —, qu'il a trahi la confiance de ses collaborateurs. Je ne comprends pas. A la rigueur je peux comprendre que vous l'ayez envoyé. Je ne vois pas pourquoi il a accepté. Il doit bien y avoir une raison. Je la cherche. »

Il garde son immobilité de Bouddha, sans répondre.

(Moi) « Que lui avez-vous donc dit pour qu'il accepte ? »

Un temps.

« Ky a un jeune frère en France. Long, Cao Ba Long. Il fait aussi du cinéma. Monteur. C'est un ami de Lanvern, ils travaillent souvent ensemble. Vous devriez peut-être le rencontrer... Et un vieux journaliste de l'agence France Presse... son nom va me revenir... Il a couvert toutes les guerres d'Indochine, depuis 1946... Il était à Saigon au moment de la chute. Il a vu Ky, il le connaît très bien. »

Ma sortie ne l'a pas troublé.

(Moi) « Merci... Ce que j'aimerais savoir maintenant c'est ce que vous lui avez dit et ce qu'il vous a dit, comment il a réagi. Ce qui s'est passé, exactement, entre vous. J'essaie de découvrir qui est Lanvern, apparemment il n'est pas le même avec tout le monde. Vous l'avez appelé au téléphone à la production, je sais qu'il est venu vous voir tout de suite, que lui aviez-vous dit ? »

Le colonel répond aussitôt.

« — Je voudrais te voir. » Il a répondu : « Bien, « quand ? — Le plus tôt possible. — Bon, j'arrive. » Il n'a pas demandé d'explication. Il est comme ça, avec moi — laconique... Dans mon bureau je l'ai d'abord mis en garde : « Tout ce que je vais te dire « est strictement confidentiel, d'accord ? » Il a hoché la tête. Je n'avais pas besoin de plus. Je lui ai ensuite annoncé que Ky allait sans doute s'évader de son camp... »

(Moi) « Comment le lui avez-vous dit ? Je voudrais connaître vos paroles, et les siennes. C'est important pour moi, pour me faire une idée. Si vous vous en souvenez ? »

« Oui... Je comprends... J'y ai beaucoup pensé depuis... Je vais essayer. Il a dû me dire au début, comme il fait d'habitude quand on se voit : « Ça « va ? » Il s'est assis. « Alors ? »... c'est sans importance... « Ky va s'évader de son camp. Source « sûre. » Je l'ai vu encaisser le coup, ses yeux se sont mis à scintiller. Il a grommelé un juron : « Putain ! c'est vous qui arrangez ça ? Chapeau ! — « Non, nous sommes seulement au courant. — « Qui, alors ? a-t-il demandé. — Je ne peux pas te le « dire. » Je l'ai laissé digérer la nouvelle avant d'ajouter : « L'opération semble bien montée. Les « Hmong le convoieront par les crêtes à travers le « Laos. Il devrait arriver dans le nord de la « Thaïlande pendant le tournage de ton film... »

(Moi) « Qui sont donc ces Hmong dont vous parlez tant ? »

La concentration due à l'effort de mémoire se relâche d'un seul coup.

« Écoutez, j'essaie de retrouver tous les détails et vous me... Vous ne savez pas encore très bien conduire un interrogatoire. C'est un métier !... Bon, allons-y : les Hmong — ou Méo, ou Miao — sont un peuple montagnard des confins de la Chine, du Tonkin, du Laos, de la Thaïlande et de la Birmanie. Il y a beaucoup de peuples différents, là-haut, comme des couches d'alluvions stratifiées, les unes au-dessus des autres ; les Thaï, les T'ou-lao, les Tho, les Lolo, les Man, les Nung, j'en oublie, tous venus de Chine. Les Hmong sont les derniers arrivés, ceux qui vivent le plus haut, au-dessus de toutes les autres races, au-dessus des nuages, seuls avec leurs chamans et leurs génies. Ils ont apparu il y a un peu plus d'un siècle, d'au-delà du Yang-tseu-kiang et de plus loin encore, sans doute de haute Asie... Ce sont eux qui cultivent le meilleur opium, translucide comme un miel de sapin... Je ne vais pas vous faire un cours d'ethnologie... Les vallées profondes donnent une âme, les sommets désolés et magiques en donnent une autre... Ils ont toujours été des irréductibles... Rebelles à toute contrainte... Ils savent fabriquer des fusils et de la poudre... Ils ont l'amour de la liberté, ils ressemblent à leurs petits chevaux... Ils ont supporté plus ou moins bien notre administration plutôt légère, ils ne tolèrent pas la pesante bureaucratie viet-minh... Ce sont aussi les plus joyeux des hommes. J'ai vécu cinq ans avec eux... Il ne doit plus en rester beaucoup, là-haut, au Tonkin et au Laos. Les Viets ont lancé de grandes opérations de nettoyage... une campagne d'anéantissement... Le destin des peuples dits primitifs est sans doute de perdre plus qu'ils ne gagnent au contact des peuples dits civilisés, mais dans ce cas-là le contact est un peu trop brutal et le destin un peu trop aidé. »

Un silence. Je risque timidement.

(Moi) « Vous êtes resté cinq ans chez eux ? »

« C'est Lanvern qui vous intéresse, et Ky ; pas moi... Avec les Hmong la traversée du Laos avait des chances de réussir. Je n'avais pas besoin de l'expliquer à Lanvern. Il les connaît, c'est pour ça qu'il les a choisis pour son film... Attendez, laissez-moi me souvenir... Je ne lui ai pas parlé du *canh bo*, du cadre, ni des Chinois — je n'en avais pas le droit... Et puis moins on en sait mieux ça vaut, si ça tourne mal... Il était assis. Je crois qu'il a fait une plaisanterie... « Libérez Henri Martin »... ou « Tuez le vieil homme ! », ou quelque chose du même tabac, une vieille plaisanterie entre nous ; un de ces slogans que les Viets voulaient nous faire brailler dans les camps... ça n'a pas d'importance. Je lui ai fait la demande que j'étais autorisé à lui faire. J'ai dit : « Il aura besoin de toi. Pourrais-tu le « récupérer à la frontière et le planquer au milieu « de ton équipe ? Le temps de calmer les esprits. » Il a tout de suite réagi : « Vous n'avez personne « pour ça, là-haut ? — Je n'ai pas le droit de les « utiliser, pour des raisons politiques. Nous ne « sommes pas dans le coup. On saura quand Ky « doit arriver à la frontière, avec un préavis de « quelques jours. C'est tout ! »... Il était assis, immobile. Je voyais bien qu'il réfléchissait à toute vitesse. Il m'a posé une série de questions : « Ça va « faire des vagues ? — Oui. — Les Thaïlandais « pourraient vouloir le refouler ? — Non, ce n'est « pas dans leurs traditions. — Il sera seul ? — Non, « ne m'en demande pas plus. — Où doit-il arriver ? « — Au sud de Ban Houeï Sai, là où le Mékong « cesse d'être la frontière. — Le gouvernement « thaïlandais risque de nous foutre à la porte « quand il apprendra l'affaire ? — Ça dépend... tu « n'appartiens à aucun service. Tu fais un film, tu « embauches beaucoup de monde dans le secteur « pour les besoins du tournage ; plus des Chinois

« et des Japonais que tu fais venir. Ky, et les « quelques autres, sont là, c'est un hasard, tu les « embauches aussi. Voilà comment je vois les « choses. — Et si ça tourne mal ?... — Il y a toujours « un risque... On essaiera de te prévenir. En aucun « cas tu ne dois approcher la frontière du Laos de « moins de dix kilomètres, en aucun cas. »

Un long silence.

« A un moment donné il s'est levé et s'est mis à arpenter mon bureau en jurant : « Ce n'est pas « possible, ce n'est pas possible... » Il s'est planté devant moi et m'a sorti toute une tirade... Je m'en souviens, en gros — ses arguments venaient en désordre, il pensait à haute voix. « On va tourner « à l'ouest, à la frontière birmane, de l'autre côté... « Tu ne sais pas ce que c'est que le tournage d'un « film : c'est une usine qui se met en marche !... « On ne peut pas arrêter et se balader. Chaque jour « coûte une fortune... Je ne peux pas faire ça à mon « producteur, je n'ai pas le droit, c'est un abus de « confiance... Si encore je pouvais lui en parler « avant... Et mes collaborateurs, mes compa- « gnons... Je ne peux pas faire ça. C'est impos- « sible !... On ne peut pas courir deux lièvres à la « fois. Ce film est une grande aventure... C'est du « vent, une farce, bien sûr, comme tous les films ; « mais on finit par y croire tellement que ça devient « plus vrai que la vraie vie... Ce sera un beau film, « il y a tout ce qu'il faut pour... Tu me vois disant à « mes types, à mes acteurs : « Excusez-moi, je vais « faire un petit tour... combien ? trois, quatre, cinq « jours ! jusqu'au Laos et je reviens ; ne faites pas « de bêtises pendant mon absence... » Et si les Thaï « nous foutent à la porte, après ? Tu imagines la « catastrophe ?!... Si encore on avait tourné près « de la frontière du Laos, je ne dis pas... mais on « est de l'autre côté. C'est impossible !... » Il a fini par se rasseoir en ajoutant : « Peut-être qu'il n'y « aura pas de film, d'ailleurs... » Je lui ai demandé pourquoi. Il m'a répondu qu'il avait des problèmes avec son acteur principal... J'ai oublié les détails, c'est sans importance... « Pas de vedette, pas de « film ! »... Il est resté un bon moment silencieux, perdu dans ses réflexions. Je le laissai tranquille... « Quand doit-il arriver en Thaïlande ? »... J'ai répondu un peu brutalement : « Peut-être n'arri- « vera-t-il jamais ! » Il a relevé la tête et m'a regardé, comme s'il cherchait quelque chose sur mon visage, dans mes yeux... Je revois très bien ce regard... « Avec les Hmong on ne devrait pas « trop s'en faire !... Où est son camp ? — A Muong « Pon — Quoi !... » Je vous ai raconté ça. Sur la piste Pavie. C'est là qu'il a été blessé en 1953, sur les crêtes à l'est... C'est là que des hommes de sa section ont brûlé vifs, dans l'herbe à éléphant... Cela a réveillé de vieilles choses en lui... »

Le colonel est relativement bien éclairé par la lampe. La peau de son front et de ses joues est tendue, comme par l'effort de sa mémoire. Ses yeux sont ouverts, mais j'ai l'impression qu'il ne me voit pas. Il me regarde comme s'il voyait quelque chose ou quelqu'un derrière moi. Il parle lentement, sa voix n'est plus tout à fait morte.

« Je revois très bien son regard... Je n'avais pas envisagé que cette histoire lui poserait tant de problèmes pour son film... Il m'a dit : « C'est drôle, « depuis quelques jours, je repense à tout ça... « Avant de commencer un film on a un moment de « vide... comme avant de partir à l'attaque... Cette « fois, j'ai eu besoin de me recueillir, de me retrou- « ver... de m'interroger sur... ma vie. C'est mon film « le plus important, celui qui me tient le plus au « cœur... Alors, pourquoi ?... Quel est le sens ?... « Qui suis-je ?... Le soir, seul, je repense à tout ça...

« A Ky... Aux blessés sur la crête, à Lin... Aux « autres, à des tas d'autres... A tous ces camarades « à qui je dois... quelque chose... A Dien Bien Phu, « surtout !... Au camp ! Pourquoi ne suis-je pas « mort, moi aussi ?... A quoi ça sert !... Tu vois, « un examen de routine... Qu'est-ce que la liberté ?... « De petites méditations avant de partir en cou- « rant... Seulement cette fois c'est moi qui suis « capitaine, c'est moi qui dois les entraîner tous... « comme Ky à la bataille des Cinq Collines, hein !... « Avoue que c'est drôle, mon colonel ! Quelle coïn- « cidence ! Voilà qu'aujourd'hui tout ça me redé- « gringole sur la tête... pour de bon ! Je ne sais pas « ce que je vais faire... Où est ma liberté ? » Il est parti en disant qu'il devait réfléchir... passer une nuit. Il m'a appelé le lendemain. On s'est vus encore une fois, pour régler les détails. »

(Moi) « Quels détails ? »

« Ses contacts, là-bas. L'attaché militaire, à Bangkok... Deux Hmong à Tchieng Rai. »

(Moi) « Il ne vous a pas donné ses raisons ? »

« Non... Je n'en attendais pas... inutile... On a reparlé des risques... Je l'ai mis en garde : « Surtout « reste bien en deçà de la frontière. Dix kilomètres au moins. »... Il ne faut pas exagérer les risques. Tous les jours des centaines de Vietnamiens s'échappent... »

(Moi) « Les Laotiens disent qu'ils l'ont attrapé chez eux, au Laos. J'ai une de leurs notes de protestation, je vous la lis : « *Actes subversifs et* « *criminels d'espionnage perpétrés sur le sol lao-* « *tien par un agent stipendié des services secrets* « *français, de la C.I.A. et des réactionnaires inter-* « *nationaux, instrument du cupide impérialisme...* »

Il m'interrompt :

« Je connais, je connais ! Le reste est assez indigeste... Il faut toujours mettre la C.I.A. dans le coup. Haro sur le baudet ! Les réactionnaires internationaux sont les Chinois — c'est la formule utilisée d'ordinaire par Hanoi pour les qualifier... La frontière n'est pas balisée, mais Lanvern sait lire une carte. Il n'a pas pu se tromper. »

(Moi) « Alors ? »

« Le Laos change très vite ! En juin, un mois avant la capture de Lanvern, deux de nos diplomates ont été expulsés et nous avons rappelé notre ambassadeur dont la position devenait intenable. Il n'y a plus de présence française au Laos. Les Chinois aussi ont des problèmes. Ce sont les Vietnamiens qui tiennent le pays...et les Russes. Il y a les grandes opérations de nettoyage, contre les Hmong... Il y a la famine due aux crues anormales du Mékong mais surtout à la création de communes agricoles populaires qui sont un échec, comme toujours... Nous savons encore beaucoup de choses, mais rien sur les conditions de la capture de Lanvern. Tous ceux qui auraient pu nous informer ont été tués, je vous l'ai dit. Les Viets ont fait le ménage avec beaucoup de soin, parce que ce sont eux qui tirent les ficelles. »

(Moi) « Mais pourquoi ? Les révélations de Ky, et du cadre, étaient-elles donc si importantes ? »

« Non, rien de plus qu'on ne sait déjà... Je pense que tout repose sur un malentendu... Ce n'est qu'une spéculation... Il y a dû y avoir une fuite, au début — soit des services chinois, soit de Hmong prisonniers. Les Viets se sont lancés sur la trace toute chaude des évadés. Ils auraient pu les intercepter au Laos, ce qui les intéressait vraiment c'était de savoir qui allait les récupérer en Thaïlande. A leurs yeux, ça ne pouvait être qu'un agent important, peut-être même l'organisateur de l'évasion. Une belle prise ! Ils ont réussi leur coup... Ils ne peuvent pas comprendre qu'ils n'ont personne entre les mains... un innocent ! »

La pluie crépite sur les vitres, brouille les lumières de la banlieue, nous isole un peu plus dans ce bureau sinistre. Le vieux colonel a retrouvé son impassibilité, son détachement apparent. Sa voix est à nouveau sans expression. Lanvern me semble bien loin, abandonné.

(Moi) « Vous croyez qu'ils ont essayé, qu'ils essaient de le faire parler... de lui faire avouer des liens avec le S.D.E.C.E., les services chinois, ou la C.I.A. ? »

« Oui ! »

(Moi) « Et il n'a rien à leur dire. »

« Rien ! »

(Moi) « Alors ils insistent, ils continuent ? »

« Je ne sais pas... Peut-être... Sans doute... Ils sont très entêtés. Ils ne peuvent pas comprendre son attitude. Pour eux tout est noir ou blanc. »

(Moi) « Vous l'avez fait tomber dans un drôle de piège ! »

Cette dernière phrase m'a échappé. Le colonel ne répond pas. Il semble attendre une autre question. Il se lève. Son visage sort du cône de lumière de la lampe et disparaît dans l'obscurité.

« Je crains ne plus rien avoir à vous apprendre, mademoiselle. Je vous raccompagne. »

Dans l'ascenseur brillamment éclairé je peux le détailler à mon aise. Il est très droit, gris, glacé, pétrifié ; un vieux soldat au bout de sa route, qui tente de sauver la face ; ou un homme de laboratoire qui constate les réactions en chaîne qu'une de ses expériences a déclenchées ? Son regard n'est plus sur moi, il fixe une des parois d'acier.

Soudain j'ai l'impression de comprendre : c'est lui qui est tombé dans un piège.

(Moi) « Toute cette affaire n'était peut-être qu'un traquenard monté par les Vietnamiens pour coincer un de vos agents, ou un agent chinois, ou américain ? »

Il hésite. Fait front. Ses yeux reviennent sur moi, je ne peux rien lire en eux.

« Non ! Je sais que les choses ne sont jamais aussi simples... Mais certains, ici, sont arrivés à cette conclusion, aujourd'hui... Tout le monde aurait été joué. »

(Moi) « Pas exactement. Les Chinois n'ont rien perdu et, que Lanvern soit innocent ou pas, sa capture embarrasse le gouvernement français. Vous n'avez réussi qu'à mettre le pays dans une situation gênante qu'aucun avantage n'est venu racheter. »

Je ne sais pas si je l'ai touché, il ne laisse rien paraître.

La porte de la caserne se referme derrière moi avec son claquement sec. La sentinelle en armes s'abrite dans la guérite. Il pleut. Il fait froid. Il n'y a pas un taxi en vue boulevard Mortier.

LE JOURNALISTE
(première partie)

« and white ships flying on the yellow sea [1] »
TENNYSON.

« HO ! ha ! Oh ! là ! là ! Qu'est-ce que c'est ? »

Le journaliste de l'A.F.P. a entrouvert sa porte. Enveloppé d'une vieille robe de chambre brunâtre, dépeigné, le visage chiffonné, il m'examine l'air effaré.

Je lui rappelle notre rendez-vous, ce qui semble le plonger dans un extrême désarroi.

« Quoi ? Oh ! là ! là ! là ! J'avais oublié. Bon Dieu ! Entrez, entrez vite, fermez cette porte, il fait un froid de canard. »

Il regarde autour de lui avec inquiétude.

« Le foutoir !... Si j'avais su ! Excusez-moi, je sors d'un coup de palu renforcé. Abruti par la quinine... Je croyais que c'était Mme Esperanza avec la viande pour Médor. Excusez-moi. »

Il débarrasse un fauteuil d'une pile de journaux qu'il jette en vrac sur un coffre chinois délabré déjà chargé de livres.

« Voilà, asseyez-vous... Excusez-moi, je vais faire du thé. »

1. « Et des bateaux blancs volant sur la mer jaune. »

Il disparaît derrière une porte et j'entends aussitôt des bruits de casseroles et d'eau.

La petite pièce surchauffée dans laquelle je reste seule est effectivement en grand désordre. Il y traîne un vague relent de sueur et de maladie. En face du fauteuil, un divan et entre les deux une table basse encombrée de boîtes de médicaments. Au fond, un bureau jonché de paperasses maculées de ronds de vin, un verre sale, les restes d'un sandwich au saucisson mort de vieillesse, une lampe de travail allumée, une machine à écrire portative toute cabossée et un chat noir si immobile que je le crois d'abord en peluche. Un peu partout des photos, des souvenirs, des bibelots d'Extrême-Orient. Une fenêtre sans rideau donne sur une cour grise, de chaque côté sont accrochés deux lavis d'une grande finesse représentant l'un des bambous, le second une pagode sur une colline noyée de brume. La profusion des livres est telle que la décoration des autres murs s'en trouve d'emblée résolue. Par terre, sur la moquette tachée, des journaux et encore des livres. Un vrai studio de vieux célibataire !

Mon hôte revient. Il a conservé sa robe de chambre mais en a resserré la ceinture. Il s'est soigneusement peigné et sent l'eau de Cologne. Il semble un peu moins agité. Il est laid : un visage gris, osseux, creusé de rides ; un grand nez ; des oreilles pointues, décollées ; des sourcils excessivement relevés ; un regard noir, malin, pas du tout celui d'un malade ou d'un convalescent. Des lunettes cerclées d'acier sont posées sur son front. Il dépose une théière et deux tasses sur la table basse en balayant d'un revers négligent les médicaments épars.

« Je suis confus, mon petit, vous avez pris la bête au trou. Je suis encore à moitié mort. Je vous avais complètement oubliée, je n'ai même pas de whisky à vous offrir, moi je n'ai plus le droit d'en boire avec toutes ces drogues que je me tape. »

Je lui propose de revenir un autre jour.

« Non, non. Trop tard, le thé est prêt. Allons-y... Alors, c'est votre petit ami ? »

(Moi) « Quoi ? »

« Lanvern ! C'est bien pour Lanvern que vous venez me voir ? Votre ami. »

Mes dénégations n'ont pas l'air de le convaincre, mais cela m'est égal. Je lui explique le but de mon enquête et propose de lui passer la bande magnétique enregistrée lors de ma rencontre avec le colonel. Il accepte sans enthousiasme.

« Si vous y tenez. Le Vieux ne doit pas être bien rigolo. »

Il écoute pourtant avec de plus en plus d'attention à mesure que la bobine se déroule, ponctuant certains passages d'exclamations diverses telles que : « Ah ! les vaches ! — Oh ! là ! là ! — Bien joué ! — Le vieux renard ! — Le salopard ! », etc.

A la fin, quand la bobine s'arrête, il se carre dans le divan et, d'une grimace comique, fait retomber ses lunettes devant ses yeux.

« Bravo ! Vous êtes très forte, mon petit, jamais je ne l'ai entendu parler si longtemps... et des trucs personnels encore ! Vous l'avez mis dans votre poche ! »

Je lui lis mes notes sur la conclusion de la conversation dans l'ascenseur, que je n'avais pu enregistrer. Je conclus :

(Moi) « Je crois que c'est lui qui est tombé dans un piège. »

« Oh ! là ! là ! C'est vite dit... Il a été d'un patient avec vous ! Fallait vraiment qu'il ait des ordres... Moi il ne faudra pas me bousculer comme ça. D'abord, je suis malade, et fragile, attention ! »

Il se met à rire. Il a l'air soudain d'un vieux diable hilare.

« Lui, tombé dans un piège ?... Entre les Chinois et les Vietnamiens vous pouvez être sûrs d'avoir une affaire à triple, quadruple détente... Et les Vietnamiens font rarement le poids. Trop d'orgueil, surtout les Tonkinois... Quand au vieux renard, c'est pas un enfant de Marie, il est aussi tordu qu'un Chinois. »

Il réfléchit un instant et secoue la tête.

« Non, je pense que les Viets l'ont dans le cul — sans vouloir vous offenser, mon petit. Ils ont cochonné leur affaire. Ils pouvaient liquider Lanvern il y a six mois, quand ils se sont aperçus de leur méprise — ni vu, ni connu. Maintenant c'est trop tard. Par orgueil, ils en ont fait tout un plat. Ils ont braillé : au loup !... Ils ne voulaient pas avoir eu tort. Ils vont bien être obligés de le rendre un jour. Et à peu près intact ! Ils auront l'air de quoi ? Je vous le demande... Vous vous souvenez du procès annoncé à grands coups de clairon il y a deux mois ? procès public, à Vientiane... Attendez, j'ai le texte retransmis par l'agence Tass. Prodigieux ! de la poésie pure !... »

Il se lève et va farfouiller dans l'inextricable chaos du bureau. Le chat immobile se détourne d'un air offensé. Le journaliste revient s'asseoir en brandissant un télex.

« Vous allez vous régaler. Écoutez ça : « *Un* « *tribunal populaire jugera prochainement les* « *crimes graves et odieux de l'espion des impéria-* « *listes cupides et des bandits internationaux qui,* « *tremblant de peur, a passé des aveux complets et* « *sincères, et s'en remet à la sagesse des masses* « *pour recevoir un juste châtiment en expiation de* « *ses fautes. Nous avons des preuves très abon-* « *dantes de la collusion des capitalistes réaction-*

« *naires et des...* », etc. J'arrête, le reste est du même tonneau. Il y a deux mois ! Et depuis ?... Rien. Terminé, *finish, het zoi, rallas, fertig, finita la commedia !...* Ils ont essayé de lui faire avouer n'importe quoi et ça n'a pas marché. Lanvern connaît leurs méthodes, il y est déjà passé, il sait que la seule solution c'est de la fermer. Ils ne peuvent rien contre le silence... Il y a quelques types là-bas qui doivent être sérieusement emmerdés. »

(Moi) « En attendant c'est surtout Lanvern qui est embêté... et votre vieux renard par la même occasion. »

Il me lance un coup d'œil soupçonneux.

« Oui, bien sûr... le Vieux va être fourré sur une voie de garage, ça c'est sûr. Dommage, je pense qu'il est notre meilleur spécialiste du Sud-Est asiatique. »

(Moi) « Je ne comprends toujours pas pourquoi il a embarqué Lanvern avec tant de légèreté dans cette aventure pour le moins douteuse. »

Le visage du journaliste se ferme d'un seul coup. Il n'y a plus trace d'amabilité dans son regard, ni de malice. Le ton de sa voix change aussi.

« Si c'est une réponse claire et nette à cette question que vous venez chercher chez moi, alors vous vous trompez de porte. Je suis journaliste, j'écris ce que je vois et ce que j'entends. Je ne suis pas psychologue, ni psychiatre, ni devin, ni juge, ni du S.D.E.C.E. non plus. Il y a longtemps que je ne me prends plus pour ce que je ne suis pas. Je connais le Vieux, je connais Lanvern. Je peux les comprendre parce que je les aime bien — et parce que je connais Ky aussi — mais je ne suis pas l'un des leurs et je ne peux pas expliquer leur comportement... D'ailleurs, je n'en ai rien à foutre, c'est leur affaire. »

Il est agacé et a du mal à se contenir. Il renverse un peu de thé en se resservant.

« Je vais vous dire encore une chose : le Vieux devait avoir une bonne et solide raison de récupérer Ky... ou l'autre individu, le *canh bo*, le cadre... ou simplement pour servir la soupe aux Chinois. Ce n'est pas un sentimental, c'est un patron de services secrets. Il a sorti son violon pour vous en jouer un air — et ça, ma parole, je ne l'avais jamais entendu avant —, il l'a fait intentionnellement, mais il n'a pas mis toutes les cartes sur la table... Bon Dieu, ce thé est dégueulasse ! J'ai horreur du thé... Cette bonne raison vous ne la découvrirez sans doute jamais, mon petit. »

Il y a toujours de l'agressivité dans sa voix.

(Moi) « Je ne m'attendais pas à une réponse. C'est seulement une question que je me pose à moi-même... Quelle que soit la bonne raison, je trouve que Lanvern paie un peu trop cher... Il aurait pu être liquidé, comme vous le dites avec un beau sang-froid... Il va peut-être finir dans son trou comme un rat empoisonné, comme disait le colonel. »

« Alors votre problème est résolu, c'est très simple, vous n'avez qu'à écrire dans votre rapport que le Vieux est un salaud et que Lanvern est un petit con. Qu'est-ce que vous voulez de plus ? »

Je ne sais pas quoi répondre, j'ai l'impression que notre entretien est terminé. Nous restons silencieux.

La sonnette de la porte retentit.

« J'espère que c'est Mme Esperanza, cette fois. »

C'est bien elle — la concierge portugaise — avec la viande pour Médor. Le chat en peluche daigne sauter du bureau et renifler avec méfiance le bol déposé sur la moquette. L'intermède a détendu le journaliste. Il revient s'asseoir en face de moi.

« Bon ! Je me suis foutu en rogne... La quinine vous détraque complètement le système nerveux... Mais aussi vous allez tout de suite aux conclusions, au jugement dernier... Soyez plus modeste, attendez d'en savoir un peu plus long... Je ne pense pas que vous cherchiez à savoir. Vous voulez le scalp du Vieux parce que Lanvern est votre petit ami. »

Je me mets à rire. Et puis je crois que je trouve enfin les mots pour le convaincre de son erreur. Il bougonne.

« Le thé finit par rendre idiot, c'est bien connu. Écoutez, j'ai quand même planqué quelque part une bouteille de vieil armagnac — un cousin qui me l'a envoyé du pays —, à mon avis c'est bien supérieur au cognac. On va en boire un petit coup, avec quelques rondelles de saucisson. Ça chasse le brouillard, comme on dit. »

Le vieux journaliste hume et sirote son armagnac avec gourmandise. Il est en confiance maintenant. Je crois qu'il a fini par comprendre que je cherche à accumuler le maximum d'informations. Il parle du colonel.

« Il est arrivé là-bas en 44, de Calcutta, on l'a balancé, un peu au hasard je crois, dans une vallée perdue du Nord-Laos — c'était la grande mode en ce temps-là, les Anglais, les Français, les Américains parachutaient des types à tour de bras, un peu partout en Asie pour essayer d'y reprendre pied. La vallée grouillait de Japonais. Il a réussi à glisser entre leurs pattes et à grimper tout seul dans la montagne — son radio avait été tué. Ce sont les Méo, les Hmong — je n'arrive jamais à prononcer ce nom-là — qui l'ont recueilli. Ce n'était pas le paradis, là-haut, je peux vous le dire ; deux, trois mille mètres d'altitude, un froid de canard la nuit, rien que des saloperies à bouffer et à boire — il n'y a que leur opium qui est bon ! Mais lui ne fumait pas à l'époque, il cavalait d'une crête à l'autre pour faire connaissance avec toutes les tribus du coin, former des bandes et asticoter les Japonais avec les invraisemblables pétoires à silex qu'ils fabriquent là-haut — et qui vous pètent un coup sur deux à la figure —, heureux comme tout, en bon petit lieutenant de la France Libre plein d'énergie qu'il était !... En août 45, il a même réussi à capturer un poste japonais avec son seul revolver, en se faisant passer pour un Américain — la guerre était finie, mais les Japonais ne voulaient se rendre qu'aux Américains. Il a été obligé de ficeler le chef de poste pour qu'il ne fasse pas hara-kiri quand il a compris qu'il avait été roulé. Il a pu alors armer décemment sa bande de Pavillons-Noirs. Heureusement, parce que les Chinois ont commencé à rappliquer... et je peux vous dire que l'herbe a du mal à repousser après leur passage ! Résultat : trente Chinois au tapis — mi-soldats du Kuomintang mi-pirates, comme ils l'étaient d'habitude — qui cherchaient à faucher l'opium de ses Méo. Ça a fait du bruit à Tchoung-king, vous pensez, les Chinois étaient nos alliés. Tchang Kai-chek a exigé sa tête. Seulement il fallait aller la chercher là-haut, sur les crêtes, dans les nuages, au milieu de ses farouches guerriers... On a dit qu'il était devenu une sorte de roi... »

Le vieux journaliste s'arrête soudain, comme si une idée venait de le frapper. Il a un rire bref.

« Je suis prêt à parier que quand Lanvern a décidé d'adapter le bouquin — cette histoire de roi, à Bornéo, avec les Anglais — il a pensé aux aventures du Vieux. C'est pour ça qu'il a choisi de tourner le film chez les Méo, avec des Français au lieu d'Anglais, j'en suis sûr... Vous savez, c'est moi qui lui ai fait réaliser son premier documentaire, à votre petit ami, et justement chez les Méo, au Laos, en 55. Il faudra que je vous raconte ça... »

(Moi) « Je vous ai dit qu'il n'était pas mon ami. »

« Oh ! là ! là !... A force de vous intéresser à lui vous allez bien finir par en tomber amoureuse... pauvre petite victime innocente !... »

Il rit enchanté de ce qu'il vient de dire.

« Bon, revenons au Vieux... quand il était un peu roi... il était un peu fou aussi. Malgré les nuages le soleil avait dû lui taper sur la tête, là-haut. On dit qu'il aurait participé à un festin... bouffé le cœur d'un Chinois particulièrement virulent — parce que c'est bon et qu'on hérite en plus du courage de l'individu. Peut-être que c'était seulement le foie ? On dit ! On dit ! Les gens sont si méchants ! Allez savoir ! Ha ! ha !... En 46, les choses ont commencé à se normaliser au Laos, et l'administration française s'est réinstallée. A Phong Saly, le chef-lieu de province, il a fait tout un numéro pour qu'on reconnaisse officiellement l'autonomie de ses tribus. Ce n'était pas idiot et ça aurait pu s'arranger en douceur, mais il a été maladroit. On raconte — moi je n'y étais pas, comment démêler la fiction de la réalité ? — qu'il est descendu de ses crêtes, habillé tout en noir, comme un Méo — son uniforme, qui avait épaté le Japonais du poste, avait bien fini par tomber en morceaux je suppose —, pieds nus, avec une coupe de cheveux incroyable et des colliers d'argent, et même des tatouages un peu partout, entouré d'une bande de sauvages pas plus convenables que lui — tous bardés de couteaux, de fusils japonais et chinois. Ils ont fichu une frousse terrible ! Leurs revendications risquaient de faire éclater le royaume du Laos qui n'était qu'une entité politique récente, sans cohésion — c'est une république démocratique populaire, de nos jours, sous la botte des Viets... L'administrateur a réussi à calmer les esprits et a pris la décision adéquate : expédier aussi sec le Vieux sur Hanoi. Cheval, pirogue, avion ; il a quand même mis trois semaines pour y parvenir — les communications n'étaient pas si faciles à l'époque...

« C'est un peu plus tard que je l'ai rencontré. J'étais troisième couteau au bureau de l'A.F.P. du Tonkin. Je venais d'arriver, juste après le coup de force du 19 décembre 46 — le Vieux vous en a parlé — pour le bilan. J'avais passé Noël à compter les cadavres — souvent coupés en rondelles — et on recherchait les disparus dans le canal des bambous... La ville puait la charogne et le brûlé. Toutes les nuits, ça tiraillait dans le quartier sino-vietnamien derrière le petit lac, rue du Grand-Bouddha, rue des Voiles, rue du Rotin... Ça me changeait de mes débuts dans le métier : « Un « désespéré se donne la mort en se jetant du « premier étage de la tour Eiffel », et autres rentières assassinées rue Lepic. Ha ! ha !... J'écarquillais les yeux. J'étais tout ému quand mes dépêches étaient reproduites dans la presse... Puis la vie a repris son train-train normal, le tramway a recommencé à circuler ; après leur échec les Viets avaient filé dans les collines autour du Delta. Plus grand-chose à câbler. Le patron m'a chargé de faire une série d'articles de fond sur les minorités ethniques : « Les peuples de la Montagne » — c'était le titre. Vaste sujet, de quoi remplir toute une vie !... L'Indochine était une sorte de miracle en ce temps-là. Dans cet appendice accroché au flanc de l'Asie continentale, plus de quatre-vingts races différentes se sont fixées au cours des siècles et se côtoyaient alors sans frottement excessif. Et deux grandes civilisations, non, trois : la civilisation chinoise, du nord au sud, avec les Vietnamiens ; la civilisation hindoue, d'ouest en est, avec les Khmer et un peu les Lao ; la civilisation indonésienne, moins forte, ici et là sur les côtes. On peut même en ajouter une quatrième, thaï. Elles se sont répandues toutes les quatre sur les deltas, les plaines côtières et les grandes vallées fertiles de l'intérieur. C'est l'Indochine la mieux connue. Il y a l'autre : celle des contreforts de l'Himalaya au nord, de la cordillère Annamitique au centre, des plateaux montagnards du sud : plus de quatre-vingts ethnies, peuplades, tribus, clans ! A peu près intacts, pas dégénérés, aussi libres qu'on peut l'être sur terre ! Nulle part au monde une telle diversité, une telle densité... Voilà que je vous fais un cours de géographie humaine, maintenant ! Comme vous m'avez l'air de ne pas connaître grand-chose, ça ne vous fera pas de mal... De toute façon c'est de l'histoire ancienne. Cette Indochine-là est morte. Tout est rentré dans le rang. Ces survivances féodales héritées du colonialisme français ont été promptement liquidées... Pas de salut hors des masses populaires, du socialisme scientifique basé sur le matérialisme dialectique enrichi par le grand Lénine et le génial Staline, du centralisme démocratique, du déterminisme historique et tutti quanti... Ha ! ha ! ha ! Ainsi va le monde !... Ky m'a donné un jour une traduction d'un des poèmes de son ancêtre : « *La vie est un* « *oignon ; plus on l'épluche plus elle empeste, et* « *quand on a fini de l'éplucher, on a les yeux* « *pleins de larmes.* »

De nouveau le journaliste se met à rire, comme si ses souvenirs l'enchantaient.

« Pauvres peuples de la Montagne !... J'avais

choisi de commencer ma série par les Méo. Ces irréductibles perchés sur leurs crêtes au-dessus des nuages, qui ne peuvent pas descendre dans les basses vallées fertiles parce qu'ils tombent malades et meurent, excitaient mon imagination. C'est comme ça que j'ai rencontré le Vieux, c'était « LE » spécialiste ! Malgré les malveillances il avait sa légende. On m'avait dit à l'état-major : Attention c'est un exalté, un fou ! Je l'ai trouvé plutôt calme et sensé — pas encore le poisson froid qu'il est aujourd'hui —, un peu sec, un peu distant, un peu sarcastique ; des chaussures aux pieds, pas de colliers d'argent, les cheveux normalement coupés en brosse — je n'ai pas repéré les tatouages —, habillé en militaire correct : chemisette, short long et bas montants couleur sable style VIIIe armée du désert, béret rouge avec insigne S.A.S., barrette de décorations, losange à croix de Lorraine — la panoplie complète ! Toujours ses deux bras — c'est plus tard, à Dien Bien Phu, qu'il en a perdu un. Très britannique, jetant du jus... On avait presque le même âge, on a sympathisé. De tous ceux qui m'ont donné des renseignements — ethnologues, vieux colons et autres — c'était lui qui était le plus intéressant... Il m'avait dit : « J'avais raison, mais « j'ai mal manœuvré. Tes articles peuvent les « aider, alors, je t'en prie, ne fais pas de cinéma. » Sa légende le mettait en rogne : « Roi ! Ils n'ont « pas besoin d'un roi. J'étais leur ami. »... Grâce à lui je me suis baladé avec un interprète dans son ancien fief. Ses joyeux compagnons m'ont offert d'abominables ripailles de cochon arrosé d'un alcool à vous ronger le foie, la rate et le gésier. Ils adorent faire la fête pour un oui ou pour un non, j'étais une bonne occasion. Le soir on fumait un peu en regardant les étoiles... Oh ! ne faites pas cette tête, je n'ai jamais vu de dragons ailés ou de diables à queue fourchue, ça n'a rien à voir avec le hasch, le L.S.D. et toutes ces saloperies. L'opium donne au contraire un bien-être pacifique dont profite l'activité cérébrale, si vous y allez modérément. On n'est pas abruti, on reste très curieux, on contemple le monde depuis un calme observatoire. Et c'est bien meilleur pour la santé physique et morale que leur tord-boyaux dégueulasse distillé dans leurs alambics de fortune, c'est même meilleur que cet armagnac !... Si vous conservez ce passage dans votre rapport je vais me faire foutre en tôle pour incitation à l'usage de la drogue. Ha ! ha ! ha !... Il n'empêche que j'ai beaucoup appris, le soir, en fumant avec les chamans et les chefs de clan. Ils parlaient souvent du Vieux. Ils lui avaient donné un surnom dans leur dialecte : le Tigre Blanc ! Ha ! ha ! ha !... amusant, parce qu'en argot chinois de Haiphong un tigre blanc c'est... comment dire ?... une dame qui n'aurait pas de pilosité au... à sa nature. Plus exactement c'est une nature imberbe. Ha ! ha ! ha ! Tigre Blanc !... Quand je lui ai dit, plus tard, ça l'a fait rigoler jaune... Le tigre blanc a des vertus maléfiques, ou bénéfiques, suivant les goûts. Moi je ne suis pas superstitieux... »

Le vieux journaliste est très content, tout son visage se plisse de joie. Il ne faut vraiment pas grand-chose pour réjouir un homme !

« A moi le Tigre Blanc a porté bonheur, j'ai fait un excellent papier, traduit, publié dans le *Sunday Time* — les Anglais sont friands de ce genre de choses —, j'ai reçu un tas de lettres d'anciens colonels de l'armée des Indes qui faisaient des comparaisons avec les peuplades de l'Assam et de la haute Birmanie. La gloire, quoi !... Je suis passé deuxième couteau, sans augmentation, la direction de l'A.F.P. partant manifestement du principe qu'en m'offrant la chance d'engranger des expériences si merveilleuses, si enrichissantes, elle n'avait pas à me payer grassement par-dessus le marché. Pour me rattraper, j'ai fait une note de frais de taxis particulièrement salée qui a passé comme une lettre à la poste — le comptable ne devait pas lire mes articles ! et j'ai invité le Vieux à faire la bamboula...

« Lui aussi avait aimé ce que j'avais écrit. On est devenus amis. Il avait réussi à se faire affecter dans une unité de partisans tonkinois et il prenait des leçons de vietnamien...

« Peu à peu, la guerre se réveilla, il fallait en rendre compte, j'abandonnai les autres peuples de la Montagne à leur sort. »

Un silence. Il déguste une gorgée d'armagnac et cligne de l'œil.

« Bien supérieur au cognac... mais ça ne vaut pas deux, trois pipes d'un bon opium de Xieng Khouang ou de Phong Saly. Pas trop jeune, comme le vin il s'améliore en vieillissant... On serait allongés tous les deux sur une natte, la nuque sur un petit oreiller de porcelaine, tranquilles. Il y aurait la lampe entre nous, la flamme orange... Et la seule odeur de l'opium, une odeur fade et têtue, triomphante ! Je pourrais vous parler toute la nuit de votre petit ami, et des autres ! Merveilleux !... Le matin, au lever du soleil, on entendrait un coup de sonnette : « Ouvrez ! Brigade des stups ! » et vous vous retrouveriez à Fleury-Mérogis... Ha ! ha !... Vous savez, c'est un art que de le préparer. Et c'est un art de le fumer... C'est Dieu qui a guidé mes premiers pas, Notre Père, rue des Deux-Sœurs-Trung. Doan Dinh Dieu, un vieux lettré — on l'appelait Notre Père. Il devait avoir dans les quatre-vingts ans. Une mémoire prodigieuse... Je lui dois beaucoup. J'aimerais lui ressembler à la fin de ma vie... J'aimerais mourir comme lui. Pfuitt !... un courant d'air, la lampe s'éteint ! »

Un autre silence. J'en profite pour réorienter la conversation.

(Moi) « Si je calcule bien, le colonel n'a passé que deux ans chez les Méo. »

« Oh ! là ! là ! Tout de suite les conclusions. Patience, mon petit, nous ne sommes qu'en 47, la guerre vient tout juste de recommencer et elle va durer jusqu'en 75. Ha ! ha ! ha !... Le Vieux était dans son unité de Tonkinois, dans le Delta, un peu à l'index à cause de l'affaire de Phong Saly, pas malheureux pour autant ; il découvrait les Vietnamiens... Toute sa carrière il sera coincé entre deux fidélités. Il aime et comprend les aspirations des Méo. Il aime et il comprend les aspirations des Vietnamiens. Ce n'est pas toujours compatible... Et je ne vous parle pas de sa fidélité à l'armée française, de son sens de la discipline. La quadrature du cercle !... Il faut faire des choix !... J'allais le voir dès que je pouvais. On parlait de cette guerre. Il avait confiance en moi... »

(Moi) « Que disait-il ? »

« Oh !... Je ne sais pas... ses doutes, ses incertitudes, ce qu'on peut dire à un ami... Il était partisan de l'indépendance... Il disait — je m'en souviens parce que j'ai utilisé la phrase dans un de mes papiers : « *Les communistes ont besoin d'une* « *guerre longue pour forger leur peuple sur l'en-* « *clume rouge, on est en train de la leur offrir.* »... Il n'avait ni dédain, ni mépris pour ses camarades plus radicaux, il regrettait seulement qu'on ne fasse pas la guerre qu'il aurait fallu faire. Il ne jugeait pas, il essayait de comprendre... Pas facile, il avait à pacifier sa modeste portion de Delta... et un tas de petits problèmes quotidiens à résoudre, comme tout le monde... Quand il pouvait passer une nuit à Hanoi, il avait de longues conversations avec Dieu qui avait pour lui une affection particulière...

« — *Le sage ne sait pas, il apprend* », disait Dieu. Eh bien, le Vieux apprenait, il faisait ses classes... Moi aussi...

« Si j'essaie de retrouver mes impressions de cet hiver 47-48... C'est un paysage jaune, un fleuve jaune engorgé de limon, un ciel jaune, des foules jaunes, estompées par le crachin... Le crachin c'est l'âme du vieux Tonkin... Un peu de rouge aussi, çà et là ; des flaques de sang au milieu d'un bric-à-brac de douilles, de casques percés, de pansements souillés, de bidons cabossés, de savattes crevées, de fusils brisés, de toute une camelote à donner la mort ; parce que la guerre prenait son comptant de chair fraîche tous les jours... Tout est cotonneux. Je traînais un méchant paludisme ramassé là-haut... En Europe c'était la guerre froide. En Chine, Tchang Kai-chek commençait sérieusement à vaciller. En Inde, la partition sanglante !... Au Tonkin c'était l'enlisement... Les communistes lançaient le slogan de la sale guerre, « injuste et « criminelle ».

« La paix était sans doute toujours possible. Un petit effort ! On pouvait négocier à nouveau avec le Viet-minh. On pouvait créer un vrai gouvernement national, avec de vrais pouvoirs. Mais *Doc Lap* — indépendance —, le mot clef n'était lâché que du bout des lèvres par la France... On s'engageait sans le savoir, sans le vouloir, dans une guerre sans issue... Sous les ordres de ganaches conformistes et satisfaites, l'armée s'épuisait, suait sang et eau — une sueur aussi amère que les larmes...

« J'étais assez mal vu des autorités, mes dépêches indisposaient. Je laissai à mon chef de service les chinoiseries de la politique locale, les bilans bidons de l'état-major et les cocktails tièdes du gouverneur pour filer dans la rizière retrouver les soldats.

« Il faut dire que le corps expéditionnaire était un ramassis inénarrable, de toutes couleurs et de tous poils ; blond, rouquin, noir, lisse, frisé, crépu. Quel arc-en-ciel ! Quelle bigarrure ! Quel échantillonnage ! Tout ça baragouinait un français approximatif. Tout ça équipé d'un armement minable, usé, qu'il fallait économiser, faire durer... Je me sentais bien avec eux... Il y avait même un pilote de l'escadrille Normandie-Niemen, héros de l'Union soviétique ou quelque chose comme ça, qui braillait : *Ourra Pobiéda !* chaque fois qu'il rentrait de mission sur son antique King Cobra des surplus américains... Tous n'étaient pas des angelots joufflus, mais dans l'ensemble c'étaient plutôt de bons bougres...

« Il y avait aussi les *nha qué*, les paysans du Delta. L'important pour cette foule jaune anonyme, pour cette pauvre plèbe des rizières, pour ces misérables, c'était de vivre, de survivre. Ils prenaient l'air le plus con, le plus abruti, le plus minable, pour qu'on ne les remarque pas, pour qu'on leur foute la paix... Quand les chars roulaient ils suivaient derrière, à distance, humblement courbés, pour relever les pousses de riz écrasées par les chenilles, au risque de ramasser une balle dans leur maigre paillasse... J'ai passé trois jours dans un tout petit village éloigné des routes — encore une idée du Vieux, c'est lui qui me l'avait choisi... « Tu sauras de quoi tu parles. »... Avant l'aube, mon paysan se levait. Sans dire un mot il avalait un bol de soupe claire que sa femme lui avait préparé et tirait quelques bouffées de sa pipe à eau. Ça le soûlait un instant, comme une illumination, et je le voyais sourire. Je crois que c'était son seul moment de joie et de paix intérieure jusqu'au soir. Puis il partait toujours silencieux avec son petit imperméable de feuilles de latanier, son chapeau conique et son buffle, sous le crachin. En hiver, l'eau de la rizière est froide, froide !... Il travaillait à moitié nu, pour ne pas abîmer son pyjama *cunao*... Si la guerre restait lointaine, il ne rentrait qu'à la tombée du jour, toujours sans rien dire. Il se réchauffait, tirait encore sur sa pipe à eau et fermait les yeux. Ensuite, parce que j'étais là, pour m'honorer, il sortait de sa cachette une bouteille de choum — d'alcool de riz — et deux petites tasses de porcelaine... Je ne connaissais que trois, quatre mots de vietnamien et lui trois, quatre mots de français, mais on se comprenait... Plein de bon sens et de malice ! On riait ensemble. Toute la famille, la femme, les enfants, la grand-mère, les oncles, était autour. Parfois les voisins venaient me voir, par curiosité... Je ne me faisais pas d'illusion : j'étais un étranger, inquiétant ! mais... on m'aimait bien quand même un peu... et puis... il y a les lois de l'hospitalité !... La nuit, toute la famille dormait ensemble sur un grand bat-flanc, sous une moustiquaire. J'avais apporté un lit de camp, je couchais à l'écart... Et le lendemain tout recommençait... jusqu'au jour où... Je n'étais plus là, moi. »

Le journaliste reste un moment silencieux et soudain bondit sur ses pieds avec une étonnante vitalité.

« Oh ! là ! là ! là ! C'est sinistre ! Je vais allumer une lampe. »

Il revient s'asseoir.

« Je vous embête avec mes souvenirs... Que voulez-vous, vous allez à la pêche ; vous ne savez pas ce que vous allez attraper : un beau poisson bien frais, ou une vieille boîte de conserve rouillée. Ha! ha! ha!... Ou même un cadavre! oui!... Quand j'étais gamin, j'allais pêcher les écrevisses avec mon cousin — celui de l'armagnac. Un jour on est tombés sur une véritable mine. On ravitaillait tous les restaurants du pays, on se faisait pas mal d'argent de poche. Et puis les gendarmes sont arrivés : c'était la vieille Augustine qui était au fond de la rivière... Crime passionnel! »

Le journaliste rit, il en a presque les larmes aux yeux.

« Le Vieux finit par écoper un mauvais coup. Évacué en France. Val-de-Grâce. Puis affecté au 11e bataillon parachutiste de choc, qui était en quelque sorte la réserve du service Action du S.D.E.C.E. En décembre 49 il est revenu en Indochine, capitaine, au moment où les Chinois de Mao Tsé-toung arrivaient sur la frontière du Tonkin. Ce qui changeait complètement les données de la guerre... J'avais vu sous le crachin les divisions de Tchang Kai-chek en déroute déferler sur la R.C. 4 : une horde dépenaillée mais redoutablement équipée, pleine de morgue. Il n'y avait que quelques poignées de légionnaires pour les désarmer. Une poudrière! Il suffisait de jeter un mégot pour que tout saute...

« Oh! que les défaites sont donc tristes, même celles des autres!...

« Et maintenant personne ne savait ce qu'allaient faire les six cents millions de Chinois communistes debout; ils pouvaient aussi bien se mettre à cavaler dans la foulée jusqu'à la pointe de Ca Mau, à l'extrême sud de la Cochinchine... Quelques mois plus tard, c'était la guerre de Corée qui éclatait... Coup de pot!...

« Le Vieux voulait retourner chez les Méo, ceux de Lao Kay et de Cao Bang qui sont les cousins des siens, les organiser comme il l'avait fait du temps des Japonais. Il n'était pas en odeur de sainteté — des rivalités de clans dans l'armée —, ils lui ont refilé un commando vietnamien dans la région du Day au sud du Delta... Il était moins libre avec moi. Nous n'avions plus nos conversations d'autrefois. Quand je le poussais un peu, il grognait : « Je fais comme tout le monde. Sur « mes fesses j'attends que le vent se lève. A mon « avis ça ne devrait pas tarder. » Il faut dire que l'atmosphère était sinistre, tout partait en quenouille ! la grande magouille, la grande vasouille : trafic des piastres, affaire des fuites... C'était le drame de l'impuissance ; on attendait sans rien faire, assis sur nos fesses... Le corps expéditionnaire continuait à se faire saigner à blanc sur la R.C. 4...

« Le Delta restait à peu près calme et le Vieux avait souvent de curieux contacts à Hanoi. Avec des chefs méo ?... Je n'ai jamais pu savoir, mais je m'en doute...

« Octobre 50, voilà le vent attendu — un typhon, une tornade ! le désastre de Cao Bang, That Ké. Plus de trois mille hommes, le fer de lance de l'armée française disparu en quelques jours dans les calcaires de Coc Xa. Coc Xa ! ce nom n'est-il pas comme un cœur brisé ?... La fuite honteuse de Langson. L'abandon en chaîne... Oui ! toutes les défaites sont tristes, mais celle-là était lamentable. « *La Déroute, géante à la face effarée* », comme disait l'autre. Le commandement avait craqué. Il n'y avait plus de commandement, il n'y avait plus que la rage, le dégoût, l'humiliation de jeunes capitaines et de la troupe qui tenait, ici et là, se faisait tuer. La France en juin 40 !... L'angoisse à Hanoi, la panique...

« Le général Juin arriva en ce temps-là...

Quelques cataplasmes de fortune, et il repartit sans rien dire, abandonnant le pauvre vieux corps expéditionnaire à lui-même... Il n'y avait plus d'espérance.

« En Corée, sur le Yalu, les riches divisions de MacArthur étaient submergées par des millions de Chinois. On parlait de bombe atomique !...

« Il pleuvait bien sûr, le crachin de l'hiver. Il faisait froid... « Coupez les mains sanglantes du « colonialisme français. » « Vengeance ! Tuez les « Français, tuez ! tuez ! tuez ! » — des slogans sur les murs d'Hanoi. On disait que Ho Chi Minh entrerait dans la ville le 19 décembre. En attendant rien ne bougeait... Les avions de transport tournaient au-dessus de la ville exsangue qui se vidait toujours... Dieu est mort ce mois-là... Il s'est éteint tranquillement à côté de sa lampe... pfuitt ! en fumant une dernière pipe !...

« Cao Bang, Langson étaient les verrous des portes de la Chine, les Viets allaient maintenant pouvoir débouler directement de leur sanctuaire chinois sur Hanoi, par les routes, avec armes lourdes et convois de munitions ! La guérilla c'était fini, on entrait dans la guerre classique...

« En fait, les Viets ont d'abord foncé sur Lao Kay, la troisième porte Mandarine au nord, au fin fond de la vallée du fleuve Rouge... C'est alors qu'on a repensé au Vieux, on l'extirpa du Delta pour le parachuter là-haut, chez ses Méo...

« Une aventure incroyable, vous allez voir. Pour alléger la pression viet sur la garnison marocaine de Lao Kay, l'état-major avait sans cérémonie balancé dans la région un maigre bataillon para. Mission : leurrer les Viets et les attirer sur Hoang Su Phi, un bled perdu du bout du monde. Mission suicide, ces malheureux paras n'avaient pas plus de chance d'en sortir vivants que ceux qu'on avait balancés sur la R.C. 4. Gaspillage !... Un colonel un peu plus malin que les autres a soudain pensé aux Méo — à l'époque il n'y avait pas encore de maquis organisés, rien que quelques féodaux en mauvais termes avec les Viets. Grâce à eux, les tabors marocains ont pu filer sur Laichau avec les civils par des pistes secrètes. Pour les paras c'était une autre histoire, le piège viet refermé sur eux, ils étaient bloqués dans le nord par les Chinois, ceux de Mao Tsé-toung ! Ils s'enterraient à Hoang Su Phi pour faire payer leur peau le plus cher possible... Le Vieux a été tout de suite au mieux avec le chef méo et avec le chef man, le borgne, le balafré, le terrible Cho Quang Lo. Sa réputation l'avait précédé. A eux trois, ils ont manigancé une combine. Ils ont d'abord acheté le général chinois à coups de barres d'argent — c'était un communiste de fraîche date, encore sensible à la notion de profit —, le vieux pirate borgne avait l'habitude de trafiquer avec lui. Ensuite ils ont fait passer dans la nuit les paras en Chine. Silence radio ! Le bataillon a disparu... Hanoi l'avait pratiquement rayé des contrôles de l'armée... Les Viets, eux, attendaient l'arme au pied que les Chinois fassent leur part de boulot. Après un long détour les paras ont repassé la frontière et se sont installés chez les Méo, sur les crêtes inaccessibles. Ils sont restés là-haut plus de trois mois, le temps que les Viets se dégoûtent, en profitant pour instruire les jeunes montagnards dans le maniement des armes... Quand ils sont revenus à Hanoi, par l'ouest et Laichau, ils étaient hilares. Je les ai vus !... Le Vieux, lui, est resté avec ses amis pendant un an, il les a aidés à organiser leur résistance, il a arrangé leurs parachutages... Il est redevenu le Tigre Blanc. Ha ! ha ! ha ! »

Le vieux journaliste guette avec espoir un sourire entendu de ma part. Il est déçu.

« Je ne peux pas m'empêcher de rire quand je pense à un tigre blanc. Ha ! ha ! ha ! »

Il attend, toujours espérant. Puis il se résigne, avec une grimace comique.

« Entre-temps, tout a changé. Zorro est arrivé !... Le roi Jean. De Lattre de Tassigny. Une tête d'aigle. *Veni, vidi, vici*... Un seul homme, par sa seule force de caractère, peut inverser le cours de l'Histoire. C'est vrai, je l'ai vu ! Les Viets avaient gagné, ils vont en reprendre pour quatre ans...

« Je ne dis pas : cela est bien, ou cela est mal. Je dis : c'est comme ça !... De belles victoires, quelques mois d'illusion, des combats douteux, des morts, toujours des morts... et Dien Bien Phu à la fin... Mais de Lattre n'était plus là pour voir ça. Il était mort à la tâche trois ans plus tôt...

« Hanoi, le 19 décembre, c'était l'angoisse. Le sentiment de la fin, de la mort. Il pleuvait ; le crachin, le froid, le roulement continu de l'artillerie au nord, à l'ouest, au sud. On brûlait les archives. Déjà on avait évacué le matériel lourd de l'armée, les femmes et les enfants des Français. Les Vietnamiens se terraient, les rues étaient désertes... 19 décembre ! date sinistre ; l'anniversaire de la boucherie de 46. Des rumeurs folles. Ho Chi Minh a dit qu'il serait là, ce jour-là, avec son armée victorieuse... Il pleuvait... Dans la nuit, on apprend que c'est de Lattre qui est là. Et une volée de journalistes venus de Saigon, de Corée, de Tokyo, de New York, de partout. La presse du monde entier ! Les vieux vautours internationaux, les vétérans cuits et recuits de toutes les retraites, de toutes les défaites, blasés, cyniques, féroces, vides de sentiment, alcooliques souvent, et les autres, ceux qui croyaient à l'Information, à la Liberté de la Presse, à la Vérité ; tous amenés en avion par de Lattre... On avait dégarni des pans entiers du front, embarqué les soldats directement de la rizière par camion, tous phares allumés. Un risque énorme !... A la lueur des projecteurs un défilé fantomatique. Après un bataillon un autre bataillon. Toute une armée qui sortait de la nuit, qui passait, et qui se perdait à nouveau dans la nuit. Hanoi ! Au bord du petit lac, le 19 décembre ! Il pleuvait. Le crachin. Le roulement continu du canon, au nord, à l'ouest, au sud. Les Arabes passaient, impassibles ! Les paras, impassibles ! Les partisans vietnamiens, impassibles ! La Légion, impassible ; comme un mur immobile et glacé ! Tous dans leur tenue de combat minable, déchirée, en loques, gluante de boue. De Lattre était là, debout, qui regardait ! Il pleuvait, il pleuvait toujours ! De Lattre descend les marches, pâle ! Il s'arrête tout près de ses hommes, il les regarde dans les yeux. Il dit :

« — Ils sont beaux ! »...

« Pour qui ? pour eux ? pour nous, les journalistes ? pour lui ? Parce que c'est la vérité ?

« Il fait appeler l'intendant : « C'est vous qui « habillez mes soldats de hardes ? Le bateau « demain, pour la France ! Disparaissez, je ne veux « plus vous voir. » Une colère exemplaire, sublime. Une injustice, l'intendant n'était à Hanoi que depuis quelques jours seulement, il avait hérité de toute cette misère et faisait de son mieux. Qu'importe !... De Lattre va au milieu de ses soldats : « Je suis venu pour vous, et pour les lieutenants et « les capitaines, j'ai entendu votre appel. Maintenant vous serez commandés. Je vous apporte la « guerre. Pas la sale guerre, une guerre juste et « noble, digne de vous... De guerre aussi désintéressée, il n'y en a pas eu, pour la France, depuis

« les croisades. »... Vérité ? illusions ? persuasion ? calcul ?...

« Il pleuvait, mon petit. Cette nuit-là, il a commencé à subjuguer le corps expéditionnaire. Le frisson dans les reins ! Pour quelque temps ç'en sera fini du doute, du débraillé, de la honte... Il y aura même un peu de gloire, après les victoires de Vin Yen et du Dong Trieu... Et c'est nous, les journalistes, qui la claironnerons de par le monde, nous tous, les vieux charognards qui espéraient des défaites bien succulentes et nous autres les purs idéalistes drapés dans notre bonne conscience ! Il nous a eus, il nous a subjugués nous aussi... Je ne sais pas s'il est juste, ou même admissible, de déplorer le fait ? Je ne le sais pas encore aujourd'hui. »

Un silence que je n'ose rompre. Le visage couturé de rides du vieux journaliste n'est plus comique du tout, il est émouvant. Il semble toujours chercher une réponse à sa question.

« Bien sûr, personne n'aime être dupe, et surtout pas nous, les journalistes. Et bien sûr aussi nous avions tous une part de nous-mêmes qui était pour le Viet-minh, pour ce qu'on croyait être le Viet-minh ! Pas seulement de l'admiration, c'était plus profond... quelque chose comme... une solidarité humaine... Ils souffraient tant, ils saignaient tant pour leur liberté. Tant d'acharnement... Et ils ont récolté quoi ? Le plus froid des monstres froids : l'État totalitaire !... De Lattre nous a fait rêver d'une autre voie, et nous y avons tous cru un moment... Le corps expéditionnaire en restera définitivement marqué...

« Un homme ! seul ! contre le « déterminisme « historique » et les colonnes d'insectes rouges de Giap. Cela me plaît assez. Cela réjouit quelque chose en moi. »

Il rit soudain.

« Nous étions ses chouchous ; les privilégiés, les favoris du roi Jean. Nous avions droit à des confidences, à des prophéties, il nous recevait à sa table comme des amis... pas pour nos bonnes manières, le raffinement de notre conversation, ha ! ha ! ha !... parce que nous lui étions utiles. Nous étions ses trouvères, ses troubadours, nous mettions en musique sa chanson de geste. Une victoire n'est rien si elle n'est connue de tous !...

« Quel homme !... Injuste — je l'ai déjà dit —, insupportable, machiavélique, avide d'actions à sa mesure, attentif aux égards jusqu'à la vétille ! Les grandes circonstances le ramenaient toujours à l'essentiel, au sens de la grandeur...

« Quel comédien ! L'Indochine était son théâtre d'opérations, le roi Jean était le metteur en scène, l'auteur et le principal interprète... Il ne pensait qu'à sa gloire et à celle de sa guerre et à celle de ses soldats. Il parlait de la France, de l'honneur de la France. Et ce n'étaient plus des mots éculés ! Faut le faire, mon petit, et pour le faire faut y croire...

« Quel tragédien !... Il a donné son fils unique... Le 29 mai Bernard a été tué avec sa section de petits larrons jaunes sur le rocher pelé de Nimh Binh. Toute la nuit, il avait appelé au secours à la radio : « Encerclé... Ils sortent de partout... Ils « sont des milliers... Ils donnent l'assaut, sonnant « du clairon, hurlant... Tous mes sous-officiers « morts ou blessés... » Deux heures avant l'aube le dernier appel, laconique : « C'est fini. » Puis il a poussé un grand cri. Et le père suivait de loin, à Hanoi, heure par heure. Frappé à mort lui aussi...

« Mais il se redressera. Il battra le tambour voilé de crêpe noir. Il ramènera le corps de son fils et de deux sous-officiers à Paris, aux Invalides —

ultime et terrible tentative pour essayer de toucher l'opinion publique si indifférente, pour émouvoir, pour rappeler que la France menait une guerre en Indochine. Ensuite il retournera près de ses soldats, à Hanoi... Malade, épuisé, condamné. Lucide et désabusé ; un martyre physique et moral. Pas une plainte ! Toujours flamboyant. Magnifique ! Il se cachait pour faiblir, comme les bêtes pour mourir... Il meurt, comme Molière, sur la scène... Il a perdu. Un échec exemplaire !... La pièce n'était pas terminée pour autant ; la fin approchait, lente, inexorable, inéluctable, comme le terme d'une longue maladie mortelle. Trois ans encore ! Dien Bien Phu !...

Est-ce le châtiment, cette fois, Dieu sévère ?
Alors parmi les cris, les rumeurs, le canon,
Il entendit la voix qui lui répondait : Non !

« J'ai utilisé ces vers en conclusion de mon épitaphe à notre guerre d'Indochine, en 54... J'avais raison, la guerre a repris un peu plus tard avec les Américains, et ça a été plus terrible encore... mais banal, moche ; la machine, la technologie, l'industrie de la mort et de la destruction... Ah ! le voleur ! le voleur ! Ha ! ha ! ha ! »

Je lève la tête. Le doigt tendu du journaliste désigne le chat qui nous tourne le dos et se lèche les pattes.

« Vous avez vu comme il a chapardé le saucisson ? La sale bête ! »

Je n'avais rien vu.

« C'est lui qui m'a choisi... Parce qu'il peut me voler plus facilement qu'un autre, je pense. Il est resté planté trois jours de suite devant ma fenêtre, maigre et galeux, alors j'ai fini par lui ouvrir... Je crois qu'il a un sentiment pour Mme Esperanza. Moi, il me tolère. Hein ? Médor !... Encore une chance qu'il n'aime pas l'armagnac de mon cousin !... Revenons à nos deux moutons. Le Tigre Blanc, seul, dans les nuages, à la frontière du Yun-nan, avec ses Méo à grosse tête de Mongol — et aux genoux aussi gros que leur tête — tirant les oreilles des Viets ou des Chinois de Mao Tsé-toung qui viennent y voir de trop près. Et le Tigre Royal, de Lattre, seul aussi — la solitude du chef — à Hanoi, encore maître du jeu pour quelques semaines... De Lattre avait décidé de jaunir le corps expéditionnaire pour doubler ses effectifs, c'est-à-dire qu'il coupait en deux chaque bataillon et recomplétait les moitiés avec des partisans. C'était le début de l'armée nationale vietnamienne. Il avait créé l'école de Thu Duc, un Saint-Cyr local. Il lui fallait de bons officiers pour instruire ses cadets. On rappela le Vieux, qui fait un peu le sourd. Le roi Jean écume : « Si ce capi« taine n'est pas là demain, je le casse !... » L'autre finit par rappliquer, après un immense périple à pied par l'ouest — pas moyen de faire autrement —, décharné, tanné dehors et dedans, tout de flamme et de glace ; fou de rage qu'on l'ait arraché à ses coups fourrés, qu'on abandonne encore une fois ses fidèles Méo à leur triste sort... La rencontre a dû être quelque chose ! De Lattre pouvait insulter, humilier, broyer, et balayer négligemment les restes pour finir — « Le bateau pour la « France ! » — mais il pouvait aussi écouter ceux qui n'avaient pas peur de lui, et il aimait les beaux capitaines ; c'est beaucoup à cause d'eux qu'il était venu en Indochine risquer sa réputation, sa gloire, son génie, sa vie... Se sont-ils convaincus l'un l'autre ? En tout cas un type a été balancé sur les crêtes du bout du monde à sa place et le Vieux s'est retrouvé l'instructeur de Ky... Exit le Tigre Blanc. Ha ! ha ! »

Cette fois, je ne résiste pas, je souris. Le visage

du vieux journaliste s'épanouit. Il me fait un clin d'œil, nous sommes complices. Il repart dans ses souvenirs.

« Le roi est mort !... C'était en janvier 52... J'étais à Hoa Binh pour la bataille de la rivière Noire et du rocher Notre-Dame. Le pays des Muong — encore une « minorité », un peuple de la Forêt ! Jungle spongieuse, détrempée. Eau dormante, faussement immobile ; eau mauvaise infestée de paludisme pernicieux ; tout meurt, se décompose, fermente, pourrit sous le crachin. On dit que c'était le refuge séculaire des princes proscrits, des rebelles, des vaincus, des âmes errantes. En tout cas, à l'époque, ça grouillait de Viets fort occupés à bousiller du Français ! Le pays muong était transformé en piège mortel ; depuis des semaines les beaux soldats du roi Jean, assiégés, se faisaient matraquer, grignoter... Oh ! ce n'était pas encore Dien Bien Phu, seulement une petite répétition...

« J'avais atterri sur un vieux trimoteur Junker, rescapé de la Luftwaffe. Je voulais passer la nuit avec une compagnie para sur une colline prise et reprise. J'avais avec moi deux bouteilles de pastis pour ouvrir les cœurs... On n'a reçu que quelques obus de mortier, la soirée aurait pu être formidable s'il n'y avait pas eu les mouches... et l'odeur. Et la flotte et la boue qui dégoulinaient dans notre trou. A minuit, la radio nous a balancé la nouvelle. Alors j'ai vraiment su qui était de Lattre pour ses hommes... Il suffisait de les regarder. Il y avait justement une bougie plantée sur une caisse... Un grand lieutenant, deux sergents costauds et un petit aspirant vietnamien tout souriant ; Ky — un dur malgré sa tête de jeune vierge, il avait déjà récolté une croix de guerre... Peu à peu un tas de types se sont amenés en silence. On était serrés comme des sardines là-dedans... »

Un silence.

« Je ne vois pas pourquoi je vous raconte tout ça, vous vous en fichez pas mal... Non, ce que je voulais dire c'est que... de Lattre les aimait, ses soldats. C'est vrai ! Et eux le savaient... « Pour « bien commander il faut d'abord aimer ses « hommes, ne jamais le leur dire, mais les aimer », m'a dit Ky un jour. C'est vrai ! c'est la loi éternelle. Rien de grand ne se fait sans amour... Ha ! ha ! ha ! »

Il hoquette de rire ; il est obligé de s'essuyer les yeux.

« Vous voyez le comique de la situation !... Vous envoyez des gens à la mort, et ce sont les seuls gens que vous aimez... Et vous faites ça au profit de qui ? de gens que vous n'aimez pas, que vous méprisez, que vous haïssez même : de trafiquants, de banquiers, de profiteurs, de spéculateurs, de colonialistes. Absurbe ! ha ! ha !... Le grand lieutenant disait cette nuit-là : « On est prêts à mourir « — c'est notre boulot — même pour une bataille « perdue, mais pas à être gaspillés sans raison, « pour rien, par veulerie, par connerie, comme à « Cao Bang ! »... Il avait perdu dix-sept de ses hommes, tués ou blessés la veille. Cette nuit-là, c'était une autre colline qui trinquait... Le lendemain, quand le brouillard a fini par se dissiper, je suis rentré à Hanoi avec les nouveaux blessés, il y en a un qui est mort dans l'avion. « *Nein ! nein !* » il a crié deux fois. Et il s'est tenu tout à fait tranquille. Mort. Un légionnaire...

« Je me souviens — oh ! c'était à l'époque où je courais les chiens écrasés à Paris. L'agence m'avait envoyé interviewer un acteur, un grand acteur — il est mort depuis longtemps —, il faisait un tabac dans une pièce à succès. J'ai eu droit au numéro habituel du grand homme s'arrachant les cheveux dans les transes de la création et puis, à la fin, à la porte, il m'a retenu par le bras avec une mine de conspirateur : « Ne le répétez pas : je joue, « je joue, et je ne comprends rien à la pièce, rien ! « Je ne sais pas ce que l'auteur a voulu dire ou « faire. Complètement absurde ! Pourtant il doit « bien y avoir quelque chose puisque ça conti- « nue !... »

Un silence. Un grognement. Une grimace.

« Pas de panique, je ne perds pas le fil, je ne m'égare pas. Je ne suis pas encore tout à fait gâteux malgré la quinine... Le Vieux était rentré en France... Il est revenu pour la troisième fois fin 52. Salan était le patron — « le Chinois », « le « Mandarin », « l'Asiate », « l'Énigmatique » —, celui-là connaissait l'Indochine bambou par bambou, tribu par tribu... Il croyait aux maquis des peuples de la Montagne, déjà du temps de de Lattre... Le Vieux a réenfilé immédiatement sa peau mitée de Tigre Blanc. Ha ! ha ! ha !... »

Échange de clins d'œil.

« Je l'ai revu, mais... il était devenu un phénomène de prudence. Motus et bouche cousue... Avec moi ! quand même, faut pas pousser ! Il a fini par accepter de me faire prendre à bord d'un Dakota qui ravitaillait ses Méo, près de Lao Kay, à la frontière du Yun-nan. Cho Quang Lo, son copain, le borgne balafré, était mort entre-temps, abattu par les Chinois, mais il y avait d'autres chefs... On a remonté la gigantesque saignée du fleuve Rouge sous les nuages. On s'est fait tirer dessus à Yen Bay. On s'est glissés entre des montagnes abruptes. Un dédale mortel ! toujours sous les nuages ! une pluie battante crépitait sur la carlingue — un bruit de friture —, nous criblait les yeux par la porte ouverte pour le largage. On suivait un torrent invisible. Pas trace de vie là en dessous !... J'ai jamais eu une frousse pareille ! Et j'avais le mal de mer par-dessus le marché parce que ce sacré avion tanguait et virait sans cesse... On s'est fait encore tirer. On a raclé un piton calcaire, comme une dent ; les arbres étaient à quelques mètres, grisâtres, noyés de pluie et de brume. Un à-pic vertigineux. L'horizon barré, fermé par une muraille de jungle. Un promontoire rocheux et, dessus, une petite silhouette qui agitait frénétiquement un drapeau français... On m'a désigné quelque chose, en bas, dans l'immensité désolée, on a hurlé, à cause des moteurs : « La « frontière de Chine ! »... Faut le savoir !... On a tourné en rond là-dedans. « Go ! » On a balancé dans le vide les provisions et aussi deux types à tête de Mongol qui n'avaient pas ouvert la bouche pendant tout le voyage... Retour à Hanoi par-dessus les nuages — heureusement —, ça bougeait moins, et on avait quand même récolté à l'aller cinq impacts de balles dans nos « œuvres vives » comme disent les marins. Je m'étonne qu'ils n'aient pas perdu plus d'avions que ça !...

« Là-haut, dans son burg moyenâgeux, le Vieux — le Tigre Blanc — donnait libre cours à son goût pour les coups tordus. Embuscades, guet-apens, ruses, trahisons ; tout était bon. Il a été jusqu'à faire parachuter des postes de radio ou des caisses de munitions piégés pour faire sauter les Viets trop curieux. Lui et ses « amis » faisaient une guerre si peu orthodoxe qu'elle choquait les « nobles « consciences » du corps expéditionnaire, tous ceux qui préféraient les gros bataillons bien disciplinés aux guérilleros mal équipés... Attention ! tout se faisait à visage découvert. On n'en était pas encore arrivés au temps des terroristes qui s'enfilent des bas de bonne femme sur la tête, comme des voyous, pour qu'on ne les reconnaisse pas. Non, le visage nu d'hommes qui ont le courage de leurs actions, pas l'anonymat honteux... Et la même chose pour les armes, on n'en donnait pas à n'importe qui, seulement aux guerriers. Il y avait une école spéciale de formation de commando au cap Saint-Jacques, Ty Wan... Aujourd'hui plus on a affaire à des abrutis, des débiles, des excités, des irresponsables, plus on leur refile des armes sophistiquées — kalaschnikov, M. 16, SAM I, II, III, IV, roquettes, canons automatiques, que sais-je encore — qu'ils sont heureusement bien incapables d'utiliser correctement... Vous n'avez qu'à ouvrir la télé, rien que des énergumènes braillards, débraillés, hirsutes, ayant perdu sens commun, éructant, gesticulant, défouraillant en tous sens, dissimulant leurs gueules de Cro-Magnon sous des cagoules, des passe-montagnes, des chiffons, comme s'ils avaient quand même un peu honte. Un carnaval grotesque !... Et puis des morts, des morts, encore des morts, toujours des morts ! Des fusillés bandeau sur les yeux, les mains attachées dans le dos... Et puis, le plus ignoble : des enfants ! Armés eux aussi jusqu'aux dents. Douze, treize ans ! Vous avez vu leurs petites gueules d'anges ? Leur regard d'innocents. Je n'aimerais pas tomber entre leurs charmantes menottes... Il y a de plus en plus de fous sur cette terre, et ils ont de plus en plus de pouvoir. »

Un silence.

« Je ne peux m'empêcher de penser que là-haut c'était autre chose. Je les connais ces Méo, n'oubliez pas, j'ai vécu avec eux. Ils défendaient leur intégrité, leur peau ! Pas d'O.N.U., là-haut, pas de « casques bleus » ! Pas d'alternative : la lutte ou « les lendemains qui chantent », l'impitoyable joug viet-minh... Vous vous rappelez ce que vous a dit le Vieux ?... Un génocide ! Il suffit d'aller dans les camps de réfugiés en Thaïlande pour savoir. »

La voix est pleine de hargne. Médor, conscient de la tension soudaine, file se cacher sous le bureau. Dans l'ombre on ne voit plus que ses yeux, écarquillés. Le vieux journaliste se lève et fait quelques pas pour se calmer, puis il revient s'asseoir en face de moi.

« Je ne pense pas vous avoir donné une impression juste. Là-haut... c'est le plus beau pays du monde. C'est ce que j'ai vu de plus beau sur cette terre... si on aime marcher ! En 53 nos amis y ont vécu la grande aventure... Ils ont libéré Lao Kay pour quelques jours, dynamité le pont avec la Chine, et, de toutes les manières, fait des enfants dans le dos des Viets... De la rivière Claire à la frontière de Thaïlande la montagne était libre...

« Seulement qui dit Méo dit opium !... Ha ! ha ! ha ! Le Vieux a failli y perdre toutes ses plumes, et les maquis en ont pris un coup au moment où on avait le plus besoin d'eux, au moment de Dien Bien Phu. Une ténébreuse combine... Un coup de Jarnac de la C.I.A... Même Salan a senti passer le vent du boulet !... Pour bien comprendre il faut savoir que l'opium est la seule ressource des Méo. On les avait encouragés, ils étaient les fournisseurs attitrés de la régie. Il y avait une régie de l'Opium en Indochine, comme il y a une régie des Tabacs, pour le plus grand profit de la colonie — presque un cinquième du budget ! En 47 la vertueuse IVe République a tout fermé, les maisons closes et la régie de l'Opium. Avec le même résultat dans les deux cas !... On ne pouvait quand même pas arrêter du jour au lendemain, il y avait les habitués ! Alors les fumeries se sont transformées en « cliniques de désintoxication »... Ne riez pas, à Saigon, il suffisait de monter dans un cyclo-pousse et de dire : « La clinique, *mao len.* » On se retrouvait devant un bouge avec une croix rouge peinte sur la porte. Les boys-pipe n'allaient tout de même pas jusqu'à enfiler des blouses d'infirmier ! La régie leur allouait de moins en moins de drogue... Le marché noir fournissait le complément. »

Il rit.

« Depuis longtemps la C.I.A. agitait ses pinces dans le panier de crabes de Saigon. Elle suivait avec intérêt la naissance des premiers maquis méo. Il y avait la guerre de Corée, n'oubliez pas, pour les Américains l'ennemi c'était la Chine. Ils avaient déjà pris en main les épaves de Tchang Kai-chek réfugiées dans le nord de la Birmanie, mais quelles immenses possibilités offraient nos Méo dans leurs provinces excentriques et sauvages ! La C.I.A. rêvait de porter à partir d'eux la subversion dans la Chine des Cent Mille Monts... La C.I.A. rêvait, et s'agitait parce qu'il fallait, bien sûr, que les Français soient d'accord... Avec notre commandement déliquescent elle pensait avoir ses chances. Et puis de Lattre est arrivé. Il a dit : « Non ! » — brutalement — « Pas d'Amerloques ! » Il voulait que la France contrôle seule ce genre d'opérations délicates. Il a fait même expulser quelques barbouzes de choc trop voyantes. La C.I.A. ne l'oubliera pas.

« Le G.C.M.A. — Groupement de Commandos Mixtes Aéroportés —, une dépendance du service Action du S.D.E.C.E., fut alors créé, avec pour tâche d'intervenir dans toutes les régions d'Indochine qui échappaient au contrôle militaire ou administratif français. Je sais que le Vieux a été pour quelque chose dans cette création... Le G.C.M.A. prit en charge les maquis. C'est donc le G.C.M.A. qui eut à régler le problème de l'opium. Et voilà le ver dans le fruit !... Il fallait acheter cet opium, car les populations méo favorables au maquis ne pouvaient vivre que si elles écoulaient leur production. Si nous n'achetons pas ce seront les Viets qui le feront et en tireront un profit considérable. Mais le G.C.M.A. n'avait pas de budget pour acheter l'opium... Alors il est arrivé ce qui devait arriver, le G.C.M.A. a acheté l'opium, en a détruit une partie et a revendu le reste à des trafiquants de Saigon en percevant une taxe qui devait servir à procurer plus d'armes et d'approvisionnements aux maquis... En apparence cette combine pouvait trouver une justification... après tout : à la guerre comme à la guerre ! Mais c'était la porte ouverte à bien des saloperies... Et puis l'opium n'était pas uniquement réservé aux patients des « cliniques » qui s'abrutissaient doucement en tirant sur le bambou, il commençait déjà à être transformé en héroïne mortelle et à empoisonner l'Europe et l'Amérique. La *french connection* ! Je sais bien que le trafic de la drogue des années 50 n'avait pas atteint les sommets d'aujourd'hui, mais quand même !...

« Enfin, discrètement, la combine inavouable a duré jusqu'au jour où la douane, mystérieusement prévenue par la C.I.A. — la vengeance se mange froide — a découvert le pot aux roses !... Ça a fait du bruit dans Landerneau ! — Une bombe ! La preuve par neuf de la « sale guerre » !... A Paris comme à Saigon, toute une flopée de parapluies se sont ouverts. Ha ! ha ! ha !... Le G.C.M.A. a été dissous... pour réapparaître, plus modestement, sous un autre sigle : G.M.I. — Groupement Mixte d'Intervention. Quelques têtes ont roulé dans le panier. Le Vieux a été rappelé à Hanoi... Il ne devait pas en avoir trop sur la conscience parce qu'après quelques semaines à l'ombre on lui a refilé le 5e *bawoan*. Et voilà comment il a retrouvé Ky ! »

Le vieux journaliste semble heureux et satisfait d'avoir réussi à conduire son récit jusqu'à cette conclusion.

(Moi) « Ky, et Lanvern. »

« Non, j'ai oublié de vous dire, Lanvern était déjà avec le Vieux dans les maquis. Lui, il n'avait certainement pas trempé dans le trafic mais le Vieux l'a quand même ramené dans ses bagages à Hanoi. Peut-être qu'il le trouvait trop jeune pour... Ou bien les fièvres ? Je ne sais pas... Il lui a sans doute sauvé la vie, presque tous les Français des maquis ont fini capturés, jugés par des « tribunaux « populaires », pendus ou décapités. Le Viet ne fait pas de cadeau... Le trafic de l'opium ne lui pose pas de problèmes moraux non plus !... Quant aux Américains, leurs « bérets verts » ont bien été obligés de faire comme nous, plus tard, mais à plus grande échelle. La C.I.A. a dû éponger pas mal de scandales...

« Le soldat du corps expéditionnaire ne se droguait pas, sauf peut-être au pastis dans les postes perdus et les bases arrière. Les Américains, eux, se sont tout de suite mis avec enthousiasme à la marijuana — on en reniflait l'odeur dans le sillage de toutes leurs patrouilles. Ensuite à partir de 68, 69, à l'héroïne ! Effrayant ! Ils la humaient ouvertement, par le canon de leur fusil... Je me souviens d'un vol en hélicoptère du côté de Khe Sanh. Les deux mitrailleurs étaient complètement dans les vaps. Celui en face de moi, mal attaché à son arme, a soudain basculé par-dessus bord. Il est tombé comme un sac de pommes de terre. Sept, huit cents mètres de chute, sans un cri ! C'est long. On a tous hurlé pour prévenir le pilote mais il n'a pas osé aller ramasser les morceaux accrochés aux arbres à cause des Viets. L'autre mitrailleur n'avait rien vu, rien entendu. Il avait l'air d'un cadavre ficelé sur son siège... »

Un court silence.

« Les Nord-Vietnamiens ont eu un évident intérêt « stratégique » à intoxiquer l'armée américaine. J'ai toujours pensé qu'ils avaient encouragé, et même contrôlé la vente de l'héroïne à bas prix. C'était en quelque sorte leur équivalent du défoliant, leur guerre chimique... Aujourd'hui encore ils encouragent la culture du pavot. Ils n'en consomment pas. L'héroïne peut rapporter les devises fortes dont ils ont besoin. Il ne faut pas être grand clerc pour... »

Le vieux journaliste ne termine pas sa phrase et me regarde d'un air entendu. Je n'ai pas envie de me laisser entraîner dans une discussion sur la politique économique supposée du Vietnam démocratique.

(Moi) « Et Lanvern ? Vous l'avez aussi connu à ce moment-là ? »

« Oui... pas au maquis... après. »

Il se gratte la tête et semble réfléchir.

« Ah ! Lanvern ! C'est autre chose... »

Il ricane et cligne de l'œil.

« Voilà, voilà, j'y arrive. Je sais bien qu'il n'y a que lui qui vous intéresse... Attendez. »

De nouveau il se gratte la tête. Puis il boit une petite gorgée d'armagnac et grogne de satisfaction.

« Oui... Lanvern est né là-bas... Je veux dire qu'il est devenu adulte là-bas, comme beaucoup de ses petits camarades. C'était un de ces Bretons rugueux... il aurait pu devenir coureur cycliste, et même champion, comme Bernard Hinault qui lui ressemble. Ou une terreur de bistrot, il aimait boire un peu trop et il était costaud ; ou bien... Je ne sais pas, n'importe quoi... un marin-pêcheur, usé à quarante ans parce que la vie est dure sur les chalutiers et qu'il y a trop de débits de boisson dans les ports... Ou peut-être même curé. Je crois me rappeler qu'il avait fait le petit séminaire, dans son bled... Il est parti là-bas. C'était un môme... pas un mauvais môme... encore une cire molle. Il lui manquait le cachet, le sceau de la vie. L'Indochine l'a estampillé !... Le pays, la guerre, les hommes surtout. Le Vieux Ky, sans aucun doute. D'autres encore... J'ai dû le voir, j'ai dû le rencontrer une ou deux fois : une petite gueule maigre, quelque chose de brun, de trapu, de silencieux, aux yeux délavés, à la pomme d'Adam proéminente, en chapeau de brousse ou en casque, avec un fusil et un sac, au milieu d'une colonne en file indienne, s'enfonçant dans la jungle, dans la nuit ! Il y en avait tellement comme lui !

« Ils étaient partis là-bas pour des tas de raisons à eux — allez savoir ? pour rien, par défi, par curiosité, pour changer d'air, de soleil, pour savoir qui ils étaient ; un peu pour la gloire et un peu pour la mort aussi — parce qu'à vingt ans la mort on n'y croit pas tout à fait, mais ça fascine. Ils sont partis là-bas sans presque rien connaître de la vie, mais en espérant quelque chose... Ils étaient prêts au merveilleux !... Il y en a, bien sûr, qui ont traversé l'Indochine enfermés dans leur compartiment sans regarder par la fenêtre, bien tranquilles ; des aveugles il y en a partout !... Les autres, ceux qui ne sont pas morts, ont trouvé... quelque chose... Je les observais — je faisais mon métier. J'étais plus vieux qu'eux, mais j'avais moi aussi encore quelques leçons à prendre... »

(Moi) « Qu'ont-ils trouvé ?... La justification de leur guerre ? »

Le journaliste interrompu dans son élan me regarde avec effarement.

« Ne recommencez pas à dire des bêtises... Vous

connaissez l'épitaphe de Kipling pour les soldats anglais morts en 14-18 ?... « *Si on demande : pour-* « *quoi sommes-nous morts ? Répondez : parce que* « *nos pères nous ont menti.* » On ne peut dire mieux pour nos petits soldats d'Indochine... Une guerre née du mensonge et de l'indifférence de leurs pères... La seule excuse c'est que la France se relevait à moitié assommée de l'horreur de l'Occupation et de l'ivresse de la Libération, tout était à refaire. Leurs pères avaient d'autres chats à fouetter qu'à penser à l'Indochine, ils paraient au plus pressé ; quand ils ont commencé à y réfléchir il était trop tard. Nos petits soldats pataugeaient dans la rizière, eux aussi avaient d'autres chats à fouetter que de savoir si leur guerre était raisonnable ou absurde. »

(Moi) « Alors, qu'ont-ils trouvé ? »

« Ce que la vie, avec sa brutalité, nous révèle à tous un jour ou l'autre... Vous voyez très bien ce que je veux dire... Quelques évidences, simples et éternelles — connues de tout temps. Il est amusant que chaque génération soit obligée de se donner tant de mal pour les redécouvrir. »

(Moi) « Quelles évidences ? »

Le journaliste m'étudie un instant par-dessus ses lunettes, ses pattes d'oie lui donnent toujours l'air joyeux, mais ses yeux ne sourient plus.

« C'est dans tous les livres, mon petit. »

(Moi) « Dites-le-moi quand même, je n'ai pas lu tous les livres. »

Il relève ses lunettes sur son front, sans me quitter des yeux. Soudain il se met à rire, toutes ses rides participent à la fête, il me donne envie de rire, moi aussi.

« Vous essayez de me coincer, mon petit, attention !... Eh bien, d'accord, je vais vous le dire... à ma façon... Voilà : l'homme est fou ! Nous sommes fous ! Ce n'est pas par égoïsme ou cupidité, c'est par amour, c'est pour de nobles raisons que nous nous massacrons consciencieusement depuis les origines, depuis qu'on a taillé nos premiers gourdins avec nos silex pour aller casser la tête des types de la tribu voisine parce qu'ils rigolaient de nos idoles — les salauds ! Tous les crimes de tous les gangsters ne sont qu'une goutte dans la mer de sang. La seule bataille de Verdun a tué un million d'hommes, Français et Allemands mêlés, et ils ont beaucoup peiné et souffert avant de mourir. *Gott mit uns !...* Ce n'est rien, on avait fait aussi bien avant, on a fait mieux depuis ! Stalingrad, Hambourg, Hiroshima, Auschwitz. Et ça continue, vous n'avez qu'à ouvrir vos journaux... Tous, humiliés, torturés, massacrés pour la noble, bonne et juste cause, pour la croix, le croissant, la faucille et le marteau, l'étoile rouge, pour la gloire, pour le progrès, pour le bonheur du genre humain, pour l'âge d'or. Tous, par amour ! Quel spectacle !... S'il y a quelqu'un, là-haut, pour le regarder ? Nous sommes fous ! Nous voulons toujours le bien... « Tu ne « tueras pas »... « Aimez-vous les uns les autres »... « L'homme, notre capital le plus précieux »... Sans le moindre succès !... Que voulez-vous faire, nous sommes fous ! Et un peu cons aussi, faut bien le dire ! Certaines de nos nobles causes ne valent pas une peau de lapin, mais nous les servons avec le même dévouement. Ha ! ha ! ha !... L'homme est incapable de fournir une réponse à la grande question de la finalité et du sens de toutes choses... de la vie, du bien et du mal... Il cherche, il cherche. Il croit souvent trouver et il part en courant, son couteau à la main, pour convaincre ses petits camarades... *Ad majorem Dei gloriam !...*

« Comme certains malades mentaux, nous ne sommes pas fous tout le temps... Alors nous sommes pleins d'inquiétude, attendant notre prochaine crise — la prochaine sera la dernière! Tous les ingrédients sont là pour faire sauter la baraque, tôt ou tard le fou appuiera sur le bouton. Voilà, mon petit, voilà ce que la vie nous apprend. Nous sommes condamnés à mort en tant qu'espèce.»

(Moi) «Vous n'êtes pas très drôle.»

Le visage si expressif du journaliste montre un étonnement comique. Il écarte les bras, ses yeux pétillent.

«Je profite le plus joyeusement possible du sursis accordé avant l'exécution de la sentence... Il n'y aura pas de circonstances atténuantes pour irresponsabilité mentale. La nature nous a faits fous, elle nous laisse le soin de débarrasser nous-mêmes le plancher, elle ne lèvera pas le petit doigt.»

(Moi) «Vous croyez que c'est ce qu'ont découvert vos petits soldats?»

«Vous m'avez eu... Je ne sais pas. S'ils ne l'ont pas découvert c'est qu'ils sont toujours fous.»

Un froncement de sourcils fait retomber ses lunettes devant ses yeux. Il a un sourire malicieux et indulgent.

«Cessons d'être sérieux. Faisons comme si nous n'étions pas fous... Revenons à notre petit Lanvern... Lui et les autres, avec leurs bonnes bouilles de Bretons, de Lorrains, d'Auvergnats, d'Antillais couleur chocolat au lait — il y a toujours un Antillais —, de Parisiens, mêlés aux Tonkinois... Le hasard et la profession que j'avais choisie m'ont mis sur leur route. Je les observais. Je vivais parfois un peu avec eux — je faisais mon métier —, pour un jour ou deux je partageais leurs toiles de tente mouillées, leurs cigarettes, leurs trous dans la boue — le trou est au soldat ce que la coquille est à l'escargot —, les balles sifflaient pour eux et moi ; plus on a peur, plus on se serre entre soi ; n'est-ce pas ? J'étais plus vieux que la plupart d'entre eux, mais pas de beaucoup. J'aurais pu me croire l'un des leurs... Pour dire la vérité je me suis cru l'un des leurs... jusqu'à ce jour où... Le 2 mai 1954 !... J'étais monté de Saigon à Hanoi pour faire un papier sur les derniers renforts qui sautaient à Dien Bien Phu...

« Que Saigon était belle et gaie au soleil de mai ! Les premières pluies avaient ravivé les couleurs, rafraîchi les nuits... J'étais amoureux — c'est une chose qui peut arriver. Je venais de tomber amoureux de Nuage Parfumé. Elle me faisait un *hu tieu* corsé — une soupe piquante aux herbes — tous les matins au réveil, la petite salope, de quoi relever un mort !... Elle voulait que je l'épouse. Elle disait qu'elle était d'une bonne famille de Qui Nhon, elle avait les pieds larges et plats et de robustes mollets de paysanne. Ses petits mensonges me touchaient, et j'aime bien une certaine vulgarité à l'occasion... mais ceci est une autre histoire, comme disait mon bon maître. La guerre était loin dans le nord !... Dien Bien Phu allait tomber d'un instant à l'autre. Saigon spéculait sur la chute de la Bourse et les taux du marché des changes qui allaient suivre ; il y avait de beaux magots à ramasser pour tous les mercantis, tous les malins, Chinois, Vietnamiens ou Français... La veille de mon départ, à l'heure verte — l'heure du pastis ou du cognac soda — à la terrasse du Continental, un de mes amis de Cholon m'avait confié, inquiet : « J'ai parié gros pour le « 3 mai, tu ne crois pas que ça va tomber avant ? » Même les cyclo-pousses jouaient leurs gains sur le jour et l'heure. Moi, je m'en foutais, j'étais amoureux !... J'aime Saigon, j'aime les Saigonnais. Jusqu'à la fin, jusqu'en 75, ils ont fait comme si... ils n'étaient pas aussi fous que les autres !

« A Hanoi j'ai vu Coigny — le patron des F.T.N.V.[1]. Il m'a confirmé le verdict qu'il répétait à qui voulait l'entendre depuis le début de la bataille : « C'est foutu. » Drôle de patron, celui-là ! Il avait déjà balancé le bébé avec l'eau de la cuvette ! Il ne pensait plus qu'à ouvrir son parapluie : « C'était une folie, je l'ai toujours dit. »... Mon ami chinois avait de grandes chances de gagner son pari du 3 mai ! En attendant, une compagnie de paras devait encore sauter dans la nuit. Je connaissais le capitaine — il avait été le porte-bidon du général —, je l'aimais bien. Un Français, mais il ressemblait à Ky... Tous ces capitaines se ressemblaient !... Il était cinq heures de l'après-midi. Au loin la fanfare de l'armée de l'air répétait des marches militaires pour l'anniversaire de la victoire des Alliés en Europe, le 8 mai. La compagnie attendait sous un hangar métallique du terrain de Bac Maï. Les parachutes, les armes, les sacs étaient alignés sur le sol de ciment... Il y avait là plus de cent trente garçons — cent trente-cinq exactement, Vietnamiens et Français — yeux enfoncés, joues creuses et pommettes saillantes, maigres comme des loups — j'en connaissais quelques-uns. Ils étaient par petits groupes, autour de leurs sous-officiers et de leurs officiers. Ils attendaient. Ils disaient parfois des bêtises sans importance, qui les faisaient rire. Ils auraient pu traîner en ville, boire une dernière bière à la terrasse des bistrots, ils étaient libres ; le rassemblement n'était prévu qu'à sept heures du soir... Le capitaine feignait de dormir, la tête sur son ventral, allongé sur le ciment. Je suis sûr qu'il m'avait vu arriver... Personne ne me tournait le dos. Personne ne se taisait quand j'approchais un groupe ou l'autre.

1. *F.T.N.V.* : Forces Terrestres du Nord-Vietnam.

On me disait même bonjour gentiment... Ils étaient entre eux. Je n'avais plus rien à leur dire. Ils n'avaient plus rien à me dire... Je restais, pourtant j'avais horriblement envie de boire un verre bien tassé et bien frais... Je restais dans mon coin... Je regardais, j'écoutais. Il n'y avait pas le chahut habituel des départs en opération. Ils savaient tous que c'était leur dernier saut...

« Plus tard, il y eut des éclairs, du tonnerre, des bouffées de vent mouillé dans le hangar ; la musique militaire s'est arrêtée net et la pluie s'est mise à crépiter sur la tôle du toit... Plus tard encore — il faisait nuit, les puissantes lampes du hangar projetaient une lumière blanche, impitoyable —, deux types ruisselants sont encore arrivés en courant avec armes et bagages, la gueule défaite. Le lieutenant qui s'occupait du plan de chargement des avions les reçut plutôt froidement : « Vous me « faites tout chambouler avec vos conneries ! » Il finit tout de même par leur donner un numéro d'ordre après avoir expliqué au capitaine que la signature du médecin-chef sur la fiche de sortie d'hôpital de ces deux lascars lui paraissait bidon... Vers onze heures ou minuit des camions bâchés vinrent les chercher. Ils s'équipèrent, s'alignèrent et montèrent, à mesure qu'on appelait leur numéro — certains portaient d'énormes charges, des mortiers, des mitrailleuses, je ne sais quoi encore. Ils avaient tous l'air de hannetons. Quand ses hommes furent tous rangés sur leurs bancs, le capitaine me fit signe de grimper à côté de lui dans la cabine du camion de tête. Il était prévenant : « Serrez-vous là, vous ne serez pas trempé... » Pendant le court trajet jusqu'aux avions il m'a expliqué que d'habitude sa compagnie partant en opération ne comptait jamais plus de cent cinq, cent dix hommes — les autres étaient malades, permissionnaires ou stagiaires. « Cette nuit, ils « sont cent trente-cinq. Ils ont rappliqué de par- « tout, de l'hôpital, même du stage d'élèves capo- « raux près d'Haiphong. » Il voulait que quelqu'un le sache !... L'embarquement dans les avions fut très rapide, à cause de la pluie ; ils étaient tous pressés d'être à l'abri... jusqu'à ce qu'on les balance dans cette cuvette. Au dernier moment un type a eu besoin de faire pipi, il a commencé à arroser tranquillement la roue du Dakota. Un aviateur s'est mis à gueuler : « Ça va pas, non ! « — Ha ! excusez-moi », bredouilla le type en rengainant — peut-être même sans avoir fini ?... Les hommes aiment bien pisser sur quelque chose, voyez-vous — comme les chiens d'ailleurs, je ne sais pas si c'est pour les mêmes raisons...

« Dans le dernier avion, il restait encore de la place. Un autre camion est arrivé à toute vitesse. Il y avait de tout là-dedans : des nègres, des Arabes, des légionnaires, des Viets, des Français, de tout ! Ils avaient l'air mal fagotés, empêtrés dans les sangles de leur parachute, ahuris et pleins de bonne volonté. Tirés et poussés, ils finirent par se hisser à bord. Sauf deux. « Et nous, et nous ? « — C'est complet, c'est complet, demain ! » hurlaient les largueurs dans le fracas et le vent des moteurs. La porte fut verrouillée et l'avion roula sur le taxi-way. Je restai seul sous la pluie avec les deux laissés-pour-compte — un légionnaire qui jurait en moldo-valaque et un grand Noir avec une voix de basse incroyable : « Ben mon vieux, alo' ! « Ben mon vieux, alo' ! »... On regarda les Dakotas décoller les uns après les autres. Il pleuvait toujours. On voyait leurs feux clignoter dans la nuit. Et tout à coup on ne les vit plus... »

La phrase du journaliste reste en suspens, comme s'il attendait un commentaire de ma part.

Il me regarde avec curiosité. Ses rides lui donnent l'air d'un vieux clown fatigué et un peu triste. Le silence se prolonge.

Il reprend d'un ton désinvolte :

« Je ne me suis plus jamais pris pour ce que je ne suis pas. Faut savoir qui on est... Ce n'est pas si évident quand on est jeune... Je suis un journaliste — un vieux journaliste plein de compassion pour le pauvre monde. Un témoin. Un observateur. Je regarde. Je ne juge pas, je regarde. Je constate. Je dis ce que je vois... Les grimaces et les contorsions grotesques, l'abjection, la noblesse, la splendeur, l'horreur du comportement des fous sur cette planète... Je n'ai pas commencé tout de suite. Je me suis d'abord soûlé la gueule avec mon Moldo-Valaque et mon Sénégalais. Chez Betty, un bar fréquenté par la Légion, rue Paul-Bert — elle baptisait ses alexandras « képi blanc » pour séduire son monde —, elle rajoutait à l'occasion du cassis pour en faire des « bérets rouges », gagnant sur tous les fronts... Koulibali était de l'artillerie coloniale, l'autre — au nom impossible plein de *k*, de *x*, *y* et de *z* — spécialiste des mortiers lourds à ce que j'ai cru comprendre de son charabia. Ils n'avaient encore jamais sauté en parachute. Ils étaient volontaires... On a parlé d'autre chose. On a fait trop de bruit. On a bien rigolé. On a pêché les poissons chinois de l'aquarium avec un képi et Koulibali les a avalés tout frétillants. La connerie s'est mêlée au tragique, comme toujours... Je les ai ramenés à leur cantonnement. Koulibali avait sérieusement trop picolé, il voulait « casser « leu' gueules aux sales aviateu' ». Ensuite je suis allé écrire mon article au camp de presse... « Adieu « à la route de la soie. »... Le meilleur que j'aie jamais écrit — encore que la soie des parachutes n'était déjà plus que du nylon en ce temps-là...

C'était presque un poème... J'évoquais Marco Polo... Je piratais un peu Kipling, aussi — mon bon maître !... Surtout je disais que... puisque l'Histoire retient mieux le sang que les mots... Bah ! tout ça n'a plus guère d'intérêt, aujourd'hui. »

Le vieux clown me guette derrière ses lunettes, comme un chat. Je le sens prêt à se réfugier d'une pirouette dans son cynisme gouailleur si mon attitude n'est pas celle qu'il attend. Je reste aussi neutre que possible. Il dit soudain, sans raison :

« Je trouve qu'il fait vraiment trop froid à Paris. »

Il m'observe toujours, et se décide à continuer :

« La compagnie n'a pas sauté cette nuit-là. Ils ont tourné dans les nuages au-dessus de la cuvette pendant des heures et ils sont rentrés à l'aube. Ils ont recommencé la nuit suivante, avec succès. Le légionnaire Kxywz aussi... Mon « Céleste » de Cholon avait perdu son pognon, bien fait pour lui !... Ce n'est que le 5 que le copain Koulibali réussit son coup. Le 6, une toute dernière compagnie de paras a encore été balancée. Dien Bien Phu est tombée le 7 à cinq heures de l'après-midi... Quatre mois plus tard, j'en ai vu revenir quelques-uns des camps de prisonniers. Pas beaucoup. Le capitaine, le Vieux, avec son bras en moins... Pas Koulibali, j'ai appris qu'il avait été tué dans la nuit du 6 au 7... Kxywz je ne sais pas... Lanvern. Ky, mais beaucoup plus tard. »

Le téléphone sonne. Le vieux journaliste décroche le combiné.

« Quoi ?... Ha !... Oh ! là ! là ! Ha ! Enfin !... Ils ne m'ont pas encore tout à fait jeté à la poubelle !... J'arrive, j'arrive... »

Il raccroche. Il me prend par le bras et me raccompagne, tout excité, incohérent...

« Excusez-moi, mon petit, ils me tirent du lit.

Un moribond ! Il faut que j'y aille... Je vous dirai tout... C'était un copain de l'agence. On verra, on verra, faut pas vendre la peau de la vieille bique !... La vie est parfois meilleure qu'on ne le croit, mon petit... Celle-là je l'attendais, mais quand même... Revenez demain, à la même heure, c'est très bien. »

Il me jette littéralement dehors. Je l'entends encore crier derrière la porte :

« Demain, demain, même heure... je vous dirai tout. »

LE JOURNALISTE
(deuxième partie)

« Pouvez-vous mentir ?
— Vous le savez mieux que moi, répondis-je, c'est ma profession. »

R. KIPLING,
Par-dessus bord.

LE lendemain à la même heure. Je sonne.

La tête de vieux faune du journaliste dans l'entrebâillement de la porte.

« Ah ! vous voilà, enfin ! Entrez, entrez, ne restez pas plantée là, il fait un froid de canard. »

Il porte un pantalon de velours, un gros pull-over à col roulé et une veste de tweed. Son bureau surchauffé est dans le même désordre que la veille. Sur la table basse une bouteille de whisky et des sandwiches, préparés sans doute par Mme Esperanza. Médor monte la garde à côté de la machine à écrire, tout noir, les yeux fermés, les deux pattes rentrées comme les mains d'une nonne dans les manches de sa robe.

« Vous allez boire à ma santé, mon petit, vous êtes obligée. C'est jour de fête. Je pars dans huit jours. Ils ont fini par comprendre... Avec un peu de chance, je prendrai ma retraite là-bas, je ne reviendrai plus jamais, jamais !... A Penang. Au milieu des Chinois... Vous savez il n'y a que les Chinois — ceux qui ne sont pas cocos ! — et peut-être les Anglais ? Aujourd'hui ce sont les deux seuls peuples à peu près décents sur cette terre... Je me débrouillerai pour me faire nommer consul de France, honoraire ! Et j'écrirai des livres, si je ne me sens pas trop paresseux. J'aurai un grand drapeau français déployé derrière mon bureau et je vivrai la moitié du temps en pyjama sur ma véranda. »

Il s'agite, débarrasse mon fauteuil des journaux qui l'encombrent, s'accroupit pour remplir deux verres, ajoute de la glace et m'en tend un. Ses petits yeux malins sous les sourcils relevés brillent d'excitation.

« Buvez ! Au chef de poste de Bangkok !... C'est moi !... Ils ont enfin compris. Ils me renvoient là-bas, pour trois ans. Après je tire ma révérence. Adieu vieille Europe ! Penang tiendra bien encore le temps qu'il me reste à vivre... Consul honoraire... Dire qu'ils voulaient m'envoyer à Beyrouth, les vaches ! C'est plus de mon âge ces trucs-là... Et puis je déteste la Méditerranée. Nord, sud, est, ouest, tout ça c'est la même chose, tous ces gens-là sont vulgaires, débraillés, et sentent mauvais... Ils sont laids, vous avez vu leurs tronches à tous ces mâcheurs d'ail aux yeux vernis ? La Méditerranée, berceau de la civilisation ! Ah ! oui. Où est-elle ? Alexandre ! César ! Les philosophes ! Rome ! La *pax romana* ! *Dura lex, sed lex !* Que reste-t-il ?... Du culte grec de la beauté, que reste-t-il ?... La nature, peut-être, et encore !... parfois la mer, le matin, ou le soir, c'est vrai ! Et la vigne, le vin !... Mais les hommes ? Je n'aime pas les Méditerranéens. Ils ne savent pas se tenir... Avez-vous vu leurs enterrements ? Dégoûtant !... Ces bonnes femmes, comme des éponges, tièdes de larmes et de transpiration ! Ces cris, ces glapissements !... J'ai passé trois ans en poste là-bas pendant la guerre d'Algérie, alors vous pensez que des enterrements j'en ai vu ! Arabes, juifs, pieds-noirs. Je les mets tous dans le même sac. Ces gens-là ne savent pas se tenir... Et ils n'ont aucun sens de l'humour. Sans humour la vie est difficilement tolérable... »

Il s'arrête soudain et se calme.

« La Méditerranée, vous vous en fichez comme moi. »

Il choque son verre contre le mien.

« Buvez. *Cheerio !* A Bangkok ! A Penang ! Au futur consul honoraire !... Et à votre petit camarade qui croupit dans son trou à rat ! A vos amours ! »

Nous buvons. Il a une grimace expressive de satisfaction.

« J'ai pensé à vous, mon petit... enfin, à votre affaire. Il y a quelque chose que vous n'avez pas vu. Pourquoi croyez-vous que le Vieux ait appelé la production ? Il aurait très bien pu téléphoner à Lanvern chez lui, le soir ; il n'était pas à cinq minutes près. Ni vu, ni connu... Et il a insisté : de la part du colonel, du colonel Dubail ! Persiste et signe !... Pourquoi ?... C'est un professionnel. Il voulait qu'il y ait une trace. Il voulait que d'une certaine manière on sache que « sa maison » était dans le coup... Pourquoi ?... Ça, je ne sais pas, c'est leur cuisine. De toute façon, vous pouvez vous dire que ce n'est pas simple. Plusieurs ricochets. Le but à atteindre n'est pas le but apparemment visé. »

Il a raison, le colonel n'a pas agi avec beaucoup de discrétion.

(Moi) « Oui... Si Lanvern avait appartenu au S.D.E.C.E., il n'aurait pas été contacté de cette façon. »

« Le Vieux vous l'a déjà dit. Il ne mentait pas... Il ne dit pas toute la vérité, mais il ne ment pas... A son niveau on ne peut pas mentir... sauf par omission. »

(Moi) « Alors, s'il n'y était pas obligé, pourquoi Lanvern a-t-il marché dans cette combine ? »

« Le Vieux vous l'a dit aussi ; pour Ky. »

(Moi) « Qu'a donc ce Ky pour susciter de telles fidélités ?... Parce que j'ai l'impression que le colonel, lui-même, s'est mouillé... Vous, auriez-vous lâché votre bureau de Bangkok, votre « consulat « honoraire », pour... ? »

Il me regarde par en dessous. Les yeux noirs trop malins, les sourcils trop relevés, les oreilles décollées trop pointues ; gris, ravagé de rides : Méphisto en personne. Il ricane, hésite, allume une cigarette.

« Non... Moi, ce n'est pas pareil... Question idiote... Personne ne me l'aurait jamais demandé... même pas ma propre conscience ! Et pourtant Ky est... était quelqu'un que j'aimais bien. Un ami !... Chacun mène sa vie comme il peut. On ne gagne pas à tous les coups. Ky paie... a payé les choix qu'il a faits. C'est juste. Tout le monde paie, un jour ou l'autre. Hein, Médor !... Sale bête ! Si je n'avais pas été intransigeant, ils m'auraient bien fait payer en m'envoyant à Beyrouth, moi ! Les vaches ! »

Médor a ouvert les yeux à l'appel de son nom. Il bâille, s'étire et m'observe de loin, fixement.

« Il est comme moi, frileux et solitaire... Il n'aime pas le tapage non plus. Pauvre Médor, tu nous vois tous les deux à Beyrouth ? »

Médor miaule ; un cri rauque, désagréable. Le vieux journaliste rit.

« Vous avez entendu ? Un démon exultant dans la damnation ! Un diable ! Il comprend tout, la sale bête !... Je crois que Bangkok ne lui déplaît pas trop. Mais il espère que je vais emmener Mme Esperanza avec nous... Non, Médor, non ! »

Nouveau miaulement, comme un grincement de porte. Médor n'a pas l'air content.

« Son vrai nom est Médor Médorovitch, le roi des Médors. Vous savez qu'il tape à la machine ?... Absolument !... Il me casse les pieds quand je rédige un papier, il me fait faire des fautes, avec ses pattes ; ça, tous les chats le font. Mais lui... regardez. »

Le journaliste se lève et va chercher dans la bibliothèque un sous-verre qu'il me tend.

« Regardez ! »

La fin d'un texte tapé à la machine, sur une feuille blanche. Je lis :

« *... en politique le vrai saint est celui qui fouette et tue le peuple pour le bien du peuple.* »

Et en dessous, quelques lignes plus bas :

! -1/2 . m..oI!! AAA ?

Le reste de la feuille est taché de jaune.

« Vous avez vu. C'est lui !... « Moi »... Et ces trois « A » qui ont l'air de rigoler. Il les a tapés du pied, de la patte ! C'est lui !... Je venais de terminer un papier sur Ho Chi Minh. La dernière phrase n'est pas de moi : une citation de Baudelaire... J'avais quitté la pièce pour me chercher un verre. J'ai bien entendu le clac, clac de la machine. Quand je suis revenu il était assis sur le rouleau, dans une noble attitude. Il me regardait avec insolence. Je l'ai engueulé : « Qu'est-ce que tu as encore foutu, sale « bête ? » Il me regardait droit, comme si... Essayez de lire quelque chose dans l'œil d'un chat !... C'est alors qu'il a pissé, tranquillement, devant moi, sans lever un cil, sans remuer un poil de moustache, drapé dans sa dignité, les yeux dans les yeux... C'est leur manière à eux de signer... J'ai été obligé de démonter la machine pour la nettoyer...

Si j'étais hindou, je penserais qu'il est la réincarnation de Baudelaire, mais je suis plus malin que ça, je sais que c'est le diable... Mathématiquement, selon le calcul des probabilités, il n'avait pas une chance sur, je ne sais pas, des milliards, de taper quelque chose de cohérent ! Et il a signé !... Je l'ai fait encadrer... Médor, je sais que tu es Lucifer ! »

Le vieux journaliste rit à nouveau. Il m'observe ensuite fixement, comme son chat. Il finit par me faire un clin d'œil.

« Je vous agace avec mes bêtises, hein ?... C'est vous qui êtes venue me chercher... Bon !... J'ai quand même ramassé quelques miettes pour vous aux archives de l'agence... Entre nous, votre petit copain n'a pas été arrangé par la presse. Les journaux de gauche le tirent à boulets rouges. J'ai noté quelques titres, au hasard. Les meilleurs. »

Il sort un vieux calepin de sa poche, met ses lunettes et lit :

« — *Un nostalgique des guerres colonialistes !* » « *Lanvern déshonore sa profession.* » « *Un ama-* « *teur, ou un imbécile manipulé ?* » « *Double, triple* « *jeu ? La C.I.A. ?* » « *Nous avons la preuve que le* « *cinéaste a travaillé pour un organisme dépen-* « *dant de la C.I.A. à Saigon en 1955.* » « *Un fou,* « *isolé, peut faire du mal à la France* », etc. pas mal, tout ça !... Il y a aussi l'éditorial merveilleux d'un académicien, un grand nom de la littérature. Je n'ai lu aucun de ses livres, je vous le dis tout de suite. Il en profite pour raconter une histoire assez rigolote. Attendez...

« — ... *au début du* XVIII*e siècle, alors que les* « *Français et les Anglais se faisaient la guerre* « *comme il était de bon usage en ces temps-là, il* « *advint qu'un des premiers grands primates* « *ramenés en Angleterre par un circumnavigateur,* « *Cook ou un autre, échappa aux gardiens de son*

« *zoo et partit en gambadant dans la nature. Les* « *paysans d'un village excentrique le capturèrent* « *un soir et le subodorèrent immédiatement citoyen* « *français. Allez savoir pourquoi : ses grimaces ?* « *ses pitreries ? ses criailleries incompréhensibles ?* « *Peut-être ses gestes* « *osés* » *qui sont l'apanage* « *des Français, dit-on ?* » — il ouvre une parenthèse — « *Je n'insiste pas pas ; nous avons tous* « *pu observer un jour de notre enfance, au côté de* « *nos nurses rougissantes, au jardin d'acclima-* « *tation, les déplorables exhibitions de nos malheu-* « *reux cousins, comme dirait Darwin.* » — il ferme la parenthèse — « *Toujours est-il que ces braves* « *paysans anglais jugèrent incontinent notre loin-* « *tain parent et le pendirent haut et court,* « *et* « *jusqu'à ce que mort s'ensuive*», *pour crime* « *d'espionnage au profit de la France. Triste fin* « *pour un innocent ! Je ne souhaite pas la même à* « *ce cinéaste perdu — comme on dit : soldat* « *perdu — mais aussi, je vous le demande, pour-* « *quoi n'est-il pas resté dans son zoo à faire son* « *film, pour notre plus grand plaisir solitaire* » — solitaire est entre guillemets — « *dans les salles* « *obscures ?* »... »

Rire du journaliste.

« Ah ! le vieux cochon ! Onaniste, et ignorant ! Citoyen français, au début du XVIIIe ! Un Français était alors sujet du Roi Soleil par la grâce de Dieu, ou de Louis le Bien-Aimé. Le citoyen n'arrive qu'avec la République. Passons ! Il jure que son histoire de singe est vraie. Possible ! Typiquement anglais, pour eux la jungle commence de l'autre côté du Channel. Ils ont la même certitude que les Chinois : le reste du monde ne vaut pas cher. Mon bon maître Rudyard Kipling disait bien : « L'Inde a les singes, l'Europe a les Français ! » Et c'était un francophile !...

« Tout ça, c'est du folklore, j'ai beaucoup plus sérieux, vous allez voir. Un premier télex, le tout premier. Daté du 5 juillet 78. Huit jours après que Lanvern eut quitté son équipe de tournage. Je vous lis : « *D'après des villageois un Français blessé* « *et cinq corps décomposés portés par des soldats* « *vietnamiens auraient été amenés de la jungle* « *dans le village de Ban Nam Phao.* » C'est signé de notre homme à Vientiane, un Eurasien... Deuxième télex. Daté du 6 juillet, un jour plus tard. Toujours notre homme, toujours de Vientiane, mais via Bangkok cette fois. Prudence ! : « *Crois* « *pouvoir confirmer arrivée Ban Nam Phao 2 juil-* « *let cinq morts plus un blessé peut-être américain* « *transportés par soldats vietnamiens. Stop.* « *Importantes mesures de sécurité dans le Nord.* « *Stop. Source proche milieux officiels. Stop et* « *fin.* »... C'est un de ses derniers messages ; le bureau de Vientiane a été fermé le 8 juillet par les autorités, pour — je cite — : « *propagation de nou-* « *velles mensongères susceptibles de provoquer* « *des affrontements armés à la frontière thaïlan-* « *daise et de jeter la confusion dans l'esprit du* « *peuple assoiffé de paix* ». Premier acte !... Le 10, le 10 juillet seulement, l'agence de presse officielle du Laos annonce laconiquement la capture d'un espion de la C.I.A. dans le nord du pays grâce à la vigilance des milices populaires locales. Aucune mention d'un blessé, de morts, de Ban Nam Phao ou de soldats vietnamiens. Ensuite une semaine de silence. C'est le 18 que tout saute, avec reprise au tambour par l'agence Tass. L'homme de la C.I.A. devient en plus espion des réactionnaires internationaux — les Chinois — et du S.D.E.C.E. C'est Henri Lanvern, chargé de tous les péchés d'Israël... Intéressant, ne trouvez-vous pas ? »

(Moi) « Sans doute, mais... je ne vois pas très bien. »

Le vieux journaliste perche ses lunettes sur son front et me regarde en écarquillant les yeux.

« Oh ! là ! là !... Vous avez la compréhension un peu lente, mon petit... Je vais vous expliquer. Si notre homme est bien informé cela veut dire que Lanvern aurait été blessé. Il serait arrivé à Ban Nam Phao le 2 juillet avec cinq morts DÉCOMPOSÉS. Je sais qu'il fait chaud, là-haut, mais les nuits sont froides, il faut compter au moins deux jours pour décomposer un corps. Cela ramène la capture au 29 ou 30 juin au plus tôt... Ban Nam Phao n'est qu'à quelques heures de la frontière thaïlandaise... Revenons à nos cinq cadavres si intéressants ; cela pourrait être ceux de Ky, du cadre et de leurs deux complices, les gardes du camp de rééducation dont parlait le Vieux, tués au moment de leur capture. Qui serait alors le cinquième mort ? Un des deux Hmong de Chieng Raï qui devaient contacter Lanvern ? Un soldat vietnamien ?... Et pourquoi ne pas les avoir tous enterrés sur place, là où ils ont été tués, comme d'habitude dans ce genre d'affaire ? Pourquoi s'échiner à transporter ces charognes puantes ? Pourquoi ? Parce qu'il fallait absolument effacer toute trace. Surtout si ces pauvres bougres ont été massacrés de l'autre côté de la frontière, en Thaïlande ? Hein ? Maintenant si on se réfère au deuxième télex le blessé n'est plus français « mais peut-être américain ». Seulement cette fois l'information provient d'une fuite « proche des milieux officiels » de Vientiane et non plus des villageois. Cela explique ce premier bulletin discret de Lao Presse deux jours plus tard : « *Un agent de la C.I.A. capturé* ». Plus question de soldats vietnamiens, bien sûr, nous sommes au Laos. Il leur faudra encore une semaine pour pouvoir en dire un peu plus long. Pendant tout ce temps-là ils ont pédalé dans la choucroute !... Peut-être que Lanvern trop gravement blessé n'a pu être interrogé avant ? »

(Moi) « Blessé ! mais personne ne l'a dit, pas un journaliste, pas même le colonel ! »

« La presse française n'a réagi qu'à partir du 20 juillet, quand les autres ont commencé à brailler comme des Chinois qui font naufrage. Ils n'ont jamais mentionné la blessure de l'« espion » dans leurs « notes énergiques de protestation ». Qui serait allé repêcher les deux télex, au conditionnel, de notre homme de Vientiane ? Quant au Vieux ! Il ne ment pas, sauf par omission. »

(Moi) « Qu'est devenu le... votre homme ? »

« Il a liquidé la boutique. Il n'a pas été expulsé, il n'a pas demandé à venir en France. On lui verse sa pension au consulat du Laos à Hanoi. Il n'habite plus Vientiane. C'est tout ce qu'on sait de lui, aujourd'hui. Le Vieux vous l'a dit : ils ont fait le ménage... Buvons ! Au bon peuple lao assoiffé de whisky, et de paix bien entendu. *Amen !* »

Il choque mon verre et boit d'un trait. Soupir de satisfaction. Il a l'air enchanté de ses révélations.

(Moi) « Comment, était-il, « votre homme » ? »

« Très bon informateur. Je le connaissais depuis 56. C'est moi qui l'ai recruté pour l'agence... Un garçon intelligent. Son père était un sergent de la coloniale, tué en 47... Il a sept ou huit gosses, de la même femme je crois... Susceptible comme tous les métis. Des écorchés vifs, ceux-là ! »

(Moi) « Pensez-vous qu'il aurait pu être manipulé ? »

« Avant ?... non ! Depuis ?... Manipulé, je ne pense pas, mais... intimidé... Ses parents, du côté de sa mère et de sa femme, sont de la région de

Ban Houeï Saï, pas très loin de Ban Nam Phao. Intimidé, c'est sûr. Ils lui ont fermé son clapet. »

Il jubile. Son visage de vieux diable est tout plissé.

(Moi) « Croyez-vous que Lanvern soit mort de sa blessure ? »

Presque instantanément son visage redevient sérieux.

« Quoi !... Non ! Ils n'auraient pas fait tout ce chambard, annoncé son procès... Non, il a survécu, mais dans quel état ?... Je ne sais pas !... Ou alors il est mort plus tard... en septembre, octobre, quand ils ont cessé de brailler tout à coup ? Plus d'espion, plus de procès !... Ça serait gros, quand même... Et pourquoi ne pas clamer : « Le criminel impé-« rialiste s'est pendu dans sa cellule pour échapper « à la justice du peuple » ? ou n'importe quoi du même style... Je ne sais pas. Ils sont tordus... et très cons en même temps. Tout est possible ! »

(Moi) « Vous dites toujours « ils ». Qui sont ces « ils » ? »

« Les Viets, pardi ! Les Tonkinois, de Hanoi, leurs services secrets ! Et le K.G.B. par-dessus le marché. Ils grenouillent méchamment là-haut, à cause des Chinois... Les pauvres Laotiens sont bien forcés de suivre la piste. »

(Moi) « Alors Lanvern est peut-être mort ? »

« Je n'ai jamais dit ça ! Je ne sais pas... Vous avez une façon de sauter aux conclusions ! Du calme, mon petit... Je vous ai apporté des informations, c'est tout. Je ne suis pas Dieu le Père... »

Il me regarde agressivement. Et tout à coup ses yeux me quittent et semblent se fixer au loin, comme s'il venait de découvrir quelque chose.

« Vous m'énervez. On ne peut pas discuter avec vous... Mais écoutez bien ce que je vais vous dire maintenant. Si Lanvern est vivant — je dis si — si

Lanvern est vivant, l'indiscrétion calculée du Vieux est sa plus grande chance de survie... Le Vieux lui a refilé une mae west. »

(Moi) « Excusez-moi, je ne comprends pas. »

« Une mae west, une bouée de sauvetage !... Vous êtes aussi naïve que cet idiot de Lanvern. Ah ! là ! là ! Faites travailler vos agiles petites cellules grises... A cause de ce coup de téléphone à la production — colonel Dubail et ainsi de suite — Lanvern est lié, qu'on le veuille ou non, au S.D.E.C.E., à la France, à la politique de la France. On ne peut pas le liquider comme ça, il faut prendre des gants. Ce n'est pas un... fou, un singe qui gambade dans la nature, comme disait l'autre imbécile !... Nous ne tuons pas les espions russes coincés chez nous, nous les expulsons... Un jour ou l'autre, ils vont être obligés d'expulser votre petit ami, ou de l'échanger, ou de le troquer contre du riz, des locomotives, des camions, n'importe quoi... Et pas trop cabossé de préférence. Je parle de Lanvern, pas des camions. »

(Moi) « Le colonel avait donc prévu l'échec de... »

« Arrêtez ! arrêtez !... Si chaque fois que l'hôtesse de l'air fait sa petite démonstration des mesures de sécurité on prévoyait un crash, il n'y aurait pas beaucoup de passagers dans l'avion ! »

Médor qui jusque-là m'avait observée de loin saute sur mes genoux et me donne de vigoureux coups de tête au menton. Cela rassérène un peu le vieux journaliste irascible.

« Tiens ! Il vous aime... Ou bien il fait ça pour vous embêter. Il est rusé ! Quand je suis là il adore se frotter contre les gens qui ont horreur des chats. Ça doit le faire rigoler intérieurement. Il sait que vous n'oseriez pas lui filer un coup de pied devant moi... Aimez-vous les chats ? »

(Moi) « Oui. »

Médor se roule en boule sur mes genoux et se tient tranquille, je le caresse.

(Moi) « Hier, vous n'aviez pas fini de me raconter... »

J'ai parlé timidement. Le vieux journaliste se met à rire. Il a la singulière faculté de changer instantanément d'expression ; ses sourcils relevés se relèvent encore davantage, ses petits yeux noirs pétillent de malice. Soudain il n'est plus agressif du tout.

« Vous êtes têtue, hein ! Ce que vous voulez, vous l'obtenez... C'est bien, mon petit... *Curiosity killed the cat*[1], et la femme, et le journaliste aussi... Où en étions-nous restés ?... Ah ! oui. Leur libération. Pas très nombreux, et en drôle d'état ! Ky a été relâché beaucoup plus tard, lui. Fort abîmé, maigre à faire peur, ressemblant pour tout dire à un bonze après ramadan... Ils étaient agglutinés dans Saigon, comme des éphémères autour d'une lampe... La guerre finie, et perdue, ils se retrouvaient isolés, désarmés, nus et déshabitués de l'être... Ils essayaient de prolonger quelque chose, une fraternité, une solidarité... avant que l'oubli n'efface presque toutes les traces de l'état exceptionnel passé... Intéressant à observer !... Ils n'étaient pas pressés de rentrer en France... Lanvern s'est fait démobiliser sur place. Il s'était acoquiné à cette bande de cinglés des photographes et cameramen de l'armée : une incroyable maffia ! Je les connaissais bien, ceux-là. Pendant la guerre ils allaient partout, ils étaient de tous les bons coups. Quand ils rentraient d'opération, je les pompais un peu, pour savoir. Un pastis au bar du camp de presse, un déjeuner — ils n'avaient pas beaucoup d'argent, les petits —, je pouvais

1. « La curiosité tue le chat. »

faire mon papier, comme si j'y étais !... Lanvern apprenait la technique de la prise de vue avec eux... »

(Moi) « Le colonel disait qu'il était un peu... exalté. Qu'il avait des doutes sur... qu'il faisait ses comptes après l'expérience de la captivité. »

« Je ne sais pas... Dans ce genre d'expérience un homme laisse toujours des plumes... Peut-être ? Lanvern était un garçon profond, intense, fier... beaucoup d'orgueil aussi. Pas de vanité, de l'orgueil !... Il n'en parlait pas. Pas avec moi. Avec Ky, peut-être ?... Ky était son... directeur de conscience. Je crois qu'ils sont vraiment devenus amis à ce moment-là. Il n'y avait plus de hiérarchie entre eux, vous comprenez. Lanvern était civil. Ky n'était plus son patron... Oui, il est possible que Lanvern ait flotté un peu. Il venait de faire un choix délibéré. Il venait de quitter la chaude sécurité de l'armée, sa vraie famille. Il se lançait dans une aventure inconnue, une existence nouvelle où l'argent, la concurrence, la jalousie jouaient un rôle. Lanvern est un naïf !... Il était devenu adulte, mais il ne le savait pas encore. Drôle d'adulte d'ailleurs ! D'une certaine manière il était resté un enfant... Je crois qu'il le restera toute sa vie. C'est sa nature... Ky, c'était autre chose, lui aussi avait changé... J'ai trop longtemps obéi dans ma vie pour ne pas reconnaître la véritable autorité, quand je la rencontre... Lanvern m'a raconté que le 7 mai au matin, à Dien Bien Phu, quand la dernière des cinq collines a été submergée, il avait entendu les Viets crier dans la brume : « Où est Ky ? Où est le capitaine « Ky » Ils retournaient les morts, ils secouaient les blessés : « Ky, où est Ky ? »... Pas fous ! ils ne voulaient pas le laisser échapper, celui-là. Ils ont essayé de le briser dans leurs camps. Ils ont même essayé de ne pas le rendre... Ky a mené de terribles luttes solitaires où son courage, sa raison, sa foi auraient dû sombrer... »

(Moi) « Sa foi ? »

Il me regarde, et ses yeux deviennent soudain durs, presque méchants.

« Quoi ?... Oh ! là ! là ! là !... Sa foi ! Tout homme a foi en quelque chose, sinon il ne peut vivre. Vous ergotez toujours... Vous avez sans doute raison, il ne faut pas se laisser emporter par les mots, on finirait par dire des âneries... Ky avait foi en certaines valeurs simples. C'est pour cela qu'il était soldat... L'observation d'une règle libère le reste de l'homme, ce qui est l'essentiel. Un soldat fait et dit ce que lui commande le règlement, au-delà il est libre. Ky était le plus libre de tous. On avait l'impression que rien de grave ne pouvait plus lui arriver... Vous me forcez à faire de la psychologie, ce dont j'ai horreur... Je vais vous dire : Ky était devenu un des hommes les meilleurs que j'aie jamais rencontrés. Voilà !... Et votre Lanvern, avec son instinct de bête, d'enfant, l'avait choisi... Je ne peux pas vous en dire plus, mon petit. »

Il me regarde toujours, mais, imperceptiblement, son agressivité s'est estompée. Je reste silencieuse. Médor ronronne sur mes genoux.

« J'observais. J'écoutais... Tous ces prisonniers libérés avaient quelque chose en commun... Des étrangers dans la ville... Ils ne faisaient pas de tapage, ils ne parlaient pas de leurs misères passées, de leurs camarades morts. Discrets. Énigmatiques. Désinvoltes... Par groupes de deux, trois... Ils se réjouissaient de petits bonheurs : un fruit partagé, une cigarette, un bol de riz, la liberté de flâner où bon leur semblait. Ils rigolaient avec les cyclo-pousses, les marchands de soupe ambulants, les enfants... Plus qu'à leur maigreur on les reconnaissait à leurs yeux. Je ne sais pas quoi, je ne suis pas assez fin, assez subtil pour vous le dire, mais c'est comme ça que je les reconnaissais... J'étais le seul journaliste qu'ils toléraient parmi eux... Quand certains se décidèrent enfin à rentrer en France, je les accompagnai sur la rivière de Saigon jusqu'à leur bateau... Il pleuvait, l'eau fumait de toutes parts, de la pointe des Blagueurs j'ai regardé le vieux *Édouard-Branly* s'enfoncer dans la nuit chaude et disparaître en faisant hurler sa sirène. Je ne voyais plus que ses feux, rouge et blanc. J'ai ressenti leur solitude... et la mienne... Et j'ai eu le sinistre pressentiment que le temps de l'innocence était révolu... pour eux... pour moi, pour nous tous. C'était le jour du départ d'un capitaine, un ami, je vous en ai parlé hier, du dernier bataillon qui ait sauté sur Dien Bien Phu... Je l'ai revu en Algérie, à la fin des années 50, quand ils m'ont envoyé là-bas, les vaches ! Je les ai presque tous revus là-bas, mais ce n'était plus pareil... Mon pressentiment !... »

Il cherche ses mots. Son regard de vieux diable est voilé de mélancolie. Je suis surprise par la soudaine douceur de sa voix.

« Et pourtant tout semblait recommencer comme avant... Ils étaient toujours romanesques, et sincères, et naïfs, mais ils avaient acquis de l'expérience... cette fois ils savaient ce qu'il fallait faire pour gagner... et ils étaient prêts à perdre un peu de leur âme. Gagner quoi ? Je vous le demande ?... L'Algérie n'était pas française, elle devait devenir algérienne. C'était écrit, comme disent les Arabes. Moi, je le savais depuis... depuis le début... Eux n'ont pas voulu savoir, ou ils n'ont pas pu. Un engrenage. Un piège d'une implacable fatalité, comme une tragédie grecque. Ils se sont enfoncés là-dedans... Jusqu'à cet ultime et décisif choix que je les ai toujours soupçonnés d'attendre... « *Entre* « *l'honneur et la discipline ?* » hein ! Beau sujet de dissertation pour une épreuve du baccalauréat... J'en connais au moins un qui s'est fait tuer dans le djebel pour ne pas avoir à trancher... *Cedant arma togae*[1]. C'est la loi qu'un soldat ne peut transgresser impunément, mon petit... »

Le vieux journaliste reste un moment rêveur.

« Une tragédie grecque, c'est ça ! Tous des Don Quichotte, un peu exaltés, comme vous dites... Ils les aimaient leurs harkis, leurs Arabes... Pour eux, ils se sont faits instituteurs, sages-femmes, administrateurs, agronomes, que sais-je encore... Ils se sont faits aussi gendarmes, juges, exécuteurs des hautes œuvres. Par amour !... Les hommes sont fous, n'est-ce pas ? »

Nouveau silence.

« Pourquoi parler de l'Algérie ?... La seule chose convenable là-bas était l'hôtel Saint-Georges !... Revenons à nos moutons... Saigon fin 54, début 55... Le Vieux restait. Il s'était fait rectifier son moignon à l'hôpital Grall et passait sa convalescence à Dalat avant qu'on le renvoie s'occuper de ses Hmong au Laos... Toute la famille Cao avait rappliqué du Tonkin. Le père, deux filles et le frère cadet de Ky. Et aussi toute une poignée d'oncles, de tantes, de cousins et cousines, comme il se doit dans les familles vietnamiennes. Le père était un personnage d'une grande délicatesse... Il me faisait penser à Dieu. Il fumait comme lui, discrètement... Je l'aimais bien. Souvent j'ai passé des soirées allongé sur une natte à regarder la petite flamme orange de sa lampe, à l'écouter... Il me traduisait des poèmes du Nord... Une fois Lanvern

1. « Que les armes le cèdent à la toge. »

est venu, une seule fois. Je crois que Ky l'avait amené. Le père lui a préparé trois pipes. Pour Lanvern c'était la première fois, je le voyais bien. Il était maladroit, il tétait la pipe... C'est vrai qu'il était un peu exalté, maintenant que j'y pense. Cette nuit-là il a vidé son sac, comme s'il était allongé sur le divan d'un psychanalyste. Il devait en avoir besoin... »

(Moi) « Qu'a-t-il dit ? »

« Bah !... Le trop-plein de tout ce qu'il avait vécu... Qu'a-t-il dit ? Qu'a-t-il dit ?... Que vouliez-vous qu'il dise ?... « Pourquoi ci, pourquoi ça ? « Qu'est-ce que ça veut dire ? Qui suis-je ? » Je ne me souviens plus. Toutes les bêtises que disent les garçons de son âge !... La vie l'avait étrillé, lui avait révélé sa vraie nature, sa vérité profonde cachée sous le masque... Il le savait et en même temps il n'était pas très sûr de ce qu'il avait découvert... ou peut-être n'aimait-il pas trop !... Je n'ai pas tout écouté... C'était une nuit de tempête. Des arbres avaient été déracinés, rue Catinat, et on entendait la pluie crépiter avec violence... une rumeur confuse. La queue du typhon qui avait frappé la côte quelque part dans le nord... Les hommes sont aussi des bêtes, mon petit, des mammifères pas toujours supérieurs ; ils réagissent comme des bêtes à la tempête... Un typhon rend un peu plus fou... un peu plus exalté... Les chiens hurlent bien à la lune, pourquoi pas un jeune homme ?... C'était une nuit de tempête. Je n'aurais pas dû être là. J'étais de trop... Les trois pipes avaient ouvert le cœur du garçon et délié sa langue, dénoué quelque chose en lui. Il parlait... La petite flamme orange brillait dans son globe de verre et c'était la seule lumière qui éclairait leurs trois visages... Dehors il y avait la nuit, la tempête, la pluie, c'est pour ça que je suis resté.

Ce typhon a bien fait une cinquantaine de morts rien que dans la région de Saigon, je ne voulais pas recevoir une tuile sur la tête en rentrant au Continental... Ils parlaient tous les trois... Surtout lui. Il en disait peut-être plus qu'il ne voulait, mais ceux qui l'écoutaient étaient dignes de sa confiance, c'étaient ses amis... sauf moi, je n'avais rien à faire là... »

(Moi) « A-t-il dit des choses graves ? »

« Vous êtes terrible ! Vous voulez que je trahisse ses petits secrets ! Vous voulez tout savoir... La Grande Inquisitrice !... Vous auriez été là-bas vous n'auriez rien compris... C'étaient des affaires entre Ky et lui. Le vieillard à barbiche n'était là que pour sa sagesse... Comme Dieu !... Il a parlé d'un type brûlé vif... D'une attaque de nuit, sept fois recommencée... De la montée du col de Ban Pha Dinh, je me souviens... de sa tentative d'évasion ! Vous voyez, pas de quoi fouetter un chat, hein Médor !... Ils chuchotaient... Je n'écoutais pas vraiment. De temps en temps un mot, une phrase me donnaient un bref aperçu de son être intérieur... « Je suis vivant parce que je leur ai raconté « des coups », il parlait de sa captivité... Ky lui a dit : « Moi aussi ! »... Oui, ils ont parlé du mensonge, de la vie et du mensonge !... Plus tard, il a aussi parlé de son nouveau métier, la photo, le cinéma... toujours à propos du mensonge... « L'art « est la vérité »... « Aucun imposteur ne saurait « être poète »... Vous voyez le genre. Comme j'en avais marre, la tempête m'avait énervé moi aussi, je lui ai dit : « Si vous êtes si fortiche, je vous « embauche »... C'est comme ça que je lui ai fait faire son premier reportage. »

(Moi) « Qu'entendait-il par : je leur ai raconté des coups ? »

« Comment voulez-vous que je le sache, je n'ai

pas été prisonnier, moi. Je pense qu'ils en sont tous arrivés à mentir, là-haut, sauf quelques-uns, peut-être ? qui sont morts ! Ne me demandez pas de... d'interpréter leurs paroles. Je suis journaliste, je dis ce que j'ai vu et entendu, je ne sonde pas les cœurs... Vous n'avez qu'à réfléchir un peu. Un autre beau sujet de dissertation pour le bac !... »

Le vieux journaliste se carre contre les coussins de son divan, renfrogné. Soudain, il se lève d'un bond et va fouiller dans les placards de sa bibliothèque.

« Attendez !... Je vais quand même vous aider. »

Accroupi sur la moquette, fourrageant dans ses dossiers, il grogne et déblatère contre « le désordre de Mme Esperanza ».

« Ha ! Voilà. Décembre 54... Tout est classé, chez moi. »

Il revient s'asseoir, tenant à la main des feuillets dactylographiés qu'il parcourt en marmonnant. Il lève les yeux et me regarde par-dessus ses lunettes.

« Un curé ! Un aumônier militaire. Deux ans dans leurs camps. Jeune, vingt-huit, vingt-neuf ans. Malade, à l'hôpital. Il a été littéralement sauvé par le gong des accords de Genève. Un mois de plus et il était mort... Il venait de refuser de se faire décorer de la croix de guerre. « J'ai la croix « du Christ, je n'en veux pas d'autre.» Gueule du général !... J'ai tout noté, je voulais écrire un livre. J'avais déjà reçu une avance d'un éditeur. J'avais même le titre : *Ecce homo !* Ambitieux, n'est-ce pas ?... Bah ! je l'écrirai à Penang... »

Il ricane et plonge dans ses notes.

« Il m'a dit : « Là-haut, à la fin, je n'arrivais « plus à prier. Je ne crois pas que la prière puisse « exister sans liberté. »... Non, attendez... Voilà ! Il disait : « La chair et l'esprit c'est la même chose,

« comme $E = mc^2$, comme l'énergie et la matière. »... Non, attendez, ce n'est pas encore ça... Il a dit lui aussi quelque chose sur le mensonge... Un dialogue avec le commissaire politique de son camp... Ah ! voilà — je vous lis mes notes : Retour de corvée de riz. Fièvre. Furoncles. K.O. par faim et épuisement. Dysenterie. Très douloureux. Besoin de... s'isoler toutes les heures... »

Il lève le nez.

« J'ai tout écrit en style télégraphique. Je n'avais pas de magnétophone comme vous, ça n'existait pas à l'époque. Ce n'étaient que des notes, pour moi, pour mon livre. L'aumônier était sous perfusion, aussi blanc que les draps de son lit. Ses yeux étaient les seules choses qui semblaient vivre encore en lui, mais il avait toute sa tête. »

Il replonge dans ses feuillets.

« Je le cite : « J'étais une épave répugnante. « Dormir, je ne souhaitais que dormir. »... Dans la nuit, le commissaire le convoque. Motif : signature d'un manifeste à envoyer à l'occasion d'un congrès pour la paix de la jeunesse du monde entier à B. — j'ai écrit B. seulement, je ne me souviens plus si c'était Budapest, Bucarest ou Berlin... de toute façon une ville d'un pays de l'Est... Le manifeste condamnait l'action « odieuse « et criminelle » de la France et du corps expéditionnaire en Indochine, évidemment !... Je cite l'aumônier : « Si je signais je savais que j'entraî« nerais d'autres prisonniers à signer. Et aussi que « la ration alimentaire augmenterait, pour tous. « Que quelques-uns des prisonniers les plus faibles « seraient peut-être sauvés. » Je le cite toujours : « Je suis prêtre, pas soldat. J'ai dit au commis« saire : je ne suis pas venu en Indochine pour « juger, mais pour rappeler aux hommes que Notre « Seigneur Jésus-Christ les a sauvés. Je ne peux

« pas signer, ce n'est pas de mon domaine, « comprenez-moi. »

Le journaliste me regarde par-dessus ses lunettes et fait une grimace.

« — Pas là pour juger ? mon cul ! » C'est lui qui le dit, à moi, pas au commissaire. Il se tortillait sur son lit au risque d'arracher les aiguilles qu'il avait plantées un peu partout. Il jurait comme vous et moi, nom de Dieu ! Les curés de nos jours n'ont plus le sens des convenances. Passons !... Colère du commissaire : « Nous ne faisons pas la « guerre pour comprendre le monde, mais pour le « changer ! »... L'aumônier malade. Mal au ventre. Demande à s'isoler un instant. « Non ! » Il serre les fesses. Grand discours du commissaire. L'aumônier — je le cite : « Il a repris le sermon sur « la Montagne, les Béatitudes. Il m'a dit : Votre « Christ a glorifié les pauvres : ne sommes-nous « pas les plus pauvres d'entre les pauvres ? Votre « Christ a glorifié les endeuillés : ne sommes-nous « pas endeuillés de tous nos frères morts dans « cette guerre injuste et criminelle ? Votre Christ « a glorifié les assoiffés de justice : ne sommes-« nous pas les vrais défenseurs de la justice du « Peuple ? Glorifié les pacifiques : ne luttons-nous « pas contre les agresseurs colonialistes et pour « l'amitié entre les peuples ? Glorifié les cœurs « purs : ne cherchons-nous pas notre purification « par l'autocritique ? Glorifié les miséricordieux : « ne vous offrons-nous pas la politique de clémence « du président Ho Chi Minh ? » etc. L'aumônier toujours malade, fesses serrées. Faible... Le commissaire : « Nous faisons aujourd'hui sur cette « terre, ce que votre Seigneur vous a ordonné il « y a deux mille ans. Vous, prêtre, devez le « reconnaître le premier. Vous devez signer ce « manifeste pour rester fidèle à vos croyances. »...

L'aumônier : « J'étais épuisé à mourir. Je n'ai pas « répondu. Il m'a offert une cigarette. Une ciga- « rette chinoise, blonde. Pas fumé depuis... Je ne « sais pas. Je n'étais pas seulement faible, j'étais « lâche, j'ai pris la cigarette... C'est ma chair qui « a répondu. Un étourdissement. Je suis tombé et « j'ai... partout. »

Le journaliste relève les yeux.

« En me racontant ça, il riait dans son lit, malgré tous les tuyaux qui lui sortaient des trous de nez. Il avait l'air d'un cadavre hilare... Bon, je continue : « Partout ! J'ai tout salopé... J'aurais peut-être « signé — c'est l'aumônier qui parle — peut-être « à cause de la cigarette, je ne sais pas. Il ne faut « rien accepter, c'est la pente savonneuse, le glis- « sement de la résistance à la collaboration. Le « Seigneur en a voulu autrement. »... Vautré dans la cahute du commissaire souillé de matière sanglante et puante. Tout son corps s'était ouvert, relâché, vidé. Il pleurait de honte. Il entendait vaguement des cris. « Le manifeste était tombé « avec moi. Inutilisable ! et j'avais aussi perdu la « cigarette. » On l'a jeté dehors — l'aumônier —, on l'a traîné dans l'enclos à buffles. Plus tard, il a pu se laver dans la rivière et il a dû faire son autocritique... Je le cite : « Le commissaire était « mon double, mon reflet dans le miroir d'un autre « monde, mon négatif. Il était sincère. Comme moi « il avait foi en ce qu'il disait. Il utilisait les « mêmes références, les mêmes mots que moi, et « pourtant tout était inversé. La parole du Christ « devenait mensonge... Et moi j'étais resté muet... « J'aurais signé. Et quelques-uns des prisonniers « les plus faibles auraient été sauvés. Oui, j'étais « prêt à signer... Pendant longtemps je n'ai plus su « où était le mensonge et où était la vérité. Où « était le bien et où était le mal. Et je n'arrivais plus à prier... » Il a parlé de « tentation de Satan » — c'est idiot, je n'ai pas tout noté —, il a encore dit : « Je ne suis qu'un homme. »

Le journaliste range ses feuillets.

« Vous comprenez un peu mieux ?... dans leurs camps de l'archipel du Goulag les gardes russes n'en veulent qu'à la chair de leurs victimes humiliées. Les Viets, plus subtils, en veulent aussi à l'esprit... Ils ont tous été piégés. Mentir ou mourir... Même celui qui était le mieux armé pour résister, le prêtre... Belle rencontre au sommet : le prêtre et le commissaire. C'est le commissaire qui gagne. »

(Moi) « Croyez-vous que pousser ces pauvres prisonniers à mentir soit une technique efficace ? »

« Oh ! ça laisse des traces... Rappelez-vous Pascal : Faites tous les gestes de la foi. Abêtissez-vous... Et la foi vous sera peut-être donnée de surcroît. »

(Moi) « Qu'est devenu votre aumônier ? »

« Il est rentré en France. Il a fait une cure dans un couvent et il est revenu comme missionnaire au Cambodge. Je l'ai revu deux fois. Un saint homme. Il avait une phobie, il ne supportait plus les mauvaises odeurs. Il aspergeait ses catéchumènes à l'eau de Cologne en guise d'eau bénite... Il a disparu en 74. Le bruit a couru qu'il avait été crucifié par les Khmers rouges devant ses ouailles rassemblées... Je ne sais pas si cette fois ils ont réussi à le faire mentir avant de le faire mourir ! »

Un silence.

(Moi) « Vous avez fait faire son premier reportage à Lanvern ? »

Il hoche la tête.

« Sur un bâtiment de la Marine, on est allés repêcher des réfugiés qui barbotaient dans le golfe du Tonkin. Il y avait déjà des *boat people* en ce temps-là. Un million de réfugiés ont quitté le Nord pour le Sud avec le départ des Français. Beaucoup de catholiques de la région de Phat Diem, des paysans, des petits pêcheurs côtiers, tous derrière leurs curés en soutane. Ils embarquaient sur des radeaux de bambous avec leurs casseroles noircies, leurs poulets, leur misère. Cette fois-là, on a dû en ramasser au bas mot deux cent cinquante à trois cents, bébés et moribonds compris... Lanvern a fait un très beau reportage, qui a même été publié dans *Life*... Je lui avais dit : la technique ce n'est rien ; appuyez, clic, clac, Kodak fait le reste. Ce qui compte c'est le regard, le cœur... Lanvern avait du cœur, ça c'est vrai !... Il était au mieux avec le commandant du bateau. Un « criminel de guerre » lui aussi. Deux ans dans leur camp, là-haut... Tous deux se racontaient d'horribles souvenirs en riant comme des forcenés. J'en ai entendu !... Des histoires d'autocritiques excessives, absurdes... Un œuf volé dans un village, partagé en six !... Le « buffle », une punition : pour la nuit ils les enfermaient ligotés dans l'enclos des buffles, des cochons et de la volaille, sous les baraques des paysans. Il paraît que là-dedans les moustiques, gras comme des guêpes, étaient déchaînés, et que les cochons essayaient toujours de vous bouffer les... la cervelle basse, comme disent les pieds-noirs... Accroupis dans le purin... L'odeur ! Au bout d'un mois, à ce tarif-là, aucun homme ne peut s'empêcher de hurler à la mort, paraît-il. J'ai appris que la fiente de canard est ce qu'il y a de plus dégoûtant. Ils disaient que le canard est vraiment une sale bête tant qu'il n'a pas été accommodé aux petits oignons ! Ils riaient, ils riaient. Tout ce qui leur était arrivé devenait rigolo. Ils bramaient des slogans : « Libérez « Henri Martin », « Tuez le vieil homme », et ils riaient. Moi aussi... Le commandant n'avait pas peur de violer les eaux territoriales viet, et même de remonter un peu le Day, pour sauver ces malheureux ; je crois qu'il n'aurait pas hésité à tirer au canon si les autres avaient fait mine de l'en empêcher. Il avait un chat noir. Il l'appelait : le Rat. Pas aussi beau que Médor, mais tout de même... Je l'ai revu en Algérie, toujours avec son chat. Encore un qui est tombé dans le piège à cons... Rébellion et tout. Il a failli se faire pendre, guillotiner, fusiller... Ne parlons pas de l'Algérie ! »

Un silence.

(Moi) « Et Lanvern s'est marié ? »

« Oh ! pas tout de suite... Ils sont tous revenus de là-haut sans aucun appétit pour la chose... le péché de la chair, aurait dit mon aumônier. Étonnant ! Rien ! Il y en a que ça inquiétait... Vous connaissez les hommes ! Ils avaient peur que leurs petites mécaniques soient bousillées définitivement. Ils se confessaient à leur toubib... Fallait laisser le temps à leur organisme de reprendre du poil de la bête. Deux, trois, six mois, ça dépendait de leur état... Je lui ai fait faire d'autres reportages, parce qu'il travaillait bien. Il en a fait aussi pour l'U.S.I.S. — le service d'information américain. Le patron était un agent camouflé de la C.I.A... Ça doit être ça la preuve du journal dont je vous ai lu le titre. Idiot ! Absurde ! A quoi aurait-il bien pu leur servir ? C'était un ahuri, un naïf... Il sortait des Viets, ce n'était pas pour retomber sous la coupe d'un autre maître. Il faisait des photos, c'est la seule chose qui l'intéressait. Et le cinéma ! Il voulait faire du cinéma. Il a eu l'idée de proposer à Air Vietnam un film publicitaire, c'est comme ça qu'il a rencontré la petite, elle était hôtesse. Il l'a filmée et puis... il s'est aperçu que sa période de chasteté physiologique était révolue. Amoureux ! Et il voulait se marier aussitôt, l'innocent! Le mariage est une institution désespérément vulgaire, mon petit... Ça ne m'est arrivé qu'une fois, Dieu merci. »

Le journaliste rit à ce souvenir.

« Mignonne, vingt-deux ans à peine, une peau de pêche, une silhouette de rêve — je parle de ma femme —, Cuc, ce qui veut dire Chrysanthème. Eh bien, je ne l'ai pas touchée. Juste un petit baiser sur la joue le jour du mariage et un autre le jour du divorce, six mois plus tard. »

Il jubile. Son visage de vieux faune est tout plissé de joie.

« Je sais être un parfait gentleman à l'occasion. »

Il attend la question que je me garde bien de poser.

« Vous n'êtes pas curieuse... Je vais quand même vous expliquer, je ne tiens pas à passer pour un vieux débris. Elle était fiancée à un autre. Un jeune imbécile, entre nous... Il l'avait laissée derrière lui au Vietnam. Elle s'est retrouvée bloquée par la chute de Saigon. Avec les Viets elle n'avait plus aucune chance. Je l'ai épousée pour qu'elle puisse rejoindre son blanc-bec en France. Elle était prête à tout! Et l'autre imbécile n'a jamais cru que... La moralité est mal récompensée de nos jours... Je ne vous parle pas du divorce : compliqué et dégradant. »

Nous rions.

« Pour sauver votre petit ami je lui ai proposé de m'accompagner chez les Hmong du Vieux, au Laos, pour un reportage. Il est resté là-haut plus de deux mois avec sa caméra et Long, le jeune frère de Ky, qui s'intéressait beaucoup plus au cinéma qu'à la situation de son pays. Je le croyais vraiment tiré d'affaire. A son retour à Saigon, patatras! il nous apprend que sa petite a un polichinelle dans le tiroir. Il a été obligé d'y passer, bien que la famille ne fût pas chaude. »

(Moi) « Comment était-elle ? »

« Pas mal, une certaine classe... Pas du tout mon genre... Pas mauvaise fille, mais un caractère de cochon sous un gant de velours, si je peux dire... Pourquoi a-t-elle tant voulu épouser ce petit Breton têtu ? »

(Moi) « Qu'est-elle devenue ? »

« Je ne sais pas. Ils ont divorcé, comme il fallait s'y attendre... Je l'ai revue une fois, à Saigon, par hasard, fin 74 je crois. Je l'ai même invitée à danser. Elle m'a fait tout un numéro sur son Henri. Henri buvait trop. Henri l'avait faite cocue. Henri ne savait plus rigoler. Henri était un salaud... Je crois qu'elle l'aimait quand même encore un peu. Elle s'est mise à pleurer... Ou à renifler ? En tout cas elle faisait un tas de bruits mouillés. Vous imaginez ma tête avec une bonne femme en larmes sur les bras dans un dancing ! Je l'ai emmenée boire un dernier pot à la terrasse du Continental. Elle devait avoir besoin d'ouvrir son cœur à un compatriote et ami de son mari... Elle m'a raconté leurs heures de gloire. La « première » d'un de ses films, à Paris ou à Cannes. Escalier rouge, gardes républicains, flashes ! tout le cirque habituel. Elle en tunique de soie brodée, lui en smoking. Et le lendemain leur bouille à la une de tous les journaux. Elle a sorti de son sac une coupure de presse et les photos de son fils dans un dépliant en plastique. Oui, elle avait une certaine classe... De la rue mes copines jalouses me faisaient des clins d'œil appuyés. Il n'y avait plus alors de riches troufions américains, ils avaient quitté le pays un an auparavant, mais tous les pauvres papillons de nuit continuaient à virevolter autour de cette terrasse éclairée dans l'espoir de... Les petites marchandes de cigarettes, les mendiants, les filles, les soldats amputés aux prothèses de fortune : les misérables. Mes copains ! Je les connaissais presque tous... Et aussi une volée de travestis pitoyables, une nouveauté ! Quand les travestis et les homosexuels commencent à sortir de leurs trous et à pulluler c'est le signe annonciateur de la chute de Rome. Parfaitement exact pour Saigon, un an après leur apparition en masse : pfuitt ! Terminé !... Drôles d'oiseaux de malheur ! »

Le vieux journaliste pousse un grognement et boit une gorgée de whisky.

« La petite Lanvern — ex-Lanvern — affectait de ne pas remarquer mes mauvaises fréquentations. Plus de larmes, elle s'était reprise. Pauvre petite ! Les Vietnamiens savent se tenir... Je la vois encore très bien en face de moi... Je ne me rappelle plus du tout ce qu'elle m'a dit. A l'époque, je me fichais pas mal de Lanvern... Je pressentais la fin du Sud-Vietnam, et en même temps je n'y croyais pas... Comme la montée d'un orage dans une belle nuit d'été... Nous autres journalistes nous finissons par acquérir un sixième sens, à force... Tous les signes étaient là, cette nuit... Une pluie lourde, une pluie torrentielle, une pluie de mousson arriva soudain. On l'avait entendue approcher sur les toits, sur le macadam de la rue Tu Do. Un martèlement... comme le piétinement d'une foule. De plus en plus fort, comme l'armée viet en marche... Les travestis ont filé les premiers, en piaillant. Les petites marchandes de cigarettes ont refermé leurs éventaires avant de disparaître, elles aussi. Mes copines se sont engouffrées dans le hall en insultant M. Loi, le gérant chinois, qui essayait de leur barrer la route du salut... Seuls les anciens soldats, amputés, sont restés sur le trottoir, recroquevillés, comme des sentinelles dans leurs trous, impassibles, tirant sur leurs mégots. La pluie crépitait sur les feuilles de plastique qu'ils avaient sorties de leurs poches pour essayer de se protéger... La petite Lanvern continuait, imperturbable... Henri ci, Henri ça... Écoutez, je ne me souviens plus si c'était cette nuit-là ou une autre, je mélange peut-être... Toutes ces nuits de Saigon avant la chute se ressemblaient... Des hommes et des femmes qui débattent de leurs petites affaires, du quotidien, de la vie... Et la certitude de la fin. Inexorable !...

« Une de ces nuits l'électricité a sauté. Orage ? Pluie ? Sabotage ? je ne sais plus... Obscurité absolue ! noire, comme un chat noir ! Les ténèbres éternelles dont parle la Bible avant le premier jour. Pas la moindre lueur ! Une humidité de cave. Dans le hall mes copines se sont mises à pousser des cris hystériques. Je ne sais pas si elles riaient, si elles se chamaillaient, ou si elles avaient peur, mais leur tapage était horriblement déprimant dans ce noir. Les garçons finirent par nous apporter des bougies à la terrasse... Voilà l'image des derniers jours de Saigon : ce martèlement quasi militaire de la pluie, ces glapissements prémonitoires des goules, des harpies, et ces somnambules aveuglés qui erraient dans la nuit, comme s'ils avaient pris pour étoile la bougie qu'ils tenaient devant eux à bout de bras. »

Nouveau grognement, nouvelle gorgée de whisky.

« Triste image, en vérité !... Parfaitement juste ! Vingt-quatre divisions viet motorisées dévalaient du 17e parallèle, des plateaux montagnards, de la piste Ho Chi Minh ; des centaines de milliers de nouveaux réfugiés. Sauve qui peut ! Thieu impassible, muet comme une carpe... Et tous ces somnanbules de Saigon aveuglés par leurs petites bougies, par leurs illusions... par leur mythique « troisième force », par l'espoir d'un arrêt de l'offensive sur le 13e parallèle, ou d'une intervention américaine in extremis, ou même d'un assouplissement du régime communiste du Nord après sa victoire !... N'importe quoi ! »

Un rire grinçant.

« Chaque matin, le soleil se levait dans un ciel pur, limpide, transparent. Il faisait délicieusement frais jusqu'à dix heures. J'allais prendre mon *hu tieu* boulevard Gallieni dans une petite échoppe. On entendait le canon, chaque matin plus proche... Les devins prédisaient l'avenir sur le trottoir, les enfants allaient à l'école, les petites marchandes vendaient à la sauvette leurs cigarettes et leurs chewing-gums, les réfugiés cherchaient un abri... Les uns et les autres vaquaient à leurs occupations habituelles... Tout ce monde gardait quand même un œil sur les derniers Américains : ils sont encore là, rien n'est perdu !... Chaque jour apportait une nouvelle fournée de grands reporters internationaux, suant et tonitruant, avides de catastrophes bien juteuses. Chaque fin d'après-midi les lourds nuages noirs de la mousson devenaient plus menaçants, l'air pesait comme une couverture de laine humide. La nuit tombait tout à coup. Et la pluie ! Les journalistes buvaient, s'excitaient, jouaient aux cartes, faisaient trop de bruit. Le canon tonnait. Mes copines et les travelos tortillaient des fesses. Les vieux sages allaient s'allonger sur leurs nattes, près de leurs petites lampes... Encore une journée de gagnée !... Cinquante-cinq journées ! De la chute de Ban Mé Tuot qui marque le début de l'offensive nord-vietnamienne, jusqu'à la chute de Saigon le 30 avril, cinquante-cinq journées ! et cinquante-cinq nuits !... »

Un silence.

« Quarante-cinq jours, de la frontière belge à Bordeaux, du 10 mai à l'armistice, pour l'armée française de 40. « Ne ris pas de nous ! » C'est ce que m'a dit Ky. Je n'avais aucune envie de rire... « Même tactique : percée au centre — Ban Mé Tuot « et les plateaux montagnards, les Ardennes et la « Meuse. Même résultat : l'armée coupée en deux — « Danang, Dunkerque. Même défaillance : pas de « réserve. Même phénomène : des millions de réfu- « giés sur les routes paralysant les mouvements de « troupe. Même espoir illusoire : l'Amérique. Même « laxisme dans le commandement : Thieu, Game- « lin — Gamelin était quand même moins impas- « sible que Thieu et il n'avait pas les mêmes « pouvoirs. »... Voilà, en gros, ce que m'a dit Ky, une nuit. Il était venu me voir, à la terrasse du Continental. C'était quinze jours, trois semaines avant la fin, pendant la bataille de Xuan Loc. De jeunes officiers vietnamiens un peu ivres à une table se sont levés à son passage, au garde-à-vous. Ky était un des rares généraux qu'ils respectaient encore... Ky était sur la touche depuis sa victoire de Quang Tri en 72 qui avait porté ombrage à d'autres mieux en place, mais le bruit courait que Thieu envisageait de le rappeler sous la pression de l'ambassade américaine pour lui confier la défense de Saigon... « Oui, tout à l'heure, « j'ai accepté », m'a confirmé Ky. Nous étions seuls, tous deux, à l'écart. Mes copines, les travelos, les jeunes officiers, les journalistes et un type de la C.I.A. nous épiaient de loin. Il a commandé un cognac soda, lui, qui ne buvait jamais d'alcool !... Je lui ai dit que c'était foutu, fini, terminé, qu'il devrait se barrer, que les Viets lui feraient la peau cette fois et qu'il le savait bien. Il ne m'a pas répondu, il m'a regardé et j'ai cru qu'il allait se lever et partir... Il a bu son cognac. Il en a même commandé un autre... Il y eut une diversion; Tran, un copain, un titi, un amputé avec deux béquilles bricolées, s'est approché timidement et s'est redressé sur son unique patte, comme un héron. Il a salué d'un coup de menton et a dit quelque chose avec force en vietnamien. Ky lui a répondu, ils ont parlé quelques instants. Tran a salué à nouveau d'un coup de menton et s'est éloigné en sautillant... J'ai demandé : « Qu'est-ce qu'il « te voulait ? — Il était sous mes ordres à la reprise « de la citadelle de Hué, en 68, c'est là qu'il a été « blessé. »... Ky n'avait pas envie d'en dire plus sur ce sujet. « Trop de monde ici. » Il m'a entraîné. On est allés boire une bière à la pointe des Blagueurs sur la rivière. On était tranquilles. Il s'est mis en colère contre moi. J'avais dit que le combat devenait inutile : « Pourquoi encore des morts, des « destructions? c'est fini. »... Une colère blanche, glacée : « Arrête! Pas toi! Ne souffle pas dans la « même trompette que tous ces médiocres!... « Qu'est-ce qui vous permet, aujourd'hui, de lever « le nez sur votre déroute de 40 ? hein ?... Les cadets « de Saumur! Ces gamins vous ont sauvés! » Il m'a raconté une anecdote, un cadet à qui son colonel confie une mission de sacrifice sur la Loire. « Vous m'envoyez à la mort, mon colonel. — Je « vous fais cet honneur, monsieur. »

« Je ne l'avais jamais vu aussi intense, aussi dur, aussi tranchant. Les Vietnamiens sont des gens extrêmement polis, il n'est pas dans leurs mœurs d'agresser verbalement. Ils ne contrôlent pas non plus leurs émotions, ils les refoulent!... Cette nuit-là la pression était trop forte pour Ky; il m'a cravaché, littéralement. Il m'a dit : « Mon « petit — il a vraiment dit « mon petit », je m'en « souviens très bien, et pourtant j'ai huit ans de

« plus que lui — mon petit, il y a vingt-cinq ans « que tu es chez nous et tu ne connais rien des « Vietnamiens. Rien ! Tu ne connais que nos « putes ! »... Il cherchait à me faire mal. Il exagérait quand même un peu... »

Un silence. Le vieux journaliste est recroquevillé dans le coin du divan. Il ne me regarde pas. Il hésite, comme s'il avait des difficultés à exprimer ce qu'il veut dire.

« Il ne donnait pas une interview à un journaliste, il parlait à un ami. A quoi sert un ami ? si ce n'est à écouter, certaines nuits... J'écoutais !... Il m'a donné une leçon. Vous voyez, il n'y a pas d'âge pour en recevoir... C'est drôle, c'est toujours la même leçon, toujours, depuis les origines de l'humanité !... On l'oublie ! Et une nuit... Paf ! On la reçoit en plein dans la gueule. »

Il lève les yeux sur moi. Il hésite encore.

« Je sens que vous brûlez de me demander : quelle leçon ?... Je vous connais. Vous adorez poser des questions idiotes, vous êtes pointilleuse, il faut vous mettre les points sur les *i*... Je vais vous le dire... »

Un silence. Il est concentré. Il hésite toujours.

« C'est simple, c'est très simple... Non, ce n'est pas simple... Voilà : certains hommes ne sont pas si mal !... Je veux dire certains êtres humains, je n'exclus pas les femmes... encore qu'il y aurait beaucoup à dire à ce sujet. »

Il a un rire engageant, un clin d'œil. Je reste de marbre.

« Pas beaucoup le sens de l'humour, non plus, mon petit... Bon ! Certains hommes ne sont pas si mal, parfois ! Ça surprend toujours. Voilà la leçon !... L'humanité est condamnée à brève échéance en tant qu'espèce — à moins d'un miracle —, ce n'est pas mon pessimisme naturel qui l'affirme, non, tous les scientifiques vous le diront, lisez les livres... Condamnée ! Après tout pourquoi pas ? Quand on voit le comportement de la plupart de nos congénères ! Bon débarras !... De toute façon, nous savons, vous, moi, nous tous, que nous allons mourir en tant qu'individus. Alors !... Seulement, voilà, une nuit vous écoutez Beethoven, Mozart... ou Pascal... « *L'homme serait plus fort* « *que ce qui le tue, parce qu'il sait qu'il meurt.* « *Et l'avantage que l'Univers a sur lui, l'Univers* « *n'en sait rien !* »... Ou bien vous rencontrez un homme qui dit : « Non ! » contre toute raison et contre tout espoir... « Non ! » Quel mot difficile à dire !... Alors on a le cœur un peu serré, on a soudain l'impression que cette condamnation à mort de l'humanité est quand même une injustice, on a envie de marchander avec le destin, comme Abraham avec le cruel Dieu des Juifs : Si tu trouves cinquante justes, détruiras-tu Sodome ? Et si tu n'en trouves que dix ? Et si tu n'en trouves qu'un seul ?... Cette nuit-là il y avait un juste à Saigon... Oh ! il y en avait sans doute beaucoup plus, mais je n'en ai rencontré qu'un : Ky ! »

Un silence.

« Oui, certains hommes ne sont pas si mal... On a été injuste avec les Sud-Vietnamiens. On n'a voulu voir que leur corruption, que leur faiblesse, leur veulerie... Et on rêvait des autres, les terribles communistes du Nord, pour leur rigueur, leurs vertus civiques, leur courage, et quoi d'autre encore... On rêvait parce qu'on ne savait rien. Quand on a su, il était trop tard... Et de battre notre coulpe : « Ah ! on n'a pas voulu ça !... »

Un rire, désagréable, amer.

« Même moi, j'ai été injuste, et pourtant je les aimais... »

Un silence.

« Ky avait donc accepté de prendre en main la défense de Saigon... quinze jours avant la chute ! Il ne m'a pas expliqué son choix... expliquer quoi ?... Mes petits paras, le 2 mai, dans le hangar d'aviation d'Hanoi pendant que la musique répétait des airs glorieux, eux non plus ne m'ont pas expliqué. Il faut être idiot pour ne pas comprendre... Non, on a parlé. Ky s'est calmé très vite... Il m'a raconté son entrevue avec Thieu... Je les imagine tous les deux, face à face ! L'un et l'autre avec leurs visages de porcelaine... Thieu lui a dit : « Désirez-vous partir en mission à l'étranger, « comme beaucoup d'autres ? »... Tous les deux, face à face, impassibles. « Je suis devenu l'impas-« sibilité », m'a dit Ky... En Asie, l'impassabilité est la vertu des chefs... « Que peut faire le rat « pris au piège, sinon manger le lard. » C'est ce qu'a répondu Ky à Thieu... »

Un rire bref.

« On a parlé, tranquillement, comme deux amis. On entendait le roulement continu de l'artillerie au loin, à l'est — la bataille de Xuan Loc !... J'ai demandé : « Et ta famille ? »... Là, j'ai mis le doigt sur sa plaie. Il est devenu encore plus impassible, si je peux dire... Il a fini par lâcher : « Thieu m'a « proposé de... Je ne pouvais pas accepter, je vais « commander des hommes qui ont eux aussi une « famille »... Sans rien lui dire, j'ai pensé : c'est moi qui vais m'occuper de ça. J'ai filé à l'ambassade de France, le lendemain. J'ai vu l'ambassadeur dans son bureau transformé en blockhaus. Encore un somnanbule aveuglé, celui-là ! Et hypocrite ! Il avait une petite voix pointue : « Vous « savez, le G.R.P., la troisième force, bla bla bla, il « ne faudrait pas gâcher les chances futures de « la France, en prenant des mesures qui... que... « blablabla... » Cause toujours, tu m'intéresses !...

Il ne voulait rien faire, il avait la frousse de se mouiller, alors il se retranchait derrière les grands mots. La France ! ! ! Quel culot !... Je me suis tourné vers les Américains, j'avais quelques copains à la C.I.A. Là pas de blabla, ils ont collé aussi sec la famille Ky sur une de leurs listes d'évacuation... On a aussi été injuste avec les Américains, nous autres Français... On peut juger leur guerre absurde, funeste, lamentable, inadéquate... tout ce que vous voudrez ; mais il y eut une chose extraordinaire dans leur affaire, et qu'on n'est pas près de revoir, j'ai peur ! la liberté de la presse. La liberté absolue. Jamais on n'a été aussi libre. N'importe qui, avec une vague affiliation à un journal, pouvait sans avoir besoin d'autorisation monter dans n'importe quel avion ou hélicoptère militaire pour n'importe où. Si le cœur vous en disait vous pouviez quitter le Continental après les croissants du petit déjeuner, prendre un avion à Tan Son Nhut, puis un hélico, débarquer en pleine bataille, en plein bled, repartir avec les blessés et les morts dans leurs sacs de plastique et vous retrouver avec un peu de chance à la terrasse du Continental à l'heure verte devant un cognac soda bien glacé... Partout, on pouvait aller partout, tout voir... Rien n'était caché. Et on pouvait écrire ce qu'on voulait, même des inexactitudes, même des mensonges... On pouvait les couvrir de pipi. Il y en a qui ne s'en sont pas privés. Saigon était devenu une sorte de rendez-vous de la bohème internationale de gauche et de hippies qui avaient dépassé l'embranchement de Katmandou pour soutenir le moral de ces pauvres vietminh, vietcong et autre G.R.P. !... Oui, quelle liberté ! C'est ça, la vraie gloire de l'Amérique... Essayez donc d'aller de l'autre côté, pour voir ! »

Un soupir désabusé.

« J'ai été prévenir la femme de Ky de l'arrangement. Elle voulait rester avec son mari, mais elle était contente d'envoyer les enfants en Amérique... Elle avait un cousin là-bas pour s'occuper d'eux. Courageuse petite bonne femme ! discrète, pudique... L'affaire a foiré, malheureusement. Quand les Américains se sont enfin décidés à déguerpir, il y eut un tel bordel qu'ils ont oublié la moitié de leurs clients. Moche, très moche. Les pauvres petits ont erré toute une journée dans un autocar à travers la ville sans pouvoir jamais approcher d'un hélicoptère... Je ne sais pas ce qu'ils sont devenus... Ky avait quatre enfants, trois garçons, une fille — trop jeune pour que je l'épouse ! Il aurait fallu les adopter, je les aurais refilés à Long, le frère de Ky, cinéaste à Paris... Mais avec notre ambassadeur ! Il avait donné des instructions très strictes à son consul... Il ne fallait pas risquer de gâcher les chances futures de la France avec le G.R.P., n'est-ce pas ? Pauvre type !... Aujourd'hui il doit fumer paisiblement sa pipe au coin du feu et boire son whisky avec le sentiment du devoir accompli. Je lui souhaite bien du plaisir. »

Le vieux journaliste se sert un verre bien tassé et en boit une gorgée. Il ferme les yeux un instant. Il a l'air las.

« Mon petit, j'en ai marre de tout ça !... Je ne peux pas vous en dire plus... Il fait trop froid à Paris, je suis encore patraque... Si jamais à Bangkok j'apprends quelque chose sur votre petit ami, je vous le dirai... Je ne vous mets pas à la porte, mais je suis fatigué... Et Mme Esperanza ne va pas tarder à arriver avec notre tambouille, hein Médor ! Rendez-moi cette sale bête... Non, attendez, j'oubliais ; j'ai encore vu Ky le 30 avril, le dernier jour...

« Tran, le petit béquillard rigolard, est venu me

tirer du lit avant l'aube, excité comme une puce. Je me demande encore pourquoi le portier l'a laissé monter... « Général Ky gna gna gna, toi venir, gna « gna gna ». Je ne comprends pas le vietnamien, moi... Ça avait pétaradé toute la nuit et maintenant c'était le silence. Les autres étaient aux portes, à Gia Dinh, à Tan Son Nhut, à Go Vap... Et maintenant le silence !... « Général Ky gna gna « gna, 2 CV gna gna gna. » Bref, il voulait que je l'emmène dans ma voiture. Je n'avais pas un poil de sec. Les rues étaient désertes. Le silence ! Partout des équipements abandonnés, des armes, des casques, des uniformes, dans la lumière grise. Il faisait même froid. Pas comme à Paris, mais... frais !... Pas une âme. Quelle belle cible nous faisions ! Tran m'a fait arrêter, il a sautillé sur la patte qui lui restait pour ramasser un fusil d'assaut M. 16 et je ne sais combien de cartouchières. Je me suis dit qu'il était fou... Arrivé à Gia Dinh : « Attention, gna gna gna. » On entendait des rafales courtes. On s'est arrêtés pas loin du cimetière. Un petit parachutiste nous regardait, effaré. Il était planqué derrière un arbre, aussi plat qu'un turbot. « Gna gna gna ! » J'ai vite compris. Clac ! clac ! Les balles claquaient méchamment. Je me suis dit que c'était moi qui étais fou. Je voyais le cimetière en face, on n'aurait pas à me transporter loin... Tran galopait tel un zèbre à trois pattes sur ses deux béquilles, ses cartouchières et son fusil en plus. Je le suivais en soufflant... Ky était debout derrière une tombe, tranquille comme Baptiste, avec un poste radio et trois types autour. Un gros char russe brûlait, tout près. Ils en avaient démoli quatre ou cinq autres encore dans la nuit. Devant, toujours des petites rafales courtes de professionnels... Ky m'a dit : « Tu es là, toi ! File-moi une cigarette, mon

« petit. » Il n'avait pas l'air étonné de me voir. Il était appuyé sur une canne. Il portait un pansement sale à la cuisse qu'on voyait par une déchirure de son pantalon... Moi, j'essayais de contrôler les battements de mon cœur pour ne pas avoir l'air paniqué. Il l'a bien remarqué, il m'a fait un clin d'œil : « Ça va, on vient de leur filer une petite « trempe, ils réfléchissent avant de recommen- « cer. »... Il avait certainement raison, mais je n'en étais pas plus fier pour ça ; ce cimetière était vraiment un peu trop symbolique à mon goût... On ne voyait rien, personne. Ses paras semblaient s'être littéralement dilués dans la terre. Les méchantes petites rafales courtes me tordaient les nerfs ; je ne pouvais m'empêcher de rentrer la tête dans les épaules chaque fois... La radio nasillait. Parfois il donnait un ordre laconique. On s'est assis sur une dalle funéraire...

Captain H.W. Simpson D.S.O. K.B.
3/1 Gurkha Rifles

« Sa date de naissance et celle de sa mort. Je me souviens, il avait été tué à vingt-neuf ans dans une embuscade au début de 45 quand les Anglais assuraient l'ordre à Saigon après la capitulation japonaise. Une épitaphe gravée, Ky me l'a montrée ; elle lui avait plu, c'est pourquoi il avait installé son P.C. à cet endroit.

What I gave I have
What I spent I had
What I kept I lost[1].

« Un petit para sorti d'un caveau nous a apporté du café. Ky m'a expliqué froidement que Saigon tomberait sans combat dans la matinée. « Le gros

1. Ce que j'ai donné je l'ai
Ce que j'ai dépensé je l'ai eu
Ce que j'ai gardé je l'ai perdu.

« Minh a demandé un armistice. Nous sommes les « derniers, l'arrière-garde. J'ai reçu l'ordre de « déposer les armes. »... Sans se départir de son impassibilité il a eu un geste surprenant, quand on le connaît ; un geste expressif, suggestif, plutôt grossier, mais qui avait l'avantage d'exprimer sans ambiguïté son sentiment... un bras d'honneur !... « J'ai réussi à faire filer le gros du bataillon « dans la nuit. Nous on le couvre et on décroche « dans une heure. Si on n'a pas la chance « d'atteindre les collines couvertes de jungle, on va « les emmerder encore un peu. Et si jamais on « arrive là-haut, alors crois-moi ils ne sont pas « près de nous en déloger. »... On a bu le café, et il m'a conseillé de ficher le camp. Il m'a demandé d'emmener trois de ses blessés... Toujours impassible ! Il ne montrait aucune trace d'émotion, il aurait aussi bien pu avoir un masque sur la tête, mais je les connais mieux que ça, ces Viets... Des chats ! Vous ne leur arracheriez pas un miaulement... « *Gardez vos pensées comme une forte-* « *resse* », enseigne Confucius. Il m'a dit, cependant : « J'ai eu l'honneur de commander à beau- « coup de bons soldats, des Vietnamiens ; des « Français, autrefois, à Dien Bien Phu ; même des « Américains, en 68, à Hué. Ceux que j'ai avec moi « aujourd'hui sont les meilleurs de tous. Les « meilleurs !... Tu leur diras, là-bas : les meil- « leurs ! »... Il a ri quand je l'ai embrassé, je vous jure qu'il a ri... Il faut savoir que le rire, pour les Vietnamiens, c'est... »

Un silence. Le vieux journaliste boit une gorgée de whisky.

« Je me suis retrouvé dans ma vieille 2 CV avec trois blessés silencieux... Le petit Tran était resté au cimetière. Le soleil brillait maintenant... Le silence ! Les rues toujours désertes, toujours jonchées d'équipements abandonnés... sous la belle lumière blonde du matin. Un des blessés gémissait un peu dans les virages, c'est tout !... Je les ai déposés à l'hôpital Grall. Le médecin de garde a été très bien... J'ai filé à l'agence pour mon dernier papier. Dong, le préposé aux télex, était là, à son poste, impassible lui aussi. Il m'a dit que mon deuxième couteau était au palais Doc Lap avec le gros Minh pour « couvrir » l'arrivée des Viets... Je n'avais plus rien à faire. Je suis rentré au Continental. J'ai garé ma voiture assez loin parce qu'elle était pleine de sang... Il y avait un flic mort sur la place, suicidé !... Depuis la veille beaucoup de mes amis s'étaient suicidés, des généraux, des colonels, des capitaines... Le bar était plein de journalistes agités...

« Quand j'étais jeune, quand j'ai choisi ma profession, j'avais rêvé de devenir un de ces personnages d'Hemingway ou de Malraux ; je m'imaginais accoudé à un bar de luxe, côtoyant de cyniques aventuriers, buvant un cocktail, écoutant le crépitement lointain des mitrailleuses révolutionnaires et le piétinement du peuple en marche, contemplant impavide la chute de quelques tyrannies exotiques, avant de taper frénétiquement des articles sublimes pour la plus grande édification du monde. Ha ! ha ! ha !... A Hanoi, en 54, j'étais au bar du Métropole. A Alger, en 62, j'étais au bar de l'Aletti... Je ne suis pas resté au bar du Continental, je suis monté dans ma chambre au premier étage. Je n'ai pas bu de cocktail, ni de whisky... J'ai allumé la petite lampe... Mon copain, mon ami, le capitaine du dernier bataillon de paras qui ait sauté sur Dien Bien Phu, celui que j'avais raccompagné à bord de l'*Édouard-Branly* cette nuit où il pleuvait tant et où j'avais eu un pressentiment, est venu me rejoindre... Après l'Algérie il avait démissionné de l'armée. Un peu à cause de moi il était devenu journaliste. Il travaillait pour un quotidien parisien. Il s'était fait envoyer ici pour la fin... Il est resté presque aussi muet que le 2 mai, quand il était allongé sur le ciment du hangar d'aviation avec son parachute en guise d'oreiller... Vers dix heures et demie, onze heures on a entendu du bruit. On a regardé par la fenêtre qui donnait sur la rue Tu Do, la rue Catinat... On a d'abord vu une jeep avec quelques énergumènes braillards... des comiques ! Le sérieux est venu juste après : de gros chars russes qui grinçaient et fumaient... Mon copain grondait : « Ah ! « les cons ! Ah ! les cons !... Ils ne savent pas régler « leurs carburateurs », la seule remarque intelligente qu'il ait faite ! Il faut dire que ces chars empestaient tout le quartier... Derrière les chars des files de petits bonshommes verts, très jeunes, qui marchaient comme des hallucinés, sans rien regarder autour d'eux... Le téléphone avec l'étranger venait d'être coupé, et le télex. On s'est réinstallés de chaque côté de la lampe... Et je me suis souvenu que dans l'énervement j'avais oublié de mettre dans mon papier la dernière phrase de Ky : « J'ai horreur du mensonge. Vous autres, « journalistes, vous n'avez pas toujours dit la « vérité. Nous sommes morts parce que vous n'avez « pas dit la vérité. »... Le téléphone était coupé. Un mois plus tard, quand on a été expulsés, ça n'intéressait plus personne. »

LE COLONEL
(suite)

« *Quid est veritas ?* »
PONCE PILATE.

J'AIMERAIS vérifier certaines des informations que m'a données le journaliste.

J'appelle la Piscine, la caserne du boulevard Mortier, et je branche mon magnétophone. Plusieurs intermédiaires : « Le colonel est en conférence, vous ne pouvez pas le déranger. » J'insiste et soudain je reconnais la voix morte.

« Allô... Bonsoir. »

(Moi) « Bonsoir, colonel. Je voudrais vous poser quelques questions supplémentaires. Puis-je le faire par téléphone ? »

« Attendez... un instant... »

J'entends des bruits bizarres. Je ne sais si le central téléphonique me dirige sur un autre poste ou si quelqu'un d'autre s'est mis à l'écoute sur la ligne. De nouveau la voix du colonel, d'une politesse glacée.

« Excusez-moi. Je vous en prie. »

(Moi) « Colonel, est-il vrai que Lanvern aurait été blessé au moment de sa capture ? »

« Oui. »

(Moi) « Est-il mort de ses blessures ? »

« Non... Je vous l'aurais dit... Il a failli en mourir, mais nous pensons qu'il est tiré d'affaire. »

(Moi) « Où, exactement, a-t-il été capturé ? »

Un court silence.

« Les autorités laotiennes disent : dans la province de Ban Houeï Saï, à Ban Nam Phao. »

(Moi) « Vous n'y croyez pas ? »

« Je ne crois qu'aux faits... les faits sont têtus. »

(Moi) « Qu'entendez-vous par là ? »

Un autre court silence.

« Les autorités laotiennes peuvent dire n'importe quoi, nul actuellement n'est en mesure de les démentir... Un jour ou l'autre la vérité remontera à la surface ! »

(Moi) « Lanvern aurait-il pu être secrètement capturé en Thaïlande ? »

« Techniquement c'est possible, par un commando bien entraîné. Je ne peux vous en dire plus. »

(Moi) « Accepteriez-vous de répondre à cette question : Ky appartenait-il au S.D.E.C.E. ? »

La réponse vient sans hésitation.

« Non. Je crois l'avoir déjà dit... Il est cependant vrai qu'à certaines époques, par ordre de son gouvernement, il nous a communiqué des renseignements sur la situation militaire au Vietnam. Ce sont des choses qui se font, officieusement. »

(Moi) « Et l'autre, le cadre ? »

Un silence. Puis la voix, toujours aussi neutre :

« Cela n'a rien à voir avec votre propos. Vous cherchez à savoir pourquoi Lanvern a agi comme il l'a fait, n'est-ce pas ? Il ne connaissait pas le cadre, il en ignorait même l'existence. »

(Moi) « Vous n'avez pas répondu à ma question, colonel. »

Le silence est un peu plus long. J'ai l'impression qu'il va répondre par quelque chose comme le classique *no comment* anglo-saxon, ou qu'il va raccrocher.

« Il est mort. Non, il n'appartenait pas au S.D.E.C.E... Les choses sont plus nuancées que vous ne croyez... Il était devenu une sorte de... dissident. Un patriote, et un communiste convaincu jusqu'en 75, 76... Il avait connu Ky au lycée d'Hanoi et plus tard aux milices populaires en 47 et 48, à Vinh et dans le Than Hoa... Après la chute de Saigon en 75 et la réunification des deux Vietnams, il a pris des distances avec la ligne de l'appareil. Il était de ceux qui estimaient nécessaire une période de détente pour... digérer, « normaliser », comme ils disent, le Sud sans malaise. En quelque sorte une voie purement nationale vers le socialisme ! On retrouve partout et toujours cette illusion chez certains communistes sincères... Il a été mis sur la touche pour « subjectivisme » et autres « tendances droitières ». En 77, il a été affecté au camp de rééducation de Ky. Responsable administratif, sans aucune autorité politique. Un prisonnier doré, si vous voulez ; en attendant la purge définitive. »

La voix est neutre, inexpressive. On sent la volonté de ne laisser aucune place aux sentiments, à l'émotion. Il n'éprouve même pas ce besoin de convaincre qu'ont parfois les hommes froids, qui leur fait prononcer un mot auquel ils attachent de l'importance avec un peu plus de chaleur ou de force.

(Moi) « Il n'a donc pas été recruté par vous quand sa foi a commencé à vaciller ? »

« Non. Les hommes comme lui ne sont pas si simples... Il a commencé à avoir des doutes et il a effectivement communiqué de son propre chef quelques informations à notre ambassade à Hanoi. Pas des secrets, il n'y a pas de secrets...

Des indiscrétions sur les tendances au sein du bureau politique, sur les choix... Le renforcement de l'alliance entre les trois pays frères d'Indochine — entendez la mainmise du Vietnam sur le Laos et le Cambodge... L'aggravation du différend avec la République populaire de Chine... En un mot : l'« alignement » sur la politique de l'U.R.S.S. Toutes choses que nous connaissions déjà par d'autres sources, mais qu'il nous confirmait. Il a cessé quand il a été affecté à ce camp, en 77. »

(Moi) « A-t-il été purgé par les « faucons » de Hanoi ? »

« La division des dirigeants communistes entre « faucons » et « colombes » n'a aucun sens, c'est une illusion. Il n'y a pas de « colombes » chez les communistes au pouvoir. Dans certaines situations, par calcul, ils peuvent se comporter de façon à paraître des « colombes »... Les dirigeants communistes sont dominés par leur schizophrénie. On la retrouve dans leur vocabulaire : « combat- « tant de la paix » !... Ils se désignent eux-mêmes comme appartenant au « camp de la paix » et ils consacrent plus du tiers des revenus de leurs États à s'équiper pour la guerre. Leur objectif final est la conquête du monde... Les mots qu'ils utilisent peuvent avoir un sens différent de celui qu'on leur accorde généralement. Cela explique la pesanteur de leurs textes officiels ; ils sont obligés de prendre beaucoup de précautions pour formuler leur point de vue sans trop d'ambiguïté... Parfois certains dirigeants ne supportent plus cette schizophrénie, ils sont alors éliminés par les autres. C'est ce qui est arrivé au cadre dont nous parlons... Vous voyez tout cela n'a rien à voir avec votre propos ! »

Il veut toujours avoir raison, il m'énerve. Je réponds un peu agressivement.

(Moi) « Colonel, je cherche à comprendre. C'est

aussi à cause de ce cadre que Lanvern a été arrêté !... Faisait-il de la politique ? Je parle de Lanvern. »

« Non... Il avait ses opinions, évidemment, comme tout le monde, comme vous et moi. »

La voix est toujours aussi neutre. J'ai pourtant l'impression qu'il cherche à me faire sortir de mes gonds avec ses répliques si pleines de bon sens.

(Moi) « Lesquelles ? »

« Il évoluait avec l'âge, comme tout le monde... Bien sûr il portait toujours l'étiquette : « Ancien « d'Indochine », ce qui était naturellement synonyme de colonialiste, fasciste et autres gentillesses pour les imbéciles. Je peux vous dire qu'il n'appartenait à aucun parti. Il l'a dit. Il voulait rester libre. Il a une très haute opinion de son métier. Il s'est exprimé, une fois, à ce sujet — et je peux vous le citer : « Si la politique diffère de l'art, c'est aussi « parce que la politique s'adresse à des milliers et « des millions, alors que l'art ne s'adresse qu'à des « âmes individuelles et solitaires »... »

(Moi) « Vous avez une mémoire étonnante. Ou vous avez un dossier sur lui ? »

« Un dossier. Évidemment !... Un dossier de presse. Il a souvent été interviewé à l'occasion de ses films. J'ai conservé quelques articles... Je peux vous citer d'autres mots de lui, si vous voulez : « Quand je fais un film je ne mens pas »... ou bien... »

Je l'interromps.

(Moi) « Merci, colonel, j'ai aussi son dossier de presse. Une dernière question : votre ami le journaliste pense que vous avez sciemment lié Lanvern à vos services en l'appelant sans discrétion à la production ? »

« Les journalistes pensent trop. Excusez-moi, j'ai beaucoup de travail. »

SEPT PHOTOS
(suite)

« Sur mon honneur je ne vois rien. »
HORATIO NELSON.

J'AI lu que le futur maréchal Montgomery (of Alamein) avait accroché le portrait de Rommel dans son poste de commandement ; il disait que cela l'aidait à deviner les coups pendables que lui réservait le Renard du Désert.

Moi aussi je crois que la vérité intérieure d'un être s'exprime dans les traits et le caractère de son visage. J'ai épinglé les sept photographies de Lanvern dans ma chambre. Je les regarde.

Je me demande ce que Montgomery a pu pressentir de son adversaire. Moi, je ne vois rien ; Lanvern reste une énigme.

PREMIÈRE PHOTO : la piste Pavie, au Tonkin, décembre 1953. Lanvern est caporal-chef parachutiste au 5e *bawoan*. Dix-neuf ans. Maigre, blessé, choqué. La photocopie du cliché publié dans *Ouest-France* n'est pas très bonne ; mais en observant à la loupe j'ai pourtant l'impression qu'il a passé à travers les flammes que l'on voit à l'arrière-plan ; ses cheveux, sa tenue de combat semblent un peu brûlés ; le sang qui l'inonde est desséché, craquelé par endroits. Il y a aussi quelque chose dans son regard qui n'est pas seulement de l'hébétude ou de la souffrance, j'y vois comme une sorte de désespoir. Le petit soldat vietnamien qui l'épaule l'a sans doute arraché à la fournaise, lui n'est pas brûlé cependant. La brousse calcinée, le ciel sinistre aggravent le caractère dramatique du document.

Les cinq autres photos m'intéressent moins pour l'instant.

SEPTIÈME PHOTO : le nord de la Thaïlande, juin 1978. Lanvern est un metteur en scène connu. Quarante-quatre ans. De la carrure et de la puissance, mais il est resté mince. L'impression d'un athlète en bonne santé. Un air tranquille, sûr de lui, heureux ; un regard assuré, avec un zeste d'ironie ou d'humour au coin de l'œil. « *Vous auriez parié qu'il était franc comme l'or*, m'avait dit le producteur, *vous auriez perdu.* » C'est exact, Lanvern sait déjà qu'il va tout abandonner d'un moment à l'autre pour partir à la recherche de son ancien capitaine. Il a fait son choix, il n'en laisse rien paraître. Il ment, il trompe son monde.

Peut-on interpréter son geste — cette main tendue, ouverte, paume en avant — comme un adieu ? A son côté le Hmong au collier d'argent est tout autant impénétrable. Je pourrais presque les imaginer tous les deux se retournant, s'enfonçant dans les hautes herbes couchées par le vent, et disparaître.

« Adieu. » La conclusion de la lettre de Lanvern au producteur.

J'ai contacté le ministère de la Défense nationale pour obtenir des renseignements sur ce qu'il s'était passé en décembre 1953 sur la piste Pavie au Tonkin. Après une vingtaine de coups de téléphone, un adjudant des archives du fort de Vincennes m'aiguille vers le fort d'Ivry : « Allez voir de ma part le chef du service Photo de l'établissement cinématographique et photographique des armées. Il y était à l'époque. Il a perdu un œil et une jambe là-haut, mais il se débrouille aussi bien qu'un type nanti de tous ses accessoires. »

Le fort d'Ivry, un des forts de la ceinture de Paris, au sommet d'une colline dominant la Seine. Sous la poterne la sentinelle regarde négligemment mes papiers d'identité. Un jeune soldat du contingent, aimable et désinvolte, me guide vers le service Photo.

Le borgne unijambiste n'hésite pas un instant.

« Décembre 53 !... La piste Pavie !... Oui, le 12, le 13, le 14 et le 15, ça ne s'est pas passé sur la piste mais sur les crêtes à l'est, à la hauteur de Muong Pon. Une embuscade vicieuse. Ils ont cramé dans l'herbe à éléphants. Ils ont failli se retrouver en caleçon... excusez-moi, c'est une expression de ce temps-là. Ils ont failli y laisser leur culotte. »

C'est un homme discret, réservé, modeste, presque timide. Il porte un mince ruban de décoration vert et jaune au revers de son veston. J'ai la désagréable impression que son œil de verre me guette et me juge, l'autre m'évite. La recommandation de l'adjudant du fort de Vincennes le détend quelque peu.

Il sort un gros classeur relié en toile de jute d'une

étagère et le pose sur une table devant moi. Il le feuillette et trouve rapidement ce qu'il cherche. En haut d'une page un titre, soigneusement calligraphié en rondc :

5ᵉ bawoan, 1ᵉʳ B.E.P.
12, 13, 14, 15 décembre 1953
Opération « mains tendues »

Et des photos ; un de ces reportages de guerre comme on en a tant vu, comme on en voit tant encore. Des visages marqués, épuisés, luisants de sueur. Des regards. Des hommes engloutis dans la jungle. Un bivouac ; un Vietnamien mastique une boule de riz en riant, il doit raconter une histoire drôle (sans doute une histoire de femme ?) ; un autre, très jeune, à moitié nu, écrase la braise de sa cigarette sur les grosses sangsues noires qui s'accrochent à sa taille et aux plis de l'aine ; il rit lui aussi.

« Lin, dit le borgne, il est mort le 13. »

Des cadavres carbonisés, couverts de mouches. Des blessés dans la vaste solitude de montagnes et de vallées inconnues, sous un ciel d'orage. Des soldats endormis en vrac, la bouche ouverte, dans une attitude si abandonnée qu'on croirait un massacre.

Le borgne est penché à côté de moi, il regarde avidement ; je ressens son excitation.

« Ça fait vingt ans que j'ai pas ouvert ce bouquin », lâche-t-il pour s'excuser. Il égrène d'autres noms : « Untel, tué en 58, dans le djebel Amour... Untel, il a fait de la prison, vous savez, après les événements d'Algérie... Untel, il est mort au col de Ban Pha Din ; Untel, jamais revenu... Celui-là est général... Presque tous les autres sont morts à Dien Bien Phu !... »

Il m'a oubliée, incliné sur son cimetière.

(Moi) « Vous avez une mémoire étonnante. »

Le borgne lève la tête, ses deux yeux me fixent un instant puis le vif se détourne. Il rougit et a un geste vers les photos.

« Vous savez, c'est moi qui les ai faites. (Il tape sur sa cuisse appareillée qui rend un son mat.) Tout ça, c'était ma vie ! »

Je ne l'ai pas enregistré au magnétophone de peur de l'intimider mais j'ai gardé le souvenir exact de tout ce qu'il m'a dit.

Je reconnais le colonel au milieu du groupe. A peine changé : plus maigre seulement et ses deux bras. Il porte un chapeau de brousse et une toile de tente sur les épaules ; il a un peu l'air d'un bandit calabrais qu'on n'aimerait pas rencontrer le soir au coin d'un bois.

« Commandant Dubail, confirme le borgne, il est colonel maintenant. »

Je retrouve la photo de Lanvern.

« Ah ! c'est lui que vous cherchiez ! (L'œil de verre semble me juger plus sévèrement encore.) Je me disais bien !... Ne croyez pas toutes les âneries des journaux, si vous voulez mon avis. »

(Moi) « Vous le connaissez ? »

« Qui ? Henri ? Et comment ! »

Le borgne est maintenant sur la défensive ; son œil vivant me fuit, l'autre me surveille avec une fixité imbécile.

Je retourne au reportage du classeur : des croix de bois sur une crête brûlée, et au-delà un pays immense sous d'immenses nuages ; des hommes au garde-à-vous ; des corps roulés dans des toiles de tente, chacun porté par quatre soldats ; un officier salue : c'est un Vietnamien. Les photos sont d'une poignante beauté. Je le dis.

Le borgne se détend. Il pose son doigt sur l'officier.

« Cacao... son vrai nom c'était... Cao Ba Ky,

mais, nous, on l'appelait Cacao. (Un rire pour faire passer ce mauvais jeu de mots.) Lieutenant, il commandait la section qui a le plus trinqué... Il a fait son chemin, général dans le Sud. Il doit être mort... ou peut-être touillé et retouillé dans leurs marmites infernales, leurs camps de rééducation !... Regardez ici, on le voit mieux. »

Quatre soldats accroupis autour d'un feu de bivouac dans la brume. Il doit faire froid car ils sont emmitouflés dans leurs ponchos et rapprochent leurs têtes au-dessus du feu. Tous ont des visages de loups maigres et quelque chose d'indéfinissable dans le regard.

« Le matin du 13, peut-être trois heures avant l'embuscade, précise le borgne. Celui-là et celui-là sont morts dans l'après-midi. »

Son index se pose, comme celui de Dieu, sur un Français et un Vietnamien côte à côte.

Un autre Vietnamien porte deux galons sur sa veste de combat. Il est le seul dont le visage n'est pas penché sur le feu, mais relevé ; il semble tendu, prêt à bondir. Il a une belle, impossiblement belle, impassible, imperturbable face d'Indien de la cordillère des Andes, et des yeux de chat. Lanvern est le quatrième, en profil perdu, je ne le reconnais pas.

« Cacao ! La crosse de sa carabine l'a sauvé, elle a pété sous l'impact d'une balle, il n'a récolté que quelques échardes dans la peau du ventre. »

(Moi) « Pouvez-vous m'en tirer un agrandissement ? »

« Je croyais que c'était Lanvern qui vous intéressait ? »

(Moi) « Lanvern a été arrêté au Laos parce qu'il recherchait Ky. »

« Oui, on l'a dit. »

(Moi) « Vous n'y croyez pas. »

Le borgne garde un silence buté, méfiant ; son œil vif me guette et me fuit tour à tour, comme s'il essayait de me jauger.

Il me faut le convaincre de l'honnêteté de mon enquête, j'y mets toute la persuasion dont je suis capable. Cela prend du temps. Je lui parle de mes précédentes rencontres. Que j'aie vu le colonel le tranquillise un peu, je le sens à nouveau se détendre.

(Moi) « Racontez-moi ce qui s'est passé ce jour-là. J'aimerais enregistrer votre récit sur magnétophone, pour ne rien déformer. »

Le borgne renâcle encore. Je lui précise que le colonel lui-même avait insisté pour cette technique : « *Vous ne pourrez pas me faire dire ce que je n'ai pas dit.* » Il est toujours sur la défensive. Mais il y a vingt ans qu'il n'a pas « ouvert ce bouquin ». Et « tout ça, c'était ma vie ! ». Il tergiverse pour la forme.

« Je n'étais rien, moi. Je suivais... Il n'y a pas de secret, vous savez... Tout ça c'est passé, fini !... Le colonel a dû vous expliquer... On était partis de Dien Bien Phu le 10 pour tendre la main à des partisans qui venaient de Laichau. Laichau avait été évacué par avion, mais le groupe de partisans qui protégeait le terrain avait quand même été forcé de prendre la piste Pavie... La division viet 316 voulait s'en servir comme appât pour nous liquider, alors on est passés par les crêtes. Deux bataillons, le 1er étranger de parachutistes et le 5e *bawoan*... Marche ou crève. On a failli crever de soif, la mousson était en retard, il y avait bien les nuages, mais il ne pleuvait pas. Un type est mort d'ailleurs... La nuit du 12 au 13 on a bivouaqué. Mort ! Toujours rien à boire, on cassait les bambous pour sucer les gouttes d'eau qu'on trouve parfois à l'intérieur. Le 5e est passé en tête... Les partisans étaient arrivés à Muong Pon, 1 500 mètres en dessous de nous, sur la piste, on les entendait à la radio. Ils avaient tiraillé dans la nuit... Ça sentait le piège... On avait encore quelques kilomètres à faire pour les surplomber. C'est la section à Cacao qui a pris la tête, dans l'herbe à éléphants et la broussaille. La crête était barrée par une espèce de butte, le Pusa Tao, et de chaque côté des à-pics et la jungle... Les Viets étaient tapis sur le Pusa Tao, peut-être un bataillon. Ils nous ont attendus. A bout portant ! Mais Cacao, il était prudent ; ses groupes il les avait déployés... Le coup dur c'est que l'herbe a pris feu derrière nous, les Viets avaient tapé dedans à l'obus de mortier au phosphore. Plus moyen d'avoir des renforts, plus moyen de se replier, on était coupés. Et le vent poussait les flammes vers nous ! Cacao a tout de suite compris, malgré sa balle dans le ventre... J'étais à côté de lui. Il est tombé assis par terre, sa carabine la crosse éclatée ; il avait du sang plein son treillis, mais c'était superficiel... Vous savez, ça sonne, même une balle comme ça, pire qu'un coup de poing de Cassius Clay. Et si ça pénètre, à l'entrée ce n'est peut-être pas plus gros qu'un grain de beauté, mais à la sortie quelquefois ça a la taille d'une assiette à soupe, et le pauvre type a reculé de trois mètres !... Cacao a tout de suite compris, il fallait se tirer *mao len*, vite fait, avant que le cercle de feu ne se referme complètement... Le groupe à Henri était le plus en tête, pas facile de décrocher dans ces conditions... L'herbe sèche, ça cramait sec... Lin était déjà blessé, il était voltigeur de pointe... Le colonel vous a parlé de Lin ? Il vous l'a dit ? »

Je ne me souvenais plus très bien, à tout hasard je réponds « oui ». Le borgne me regarde avec suspicion et prend son temps avant de continuer.

« S'il vous l'a dit, alors... Vous savez, moi je ne sais pas... Je l'ai vu... et puis... j'ai fichu le camp parce qu'on pouvait encore passer sans griller... J'ai fait la photo. Celle-là. »

Le cliché est un peu flou. Il est pris au ras de terre. Un jeune Vietnamien est couché sur le dos, il a la bouche ouverte, comme s'il hurlait. Un de ses bras fait un angle anormal avec son corps. Son uniforme en partie brûlé laisse voir la peau noircie. Il y a du sang partout. Un autre soldat, de dos, à genoux, courbé, l'agrippe par les pieds. Autour, l'herbe flambe.

« Elle n'est pas très bonne. Faisait chaud et il y avait de la ferraille dans l'air !... C'est Henri qui essaie de le tirer, c'était son copain... J'ai voulu l'aider... Il m'a dit de me barrer : « Barre-toi, « Radar ! »... Radar, c'était le surnom qu'on nous donnait, à nous autres les photographes de l'armée, à cause d'un journal de l'époque qui signait toujours sa photo de première page : « Radar était « là. »... Lin hurlait, il suppliait Henri de... Il était... Il criait en vietnamien. Je ne le comprends pas bien, moi. Je crois qu'il était fichu, je ne suis pas médecin. Il était à moitié brûlé. Et blessé... au moins trois balles ; le bras, le ventre, la cuisse... peut-être d'autres, je ne sais pas. « Barre-toi !... » Henri avait de l'autorité. Bon Dieu, quand il commandait. « Barre-toi, Radar ! » Un ordre !... J'ai foncé dans les flammes. Heureusement que le terrain était en pente, sans ça... Avec Lin, même à deux, on n'y serait pas arrivés... De l'autre côté on entendait toujours Lin hurler... Et d'autres blessés plus loin. Et puis les mitrailleuses viets et nos mortiers qui tapaient sur le Pusa Tao. Tout ça avec le crépitement des flammes... Lin a cessé tout à coup... Un peu après Henri est sorti du feu... il était blessé... J'ai fait la photo...

Les autres ont continué à hurler, longtemps ! »

Le borgne reste silencieux, penché sur ses photos. Je n'ose pas lui poser de question, mais je ne suis pas très sûre d'avoir compris ce qu'il voulait me dire. Il se redresse soudain et me regarde fixement, avec un peu d'agressivité dans son œil vivant.

(Moi) « Vous pensez que... »

Il ne me laisse pas le temps de finir.

« Vous m'avez dit que le colonel... Je ne pense rien, moi... De toute façon, ça valait mieux que de crier comme les autres, longtemps, longtemps, si longtemps... Ne dites pas des choses que je n'ai pas dites... Le colonel sait, lui. Et Cacao, Cao, aussi. Moi, je n'ai rien vu, faut pas... Je ne peux rien dire d'autre...

« Le soir, les flammes ont fini par chasser les Viets du Pusa Tao et on a ramené nos morts. Dix-huit, et un disparu qu'on n'a pas retrouvé tout de suite. Quatre du groupe à Henri ! Et le commandant de la 3e compagnie ! On les a enterrés... Dans la nuit une dizaine de partisans, en bas, sur la piste, ont réussi à filer par la jungle. Les Viets ne s'intéressaient pas tellement à eux, faut dire, c'est nous qu'ils voulaient... Cacao est allé voir les blessés. Vingt-deux, presque tous brûlés en plus. On n'avait toujours rien à leur donner à boire... Ils ont parlé tous les deux, avec Henri ; il se cramponnait à son bras. Je n'ai pas pu prendre la photo. Je n'ai pas voulu... Je me suis éloigné, ça ne me regardait pas... Écoutez, on ne va pas... hein ! Chacun a le droit de vider sa conscience, tranquille ! vous êtes d'accord ! On ne peut pas... c'est là... le secret de la confession. Henri était... je n'aime pas voir un homme... Lin avait seulement seize ans, le benjamin du bataillon ; il avait triché sur son âge. C'était un bouteen-train, il riait tout le temps, ce con-là !... »

Un autre silence. Le borgne reste obstinément penché sur ses photos.

« Le 14 au matin le Pusa Tao était tout noir de cendres et fumait encore un peu... Pas un bruit ! Rien, pas d'oiseaux, pas d'insectes, même pas de vent, rien. Si calme qu'on aurait entendu armer un fusil de l'autre côté de la colline... Cacao avait pris la compagnie, il a envoyé une patrouille pour voir. A cent mètres on a vu quelque chose. Un type, il a failli se faire descendre ; vous savez, le silence c'est terrible... le disparu ! A moitié mort, à moitié fou. Il nous a quand même dit que les Viets étaient toujours là, il les avait entendus parler à la radio... Il avait encore son fusil, mais la crosse était toute cramée et les balles avaient explosé dans le magasin à cause de la chaleur. Il est mort le 15... Et puis on a entendu les Viets qui ouvraient la jungle au coupe-coupe, plus bas ; ils essayaient de nous doubler. On a filé comme des zèbres, la paille aux fesses, avec nos vingt-deux, vingt-trois blessés sur le dos, et toujours pas de flotte. Faut quatre hommes par blessé. Civières de fortune, toiles de tentes et bouts de bois. Ceux qui pouvaient encore marcher, eh bien ils marchaient !... Ce sont les paralégionnaires qui assuraient l'arrière-garde... Le 15 j'ai été blessé avec eux. Ils m'ont ramené...

« J'ai revu Henri à Lanessan, à l'hôpital à Hanoi. Il s'intéressait déjà à la photo et au cinéma, il nous posait des questions sur le métier... Il n'a pas voulu regarder le reportage quand mes camarades me l'ont apporté... C'est moi qui ai fait envoyer sa photo à *Ouest-France*, parce que Cacao lui avait fait décerner la croix de guerre. »

Le borgne referme le classeur.

« On a quelque chose sur sa libération, à Viétri,

après Dien Bien Phu et les accords de Genève. Ça vous intéresse ? »

Un autre gros classeur entoilé. Des centaines de photos de prisonniers libérés, certains dans un état épouvantable, édentés, décharnés, déformés par des œdèmes de carence, la peau collée sur des os malades, les articulations enflées, portés sur des civières, mourants ; et ce regard vitreux qui n'est commun qu'à la faim et à la peur. Un écho pathétique du retour des déportés de 1945.

« Voilà. 8 septembre 1954. Il a passé quatre mois et un jour dans leurs marmites infernales ! »

Un groupe de prisonniers sous une banderole. On peut lire : VE L'AMITIÉ DES PEU. Le début et la fin du slogan sont coupés par le cadrage. Lanvern est au troisième rang, un peu masqué par ses camarades. Il porte un casque de latanier et un pyjama grisâtre. Il est très maigre, mais ne donne pas l'impression d'être tout à fait au bout du rouleau.

« Vous en voulez un tirage aussi ? »

(Moi) « Oui, merci... L'avez-vous revu, à Paris ? »

« Henri ?... Bien sûr, c'est mon ami... J'allais quelquefois manger chez lui. Sa femme nous faisait la soupe chinoise. Il a réalisé plusieurs films documentaires ici, pour la maison. Le dernier, sur les pilotes de chasse... Vous savez, c'est moi qui ai commencé à lui apprendre la photo, à l'hôpital. On peut dire que c'était un bon élève ! »

Le borgne a un sourire — le premier —, son visage en est tout illuminé.

(Moi) « Pourquoi croyez-vous qu'il ait abandonné son film, là-haut ? »

Le borgne redevient immédiatement soupçonneux.

« Fallait le demander au colonel. »

(Moi) « Je lui ai demandé, il m'a répondu que c'était pour Ky, Cao Ba Ky. »

« Alors c'est pour lui... Faut pas croire tous les journaux, ça n'a rien de déshonorant de travailler pour le S.D.E.C.E. (Il rougit.) C'est servir la France. »

(Moi) « Le colonel m'a assuré que Lanvern n'appartenait pas au S.D.E.C.E. »

« Il le sait mieux que moi. »

La voix sèche. Le borgne referme le classeur et le range sur l'étagère pour me faire comprendre que l'entretien est terminé.

(Moi) « Vous reparliez de l'Indochine, avec lui ? »

« Avec Henri ?... Un peu... des farces... Il n'est pas du genre ancien combattant... Des souvenirs drôles. Il me charriait : « Toi, quoi qu'il arrive, « t'auras toujours un pied là-bas. » (Le borgne frappe sur sa prothèse.) Quand Saigon est tombée, en 75, il m'a téléphoné, je me souviens, c'est typique de lui, il a dit : « On leur a foutu une telle « branlée à Dien Bien Phu qu'il leur a fallu vingt « et un ans pour prendre Saigon ! » Excusez-moi, madame, il parle comme ça... Il le disait pour rire, bien sûr... Ça nous avait quand même fait un coup, à tous. Pour les Américains on s'en fichait, mais... on avait nos anciens camarades, là-bas. »

(Moi) « Il vous a parlé de Cao Ba Ky ? »

« Non... Il ne parle pas beaucoup, vous savez... Ce n'est pas un sentimental. »

LE MONTEUR
(première partie)

« *Vae victis.* »

UN jeune homme triste à cheveux longs m'indique du menton la salle de montage.

J'entends des coups de feu et des cris. Je frappe à la porte.

Une voix féminine :

« Entrez. »

La pièce est très sombre. Une jeune femme en djellaba rose est assise devant une table métallique. Au-dessus, sur un petit écran, un homme au visage sanglant, couché par terre, se redresse d'un bond surprenant. Le sang disparaît instantanément. Un cri. Une détonation. Un revolver aspire de la fumée et tressaute.

La jeune femme inverse une manette et tout redevient banal. Le revolver tressaute. Détonation. Cri. L'homme s'écroule, son visage s'inonde de sang.

La jeune femme en djellaba rose se retourne et me regarde, interrogative.

(Moi) « Monsieur Cao Ba Long. »

La jeune femme appelle :

« Carlo ! »

Au fond de la pièce, un rideau s'écarte. Un

Asiatique apparaît. Il est grand, mince, d'allure sportive, strictement habillé, sans laisser-aller. Il a quelques fils gris dans sa chevelure noire, aile de corbeau, mais il est difficile de lui donner un âge. Il se met à rire.

« Ha ! ha ! ha ! Vous arrivez en plein crime. Ha ! ha ! ha !... Pénélope, mon assistante. Ha ! ha ! »

Il me présente la jeune femme en rose, et soudain devient sérieux.

« C'est bien vous qui avez téléphoné ? Pour Henri Lanvern ? »

(Moi) « Oui. »

Il rit.

« Attendez une minute. Excusez-moi, juste une minute. »

Il s'installe avec autorité sur le tabouret de Pénélope, enfile un gant de coton blanc et manipule les manettes de la table. Le film passe et repasse plusieurs fois, à vitesse accélérée. Il l'arrête, fait quelques remarques au crayon gras sur la pellicule devant lui. Je suis fascinée par sa dextérité. Il indique à Pénélope :

« Là, deux images, là, trois images. Tu coupes. »

Elle lui fait remarquer que c'est un « faux raccord ». Cela le met en joie.

« Le faux raccord, c'est le meilleur raccord. Ha ! ha ! ha ! »

Je me souviens de ce que le colonel m'avait dit : « Le rire chez les Vietnamiens est une réaction de pudeur. »

Cao Ba Long — Carlo — me conduit dans un petit bureau pour parler tranquillement. Il est très courtois mais réservé. Il rit beaucoup, sans raison, et m'aide à brancher mon magnétophone. La première phrase enregistrée est de lui.

« Je n'étais pas là-haut... Les Siamois n'ont pas voulu. »

(Moi) « Les Siamois ? Vous voulez dire que les Thaïlandais ne vous ont pas accordé de visa ? »

Il rit et hoche la tête.

(Moi) « Pourquoi ? »

« Oh !... Je n'avais pas de passeport français... Seulement réfugié. Apatride... Les Siamois ont peur des Vietnamiens apatrides. Ils ont trop de réfugiés. Maintenant je pourrais y aller. J'ai demandé mon passeport français. Je l'ai. »

(Moi) « Pourquoi avez-vous attendu si longtemps pour le demander ? »

Il rit, longtemps. Il hésite à répondre.

« Je suis Vietnamien !... Maintenant je suis Français !... Peut-être demain Européen ? J'aurais pu être Américain... Je suis ce que je veux... Mon pays c'est mon travail... c'est mes amis. »

Il rit entre chaque phrase. J'ai l'impression d'avoir été indiscrète.

(Moi) « Lanvern est votre ami ? »

Il m'observe un instant et détourne les yeux.

« Henri pense que je suis le meilleur monteur d'Europe. (Un rire.) Oui, il est mon ami. Pour être amis il faut avoir des intérêts communs... Sauf pour les amis d'enfance... Tous mes amis d'enfance sont morts, je crois. »

Il rit. Et évite toujours mon regard.

(Moi) « Vous travaillez souvent avec lui ? »

« Oui. Tous ses films. Depuis dix ans. Depuis *Mort d'un capitaine...* Nous aimons travailler ensemble... D'habitude je vais au tournage, c'est plus facile pour monter le film après... Cette fois, il m'envoyait des petites lettres avec la pellicule pour le labo. »

(Moi) « Vous a-t-il prévenu qu'il allait rechercher votre frère ? »

« Non... Seulement des indications sur le film. Style télégraphique. On se comprend très bien tous les deux. »

(Moi) « Pourquoi a-t-il tout abandonné ?... Pour votre frère ? »

Il rit, mais ne répond pas.

(Moi) « Pourquoi ? »

« Peut-être il est fou ? »

Cette constatation le fait éclater de rire. Je sens qu'il est réticent, que mes questions le gênent, qu'il n'y répond que par politesse.

(Moi) « Vous pensez que c'est parce qu'il aimait beaucoup votre frère ? »

Un silence, qui s'éternise. Au moment où je crois qu'il ne me répondra pas, il dit, à voix basse, presque pour lui-même :

« Pas uniquement. »

(Moi) « Pourquoi, alors ?... Pour l'aventure ?... Pour le colonel ?... Par devoir ? »

Mon insistance le fait rire. Il commence à m'énerver et je crois qu'il le devine.

« Non... Peut-être ? Je n'étais pas dans sa tête. (Un rire.) Il a eu besoin de le faire... pour lui !... »

Son rire m'énerve de plus en plus. Je réplique un peu brutalement :

(Moi) « Il risque de mourir là-bas. Et votre frère... »

Je ne termine pas ma phrase, elle m'a échappé. Il rit toujours.

« Oui... Je pense que mon frère Ky est mort. »

Il me jette un regard.

« Je les connais... J'ai été viet-minh... pas tout à fait, presque, seulement neveu de l'Oncle Ho. »

Il s'amuse de ma surprise.

« Pas réellement, pas par le sang. C'était une organisation, comme vos boy-scouts. Tous les enfants de six à quatorze ans étaient « Neveux de

« l'Oncle Ho Chi Minh »... Avant j'ai aussi chanté « Maréchal nous voilà », au temps de l'amiral Decoux. »

Son rire est interrompu par l'entrée de Pénélope et d'une autre jeune femme blonde, voluptueuse, qu'il embrasse. Il me la présente.

« Anabelle. La belle Anabelle ! encore une assistante. Ha ! ha ! ha ! Excusez-moi un instant. »

Ils partent tous les trois pour la salle de montage.

J'ai mal engagé mon interview. Je pose toujours mes questions comme si j'attendais une réponse simple et définitive expliquant le comportement de Lanvern. Il est bien évident qu'il n'y en a pas.

Cao Ba Long revient dix minutes plus tard. Je lui explique que j'essaie seulement d'en savoir un peu plus long sur Henri Lanvern. Il rit.

« Moi, je ne sais pas. Pourquoi ?... Quand je suis amoureux, pourquoi ?... Parce que ! Il n'y a pas d'explication... Pourquoi il a foutu le camp ? Parce que !... Henri n'était pas amoureux de mon frère Ky. C'est une fleur de rhétorique, comme disait mon père. »

Nous rions ensemble.

(Moi) « Comment est-il ? comment travaillez-vous ensemble ? »

« J'aime bien... On se comprend, lui et moi, on se complète... Le Yin et le Yang ! »

Il rit.

« Vous ne savez pas. Yin, Yang... ainsi va le monde ! Vous ne savez pas. On dit beaucoup de bêtises. Yin, lune. Yang, soleil. Yin, nuit. Yang, jour. Yin, femme. Yang, mâle... Tout ça, des bêtises ! Yin, Yang, c'est... comme la musique... un rythme, un duo universel... Pas le disco : poum, poum, poum, poum. Non ! c'est un concerto, une alternance... L'énergie et la matière c'est la même chose, a découvert Einstein, après beaucoup de travail, de calculs ; les Chinois, ils le savent depuis tout le temps... Le Yin et le Yang !... Un moment corpuscule, un moment vibration ; vous avez appris ça avec la science atomique. Nous, Vietnamiens, on le sait depuis plus de deux mille ans. On a plus de deux mille ans de culture chinoise, moins d'un siècle de culture française... Le Yin et le Yang, c'est la vie. La vie c'est un peu comme la musique. La vie imite l'art... J'aime la musique, Henri aime la musique... Aimez-vous la musique ?... Un film c'est un peu comme la musique... Henri et moi, Yin et Yang, nous faisons de la vie, ensemble. »

Il rit, il rit. Veut-il atténuer la passion qu'il a mise dans ses explications ? Il me lance des coups d'œil rapides pour m'observer. Je ris avec lui.

« Quand on a monté *Mort d'un capitaine* — le premier film que j'aie fait avec lui —, on tâtonnait, on hésitait, on n'y arrivait pas. On s'observait aussi, on ne se connaissait pas vraiment, on se méfiait peut-être un peu l'un de l'autre. Henri avait choisi une scène qu'il aimait... Ça ne marchait pas. C'était mauvais. Je me suis rappelé qu'Henri chantonnait tout le temps le deuxième mouvement de la 3e symphonie, pendant le tournage. *L'Héroïca*. La marche funèbre. Vous connaissez ?... Comme cela ! »

Il fredonne quelques mesures bouche fermée, et se met à rire, pour s'excuser.

« Une nuit, je me suis enfermé seul dans la salle avec la bande enregistrée — c'était Karajan qui dirigeait — et j'ai refait le montage dessus. Ça collait. C'était formidable. Le lendemain on riait comme des fous. On était heureux... Après on a enlevé la musique, elle n'était plus nécessaire. La scène était parfaite. Il y avait une harmonie secrète entre cette musique et le jeu des acteurs, le décor, les voix, le sens des mots même. Le Yin et le Yang ! Les choses tombaient en place toutes seules... On était heureux parce qu'on avait trouvé cette harmonie et que tout à coup tout s'ordonnait. »

(Moi) « Le film a été un échec. »

« Oui... c'est vrai. C'est dommage. Il y avait des scènes superbes... Le scénario n'avait pas été assez travaillé. Trop de trucs faciles... C'est le contraste entre le bon et le banal qui a tué le film. Les gens ont été déçus, frustrés, je crois. »

(Moi) « Lanvern buvait beaucoup à l'époque. »

« Un peu... Il savait qu'il avait gâché son film... Par faiblesse. Avant de tourner déjà... Il lui avait manqué trois, quatre mois de travail sur le scénario... Mais il voulait tourner en hiver. C'était une histoire sur... le froid de la mort. Il aurait dû dire non au producteur, attendre un an... Il avait des problèmes avec sa femme aussi... Le divorce... Peut-être qu'il avait besoin d'argent ? »

(Moi) « Vous connaissez sa femme ? Elle est vietnamienne. »

« Oui... Elle venait me parler, quelquefois... Ils se sont fait beaucoup de mal. »

(Moi) « Il la trompait ? »

« Un peu, comme tout le monde. (Un long rire.) Avec Yo. Yovanka. Une actrice. Belle, mais très mauvaise. Il n'aurait jamais dû la prendre dans la *Mort*... Elle bouffait du caviar et buvait de la vodka, toute nue sur une peau de tigre, au petit déjeuner. Henri disait qu'elle avait du poivre aux fesses. Belle bête, mais idiote. Elle est finie maintenant. »

(Moi) « C'est à cause de cette Yo que sa femme a divorcé ? »

« Non, c'était déjà fichu... Elle était malheureuse... Elle s'était fait beaucoup d'illusions sur la France... Au début ils n'avaient pas d'argent. Henri l'a installée en Bretagne, dans son village. Un petit port, très sauvage, très dur, avec des tempêtes tout l'hiver. Elle avait toujours froid... Après, à Paris, c'était mieux, mais... Elle avait la nostalgie de Saigon. Henri lui a offert le voyage, plusieurs fois... Elle a même emmené le petit, pour les grandes vacances, à Can Tho, dans sa famille... Elle y est retournée en 1974. Je lui avais dit de faire attention, elle s'en fichait... Avec la chute de Saigon, et tout, on n'a plus eu de ses nouvelles. Elle a dû être tuée... Henri a écrit à sa famille. C'est moi qui écrivais parce qu'ils comprennent mal le français. Ils veulent venir en France. Henri essayait... Vous savez entre la bureaucratie des communistes et celle du Quai d'Orsay ! Et il y a tant de familles qui veulent partir !... Depuis son arrestation au Laos je ne sais plus rien. Ils ont peut-être été coffrés. »

(Moi) « Votre famille, à vous, est toujours là-bas ? »

« Non. J'ai deux sœurs ici, en France, les autres sont aux États-Unis... Mon frère Ky aurait pu les faire partir avant. Il était général, il pouvait... Les Américains l'estimaient. Il aurait pu partir lui aussi, le dernier jour, en hélicoptère... C'est mon oncle Trinh qui a tout organisé... Un bateau de pêche à Vung Tuo... cinquante-sept à bord, avec les familles des marins... Ils ont eu de la chance... Après huit jours de mer ils n'avaient plus rien à manger, ni à boire... Le bateau était cassé... Un cargo les a vus et les a embarqués. Seulement un de mes petits neveux est mort... Ils sont en

Amérique depuis un mois déjà, à San Francisco... J'ai encore un oncle à Hanoi, et des tantes à Haiphong. Je peux leur écrire. »

Le rire de Cao Ba Long cache sa gêne. Je sens que c'est aussi une manière de refuser tout apitoiement de ma part. Il m'a donné l'information que je lui ai demandée. Je n'insiste pas.

(Moi) « Comment était la femme de Lanvern ? Jolie ? »

Je vois tout de suite qu'il est soulagé. Son rire est différent.

« Pas mal... Une typique Sudiste, avec certainement un peu de sang cambodgien dans les veines... Les familles vietnamiennes... convenables n'aiment pas les mariages mixtes... Elle était enceinte. Une enfant gâtée. Je crois qu'elle l'aimait... Lui, c'est sûr... Il était un peu fou. Il n'avait jamais été amoureux avant... La première fille avec laquelle il ait couché était une Vietnamienne. Pas sa femme, une autre, une petite putain, à Hanoi ; il voulait la sortir de là... C'était un garçon très prude, très sérieux pour ces choses, très intense... renfermé. Il ne parlait pas de ses problèmes avec elle... même à moi. Sauf quand il avait bu... Pendant le montage de la *Mort* il est arrivé un soir, les poings fermés, l'œil méchant. Ils avaient dû se déchirer tous les deux. Il m'a dit : « C'est terrible. « Ça se termine comme la guerre d'Indochine. « Il y a une malédiction entre vous et nous. « Et pourtant on s'aime. Il aurait mieux valu « que je me fasse buter à Dien Bien Phu. » Il avait bu. Je me suis bien gardé de répondre... Je me souviens de la phrase parce qu'elle m'avait... touché. Je pense qu'elle exprime bien le malentendu de son mariage et de son interminable divorce... Ce que la camaraderie de combat n'avait pu obtenir, il l'avait cherché dans l'amour...

C'était une manière de... de nier le... l'absurdité. »

(Moi) « Vous voulez dire que... posséder une femme vietnamienne le vengeait de la défaite, de Dien Bien Phu. C'est un peu court, un peu primaire, non ? »

« Non ! non, non, non. Je me suis mal exprimé. Je suis maladroit. La défaite n'avait rien à voir là-dedans. Non ! c'était une manière à lui de dire : la guerre était une folie ; on aurait pu faire de grandes choses ensemble parce qu'on se connaît, on s'estime, on s'aime... C'était sa manière de justifier les trois ans qu'il avait passés chez nous, comme soldat. C'était sans doute naïf ! C'était quand même un acte d'amour. Malheureusement on ne construit pas un couple sur cet amour-là... Vous savez, quand il l'a connue, il sortait de son camp de prisonniers. Il était troublé... Il n'y a pas que des mensonges dans la propagande communiste. Certains de ses camarades se réfugiaient dans le stoïcisme militaire. Lui, il avait besoin d'autre chose... Il était si... illuminé, le jour de son mariage !... Il avait loué une grosse Packard blanche, modèle 38, et un vieux car chinois pour transporter ses amis. Mon frère Ky en uniforme était dans l'auto parce qu'il était son témoin, avec son commandant qui avait perdu un bras. Moi j'étais dans le car, avec mes sœurs, un officier de marine et un chat noir, des photographes et cinéastes de l'armée, des anciens de son bataillon, un borgne unijambiste, et peut-être deux ou trois Corses et quelques métis ; tous invités, par lui, chez ses futurs beaux-parents, à Can Tho sur le Bassac, à deux cent cinquante kilomètres de Saigon... La famille de la fille était au grand complet... Ils avaient bien fait les choses, dans la tradition. Un beau mariage... pour garder la face. Ils désapprouvaient. C'était une mésalliance...

Encore si Henri avait été officier, banquier, ou même employé de commerce! Mais un petit photographe débutant! ancien soldat!... Lui, il était si content, si fier. Il essayait de parler vietnamien — le langage de soldat qu'il avait appris. Il faisait des fautes cocasses. Cela nous faisait rire. Il était maladroit. Il n'était pas ridicule pourtant, parce qu'il rayonnait... Il se croyait des nôtres... Ou il affectait de le croire!... Et à la naissance du petit!... Il le brandissait. Il disait : « Ça, c'est « nous ! ça, c'est nous ! »...

« Je ne sais pas s'il percevait, sous la politesse traditionnelle de ses beaux-parents, derrière leurs sourires de convention, le rejet définitif, absolu de tout ce qui est étranger... C'est notre nature, c'est notre instinct de survie... Il faut nous comprendre : mille ans de domination chinoise, presque un siècle de domination française! Pour rester vietnamiens il nous fallait cette xénophobie fondamentale. Peut-être sommes-nous un peuple fou ! Nous avons reçu plus de sept millions de tonnes de bombes sur la tête parce que nous voulions rester vietnamiens... Je sais que c'est à cause de cet instinct que mon frère Ky a voulu rester... Mon père aussi était comme ça... C'était un instituteur, et un poète, et un lettré. C'est lui qui nous a appris le français... la liste des verbes irréguliers ayant l'infinitif en *ir*. J'acquiers, je bous, je pars, je fuis, je mens, je meurs... Et les comptoirs français des Indes : Yanaon, Karibal, Mahé, Chandernagor, Pondichéry... Les fables de La Fontaine... « Vous « chantiez, j'en suis fort aise. Eh bien dansez « maintenant. »... Un jour, j'étais tout petit, je rentrais à la maison, l'atmosphère était lugubre. Mon père a dit : « Paris a été pris par les Allemands. » Il était si triste!... Pourtant il avait été arrêté par la Sûreté française, mis en prison, battu, humilié, en 1930. Il était surveillé, fiché. Il luttait contre le régime colonial... C'était un vieux socialiste. Il avait espéré en 1936, à l'avènement du Front populaire, mais... quelquefois il détestait la France ! Il n'était qu'un petit instituteur parce qu'il avait refusé les compromissions et qu'il croyait quand même à la culture, à l'éducation des enfants... Quand on a fui Hanoi en 1946 il a emporté avec lui le *Candide* de Voltaire et un Montesquieu. Tout le reste, ses jades, ses bleus de Hué, il les a laissés derrière lui... Moi aussi j'ai détesté la France ! Et mon frère Ky a tiré sur les postes français, sur des soldats français. Ce n'est pas un secret. Henri le savait bien. »

Cao Ba Long a ri presque à chaque phrase de ce long monologue. Ce ne sont pas des ricanements amers, ni des rires cyniques ou agressifs. J'ai réécouté plusieurs fois la bande enregistrée. J'ai l'impression qu'il voulait que je sache certaines vérités qui pouvaient m'être désagréables et qu'en même temps il ne voulait pas me heurter. Il y a de la politesse dans son rire, de l'humour, et aussi une sorte de philosophie de la vie, comme s'il essayait de me dire : voilà le monde tel qu'il est, qu'y pouvons-nous ! Il vaut mieux en rire qu'en pleurer.

J'aimerais qu'il me parle encore de lui, de ses rapports si ambigus avec la France, de son aventure personnelle. J'aimerais le connaître davantage, mais j'ai le sentiment qu'il ne faut pas le brusquer. Il attend. Il me jette parfois un coup d'œil.

(Moi) « Qu'est devenu le petit, le fils de Lanvern ? »

Il rit, longtemps. Il me regarde, il m'observe.

Ses yeux ne sont que deux fentes où pétille un éclat de jais.

« Vous êtes très maligne. Je vous aime bien. Vous savez qu'il ne faut pas forcer les chats. Henri dit que nous sommes des chats... »

Il rit de plus belle. Il a deviné mes hésitations. Il n'y a plus de tension entre nous. Moi aussi je l'aime bien et son compliment me fait plaisir.

« Le petit ! Il est grand... Il vient de passer son brevet de pilote de chasse. Il m'a envoyé un mot pour me l'annoncer... En vietnamien ! Henri a voulu qu'il soit bilingue... C'est un bon garçon, il s'en est bien tiré... Henri avait fait un film pour l'armée sur une escadrille de chasse, il y a quelques années. Pendant les vacances de Pâques, il avait emmené le petit avec lui. C'est comme ça qu'il a choisi sa voie... »

Nouvelle irruption de Pénélope. Cao Ba Long file vers la salle de montage en s'excusant. Il revient presque tout de suite et m'entraîne. Il m'explique qu'il en a pour quelque temps. « Il faut aussi travailler un peu, le producteur me paie ! Ha ! ha ! ha ! » Si je veux bien attendre il m'invitera à dîner, dans un restaurant vietnamien. « Tonkinois ! Très bon. On sera tranquilles. Ce sont des amis... Peut-être des cousins, ha ! ha ! C'est bien pour votre enquête. La couleur locale, ha ! ha ! » Il met tant de conviction, de chaleur et de rire que j'accepte.

Pendant une heure, j'assiste au festival du virtuose d'un coin de la salle de montage. Je le vois jongler en riant avec la pellicule, les bandes magnétiques, le crayon gras, la coupeuse et la colleuse, les manettes de la table. Pénélope et la belle Anabelle virevoltent tout autour, lui tendent les images, les sons qu'il demande. Peu à peu, par à-coups, je vois naître une scène sur le petit écran

— un homme seul marchant dans une ville, à l'aube. Une voiture américaine luisante, immobile. Une cigarette allumée éclaire un instant un visage de femme, dur. L'homme seul, dans la ville. Le métro aérien tout illuminé. Les feux clignotants d'une benne d'éboueurs, des Arabes et des Noirs charriant des poubelles. L'homme seul, de dos. Doucement la voiture se met en marche, tous phares éteints. Le visage de la femme. La cigarette écrasée. La pulsation d'une lampe rouge au-dessus d'un panneau : Danger !

Cao Ba Long commente pour moi.

« C'est facile... Très bien fait. Très bien découpé... Facile... Trop... Seulement technique. Pas d'âme ! Ha ! ha ! ha !... Elle, cocue ! Elle veut le tuer... Toujours la même chose. Idiot !... Pas le Yin et le Yang ! »

Il a un rire homérique. Il démonte, il remonte, coupe, rogne, resserre. Il chante parfois — un air asiatique grinçant, avec des aigus et des graves — pour trouver le rythme qu'il cherche. Sous mes yeux les éclats lumineux dans la nuit, les lueurs, les reflets, les ombres finissent par se conjuguer, se concerter en une harmonie spasmodique, une sorte de palpitation inquiétante. Il s'arrête, satisfait.

Il pleut. Carlo — Cao Ba Long — conduit prudemment. Il se détend. Il dit des choses sans importance. Nous traversons Paris en suivant les berges de la Seine. La belle Anabelle a, paraît-il, des peines de cœur. « Des peines de corps ! Ha ! ha ! ha ! Elle est une grande amoureuse ! Et son jules, il est idiot. Il ne sait pas lui faire l'amour. Elle l'aime quand même. Pourquoi ?... Parce que ! » Il rit et me regarde à la dérobée... Pénélope est sage.

« Trop sage ! Ha ! ha ! » Nous remontons vers la gare de Lyon.

Une rue noire, déserte. Seule brille l'enseigne d'un petit restaurant peint en rouge sang de bœuf : « Les Dix Mille Félicités. » Il pleut toujours. Carlo range sa voiture en double file à la hauteur de la vitrine embuée derrière laquelle on devine quelques clients. Il klaxonne plusieurs fois. La porte du restaurant s'entrouvre, une vieille Asiatique apparaît, pousse des cris incompréhensibles et referme aussitôt la porte. Carlo rit. Un train illuminé passe avec fracas sur un pont métallique. je dis à Carlo qu'on pourrait se croire dans la scène du film qu'il vient de monter. La vieille Asiatique réapparaît avec un parapluie.

Carlo avait retenu notre table par téléphone. Quand il entre, après avoir garé sa voiture, une multitude de Vietnamiens souriants et volubiles sort de la minuscule cuisine pour le saluer ; des femmes, des enfants, des adultes, des vieillards, ça n'arrête pas. Je me demande comment ils peuvent tous tenir là-dedans. Les vieilles chiquent et crachent de longs jets rouges qui s'écrasent avec précision dans un pot de cuivre.

On dit les visages asiatiques impénétrables. J'ai cependant l'impression de pouvoir déchiffrer facilement la plupart des sentiments qu'expriment ces visages-là. Carlo a l'air heureux parmi eux. Soudain tout ce petit monde disparaît discrètement, avalé par la porte de la cuisine. Il ne reste plus que la vieille au parapluie — noiraude, avec une voix de crécelle —, elle fait le service.

« Phuong. Il y a longtemps qu'elle est là. Son mari était un soldat, un marin français. Il est mort. Un ivrogne ! Il la battait... Elle l'aimait quand même. »

Il rit.

Les autres sont presque tous des réfugiés récents. Certains sont arrivés il y a un mois à peine. Le cuisinier est un ancien capitaine. « Il a servi sous les ordres de mon frère Ky... Les Français croient que tous les Vietnamiens sont cuisiniers de naissance. Ha ! ha ! ha ! Celui-là est bon, très bon, vous allez voir. »

Effectivement, le dîner est délicieux. Carlo a décidé du menu. Un potage piquant aux ailerons de requin — « Les Chinois disent que c'est un aphrodisiaque ! ha ! ha ! Peut-être ? On verra bien ! » —, des nèmes, que les gens du Sud appellent *thi aio*, des émincés de canard laqué, un bœuf des quatre saisons, des crevettes à la sauce aigre-douce, un riz parfumé — « le riz du huitième mois » —, du *nuoc mam* préparé différemment pour chacun des mets et une demi-bouteille de côtes-du-rhône — « Presque un siècle de présence de l'infanterie coloniale française, il faut bien qu'il en reste quelque chose [1] ! ».

Carlo m'initie au maniement des baguettes. Il me choisit les meilleurs morceaux. Nous badinons.

« Pourquoi vous intéressez-vous tant à Henri ? »

Je n'ai pas envie de donner d'explication. J'élude.

(Moi) « Parce que ! »

Nous rions.

(Moi) « J'ai commencé, comme ça... par curiosité... »

« Avez-vous déjà appris quelque chose ? »

(Moi) « Non... Si, je commence à connaître un peu votre pays... »

Je parle du vieux journaliste. Il me coupe.

« Lui ! Il ne sait rien... Enfin presque rien, ce

1. Il est notoire que « la Coloniale » boit du vin rouge.

que les Français savent... Ce qu'ils ont vécu chez nous ils l'ont amplifié, enjolivé, exagéré, comme cela est toujours. Du vent, des illusions !... L'exotisme, l'amour vénal, l'opium, la langueur tropicale, la douceur de vivre quand on est riche et privilégié... la mousson et la soupe chinoise... Et la guerre pour ajouter un peu de piment... Leur Indochine ! Ils ne connaissaient que les boys et les putains... ou les gens qui tiraient profit de la domination coloniale, qui cachaient le fond de leur pensée... J'exagère à peine. Sauf quelques soldats, ceux qui vivaient avec la troupe vietnamienne ; eux savaient, presque autant que nous... Votre vieux journaliste a traîné trois jours dans un village du Delta et il croyait connaître les paysans ! »

Son rire masque-t-il une hargne, une blessure secrète ?

(Moi) « Vous êtes injuste. Il aime beaucoup votre pays. »

« Bien sûr. C'est un brave type dans le fond... C'est vrai qu'on nous aimait ! Il y a quelques années j'étais en Afrique, pour un film. On a franchi la frontière de la Côte-d'Ivoire en plein bled. Je suis resté dans la Land Rover pendant que l'assistant s'occupait des formalités et voilà qu'un grand Noir armé d'un fusil — un douanier ou un gendarme, je ne sais pas — ouvre la porte de l'auto et me dit avec une voix de tonnerre : « Toi, « *nha qué*, tu viens avec moi. » Il rigolait mais je n'étais pas rassuré, surtout avec mon passeport d'apatride. Il m'a pris par le bras, il me tenait serré et m'a entraîné. J'entendais mes camarades qui criaient : « Quoi, quoi, qu'est-ce que c'est ? » Le Noir rigolait et braillait aussi : « Le *nha qué*, « seulement le *nha qué*. » Je me voyais plutôt mal parti. On a marché ensemble pendant un bon kilomètre, et on s'est arrêtés devant une case en pleine brousse. Il s'est remis à brailler. Une bonne femme est sortie. Une Vietnamienne ! Sa femme. Il voulait lui faire la surprise. Il l'avait épousée quand il était soldat en Indochine et l'avait ramenée avec lui. Cela faisait peut-être vingt ans qu'elle n'avait pas vu un compatriote... Quelle fête ! Rien n'était trop beau. Elle pleurait, la pauvre !... Le Noir est allé chercher le reste de l'équipe. Tout le village a rappliqué aussi. Quelle fête !... On n'a pu passer la frontière que le lendemain, avec la gueule de bois. Toute la nuit j'ai été l'invité d'honneur. Il voulait même que j'épouse une petite négresse, une cousine à lui. »

Carlo rit. J'aime bien sa litote, la manière qu'il a de remettre les choses à leur place.

« Oui, on nous aimait... Les Français d'abord, les Américains, et même les Japonais !... maintenant ce sont les Russes qui nous aiment. Pas les Chinois. Les Chinois n'aiment personne, ils auraient plutôt tendance à vous plaindre de n'être pas Chinois ; pour eux nous sommes tous fourrés dans le même sac, tous des barbares !... »

Rires. Le repas nous a détendus. Il n'y a presque plus personne dans le restaurant. L'affaire Lanvern est intimement liée à la guerre d'Indochine. Carlo peut m'apporter une autre vision de ce qui s'est passé là-bas et que je comprends mal. Je suis aussi curieuse de savoir comment il est arrivé ici, à Paris, et comment il est devenu le « meilleur monteur d'Europe ». Le moment semble propice. Je tente ma chance.

(Moi) « Je ne veux pas forcer le chat, mais... parlez-moi de votre pays, puisque je ne sais rien. Parlez-moi de votre frère Ky, parlez-moi de votre jeunesse, là-bas. »

Carlo rit. Il hésite. Pour gagner du temps, il

commande du *ma cue lo*, un alcool chinois qui se boit dans de minuscules tasses de porcelaine. C'est doux, parfumé ; je sens une chaleur agréable m'envahir. Carlo continue à rire.

« Ce n'est pas intéressant. C'est banal... « *Regar-* « *dez ces millions de morts, vous verrez les vrais* « *Vietnamiens* » — une chanson de Trinh Cong Son, à la mode à Saigon, à la fin des années 60... Moi, le sort m'a été généreux. Je suis un privilégié. »

Il manque de conviction dans son refus. Je sais que j'ai gagné. J'insiste.

Je recopie ici intégralement son récit. Je n'ai fait que supprimer mes répliques inutiles, mes exclamations et mes encouragements qui n'ont guère d'intérêt. J'ai aussi supprimé ses rires, parce que lassants ; il a ri à chaque phrase.

« Nous sommes des réalistes, des pragmatiques. Nous nous adaptons... La force des choses ! Le monde dans lequel nous vivons est fragile, vous vous en doutez, mais nous, nous le savons... Vous ne savez pas ce que c'est qu'une famine. Chez moi, au Tonkin, en 45, il y a eu une famine. Un million de morts. Un million !... Tous les matins on ramassait les corps, dans la rue. Je me souviens du grincement des charrettes qui les emportaient et du clapotement des pieds nus des hommes encore vivants qui tiraient et poussaient le chargement, car il n'y avait plus de chevaux, on les avait mangés... On mangeait de l'herbe, des racines... Et des bêtes dégoûtantes, des rats, de vieux corbeaux, des mouettes ; il fallait se cacher pour les manger... Une famine qui a duré presque six mois. Ce n'était pas la faute des Français, mais celle des Japonais. Pour leur économie de guerre ils avaient besoin de chanvre. Beaucoup de rizières avaient été transformées en champs de chanvre... L'année 45 était l'année du Coq — pas un bon signe. A la fête du Têt — le nouvel an au Vietnam — ma mère avait interrogé les devins, en cachette de mon père qui était contre ces croyances rétrogrades. Les devins avaient annoncé : « Les Japonais riront, les Fran-« çais pleureront, les Chinois trembleront, beau-« coup de Vietnamiens mourront. » Je ne crois pas aux devins, mais c'est exactement ce qui s'est passé au Tonkin...

« Je suis d'une famille de lettrés... Un de mes ancêtres était un grand poète. Cao Ba Quat. Un révolté. Il a été condamné à mort et décapité il y a plus d'un siècle par ordre de l'empereur. Avant de mourir, il a encore inventé un dernier poème... »

Carlo me le récite d'abord en vietnamien avant de le traduire :

Trois coups d' tambour : maudis ton sort !
Un coup d'épée : foutue la vie [1] *!*

« C'est plus grossier en vietnamien. C'est une dernière injure, en vers. Une sorte de... mot de Cambronne...

« Mon père aussi était un poète, et un sage. Et un rebelle à sa manière... C'était un humaniste. Un socialiste, très français dans le fond, un peu utopique, un peu libertaire. Il était dans la lignée de Fourier et de Proudhon, pas de Marx et d'Engels. Il croyait au peuple, pas aux masses... C'était un naïf... Il avait une horreur physique du sang, mais il était courageux. Il disait souvent que comprendre et s'entendre c'était réaliser la paix en soi et autour de soi... Il nous a donné une éducation. Il croyait à la... contagion de l'exemple. Il a tenu

1. « Ba hôi trông giục đũ cha kiêp
Một nhát guom dura đeo mẹ đời. »

à ce que je passe un an dans une famille de paysans pauvres. Avec les gamins de mon âge, je gardais les buffles... quand tombait le crachin on se couchait sur leur dos pour avoir chaud au ventre. C'était à Quoc Oai, dans la province de Son Tay, au pied du mot Bavi... On allait sur la digue jeter des bouts de bois dans le fleuve Rouge. Il coulait, violent et glauque. Il était brun, rouge, comme les feuilles de platane en automne. Il charriait des flamboyants en fleur, et parfois des cadavres d'animaux... Pendant la saison des pluies il fallait surveiller la montée de l'eau, la couleur changeait... En hiver le Bavi disparaissait dans la brume, en été il était tout bleu et tremblait dans la chaleur. Le soir la fumée du village recouvrait les rizières. L'odeur de bois brûlé nous donnait faim... On regardait passer les cigognes, les grues... On rentrait quand le gong nous appelait. On évitait de passer là où les *ma qoui* tenaient leur réunion — les démons vengeurs, les mauvais génies. On racontait des bêtises sur eux, pour se faire peur... Les étoiles s'allumaient, d'abord Vénus, puis les autres. On se serrait dans la paillote, bien au chaud... Une nuit un typhon a remonté le fleuve jusqu'à nous, le vent avait encore le goût de la mer... Les buffles, très agités, se sont battus entre eux, comme à l'époque du rut, et une vieille femme est morte. Le lendemain il a fallu consolider la digue...

« Mon père n'était pas communiste, mais il a adhéré au Front national... Il croyait à l'indépendance. Nous y avons tous cru. L'Indépendance, enfin l'indépendance ! Le monde allait changer... Il y avait une joie, un espoir. J'étais petit, mais je ressentais tout ça... Les enfants sont rois chez nous, je pouvais aller partout, je ne courais pas de risques, seulement l'accident, la balle perdue...

Mon père était malade, à cause de la famine. Il a commencé à fumer parce qu'on n'avait pas de médicaments. L'opium est bon pour la tuberculose... J'étais très libre. Je filais le matin, j'allais partout, dans les petites rues qui sentaient le pétrole, le chanvre, le soja, la pourriture. J'aime l'odeur des rues de chez nous, ce n'est pas la même odeur ici... J'ai vu beaucoup de choses... Un Français décapité devant la citadelle. Un officier japonais lisait un papier, l'interprète traduisait — il parlait de crime colonialiste, je ne me rappelle plus. Le Français était à genoux, les mains liées derrière le dos, la tête baissée, avec un bandeau sur les yeux. Il ne disait rien. On voyait bien qu'il avait reçu des coups, il était plutôt abîmé... Ça s'est passé si vite que je n'ai pas eu le temps d'être effrayé. Un seul coup de sabre. La tête est tombée sur le nez avec un drôle de bruit, et a roulé. Les yeux ont cillé, mais sont demeurés ouverts, écarquillés et fixes ; pas troubles, leur transparence était vivante. Le corps est resté à genoux. Les deux poignets tiraient encore par saccades sur les cordes qui les liaient. Le sang giclait du cou, très loin. Je ne croyais pas qu'un homme ait tant de sang en lui... Le corps a quand même fini par basculer, comme un sac, et l'officier a félicité le bourreau...

« Le 9 mars 1945 les Japonais ont attaqué les soldats français. Toute la nuit ils ont résisté dans la citadelle. On entendait le canon et les mitrailleuses... Et des cris, parce que les Japonais arrêtaient aussi les civils français dans toute la ville. Le matin j'ai vu les prisonniers passer en colonne, les deux mains sur la nuque. Il y en avait qui étaient blessés... Quelques femmes les suivaient en gémissant — leurs *congaï* ! Les gens regardaient, ne disaient rien. Seulement un type leur a jeté des ordures ramassées dans le caniveau, en poussant des cris hostiles, des insultes. Les Japonais le laissaient faire... Les Japonais nous faisaient peur. Ils étaient terribles... Le crâne rasé, de petites casquettes, des shorts trop longs, de coupe bizarre, de petites jambes torses, traînant leur sabre. On disait qu'ils coupaient les mains des voleurs... Ils étaient brutaux et lourds. Ils défilaient toujours en courant... Terribles, et un peu ridicules. Ils aboyaient tout le temps, avec des voix rauques. On ne les aimait pas... Mais ils étaient jaunes... Ils avaient coulé la flotte américaine, chassé les colonialistes anglais, hollandais, et maintenant arrêté tous les Français...

« Ce fut un raz de marée ; les Japonais permettaient tout, encourageaient tout ce qui était anti-français : les banderoles couvertes de slogans — « L'Asie aux Asiatiques » —, les défilés, les manifestations, les meetings aux carrefours !... Des orateurs criaient la cruauté des Blancs, leur arrogance, leur mépris du peuple... le bagne de Poulo Condor ! l'exploitation, le pillage de nos richesses nationales six jours par semaine et la messe le dimanche !... Comment rester sourd, comment rester insensible à tant d'injustice ?... On avait tous le souvenir d'une humiliation : « Toi, le « bougnoule, tu la fermes ou je te botte les « fesses ! »... J'étais petit, mon père était malade, j'étais libre, je sentais tout ça intensément, je vivais tout ça... Il y avait aussi les hurlements des prisonniers torturés par le Kampeïtaï dans certaines maisons, je faisais un détour pour les éviter... Des règlements de compte, des enlèvements, des meurtres ; mais j'étais petit et je courais vite... Mon frère Ky militait dans une organisation viet-minh, je ne le voyais pas beaucoup... En août, les Japonais ont perdu la guerre. J'ai entendu parler de la bombe atomique, les gens disaient des choses effrayantes dans les marchés. Un homme dont il n'était resté que l'ombre sur les ruines d'un mur !... Les Chinois sont arrivés en septembre. Des hordes poussiéreuses, loqueteuses, dépenaillées ; des colonnes et des colonnes, comme de longs dragons efflanqués ; les soldats du général Lu Han — le Tigre de Kunming, le seigneur de la guerre !... Ils avaient des bandes molletières qui leur faisaient d'énormes mollets, et les pieds nus... Ils s'engouffraient dans Hanoi par le pont Doumer, par le pont de papier, par la porte Mandarine ; ils avançaient sans arrêt avec un clapotement de pieds nus, ils submergeaient les faubourgs, ils coulaient indéfiniment, ils inondaient la ville. Mêlés aux soldats, des femmes, des enfants, des porteurs, des coolies — Yunanais, Cantonais, et même quelques géants à face plate du nord, de Corée, de Mandchourie — chargés comme des bêtes de poulets, de cochons, de sacs, de ballots, de tout ce qu'ils avaient raflé en route ; des caravanes d'un autre âge ! Tout leur était butin, ils prenaient tout... Ils venaient désarmer les Japonais, et nous aider à défendre notre indépendance — soi-disant — mais... les Japonais ont gardé leurs armes et nous les ont données... Les Français ont été libérés. Eux, ils n'avaient pas d'armes, ils se cachaient dans leurs maisons. Il y en a qui se sont fait enlever, massacrer... Je connaissais une villa près du grand lac !... J'étais curieux, j'étais petit, je jouais au gardien de buffle un peu simple, idiot — jamais on ne lèverait la main sur un idiot, chez nous —, je pouvais aller partout... mais cette villa j'y suis allé une fois, c'est tout. Ils tuaient des viet-minh et des Français là-dedans. C'étaient les nationalistes du Dong-minh qui faisaient ça, avec la racaille du Banc de Sable... Le Viet-minh tuait aussi, plus discrètement, ailleurs... En ville, tous les jours des bagarres, des coups de feu, des grenades; fallait faire attention! Les Chinois laissaient faire... Ils achetaient n'importe quoi avec leur argent qui ne valait rien. Tous les magasins, les cinémas devenaient chinois. Ils achetaient la ville!... Marché noir, trafics, vols, pillages, assassinats; un vrai Chicago! La cité sans loi!... Et pourtant la vie continuait... Je regardais. J'étais curieux. J'ai vu beaucoup de choses...

« Ici, en France, nous avons nos problèmes... la crise, le chômage, notre travail, notre santé, nos amours, nos plaisirs... Alors on oublie que le monde est fragile... que rien n'est acquis... que tout peut sauter, que l'horreur n'est pas loin. Henri le sait, lui. Il a payé pour le savoir... C'est peut-être pour ça qu'il s'était engagé. Ou bien il l'a découvert par accident, par chance, chez nous... Peut-être quand il était prisonnier?... Il en savait, il en sait autant que moi. C'est aussi pour ça qu'on est amis... Un soir il m'a dit — et j'aurais pu lui dire la même chose : « Il ne faut pas chercher à être « intelligent, malin; ce qui compte c'est que les « gens t'aiment. Si tu les aimes, ils t'aimeront. « C'est la seule façon de vivre. »... On parlait de choses... Il m'avait raconté qu'un de ses camarades de captivité était mort une nuit, en dormant, tout contre lui, en silence, sans un bruit. Le matin il était froid... Il l'a enterré... Henri m'avait dit que ce type n'aimait personne, qu'il n'aimait que lui...

« Mon père aidait, protégeait un professeur français qu'il aimait. Il fallait faire attention pour ne pas être traité de *Viet giang*, de traître. *Viet giang!* Le mot le plus affreux! « Tuez les *Viet giang*! »... Mon père avait une réputation de vieux socialiste anticolonialiste qui l'a sauvé plusieurs fois... Il y avait aussi *Doc Lap*! Le mot le plus beau. Indépendance!...

« Au début de 46, il y a eu les élections. Les premières ! Quelle agitation !... Pham Van Dong est venu voir mon père pour qu'il se présente sur une liste d'union nationale. Il était trop malade... J'ai vu Giap, Ho Chi Minh sur une estrade devant un immense drapeau rouge, place du Théâtre. Giap parlait bien : « La ruse est aussi importante que la « force, mais l'une et l'autre sont insuffisantes, sans « l'obstination... » Ho Chi Minh était notre héros. L'Oncle Ho. On le voyait partout, dessiné au pochoir sur les murs, imprimé sur affiche... Le culte de la personnalité ! Il ressemblait à mon père. Il avait une bonne bouille... J'ai vu Leclerc, quand les Français sont revenus et ont fait partir les Chinois... J'ai même vu Giap lui serrer la main après un défilé. Les nouveaux soldats français !... Ils avaient mis des petits drapeaux français et vietnamiens sur leurs machines, leurs tanks, leurs canons, leurs jeeps. Ils souriaient... C'étaient de redoutables soldats, pas comme les Chinois, même pas comme les Japonais... La 2e D.B. ! On était pris entre l'admiration et la crainte. Et s'ils allaient rester toujours ?... Et aussi de Lattre. Beaucoup plus tard, après... Le 19 décembre 50. Au bord du petit lac, la nuit, tout seul, sur son estrade, tout blanc... Les devins avaient annoncé que Ho Chi Minh ne passerait pas le Têt à Hanoi parce que le général français possédait le Mandat du Ciel !...

« En novembre 46, ma mère a été tuée dans le bombardement d'Haiphong. La famille de ma mère est de Haiphong. Ma grand-mère, mon grand-père, un oncle ont été tués le même jour. Six mille morts, je crois. Le tir des canons de la flotte française !... Il y avait eu des incidents, des fusillades, des petites batailles ; ça arrivait souvent... Et puis tout à coup le matraquage... Nous, on était à Hanoi. Mon père allait mieux. Mon frère Ky était au lycée, il militait dans une formation para-militaire viet-minh. Moi, j'allais à l'école, j'étais moins libre... On est partis avant le 19 décembre, je ne sais pas si mon père avait été prévenu. On a filé vers le Thanh Hoa, le sud, la porte d'Annam. Mon frère Ky avait voulu rester. Il s'était disputé avec mon père... Cela ne se fait pas dans une famille vietnamienne, mais les temps avaient changé...

« On a passé deux ans, presque deux ans et demi en zone viet... Tout de suite ça a mal commencé. *Viet giang !* Tuez les *Viet giang*, les traîtres, les amis des Français... La méfiance, la suspicion, la dénonciation... la vigilance ! c'était le mot d'ordre : Vigilance ! Mon père a été arrêté dans un petit village au sud du Day... Les responsables locaux avaient le sens de la vigilance ! Ils lui ont sauté dessus, attaché les mains derrière le dos, craché dessus. Ils criaient des insultes affreuses, dégoûtantes... Moi je suivais, j'écoutais de loin. Je pleurais, sans rien dire... Ils voulaient le fusiller, lui tirer une balle dans la tête ; une seule, dans la nuque, pour économiser les munitions... *Viet giang !*... Mon père était un homme convenable ; quand le commerce avait été rétabli avec la France, au début de l'année, il avait acheté deux chemises blanches. Du temps des Japonais il n'y en avait pas... Deux chemises blanches, en popeline, de chez Boussac. La marque de fabrique était alors un fil rouge et un fil bleu dans l'ourlet des boutonnières, sur le blanc cela faisait comme un petit drapeau tricolore dissimulé. Un signe de ralliement ! *Viet giang !*... Ils ont entraîné mon père, ils lui tapaient dessus, ils rameutaient les villageois : « Un *Viet giang* ! Un *Viet giang* ! Crime signé ! » Je suivais de loin. Ils l'ont attaché à un arbre... Mon père ne disait rien. Tout le monde criait : « Tuez-le, tuez-le ! » Mais le chef voulait une confession publique, une autocritique... Mon père a dit alors : « Si je suis un *Viet giang*, toi aussi tu es « un *Viet giang* ! » Il a dit exactement : « Toi aussi, « mon oncle, tu es un *Viet giang* ! » C'est une manière vietnamienne de parler, l'oncle est l'ami, le maître. Mon père était un homme très poli, très convenable... Tout le monde s'est mis à crier plus fort, mais mon père criait plus fort qu'eux... Le chef aussi avait une chemise blanche Boussac, avec les fils rouge et bleu. Il l'a arrachée, déchirée. Il a fait un discours sur la perfidie du capitalisme cupide, la nécessité d'intensifier les efforts de vigilance pour extirper les traîtres, débusquer les ennemis du peuple... On a relâché mon père. Il a teint ses belles chemises en *cunao*, la teinture brune des paysans...

« Moi, je suis devenu un enfant de l'Oncle Ho. Un neveu ! J'étais trop jeune pour être *bodoï*, soldat. J'ai appartenu à une troupe théâtrale populaire. Nous devions « véhiculer la culture socialiste « jusque sous le feu des canons impérialistes fran- « çais ». Nous jouions de petites scènes patriotiques exaltant l'héroïsme, la discipline de classe — non je veux dire la conscience de classe — des combattants du peuple, en ridiculisant la pourriture décadente du colonialisme avide... J'ai attrapé une indigestion de logomachie marxiste !... Henri aussi, dans son camp... Il appelait ça la pâtée ronron !... Nous chantions, rien que des chœurs parce que le chœur c'est le symbole de la supériorité du collectif sur l'individualisme... Une fois, nous avons été jusqu'à Nim Binh, on voyait le rocher au loin, pour jouer devant une compagnie du régiment 42 infiltré dans le Delta. J'ai mimé la mort du Héros Socialiste. On a eu très peur, on a été obligés de se cacher dans un tunnel sous le village à cause d'une patrouille française qui approchait. Une fille a eu une crise de nerfs. On avait du mal à respirer là-dessous, ça puait ! L'entrée était un trou autour duquel on avait disposé des excréments, comme ça si les Français le découvraient, guidés par leurs chiens, ils penseraient que c'était le cabinet du village !... Dans la nuit, avant de partir, on a peint un slogan en lettres rouges sur le mur de la pagode à l'intention des soldats du corps expéditionnaire : « Exigez votre rapatriement ! » C'est moi qui l'ai peint, parce que je connaissais bien l'orthographe ! la bonne éducation de mon père !...

« Je n'étais pas malheureux, je trouvais même la vie exaltante. Je pensais que je deviendrais un grand artiste, un auteur, compositeur, comédien... Je n'avais aucune envie de devenir soldat et de mourir pour l'avenir glorieux de l'humanité socialiste, mais j'aimais bien mimer la mort du héros sur scène... Pour pouvoir mourir sur scène, je suis devenu le meilleur en éducation politique, j'apprenais tout par cœur. Je m'en souviens encore aujourd'hui : « Notre devoir n'est pas d'étudier le « monde, mais de le changer. » « Si ton père te gifle, « il gifle l'Oncle Ho. » « Tuez le vieil homme en « vous. » Je pourrais vous en citer... On nous disait : « Il ne faut pas craindre de dénoncer vos « parents, c'est au contraire leur rendre service, les « aider à se corriger, à expier leurs fautes et leur « permettre de retrouver la pensée correcte par « l'autocritique. »... J'apprenais tout par cœur, j'étais imbattable. Un soir, je suis rentré à la maison et j'ai dit à mon père : « Tu n'es plus mon « père. » J'ai reçu une gifle magistrale — et l'Oncle Ho aussi par la même occasion —, ma première gifle, la trace des cinq doigts comme on dit chez nous, et je me suis mis à pleurer. « Tu es trop « grand, tu ne dois pas pleurer. » Mon père m'a emmené dehors pour que personne ne nous entende, on a marché le long de la rivière, dans les bambous, on a parlé longtemps, je lui ai tout expliqué... Je crois que c'est ce soir-là que mon père a décidé de rentrer à Hanoi. Il a d'abord été voir mon frère Ky dans son régiment. Je ne sais pas ce qu'ils se sont dit, mon père est revenu plus triste, plus fatigué. Il était toujours malade et il recommençait à fumer l'opium parce qu'il n'y avait pas de médicaments. Peut-être aussi que cela l'aidait à supporter l'effondrement de ses espoirs devant les réalités ?... On a mis trois mois pour rejoindre une zone tenue par les Français. C'était dangereux. On passait de village en village par les petites pistes. Mon père avait un parapluie et une carte de géographie roulée sous son bras, une de ces grandes cartes qu'on voyait dans les écoles communales autrefois. Le soir il faisait la leçon aux paysans en échange d'un peu de riz et d'un toit. Quelquefois on restait plusieurs jours parce que les responsables politiques nous faisaient des histoires. Vigilance ! *Viet giang !*... Je voyais alors mon père jouer au vieux gâteux qui n'avait plus toute sa tête. Mon pauvre père !... Il a eu la fièvre, il avait toujours froid. Il s'enroulait dans la carte, toute la nuit je l'entendais trembler, claquer des dents et tousser. Heureusement il avait son opium, mais il était obligé de se cacher pour fumer... ou alors il le mangeait...

« Un jour on a croisé une colonne de prisonniers français. Ils titubaient, on aurait dit des poivrots qui se soutenaient les uns les autres dans leur ivresse. Ils avaient les yeux vides, immobiles... Je ne sais pas si beaucoup ont pu survivre longtemps... ils étaient... ils étaient tous déjà à moitié morts. Trois se sont affalés sur le bord de la piste. Mon père les a salués en français, cérémonieusement ; c'était un homme poli et convenable. Les prisonniers nous regardaient, hébétés, et l'un d'eux s'est légèrement soulevé pour répondre au salut, très poliment : « Bonjour, monsieur. »... Quand j'y pense, maintenant !... Une piste pourrie, boueuse ; il avait plu toute la matinée... Un vieil homme malade, désabusé, d'une courtoisie désuète, avec son parapluie noir et sa carte d'instituteur roulée sous le bras. Un jeune soldat prisonnier, moribond, verdâtre, couvert de furoncles ; il ne devait pas peser plus de quarante kilos... il sentait mauvais. « Une bête puante de l'impérialisme ! » Des yeux immobiles, tellement grands que j'avais l'impression qu'il ne pourrait jamais plus les fermer, même pour dormir... un peu de vie s'agitait encore dedans, comme derrière une vitre sale... Et ils se saluaient, poliment !... Même dans les salons on ne se salue plus ainsi, aujourd'hui !... Un garde a rappliqué en courant et en braillant, il leur a donné des coups avec son fusil pour les forcer à se relever et nous a ordonné sévèrement de ne pas leur parler... Voyez-vous, je commençais à prendre mon père pour un vieux... pour le vieux gâteux qu'il essayait de paraître. Duplicité ! Refuge du faible et du lâche... mais du désarmé aussi ! Je vais vous dire : mon père a été... Il s'est levé. Transformé ! comme quand il entrait en classe, à Hanoi, avant. Majestueux ! L'instituteur ! Il a fait un discours politique au garde... Il a inventé des citations du président Ho Chi Minh. Inventé ! je le sais bien, moi, je les connaissais toutes par cœur, les vraies ; j'étais imbattable !... Tous les mots y étaient, et dans le bon ordre, avec l'adjectif correct... Le colonialisme est « avide », mais le capitalisme est « cupide », attention ! il ne faut pas se tromper, inverser. Un discours politique étonnant : tous les mots sacrés, dans le bon ordre et, je ne sais pas comment, le sens était changé... Je ne croyais pas mon père si calé en dialectique !... Le garde écoutait bouche bée, ce n'était pas un mauvais bougre mais il ne devait pas être très malin et sa culture politique laissait à désirer. L'autorité de mon père, les citations bidon de Ho Chi Minh, et surtout les mots, les mots dans le bon ordre ; il n'y a vu que du feu. Mon père lui a fait honte : « Ton comportement « déviationniste droitier serrerait le cœur de notre « Oncle le président Ho qui souffre déjà tant pour « le bonheur du peuple... » Il l'a même encouragé à faire son autocritique le soir en rentrant. Le malheureux ! Ça a dû être sa fête !... Ensuite mon père a parlé aux prisonniers, tranquillement, en français. Il leur a donné un peu de tabac et deux pages de son *Candide* pour rouler des cigarettes — la page du titre et la table des matières, il ne faut pas exagérer le sacrifice. Et aussi le petit flacon de *nuoc mam* que je conservais précieusement dans mon sac, pour les remonter. Le garde n'osait pas trop protester, il n'était pourtant qu'à moitié convaincu. Un moment il a dit fermement qu'il fallait partir. Un des prisonniers, resté muet et farouche jusque-là, a murmuré : « La mer, où est « la mer ? monsieur s'il vous plaît... »

« Je suppose qu'il avait l'intention de s'évader. Dans l'état où il était !... Mon père a indiqué l'est : « Là-bas, à trente kilomètres. » Il a hésité avant d'ajouter : « Vous n'y arriverez jamais, monsieur. » Le garde était à nouveau soupçonneux et agressif. Il a poussé son troupeau devant lui sur la piste. Nous sommes restés seuls... L'odeur pourrie des prisonniers stagnait encore. Mon père était mécontent de lui : « J'ai enlevé un peu d'espoir à ce « pauvre diable, je n'aurais pas dû... » Seule l'idée d'avoir roulé le garde le réconfortait...

« Quand nous sommes arrivés sur le Day, dans une zone en partie contrôlée par les Français, nous nous sommes séparés. Parce que nous avions peur.

Il ne faut pas oublier qu'on venait de passer plus de deux ans de l'autre côté et qu'on n'avait pas arrêté de nous rabâcher les « odieuses atrocités « cyniquement perpétrées par les mercenaires- « valets du colonialisme avide contre le peuple ». Même mon père était inquiet. Il avait décidé de tenter le passage le premier. Je suivrais à cinq cents mètres. Si j'entendais des coups de feu je devais m'éloigner de la piste et me cacher en attendant la nuit... Je l'ai regardé partir avec sa carte roulée sous le bras, son parapluie et son petit balluchon contenant sa pipe et sa lampe à opium ; au premier tournant je ne l'ai plus vu... et je ne l'ai retrouvé qu'à Hanoi...

« La rizière était silencieuse. Des oiseaux planaient très haut. On ne voyait plus un buffle, plus un paysan. Le désert et le silence. J'avais une frousse terrible. J'ai fini par déboucher sur une route. Il y avait un poste militaire avec une tour et deux drapeaux, français et vietnamien, assez loin. J'étais tout seul... J'ai entendu un bruit de moteur et je me suis caché dans la broussaille. Trois camions pleins de soldats ont passé. J'ai eu peur qu'ils me découvrent et je me suis faufilé plus profondément. J'ai entendu le grincement des freins, des cris : « Là-bas, là-bas ! un type se « planque ! » J'ai vu les soldats sauter du dernier camion et j'ai su alors que j'allais mourir. J'ai su que je n'avais plus que quelques instants de vie avant qu'on ne me tire un coup dans la tête, ou dans le ventre. J'étais tapi dans une flaque de boue, enfoncé dans les herbes. J'ai entendu claquer les culasses des fusils — clac ! clac, clac, clac ! comme des balles. J'ai vu les soldats se mettre en marche, lentement, prudemment, l'arme prête, espacés les uns des autres ; ils faisaient un mouvement tournant pour me tuer. J'ai eu envie de hurler : « Non ! non ! non ! » J'ai eu envie de fuir droit devant moi, comme un rat... mais aucun homme ne court aussi vite qu'une balle ! J'étais un gibier dans son trou de boue ; à la fois plein d'une terreur paralysante et attentif à tout, aux aguets. J'entendais les voix des chasseurs et je ne comprenais pas ce qu'ils disaient... J'étais très lucide. Je pourrais vous décrire les bruits les plus infimes, les insectes, les odeurs, les bouffées de vent, l'oiseau noir tournant là-haut dans le ciel sans jamais donner un coup d'aile ; tout ça est gravé... Mais je ne peux pas vous dire ma terreur, j'ai l'impression d'un vide, comme si cela avait été effacé de ma mémoire... Peut-être étais-je insensibilisé, anesthésié, je ne sais pas... Par contre, je peux vous dire que... quelque chose s'est passé dans ma tête à un moment, comme une hallucination. Aussi brève qu'un coup de flash de photographe dans la figure, aussi longue à effacer... J'avais douze ans et d'un seul coup, sans transition, j'ai cessé d'être un enfant. J'ai compris... c'est difficile à expliquer. J'ai su que j'avais percé le secret de la vie... C'est vrai ! c'est vrai !... j'avais à peine douze ans. J'ai découvert que... Il y a deux vérités. Et une est horrible ! Voilà ce que j'ai découvert, vautré dans la boue comme un buffle dans sa souille, sur le nord de la route, juste avant d'être tué... A douze ans ! »

Le rire de Carlo qui a ponctué toutes les phrases de ce récit devient soudain incoercible. Il est obligé de s'essuyer les yeux parce qu'il pleure. Quand il se calme enfin, sa voix monte dans l'aigu et son accent vietnamien ressort étrangement, comme une imitation.

« A douze ans ! On l'apprend toujours, un peu plus tôt, un peu plus tard... Vous, vous ne le savez pas encore. On l'a oublié en

Europe... Deux vérités !... Et une est horrible ! »

Rire. Il n'y a plus que l'éclairage de la petite lampe sur notre table, tous les clients des Dix Mille Félicités sont partis. Nous sommes seuls, excepté la vieille sorcière noiraude à voix de crécelle qui achève de débarrasser les tables dans l'ombre et nous jette parfois un regard d'oiseau. Elle doit espérer notre départ pour aller se coucher. Carlo remplit de *ma cue lo* nos minuscules tasses de porcelaine.

« N'ayez pas peur, vous n'aurez pas mal à la tête demain... Et les Chinois disent que c'est aussi un aphrodisiaque. Ils sont obsédés ; tous leurs médicaments, tous leurs plats préférés sont, en plus, des aphrodisiaques. C'est ce qu'ils prétendent du moins. On verra bien. »

Carlo, secoué par le rire, se laisse aller en arrière, son visage sort de la zone de lumière tombant de l'abat-jour, je ne distingue plus que l'éclat de son regard dans la mince fente de ses yeux. La sorcière renfrognée s'agite silencieusement dans l'ombre. Aucun bruit ne vient d'à côté, comme si tous les réfugiés cuisiniers avaient disparu.

(Moi) « Je ne comprends pas bien, quelles vérités ? »

Carlo ne répond pas tout de suite. Imperceptiblement le reflet de la lampe dans la fente du regard disparaît et dans la pénombre son visage immobile semble un masque de théâtre japonais. Il ne rit pas.

« La Vérité des hommes... vous savez bien !... Celle que nous tétons avec le lait de notre mère... Celle que mon père a essayé de m'inculquer. Celle de Bouddha, de votre Christ... Celle qu'on devine, qu'on cherche, qu'on espère, qu'on désire... La beauté !... Celle des enfants justement... l'amour. L'amour, c'est ça la Vérité ! »

Carlo a parlé lentement, cherchant et pesant ses mots un à un, comme s'il n'avait jamais essayé auparavant d'exprimer le sens qu'il donnait au mot Vérité.

(Moi) « Vous avez dit qu'il y en avait deux ? »

« Le secret de notre nature. Secret de polichinelle ! L'homme est un tueur. Voilà l'autre vérité. Un tueur, un tueur abject. C'est la vérité. »

Cette fois Carlo n'a pas eu à réfléchir, il connaît la réponse depuis longtemps. Il ouvre les yeux et je vois à nouveau l'éclat de son regard. Son masque d'ivoire reste impassible et soudain se brise en un éclat de rire.

« Douze ans ! Dans mon trou de boue ! Mais je voyais mes tueurs lancés à mes trousses, me chercher dans l'herbe pour me tuer, moi... J'avais vu beaucoup de choses : le Français à la tête coupée, mon père qu'on voulait abattre sous mes yeux... Et d'autres : les cris dans la villa de la Kampeïtaï... le sang sur le trottoir et les morceaux de viande humaine... et l'odeur !... Mais c'était comme des... accidents, des cataclysmes, comme le typhon qui avait tué la vieille et affolé les buffles ; pas la loi ! pas la Vérité ! J'étais un enfant, je... Et là, tout à coup, dans cette flaque de boue... le monde s'est ouvert jusqu'au fond, et j'ai su...

« Bien sûr, je ne suis pas mort. Un grand Arabe à peau sombre m'a extirpé par un bras en braillant des choses incompréhensibles dans sa langue. Autour, des Français criaient : « C'est un gamin ! « c'est un gamin ! » Ils rigolaient, soulagés eux aussi... Mais cela ne change rien. J'ai su. Je sais. Aujourd'hui encore c'est la seule certitude que j'ai. Deux vérités !... Et une est horrible !...

« Ils étaient bienveillants. Ils m'ont fait monter dans leur camion, ils m'ont donné du pain et du pâté à manger... Avant ils avaient quand même fouillé la boue pour voir si je n'avais pas caché une grenade et cherché partout s'il n'y avait pas des fils pour faire sauter une mine sur la route... Par réflexe je jouai mon numéro de gardien de buffle un peu demeuré. Un soldat m'a fait boire du vin rouge parce que je tremblais... Un Arabe m'a palpé les cuisses en disant : « T'es trop maigre pour « qu'on te bouffe tout de suite. » Les autres riaient. Un vieux sous-officier à moustache grise les a fait taire et m'a expliqué en petit nègre franco-vietnamien que c'était idiot de se cacher comme je l'avais fait : « Toi — et il me tapait le front du doigt — « fous le camp *mao len*, pas bon, *dep lam*. « Moi — il tapait sa propre poitrine — *link tay* : « pam ! pam ! — il faisait le geste d'épauler son « arme — toi, *chêt*, mort. Pas bon, *dep lam.* » Il y mettait beaucoup de persuasion, il roulait des yeux terribles. C'était comique...

« J'étais vidé. La frousse m'avait mis à genoux. J'ai dormi dans le camion jusqu'à Phu Ly. Arrivé là un soldat a dit : « C'est peut-être un agent de « liaison viet, chef ! » Le vieux sous-off a grondé, grogné, juré ; il avait l'air d'un ours mal embouché. Il m'a pris sous les aisselles et levé à bout de bras jusqu'à la hauteur de son visage. Je ne pesais pas lourd à l'époque et j'étais tout petit, je n'ai grandi que plus tard. Il m'a regardé dans les yeux, l'air féroce, puis il m'a fait un clin d'œil. « Si tu vas chez « les Viets, dis-leur que l'adjudant Boulingrin, « Roger Boulingrin, des chasseurs d'Afrique, leur « pisse à la raie. »... Excusez-moi, ce sont les mots mêmes qu'il a prononcés... Un type a dit : « Vous « excitez pas, chef, il ne comprend pas le français. « — Ta, ta, ta, c'est malin comme des singes, cette « engeance-là ! » a répondu le vieux à moustache. Il m'a donné trois piastres : « Va, petit. »... Quand j'ai été assez loin j'ai crié : « Merci, monsieur l'adjudant

« Boulingrin. » J'ai bien regardé la tête qu'il faisait avant de filer dans la foule... Avec ses trois piastres j'ai pris le car pour Hanoi et je suis arrivé chez mon oncle Trinh deux jours avant mon père... »

Carlo regarde sa montre et la sorcière noiraude, comme si elle n'avait attendu que ce geste, surgit de l'ombre et se lance dans une diatribe véhémente, et incompréhensible pour moi. Carlo rit.

« Nous devons partir. Phuong n'est pas contente. Elle m'engueule. C'est moi le patron et elle m'engueule. Oui, ce boui-boui est à moi. Mais elle dit que... on ne peut pas veiller si tard. On doit respecter les travailleurs... Ce sont ses mots. »

Aux glapissements de la sorcière la multitude des réfugiés est sortie de la cuisine. Ils parlent tous à la fois et font cercle autour de notre table. Carlo rétablit le silence. Il semble enchanté. Il remplit trois petites tasses de *ma cue lo* et en tend une au chef cuisinier, l'ex-capitaine.

« Il était encore avec mon frère Ky cinq jours après la chute de Saigon. Il faut le féliciter, son dîner était très bon. »

Nous trinquons.

Carlo lui parle, longuement. Il lui désigne mon magnétophone. Le visage souriant du chef cuisinier se transforme, devient un masque impassible. Il répond. Il y a soudain beaucoup d'autorité dans sa voix. Le cercle de réfugiés se resserre un peu plus autour de nous. Seule la sorcière semble protester et me lance un regard furibond, mais les autres la font taire. Carlo argumente encore avec le chef, puis se tourne vers moi.

« J'ai expliqué votre enquête. Il accepte de vous parler de mon frère Ky, si vous voulez bien. »

(Moi) « Oui, bien sûr. Merci. »

Le chef cuisinier a compris. Il m'observe attentivement. J'ai l'impression désagréable d'être pesée, et jugée. Son visage est absolument impénétrable. Juste avant de commencer à parler il a un léger rictus d'amertume. Peut-être ai-je été jugée trop légère ? Carlo traduit.

« Le 30 avril 1975 ils se sont encore battus aux portes de Saigon le matin, dans le cimetière de Gia Dinh. Ils ont encore détruit six chars T. 62. Ils étaient les derniers combattants de la ville. Mon frère leur a donné l'ordre de se replier vers le Vaïco oriental. Ils étaient seulement deux compagnies de parachutistes... »

« Deux *niay du* et un section mortier. Les autres tous fout' le camp », précise en français le chef cuisinier. Il a suivi attentivement la traduction de Carlo.

Tous deux discutent à nouveau en vietnamien. Le cercle des réfugiés écoute en silence.

« Ils se sont battus pendant cinq jours encore. Jusqu'à la plaine des Joncs. Encore trois chars démolis. Le 5 mai mon frère les a réunis pour leur parler. Il leur a dit de déposer les armes, qu'ils étaient déliés de toute fidélité à l'égard de l'ancien régime. »

« République, coupe le chef cuisinier avec force, le général a dit : République ! » Il parle ensuite dans sa langue. Sa voix claque comme s'il donnait des ordres. Carlo l'écoute attentivement, je dirais presque respectueusement, et l'approuve en hochant la tête. Il ne rit pas une seule fois. Son visage est aussi grave, aussi sévère, aussi impénétrable que celui du chef. Enfin il me traduit, lentement, phrase après phrase.

« Il veut que je dise exactement ses paroles. Mot pour mot. Il dit : sinon il se tait. Il dit : jamais pour toute sa vie qui lui reste il n'oubliera. Il dit que c'est gravé dans sa tête et dans son cœur. Il dit que ses camarades ont pleuré. Il dit que beaucoup sont morts aujourd'hui. Et beaucoup sont pire que morts, là-bas. Il dit : il faut dire la vérité. Pas un peu la vérité. La vérité ! Il dit qu'il n'a pas oublié un mot. Toujours, dans le camp de rééducation, dans la misère, sur la jonque, dans le camp de réfugiés en Thaïlande. Partout, même ici, dans la cuisine ! Il dit qu'il n'a pas oublié un seul mot. Il dit que même la voix, il n'a pas oublié la voix. Il demande si vous voulez que je traduise pour que tout soit enregistré pour toujours. La vérité ! Il dit qu'il ne parle pas bien français mais qu'il comprend un peu. Il dit qu'il va surveiller ma traduction. »

Les réfugiés se sont encore resserrés autour de nous et le reflet de la petite lampe brille dans leurs yeux noirs. Il règne une étrange tension dans le silence de cette salle de bistrot, comme si tous ici attendaient une révélation. Le chef cuisinier est tout droit, d'une immobilité absolue. La moitié de son visage seulement est vaguement éclairée. Il ressemble un peu au jeune lieutenant Ky vu sur les photos du borgne unijambiste au fort d'Ivry. Il me regarde. Pendant un long moment, il reste silencieux. Puis il se met à parler d'une voix basse, s'arrêtant à chaque phrase pour laisser à Carlo le temps de traduire, sans jamais cesser de me regarder.

« Le général les a réunis, officiers et sous-officiers. Trente-sept, huit blessés assis, trois couchés dans la vase, tous les autres debout. Le général debout aussi. Le général tête nue. Le général les a regardés, longtemps, sans rien dire. Nous... lui et ses camarades ne parlaient pas non plus. Le silence, longtemps. Ils se regardaient. Tristes. Faim. Plus rien à manger. Plus de munition. Encerclés. Ils savaient ce que le général allait dire. Debout sous la pluie. Le silence. L'émotion... Le général a dit : « C'est fini, les enfants. Je vous « délie de toute fidélité à l'égard de la République. « Malheur aux vaincus... » Il dit que le général a ajouté quelque chose dans une langue étrangère, pas en français, pas en américain, dans une langue que lui ne connaît pas. »

(Moi) « *Vae victis !* »

Le chef cuisinier me regarde toujours intensément. Il n'a pas cillé mais il répète : « *Vae victis, vae victis !* » Il se tourne vers Carlo et lui parle rapidement.

« Il demande : « Comment savez-vous ? » Il dit : « Ce sont les mots mêmes que le général a prononcés. »... Il ne connaît pas le latin, vous savez, il est d'origine populaire. »

Le chef cuisinier me regarde à nouveau, impassible. Il reprend lentement son récit.

« Le général a pris un fusil. Une carabine U.S. M. One. Celle du lieutenant Khan. Il a retiré le... mécanisme... la culasse. Il l'a jeté loin, dans la vase... Le général a dit : « Nous sommes irrécupé- « rables. Pour les communistes. Irrécupérables ! »... Il a répété trois fois : « Irrécupérables !... Criminels « de guerre ! Je sais. Je connais déjà. Peut-être ils « ne vont pas nous tuer tous. Ils vont nous faire « mourir. Tous ! Je sais. Ne discutez pas avec eux. « Mentez ! Voilà mon dernier ordre, mes enfants. « Mentez ! »... Le général a tapé dans la vase avec sa canne. « Mentez ! Et dites à vos hommes de « mentir. Je vous le demande. Roulez-vous dans la « boue. Crachez sur ce que vous avez respecté. « Dites que je vous ai trompés. N'ayez pas honte « de mentir, il le faut. C'est mon dernier ordre. »... Le général tout droit, sous la pluie. Nous, tout droits, sauf les blessés... Le cœur triste.. Le sergent Trung, 2e compagnie, 3e section, dit : « Vous aussi « vous allez mentir, mon général ? »... Grand silence. Tous, on attend... Le général dit : « J'ai « menti, là-haut, dans leur camp, autrefois... Mais « personne ne m'en avait donné l'ordre. C'était « plus difficile pour moi. J'ai fini par mentir. »... Le général regarde le sergent Trung. Droit dans les yeux... Le lieutenant Tran Van Minh, section mortier, dit : « Ce n'est pas vrai, mon général. »... Le général dit : « Dans leurs camps on finit tous « par mentir. Un peu, ou beaucoup. Après on « meurt... Ne vous posez pas de question morale, « n'ayez pas honte, mentez ! et peut-être quelques-« uns seront sauvés. »... Minh, le lieutenant Tran Van Minh, dit : « Non, mon général. »

Le chef cuisinier se tait. Il est tendu, comme une corde prête à se rompre. Son front est luisant de sueur. Tous les yeux des réfugiés sont tournés vers lui. Dans le silence on entend le fracas lointain d'un train passant sur le pont métallique de la gare de Lyon. Je suis sur le point de poser une question, mais Carlo d'un geste imperceptible m'en dissuade. Le chef reprend. Sa voix est encore plus basse.

« Le lieutenant Tran Van Minh salue le général. Il part avec ses sous-officiers parler à sa section mortier, plus loin... Tran Van Minh et quatre autres types se serrent dans les bras. Comme ça... »

Le chef cuisinier agrippe trois enfants et une vieille femme près de lui, les étreint, les embrasse, puis les lâche.

« Deux grenades. Ils ont dégoupillé deux grenades défensives, K 28. »

Un silence.

« Le capitaine Duc, blessé, couché, s'est aussi tué avec son revolver. Et encore un autre type, caporal, un Tonkinois. »

Un silence.

« On a cassé nos armes. Sauf dix types de la

1re compagnie. On a suivi le général. Sauf dix types qui sont partis vers le nord, vers la forêt. On leur a donné nos dernières cartouches... Quand on est arrivés sur la digue où étaient les communistes, ils nous ont fait lever les bras. Ils ont abattu un type qui ne voulait pas... Il a oublié son nom... Ils criaient tous : Où est Ky ? Où est le général Ky ? »

Un très long silence. Le chef cuisinier recule d'un pas et son visage sort de la pénombre pour entrer dans l'obscurité. Je le distingue à peine. Il reprend la parole, d'une voix forte. Le débit est rapide, il laisse à peine le temps de traduire.

« Il dit que le général avait raison. Ils ont tous fini par mentir. Et ils sont tous morts dans le camp sauf sept. Il dit qu'il est celui qui reste. Il dit que les six autres sont morts, plus tard, dans les « nouvelles zones économiques ». Morts de maladie, de tristesse, de honte. Il dit qu'il n'a pas honte d'avoir menti. Parce qu'il est un soldat et qu'il en avait reçu l'ordre. »

De nouveau le silence. Le chef cuisinier ajoute encore une phrase.

« Il dit que... le lieutenant Tran Van Minh aussi avait raison. »

Tous les réfugiés serrés autour de notre table sont figés, immobiles et muets, comme s'ils attendaient encore quelque chose. Le silence est impressionnant. J'hésite à le rompre.

(Moi) « Accepterait-il de raconter comment était son camp de prisonniers ? »

Immédiatement, sans attendre la traduction de Carlo la réponse tombe :

« Il dit : non madame. Il dit que c'est une histoire longue, sale, dégoûtante. Il dit que ce n'est pas convenable après un bon repas... Il me demande de vous prier de l'excuser d'avoir parlé comme il l'a fait. Il dit : peut-être ce soir il a la fièvre, c'est pour ça. Il vous demande de l'excuser. »

Dans l'obscurité je devine que le chef cuisinier s'incline pour me saluer. Il va jusqu'à la porte de la cuisine et l'ouvre. Pendant un court instant sa mince silhouette se découpe en ombre chinoise sur l'éclairage blafard du néon. Il dit encore quelques mots et ferme la porte derrière lui. L'obscurité, le silence, et la voix de Carlo :

« Il a dit : je suis vivant... pour quoi faire ? »

Nous quittons les Dix Mille Félicités. Il pleut dehors. Un dernier train de banlieue passe sur le pont métallique.

LE MONTEUR
(deuxième partie)

« Il éprouva positivement le besoin de se confier à elle, obéissant à un sentiment subtil et bien masculin. »

J. CONRAD,
Une Victoire.

NOUS roulons sur les quais presque déserts. Une brume légère monte de la Seine, de grands halos entourent les lampadaires. Nous roulons en silence. Il pleut.

« Excusez-le, dit-il soudain, il est malade, il avait de la fièvre ce soir... On n'aurait pas dû rester si longtemps, c'est de ma faute. Ils dorment tous là-bas, dans la salle, provisoirement... »

Il rit et ajoute un peu plus tard :

« C'est la première fois... Il m'avait seulement dit qu'il avait été fait prisonnier avec le général Ky, qu'on les avait séparés tout de suite et qu'il ne l'avait jamais revu. »

Nous roulons en silence. Au feu rouge du pont de l'Alma, il dit encore :

« Moi aussi j'ai obéi à l'ordre de mon frère. (Il rit). C'est la seule fois... J'ai menti !... »

Il est secoué d'un de ses rires surprenants dont on ne sait s'ils expriment la dérision ou le désespoir. Comme je le regarde, il précise avec force :

« Pas à vous. »

Je n'ai pas enregistré ses paroles sur magnétophone, je les écris telles qu'elles me reviennent en mémoire.

Quand il est arrivé en France, pour travailler dans le cinéma, il fallait qu'il soit un banni, un réfractaire, un opposant à la « clique du Sud ». C'était la mode à Paris. C'est ce que les gens attendaient de lui. Tous : producteurs, réalisateurs, acteurs ; il fallait être de tout cœur avec le Vietcong. « O.K. ! Pourquoi pas ? J'avais bien appris tous les slogans de l'Oncle Ho pour pouvoir mimer la mort du Héros Socialiste sur les tréteaux. Si c'est cela qu'ils voulaient, je pouvais leur en donner. »... Quand on parlait de son frère général parachutiste fantoche dans les journaux ou à la télévision, à l'occasion de la reprise de Hué ou de la contre-attaque de Quang Tri en 72, il avait un peu la frousse, « mais les Français n'ont jamais rien compris à nos noms vietnamiens. Cao Ba Long, Cao Ba Ky ; ils ne faisaient pas le rapport. De toute façon ils sont trop paresseux pour apprendre nos noms, on m'appelle Carlo. » Il a pu travailler, et réussir dans le cinéma, parce qu'il a menti. En Amérique, c'était la même chose, « là-bas il était préférable d'être une victime du colonialisme français. Très bien, j'ai été une victime ! J'ai travaillé sur un film à Los Angeles, j'ai failli rester, j'aime l'Amérique... J'ai tellement menti que j'aurais fini par croire à mes mensonges, c'était plus facile... »

Cao Ba Long a ri à chaque phrase et comme il n'y a rien de plus communicatif que le rire, je riais avec lui.

Un peu plus tard, je lui demande s'il veut bien me raconter la suite de son histoire. Il accepte et m'invite chez lui. « Si vous n'avez pas peur des effets du *ma cuc lo* ? » Sa plaisanterie le met en joie, il se tortille de plaisir derrière le volant.

Son studio, au dernier étage d'un immeuble neuf des Hauts de Saint-Cloud, domine la Seine. Là où il y a des lumières la bruine dérive en nuées légères. Plus loin, l'étendue noire du bois de Boulogne et l'auréole orange de la ville sous les nuages.

« A nous deux, Paris ! »

Il rit et tire les rideaux.

« C'est ce que je me suis dit en arrivant en France, en 58. Pour ma première nuit, je suis monté tout seul sur la butte Montmartre et je suis resté appuyé sur la balustrade à regarder... à tâter l'eau du bain. Un peu froide au début ! (nouveau rire)... J'aime Paris. J'aime les grandes villes, Londres, New York, Los Angeles, Berlin. Même Cannes, j'y suis allé pour le festival, il pleuvait et il faisait froid. J'aimais Saigon, mais moins que Hanoi. »

Très peu de meubles. Des coussins, un divan bas, une imposante chaîne haute fidélité aux enceintes montées sur pivot pour une meilleure écoute stéréophonique. Aux murs deux sentences parallèles sur soie, un nu féminin à l'encre de Chine de bonne facture et une étagère avec quelques livres français et vietnamiens. Ce n'est pas une cellule de moine, mais ce n'en est pas moins très austère.

Long apporte du thé de Chine, « très léger », et nous commençons.

(Moi) « Vous êtes revenu à Hanoi en 49 deux jours avant votre père, grâce à l'argent de l'adjudant Boulingrin. »

« Oui... J'habitais chez mon oncle... J'allais au lycée Albert-Sarraut. A l'époque il y avait encore des agents de police, debout sur des estrades de bois peint en blanc surmontées d'une ombrelle, qui arrêtaient la circulation des camions militaires français avec des gestes de maître pour nous laisser traverser la rue... J'avais un secret, je voulais devenir comédien. J'apprenais les tirades de Corneille par cœur. *Horace, Cinna. Le Cid!* J'aurais voulu être le Cid. Je redevenais un garçon de douze ans, mais je n'avais pas oublié le coup de flash : « Deux vérités. Et l'une est horrible ! »... Mes sœurs sont revenues. Mon frère Ky est revenu, un peu plus tard, maigre et tendu. Changé ! Ce qui était doux dans son visage avait durci. Il avait des yeux terribles, qui me faisaient peur. Nous sommes très différents, lui et moi, il aime, il aimait la vie, l'action, la camaraderie, les autres : moi je suis plus solitaire, j'aime le reflet de la vie... Il aimait les idées, les raisonnements ; moi, j'aime les émotions...

« Mon frère s'enfermait avec mon père, ils parlaient beaucoup... Vous savez, chez nous, un fils doit obéissance, respect et soumission à son père. Le père est le lien entre les ancêtres dans leur demeure céleste et les nouvelles générations. Le père a un rôle presque religieux ; il initie aux rites, aux cérémonies et aux célébrations domestiques. Chaque famille a ses dieux, ses génies tutélaires, son culte des ancêtres, qui ne peuvent être convenablement traités que par la famille. Nous, on appelait mon père « maître », comme on appelait « maître » l'instituteur et les professeurs du lycée. Les étrangers ne s'adressaient à lui qu'en le saluant de « *ong* », ce qui veut dire « seigneur ». Il n'y a que les chefs de famille, les vieillards et le tigre qui ont droit à ce titre. Chez nous, l'âge confère toujours de grands privilèges...

« Voyez-vous, peu à peu, les choses redevenaient normales. comme avant... On n'était pas riches, mais ce n'était pas la misère. On mangeait à sa faim. Mon père a acheté une bicyclette Peugeot d'occasion...

« En octobre 50, mon frère s'est engagé dans l'armée vietnamienne, avec le consentement de mon père. Mon oncle Trinh, nos amis, nos voisins disaient qu'il était fou. « *Dien cai dau !* », fou la tête !... Moi, je continuais à apprendre *Le Cid*, et Racine, et Molière... Le 19 décembre, mon frère a défilé devant de Lattre, la nuit le long du petit lac. Je l'ai vu. Il pleuvait. Il est venu à la maison après. Il nous a dit qu'il allait devenir officier parachutiste... C'était l'année du Tigre.

« En 54, on a quitté Hanoi, à cause de la chute de Dien Bien Phu, des accords de Genève, de la partition du Vietnam. Mon frère était prisonnier mais on ne le savait pas, on croyait qu'il était mort. Mon père a décidé qu'on quitterait Hanoi !... Je suis né à Hanoi, j'en connais chaque rue... Le petit lac dans la brume d'automne ! On dit qu'il y a une énorme tortue au fond qui garde l'épée de bronze d'un de nos rois des temps anciens. Certains matins, en allant au lycée, j'ai cru la voir... Le fleuve Rouge ! Mon père a toujours préféré les fleuves et les lacs à la mer. Le Fleuve ! Le Père nourricier ! Le « *Kiang* », disent les Chinois. Le Yang-tseu-kiang a utilisé le lit du fleuve Rouge à l'origine du monde, jusqu'au pléistocène où il aurait cherché sa propre voie vers l'est à travers le ventre de la Chine. Mon père connaissait tout du Fleuve... C'est sur une de ses berges qu'un de nos héros mythologiques inventa le filet de pêche, dit la légende. Il attendait sa bien-aimée quand son regard fut attiré par une mouche qui se débattait dans une toile d'araignée tendue entre deux joncs, et il pensa : la mouche est dans l'air comme le poisson dans l'eau. Il fut si exalté par cette découverte qu'il en oublia sa bien-aimée... A Hanoi, le courant changeait de sens au moment des grandes marées d'équinoxe, pendant quelques instants le Fleuve semblait remonter vers sa source... L'eau s'écoule et passe. Deux fois par an elle revient, puis s'écoule à nouveau et passe pour toujours. Mon père a écrit un poème sur ce thème. Il y mêlait Confucius et Héraclite d'Éphèse. Il y disait : « Tout passe, mais il arrive qu'on se « baigne deux fois dans le même fleuve aux teintes « d'argent »... C'est plus subtil en vietnamien parce que le mot « *bac* » signifie à la fois argent et ingrat... Il m'emmenait flâner sur les quais, en amont du pont Doumer... Les sampans, les vieux bateaux à vapeur, les radeaux de bambou, les camions, les marchands de soupe, les cris, les rires, les odeurs de bois brûlé des docks... Quand on venait tôt on voyait arriver les paysannes par le pont, avec leurs balanciers chargés de victuailles pour le marché. Elles s'arrêtaient et, sans même déposer leurs fardeaux, debout, comme des hommes, elles pissaient dans le fleuve Rouge. C'était presque un rite : il fallait avoir l'esprit clair et la vessie vide pour les marchandages de la matinée... Debout comme des hommes ! Elles retroussaient une jambe de leur pantalon *cunao* et elles portaient discrètement un doigt à leur sexe pour diriger le jet... Parfois trente, quarante, appuyées contre le garde- fou, toutes ensemble dans le soleil levant, loin et dru, comme des hommes. Les Cochinchinoises ne savent pas faire ça, elles s'en foutraient plein les doigts. Essayez un jour, vous verrez... Mes sœurs savaient : la bonne éducation de mon père !... »

Il rit, nous rions. Il a suggéré la mélancolie du départ, il n'a pas insisté, il a terminé par une pirouette.

« Mon père a voulu emporter son vélo. Le jour du départ, il a pédalé jusqu'au terrain de Gia Lam, de l'autre côté du Fleuve. Les gens d'Air Vietnam ont poussé des cris. Pas question d'emporter une vieille bécane, déjà qu'il n'y avait pas de place pour tout le monde ! Mon père tenait à son vélo... Je suis parti avec mon oncle Trinh et mes deux sœurs. A travers le hublot du Dakota j'ai vu mon père enfourcher sa machine pour rentrer tout seul à la maison... On a tourné au-dessus de la ville avant de filer vers le sud. C'était la première fois que je montais en avion. Et la dernière fois que je voyais Hanoi ! Il faisait gris. Je regardai le fleuve Rouge, le pont, le petit lac, notre quartier, la citadelle, la piscine du lycée, le grand lac, et on est rentrés dans les nuages. L'oncle Trinh disait que mon père était « *dien cai* « *dau* », fou la tête, malgré tout le respect qu'il lui devait. Mes sœurs pleuraient et vomissaient dans des sacs en papier à cause du mal de l'air. On est arrivés à Saigon dans la nuit...

« Mon père a réussi à prendre l'avion la veille de l'entrée officielle des Viets à Hanoi, je ne sais pas comment ; en dépit du pont aérien, il n'y avait pas assez de place pour tous ceux qui voulaient partir. Avec son vélo sous le bras ! Il l'avait scié en pièces détachées. Il a fallu ressouder les morceaux à l'arrivée, il n'a plus jamais marché comme avant, la chaîne sautait tout le temps et mon vénérable père avait ses belles mains de lettré couvertes de cambouis. Il l'a pourtant gardé jusqu'à sa mort. Il ne voulait pas en changer... Il disait : « Même les objets ont leur dignité... »

« C'est à Saigon que j'ai connu Henri, quand

mon grand frère a fini par être libéré. Il venait tout le temps le voir à la maison, un « compartiment » à Khan Hoi, au-delà de l'arroyo chinois. Mon frère le tutoyait, il l'appelait « mon petit ». Henri vouvoyait mon frère, il lui disait « mon capitaine », « mes respects, mon capitaine », chaque fois qu'il arrivait...

« Mon frère avait beaucoup changé. Il ne pesait plus que trente-neuf kilos. Il était impassible, il m'intimidait... Il y a une histoire classique de notre littérature : un prince chinois, Lang Lin, avait un visage si avenant qu'il lui fallait s'affubler d'un masque féroce pour mener ses troupes au combat. Mon frère était comme ça, avant. Maintenant il n'avait plus besoin de masque. Il n'était pas féroce, il était redoutable ; il ressemblait à ces capitaines français maigres et durs qui venaient le voir. Il était devenu un soldat... Quand plus tard, à Paris, j'ai joué un soldat japonais dans une pièce, au théâtre du Vieux Colombier, je me suis inspiré de mon frère. J'ai eu des critiques formidables... J'aurais pu devenir un grand acteur, malheureusement il n'y a pas beaucoup de rôles d'Asiatiques en France, et ce sont toujours des rôles minables. Sauf ce Japonais ! A la fin je commettais le *sepuku,* hara-kiri, sur scène. J'avais une poche en caoutchouc sur le ventre. Du sang partout ! Quelquefois des femmes criaient. Je crois qu'une femme enceinte a même accouché prématurément. Ce n'était pas du Grand Guignol, ni la mort exemplaire du Héros Socialiste. Le public était plus difficile que les soldats du régiment 42 infiltrés dans le Delta... Une fois aussi j'ai été fusillé comme espion chinois dans une série de télévision, pas mal non plus... Henri m'avait trouvé un petit rôle dans son film, on l'avait choisi ensemble. Je devais mourir d'une flèche empoisonnée. Je n'ai pas pu à cause de mon passeport d'apatride...

« Mon père aimait bien Henri. Il le comparait à « un jour qui aurait plusieurs matins », je me souviens... Moi, Henri ne m'intéressait pas beaucoup alors. Il baragouinait un affreux sabir de soudard, croyant parler vietnamien. Il me semblait un peu paumé. Il courait dans tous les sens, comme un poulet dont on a coupé le cou, ou bien il restait vautré en position fœtale dans le fauteuil de notre petite véranda, muet et tremblant de fièvre. Il était encore faible, il reprenait ses forces... Je crois surtout qu'il était malheureux. Il ne s'aimait pas et en même temps il avait en lui une vitalité animale, une terrible soif de vie : il brassait dans une confusion affolante des projets d'avenir et un étrange désespoir. Il buvait un peu trop aussi, à l'occasion. Malgré tout mon père l'aimait bien. Il avait reconnu ce qu'il y avait de bon en lui, il l'a aidé à franchir une passe difficile...

« Depuis notre retour à Hanoi mon père s'était quelque peu détourné des philosophes français. Il se détachait du quotidien, du tourbillon des temps nouveaux, il revenait à nos sources, il retrouvait ce qu'on appelle chez nous la « Voie « royale ». Le Tao... Je ne faisais pas assez attention à lui, trop préoccupé de moi-même, mais je me souviens quand même de cette phrase dite un jour : « Je me défais peu à peu de toute « inutilité. » Mon père était un sage, je n'ai pas été suffisamment attentif... Le sage s'exprime sans discours, enseigne sans parole ; au disciple de le comprendre... Il a initié Henri à la dialectique du Yin et du Yang. L'harmonie des contraires. Le pour et le contre. Le balancement éternel : une fois le Yin, une fois le Yang ; voilà le Tao !... Une chose mauvaise peut se transformer en une chose bonne, le non peut devenir un oui...

« Je ne sais pas comment ils se sont reconnus comme disciple et maître... Henri ne me semblait être qu'un troufion français, plutôt fruste pour tout dire. Pourtant ils se sont reconnus !... Henri n'était pas vraiment un disciple, mais il comprenait mon père. Il l'aimait. Jusqu'à sa mort, chaque année, il lui a envoyé des vœux à l'occasion de la fête du Têt...

« Mon père est mort l'année du Singe, en mai 68, à la fin du Têt rouge. C'était le chaos en France et de toute façon je ne pouvais plus me rendre à Saigon, j'étais devenu un « insoumis ». Il avait laissé quelques mots pour moi, que mon frère m'a fait parvenir... Cela commençait ainsi : « *Le sage vit tant qu'il doit, non tant qu'il peut.* »... Il y avait ajouté en post-scriptum, « pour ton ami », une phrase de J.-J. Rousseau, un des philosophes qu'il avait aimés : « *Il ne reste de nous que notre* « *cœur.* »... »

Long éprouve le besoin de bouger. Il se lève, remplit ma tasse de thé, va jusqu'aux rideaux qu'il entrouvre, regarde un instant Paris et se met à rire.

« Je suis arrivé ici pour préparer une école militaire. Élève étranger. Une idée géniale de mon sacré frère ! Il avait tout arrangé, il avait câblé à ses vieux copains de guerre ; la maffia des anciens d'Indochine au grand complet pour aider le petit dernier de la famille à faire ses premiers pâtés dans le sable. Saint-Cyr ou Salon, au choix, ou même Navale si le cœur t'en dit... Paris est une grande ville, on peut y disparaître. Je voulais devenir acteur, c'est pour ça que je suis devenu Japonais !... Le colonel manchot a fini par me repérer, rien ne lui échappe à ce type-là. C'est mon frère qui l'avait lancé sur la piste. Il m'a coincé dans ma loge, j'avais encore plein de sang sur le ventre. Je m'attendais à être ramené les menottes aux mains. J'étais prêt à faire *sepuku* pour de bon... enfin presque. Il m'a dit que je l'avais épaté, que je mourais très bien. On a parlé théâtre, mais je savais que c'était un vieux Chinois et je restais sur mes gardes... Il m'a invité à dîner. On a rigolé comme des bossus... »

(Moi) « Vous avez rigolé ? avec le colonel ? »

« Oui, oui, il est très marrant, plein d'humour, pince-sans-rire... Pas un mot de Saint-Cyr. On a peint la ville en rouge tous les deux... Vous savez, après un *sepuku*, on a besoin de se remonter. Depuis un mois, chaque soir, je mourais un peu sur scène ; et deux fois le jeudi, le samedi et le dimanche, à cause des matinées. C'est tuant ! Et la critique était formidable : on venait voir le Japonais s'ouvrir la tripe, parce que le reste de la pièce ne valait pas cher. Je me prenais pour Toshiro Mifumé, un acteur superbe. Avez-vous vu *Les Sept Samouraïs* ?...

« Je me méfiais quand même un peu, c'est un vrai Chinois, mais vers trois heures du matin je lui ai vidé mon sac : que j'en avais rien à foutre de l'armée, de la guerre... Je lui ai raconté l'adjudant Boulingrin, les deux vérités...

« Il a calmé mon frère. Plus de problème, j'ai pu me suicider au couteau tous les soirs avec ma conscience pour moi et la bénédiction de la famille. Bénédiction, c'est trop dire : sa neutralité bienveillante... Il m'a aussi maintenu la tête hors de l'eau quand la pièce a fait naufrage... »

(Moi) « Que voulez-vous dire ? »

« Il m'a fait entrer à la télé. Il a le bras long... C'est comme ça que je suis devenu monteur. Il n'y a pas de rôle pour moi en France. J'ai été Japonais, Chinois, Coréen, Mongol, Peau-Rouge, Esquimau même, jamais Vietnamien. Si, une fois, figurant dans un film de guerre débile en Camargue ; ils m'ont fait pousser une brouette sur une diguette, « avec un regard sournois », m'a dit le metteur en scène, « montrez que vous haïssez les Français », a ajouté l'assistant. Une brouette ! essayez donc de pousser une brouette sur une diguette de rizière pour voir... Vous ne connaissez rien du Vietnam ! un siècle de présence et vous ne connaissez rien. Nous, on a au moins appris à boire du vin rouge et à manger du pain !... La seule chose qui vous intéressait c'est qu'on soit les victimes du colonialisme « avide », et surtout de l'impérialisme américain, de la C.I.A. bien entendu, de leurs valets fantoches et des C.R.S.-S.S. de Thieu !... Alors on a pris des airs de victimes, de crucifiés, par politesse, si vous voulez. Ça marchait très bien, merci. On jouait *piano piano, mezzo voce,* la dignité intérieure. Sans oublier l'impassibilité ; on ne peut rien lire sur nos visages, pas vrai ? Et on a tous la même gueule pour vous, pas vrai ?... Ce que vous ne savez pas c'est que... il n'y avait pas que de la « duplicité asiatique » dans mon attitude... Ici, j'ai fini par croire parfois à la justice de la cause viet-minh. Mais maintenant, depuis... oh ! depuis... La justice humaine a ses limites. Et mon pays a besoin de pitié. »

De nouveau Long se lève et va regarder Paris à ses pieds en écartant les rideaux. Il se retourne vers moi et pour la première fois n'entrecoupe pas ses phrases de son éternel rire.

« Voyez comme je suis devenu bien Français ! J'ai besoin de claironner mes opinions et mes états d'âme. Je vous ennuie, excusez-moi. J'ai oublié la première des sept vertus. La courtoisie. Il faut éviter, dit Confucius. d'ennuyer ses amis par le récit de nos tourments, mais leur faire des compliments pour qu'ils se sentent heureux... Vous êtes très jolie ! (Éclats de rire homérique).

« Excusez-moi, j'ai exagéré tout à l'heure. Bien sûr dans le monde du cinéma et du théâtre on me voulait à la mode, pro-Viet-cong, mais le reste des Français s'en fichait. Quand il y avait une émission sur la guerre à la télévision, et maintenant quand il y en a une sur les *boat people* à moitié morts de faim, Mme Gandebœuf, ma bouchère, me dit : « Ah ! mon pauv' monsieur, c'est « bien triste. La vie est dure. Vous n'avez pas « trop froid, chez nous ? J'ai un filet de charolais « dont vous me direz des nouvelles. » Et pourtant je l'avais horrifiée en lui racontant qu'à Hanoi on élevait des chiens pour en faire des saucisses. Elle trouvait ça parfaitement dégoûtant : « Des mœurs « de sauvages, monsieur Carlo ! »... Je suis chez moi dans mon quartier. Je suis français. Je trempe mes croissants dans mon café au lait, c'est la preuve, non ? J'ai choisi la France...

« — Il est doux de vivre en France », m'a dit un Syrien, l'été dernier. Un réfugié politique syrien, d'après les journaux. Un voisin... Je l'avais croisé deux, trois fois au marché, le dimanche matin avec son cabas... « Il est doux de vivre en France. » Il faisait la queue derrière moi à la boucherie... Pourquoi à moi ? Parce que je n'ai pas une tête à avoir des ancêtres gaulois, je pense, et lui non plus. Une sorte de complicité entre nous. Mme Gandebœuf m'avait mis trois rognons de brebis de côté, frais comme l'œil. J'ai répondu : « Ah ! si seulement il n'y avait pas tous ces « Français ! » Et Mme Gandebœuf qui est une personne réjouie a rétorqué en riant : « Ne l'écou- « tez pas, monsieur, monsieur Carlo est un sau- « vage ; il aime manger du chien. » Et moi j'ai répliqué comme d'habitude : « Votre grand-père

« a bien mangé du rat pendant le siège de Paris. » Une comédie, vous voyez, un jeu, une farce, une rigolade. On était tous de bonne humeur. Il y avait du soleil mais il ne faisait pas encore trop chaud. Le Syrien a souri avec nous. C'était un vieil homme très convenable, un ancien ministre paraît-il. J'ai parlé un peu avec lui, on a été boire un verre de riesling à la terrasse du troquet d'à côté... Je l'ai revu souvent cet été, chaque fois il me saluait en soulevant son chapeau de paille à ruban noir... A l'occasion on allait déguster un verre de ce vin d'Alsace qu'il appréciait... Et puis, un matin d'octobre... Vous avez dû lire ça dans les journaux, mais moi je l'ai vu. Deux balles dans la tête! Les gens du voisinage ont cru que c'étaient des mômes qui faisaient claquer des pétards... Comme un sac! sur l'escalier de son immeuble. Du sang et de la cervelle partout... De loin j'ai cru que c'était un sac... Vous savez que j'ai vu beaucoup de morts. Mais, ici! par une belle matinée d'octobre un peu brumeuse! J'aime la lumière de Paris... Sans cris, sans colère... Dégoûtant! C'est l'horreur. Il est resté deux heures comme ça, avant qu'on lui mette une couverture... Les enfants passaient à côté pour aller à l'école... Il avait été condamné par un tribunal révolutionnaire palestinien et abattu par un terroriste masqué, comme un chien enragé. Un vieil homme si convenable...

« — Il est doux de vivre en France. »... Il parlait comme mon père ; une langue châtiée, un peu désuète, classique. Il n'y a plus guère que les étrangers pour parler de cette façon, aujourd'hui. Nous on dit : « C'est super, c'est bath, ou c'est chiant... » « C'est super de vivre en France. » Pas très joli !... « Bon voyage et prompt retour dans vos foyers », le slogan des communistes quand ils ont libéré les prisonniers de Dien Bien Phu. La formule enchantait Henri, tant par le fond que par la forme. Il la répétait tous les soirs à mes assistantes, à la fin du travail. C'est mieux que : « Barrez-vous les « nanas, fissa. » Même les Viets pouvaient parler un français charmant, de temps en temps. Qui l'eût cru ! »

Un silence.

« Si je suis resté si longtemps avec un passeport d'apatride c'est parce que je rechignais à couper un vieux cordon... Mon père est mort. Mon frère est mort. Les vrais Vietnamiens sont morts, comme le chantait Trinh Cong Son à Saigon. Ou bien ils repiquent le riz dans les rizières des « nouvelles zones économiques », avant de le bouffer par la racine... Ou bien ils sont cuisiniers dans toutes les Dix Mille Félicités de France et de Navarre... Les autres aussi sont de vrais Vietnamiens, mais ils ont fait un pays dans lequel je ne pourrais pas vivre... Je ne retournerai plus jamais là-bas, je le sais. Je le sais depuis longtemps... Bah !... J'irai au Club Méditerranée ! »

Le rire tant contenu éclate enfin. (Je l'ai chronométré sur la bande magnétique, il dure exactement vingt-sept secondes, ce qui est très long. A le réentendre sans voir le visage on a par moments l'impression de sanglots, mais c'est sans aucun doute une illusion ; Long est bien trop pudique pour s'apitoyer sur lui-même devant un tiers). Il retrouve son sérieux.

« Ne me dites pas que j'aurais dû retourner là-bas et prendre un fusil pour défendre... Personne ne me l'a dit. Ni Henri, ni le colonel, ni aucun de mes amis... ni même mon frère. Il m'a écrit : « Nous combattons le mensonge au nom d'une « demi-vérité. »... »

Je perçois une tension dans sa voix. Il allume une cigarette, la première de la soirée.

« J'ai quand même eu l'intention de le faire, en 68, pendant le Têt rouge, avant la mort de mon père... On avait juste terminé la *Mort d'un capitaine,* j'étais libre... C'est le colonel qui m'en a dissuadé. »

Il rit.

(Moi) « Que vous a-t-il dit ? »

Il rit plus fort.

« Que les mauvais soldats se font tuer tout de suite, comme des cons... Il m'a engueulé. Il m'a demandé si c'était Henri qui m'avait fourré cette idée stupide dans le crâne... »

(Moi) « Il s'est moqué de vous ? »

« Non, oh ! non, non, non... Non ! Il m'a dit que chacun avait un devoir à remplir sur cette terre. Que ma part, à moi... Il m'a dit... je vous répète ce qu'il a dit. C'est lui qui l'a dit. Il a dit que... que j'étais un artiste... Je vous résume, il me fait trop d'honneur, mais ce qu'il a dit est juste, je crois... Il me tutoie : « Tu as une responsabilité « plus grande que je n'en ai jamais eu. Tout « homme devrait quitter cette terre en créature « plus haute qu'il n'y est entré. C'est ta part à toi « de nous aiguillonner, part que tu partages avec « quelques instituteurs, et quelques curés, peut- « être ? »... Il se faisait des illusions sur le cinéma et le montage. Des artistes ! Des artisans, oui... des batteurs d'estrades !... Mais quand même, parfois, on sait qu'on met le doigt sur... qu'on aiguillonne... »

Un silence.

(Moi) « Le colonel ne vous demandait rien en contrepartie de l'aide qu'il vous apportait ? »

« Il faisait ça par amitié pour mon frère et... »

Long ne finit pas sa phrase. Ses yeux se plissent davantage et il se carre dans son coussin. Il ne rit pas, son visage est très sérieux.

« Je vois ce que vous voulez dire. Non, je ne suis pas un de ses informateurs, il ne me l'a jamais demandé. Je n'aurais rien à lui dire d'ailleurs et il n'a pas besoin de moi, il a tout ce qu'il lui faut. Je pense, je crois qu'il est très bien informé... De même les services secrets du Nord-Vietnam sont parfaitement informés sur tout ce qui les intéresse. Il y a beaucoup de Vietnamiens en France... On a vécu un siècle côte à côte, ça laisse des traces, d'amour et de haine. »

(Moi) « Vous pensez alors que les services vietnamiens savent très bien qui ils ont arrêté ? »

« Oui ».

(Moi) « Ils savent qui est Henri Lanvern ? »

« Absolument. »

(Moi) « Ils savent donc qu'il n'est pas du S.D.E.C.E., qu'il n'est pas un agent secret, ni un espion. »

Long hésite un instant.

« Ils peuvent s'être trompés... Ils peuvent avoir mal interprété les informations qu'ils ont recueillies. Ils peuvent aussi avoir d'autres informations, que vous n'avez pas. »

(Moi) « Comment ça ? »

« Je ne sais pas. Henri accomplissait une mission pour le S.D.E.C.E. après tout. Il était entré en fraude au Laos... Ce que je sais, ce que je peux vous dire c'est qu'ils connaissaient parfaitement leur cible, ils ont pesé le pour et le contre avant de l'arrêter au lieu de l'expulser ou de le liquider. Ce n'est pas un hasard, croyez-moi, je connais mes compatriotes et leur régime, ils ne font rien inutilement. Ce sont des joueurs d'échecs, comme les Russes. Avec leur cavalier ils ont pris un pion, pas n'importe quel pion, *ce* pion-là ! Pour eux il n'y a pas de hasard. Le hasard est une notion bourgeoise en contradic-

rmelle avec le déterminisme historique. »

i) « Voulez-vous dire qu'ils savaient avant ne de l'arrêter que c'était Henri Lanvern ... ? »

Il me coupe.

« J'en suis absolument certain. »

(Moi) « Comment ont-ils pu le savoir ? »

« Ça je ne le sais pas. »

Un silence.

(Moi) « On pense que Lanvern aurait pu être enlevé en Thaïlande, à la frontière. »

Long écarte ses deux mains en signe d'ignorance.

« Si c'est vrai, c'est la preuve qu'ils tenaient bougrement à l'avoir, on n'enlève pas comme ça n'importe qui au hasard. »

(Moi) « Avez-vous été contacté par les services vietnamiens ? »

« Non. Ils savent très bien qui je suis. Je dois être fiché, comme tous les Vietnamiens de France. Ils n'avaient pas besoin de moi pour obtenir des informations sur Henri. »

(Moi) « Lanvern avait-il d'autres amis vietnamiens que vous ? »

« Non. Des relations... Une chanteuse, un cameraman de la télé... Il allait beaucoup dans les restaurants vietnamiens... Je ne peux pas vous aider pour ce genre de question. Henri est mon ami, nous travaillions ensemble, mais je connais peu de chose de sa vie, c'est un type assez secret, discret. »

(Moi) « Comment l'avez-vous retrouvé à Paris ? »

« De nouveau le colonel ! (Rire). Il nous a invités à dîner tous les deux. Henri venait de rentrer en France, il avait des problèmes d'argent. Il avait laissé sa femme en Bretagne élever le petit dans la bruyère et il était revenu à Paris pour essayer de vendre le documentaire sur les Méo. Il faut que je revienne en arrière pour vous expliquer. En 55 à Saigon !... Attendez, laissez-moi réfléchir...

« Après avoir été moralement retapé par mon père, Henri s'était acoquiné avec la bande des cameramen de l'armée, il apprenait le métier avec eux. Une bande incroyable, entre nous. De vrais Gaulois ! Ils s'adoraient, se chamaillaient, se jalousaient. Ils avaient tous des histoires de filles très compliquées, ils braillaient, ils se soûlaient parfois ; grossiers, insupportables et sympathiques. Ils étaient tous un peu fous. Deux au moins avaient perdu une de leurs pattes pendant la guerre, un œil aussi. Et deux autres revenaient de Dien Bien Phu et des camps de prisonniers. Mon frère Ky les connaissait et les aimait bien. Henri apprenait le métier avec eux et moi je suivais dans son sillage parce que le cinéma m'intéressait aussi... C'est avec eux que j'ai eu mes premiers vrais rapports avec des Français, sur un pied d'égalité. J'étais plus jeune qu'eux, mais ils m'avaient accepté... Ils ne faisaient pas d'effort pour moi, pas de cette condescendance qui... J'étais l'un des leurs. Peut-être à cause de mon frère qu'ils admiraient... Ils ont été mes premiers copains français. Je les revois encore, de temps en temps. Ils ont presque tous fait leur chemin : deux metteurs en scène, un chef opérateur, un grand reporter, un réalisateur à la télé... Moi aussi j'ai appris le métier avec eux...

« La chance d'Henri a été un journaliste — votre vieux journaliste grinçant qui nous aime tant ! Il l'a embauché pour une série de reportages photo. Henri a gagné un peu d'argent, mais c'est le cinéma qui l'intéressait. Il a proposé un film publicitaire à Air Vietnam. Il avait mal calculé son budget et s'est ruiné dans cette affaire, mais il a fait un beau film. Il s'était débrouillé avec des copains de l'armée de l'Air pour avoir des vues aériennes étonnantes. Tout le film était rythmé par le sourire d'une hôtesse qui revenait en contrepoint. J'ai assisté au coup de foudre, il m'avait pris comme assistant...

« Pendant trois semaines, on n'a plus revu Henri. Il filait avec son hôtesse. Hué, Hong Kong, Phnom Penh, Bangkok, Singapour, il la suivait partout. Dès qu'elle était désignée pour un vol il prenait un billet. Air Vietnam l'avait payé en partie avec des bons de kilométrage aérien. ...Henri ne fichait plus rien, il était bourré de dettes. Mon frère lui a passé un savon, mais c'est encore votre vieux journaliste qui l'a repêché. Un reportage chez les Méo du colonel dans la région de Xieng Khouang au nord du Laos. Henri a décidé de faire un film en plus, il m'a repris comme assistant... On est restés plus de deux mois là-haut, on est allés jusqu'à Muong Sing, jusqu'aux trois frontières ; Birmanie, Chine, Laos... C'était la saison des pluies. Henri aime la marche à pied, j'en ai bavé. On escaladait des crêtes au-dessus des nuages ou on s'enfonçait dans d'immenses forêts dégoulinantes de flotte — on avait l'impression d'avancer dans un aquarium. Henri était heureux comme un poisson dans l'eau. Même les sangsues le faisaient rigoler... Le pire c'était le soir au bivouac. Le soir, juste avant le coucher du soleil, toutes les bestioles, tous les insectes se mettent à faire un vacarme épouvantable ; toutes ces sales bêtes grincent, cliquettent, crissent, stridulent, craquent à vous faire dresser les cheveux sur la tête. Elles sont horribles à voir, si jamais on les voit ; des carapaces, des pinces, des antennes, des cornes, des mandibules ; de vrais monstres en miniature à l'aspect malfaisant ! Et je ne parle pas de l'atroce activité de leurs petites pattes ! Chaque soir, elles se lancent toutes ensemble dans un concert de crécelles strident. Chaque soir, Henri me disait : « Écoute, écoute comme « c'est beau ! » Moi j'avais surtout peur d'être grignoté vivant... Quand le soleil se couche, tout à coup, c'est le silence. Seulement quelques frémissements de feuilles, quelques gouttes de pluie qui tombent. La nuit arrive presque aussitôt. Henri me disait : « Sens, sens comme ça sent « bon ! » Ce n'était que l'odeur de la forêt, de feuillage pourri et de mousse... Henri aimait la forêt. Et les crêtes couvertes de hautes herbes, battues par le vent. De là-haut, on voyait le matin une mer de nuages d'où émergeaient quelques collines, comme des îles. A midi les montagnes semblaient bleues et tremblaient dans la chaleur... Moi, j'aime la ville, pas la campagne...

« Henri a fait un film d'ethnologue. Les coutumes, les outils, les armes, les croyances... On a eu la chance d'assister aux rites de la naissance d'un enfant, d'un garçon. Au cours des festivités qui ont suivi, Henri a pris une cuite mémorable. Moi, j'y ai attrapé des poux, tous ces villages méo sont plutôt crasseux... On a aussi eu droit à un enterrement. La vie et la mort ! Le corps du défunt, revêtu de ses meilleurs habits, était attaché contre un des murs de la case. Trois jours de festins, de beuveries et de danses. Sous ses yeux, si je puis dire. Ils lui mettaient même de petits morceaux de viande dans la bouche, pour le faire participer !... Cette fois, Henri ne s'est pas cuité, encore qu'il était assez gai. Plus tard, il a eu une crise de paludisme qui l'a rendu dingue pendant trois jours. Fou la tête !... J'ai horreur des fous et des ivrognes, on ne sait comment se comporter avec eux... Il a failli y passer, il tremblait de fièvre. Il criait dans son délire : « Pourquoi m'aime-t-on ? Pourquoi ?

Pourquoi ?... » Je me demandais comment j'allais faire pour le ramener à Saigon. »

(Moi) « Avez-vous rencontré le colonel, là-haut ? »

« Oui, bien sûr. Il n'était toujours que commandant, Henri l'appelait « mon commandant », et entre nous il disait « le patron »... On l'a vu deux fois : au début et plus tard, à la fin, dans un village perdu à la frontière de Chine. C'est lui qui a donné le thème du film à Henri, et les moyens ; on a pu utiliser les petits avions de l'armée de l'Air pour nous déplacer. Il nous a confiés à un méo qui parlait français, un chef de clan, un type assez remarquable, je dois dire... L'idée du colonel était que tous les peuples méo, les Hmong, comme ils s'appellent eux-mêmes, qui vivent sur les crêtes de part et d'autre des frontières du Tonkin, de la Chine, du Laos, de la Birmanie, et même de la Thaïlande, devraient se constituer en une fédération. C'est du moins ce que m'a expliqué Henri... Les Méo sont un peu comme les Écossais : un tas de clans. La seule différence, c'est que leur alcool est bien moins bon que le whisky — d'après Henri... Une fédération méo ! C'était la vieille obsession du colonel, paraît-il. Déjà dans les maquis, où Henri avait fait la guerre sous ses ordres avant d'être versé à la compagnie de mon frère, il en parlait. Je ne fais que vous répéter ce que Henri m'avait dit à l'époque... A la fin du tournage, dans ce bled perdu à la frontière de Chine, il s'est tenu une réunion secrète, une sorte de congrès d'une trentaine de chefs de clan. Ils venaient de partout, dans leurs costumes différents, comme des Écossais avec leur tartan. On n'a pas eu le droit d'écouter leurs délibérations, mais le colonel tenait à ce qu'on les filme, c'est pour ça qu'il nous avait fait venir. »

(Moi) « Avez-vous eu l'impression que le colonel était une sorte de... de roi, là-haut ? »

« Roi ? Vous voulez dire le chef de tous ces chefs ?... Je vois, vous pensez au scénario du dernier film d'Henri. Non !... Je crois cependant que c'est lui qui avait organisé cette rencontre au sommet — c'est le cas de le dire, le village était perché sur une crête à plus de dix-huit cents mètres d'altitude !... Mais il les laissait discuter entre eux et pourtant il connaissait bien leurs dialectes... Il était l'ami de presque tous ces types-là ; surtout ceux du Tonkin, ceux de la région de Lao Kay, qui guerroyaient encore contre le gouvernement de Ho Chi Minh deux ans après les accords de Genève. Il avait de longs apartés avec eux. Peut-être leur proposait-il des armes et des munitions ?... Je ne sais pas. J'étais encore très jeune et je ne m'intéressais pas à la politique des minorités d'Indochine... Dans l'avion qui nous ramenait il a dit : « C'est leur affaire, je ne peux que les aider. » Il parlait à Henri. »

(Moi) « Henri a accepté toutes les instructions du colonel sans sourciller ? »

« Oui. Il était d'accord. Il avait été chez les Méo avant. Il a même été reconnu par un des chefs de Lao Kay qui lui a donné un de ses colliers d'argent par amitié... Henri croyait aussi à la fédération des peuples méo. Le sujet de son dernier film, le Roi, c'était ça. Il a adapté l'histoire de la révolte des Dayak de Bornéo aux Méo parce qu'il croyait à cette idée. »

(Moi) « Une idée un peu utopique, non ? »

« Peut-être. Je ne sais pas... Depuis la mort de Mao Tsé-toung les Chinois y viennent tout doucement. D'abord pour les Tibétains et les Mongols, maintenant pour les Méo. Les Thaï aussi. Il n'y a que les Vietnamiens qui ne marchent pas. La République démocratique est une et indivisible ! La vieille tradition jacobine française. Vous voyez, la France a laissé des marques plus profondes qu'on ne le croit. »

Rire de Long. Il me propose un peu de thé que je refuse, puis du *ma cue lo*.

« Très bon. Il vient de Formose. C'est Henri qui me l'a rapporté quand il a fait son voyage de repérage. Il est peut-être encore plus aphrodisiaque que celui des Dix Mille Félicités. »

Nouveaux rires.

« Non, je plaisante, je plaisante. Excusez-moi, j'aime dire des bêtises. »

Il apporte un pot rond laqué de rouge et deux minuscules tasses sans anse. Son *ma cue lo* très parfumé laisse un goût subtil dans la bouche.

(Moi) « Qu'est devenu ce premier film, ce documentaire ? »

« Henri s'est bien débrouillé. D'abord il s'était fait prêter la caméra par ses copains. Même chose pour la pellicule, le service Cinéma des armées liquidait ses stocks, ils lui ont fait cadeau de cinq mille mètres soi-disant périmés. De retour à Saigon il a réussi à convaincre le correspondant de C.B.S., une chaîne de télévision américaine, de lui développer son film à Hong Kong contre un droit de cuissage — le droit d'acheter en exclusivité pour l'Amérique si le sujet leur plaisait. C.B.S. a tout acheté un bon prix, ce qui a permis à Henri de se marier. Il a récupéré son négatif et une copie. Il a fait son montage au service d'information U.S. pour lequel il travaillait à l'occasion. Il avait réalisé pour eux un reportage photo sur le régiment que commandait mon frère à Nha Trang... Son montage n'était pas très bon, je dois dire. »

(Moi) « Le chef du service d'information U.S. était-il de la C.I.A. ? »

« Je ne sais pas. C'est possible. Tous ces services américains étaient un peu barbouzes sur les bords à l'époque... Je vois ce que vous voulez dire, j'ai lu l'article. Non, Henri n'a pas travaillé pour la C.I.A. Il essayait seulement de gagner sa vie en faisant des photos ; U.S.I.S. payait bien... Henri travaillait aussi comme intermittent pour *Pathé Journal*, *Paris Match* et *Life*... Pour en terminer avec ce film, c'est seulement à Paris, en 59, que le colonel a réussi à le faire acheter par la télévision française — je vous ai dit qu'il avait le bras long ! Et Henri a dû reprendre son montage et écrire un nouveau commentaire qui insistait plus sur cette idée de fédération. »

(Moi) « C'est le colonel qui a obligé Henri à modifier son film ? »

« Oui... mais Henri se rendait bien compte qu'il avait raison. Le premier montage était mauvais. Ils ont ajouté l'interview d'un ethnologue de l'École française d'Extrême-Orient, pour appuyer leur thèse. »

Un silence.

(Moi) « Vous voyez souvent le colonel ? »

« Oui... Non, plus maintenant. La dernière fois que je l'ai vu c'était il y a trois ans, en Bretagne, dans l'île du Loch, aux Glénans, avec Henri et ses copains pêcheurs... Ce n'est pas que je ne veuille plus le voir, c'est la vie qui nous sépare. J'ai beaucoup de travail... et je n'ai plus les mêmes raisons de le voir aussi souvent. »

(Moi) « Quelles raisons aviez-vous, avant ? »

Long a l'air surpris. Il me regarde.. J'ai l'impression qu'il hésite à répondre. Il a un grognement désabusé. Après un silence, il lâche :

« Vous croyez que c'est facile de devenir Français ? »

Il y a de l'agressivité dans sa voix.

« Quand je suis arrivé ici j'étais une sorte de réfugié... Un exilé volontaire, d'accord, mais un exilé tout de même... Les Français ne sont pas tendres avec les étrangers... Oh ! ils vous donnent de grandes claques dans le dos, ils vous serrent chaleureusement sur leur poitrine, et ils vous laissent grelottant sous la pluie dans la rue ! Ils ne vous reçoivent jamais chez eux. Un pot au bistrot, oui !... Ils attendaient de moi un bon cliché confortable sur la situation au Vietnam, la confirmation de ce qu'ils avaient lu dans leurs journaux, un bon gros lieu commun sur le droit des peuples à disposer d'eux-mêmes... « Ah ! mon pauv' « monsieur ! » et adieu Berthe ! La pauvreté et l'exil rendent hypersensible, voyez-vous... Ils ne savaient pas comment s'adresser à moi. Ils n'osaient pas me tutoyer, même après des journées de travail en commun, pour ne pas avoir l'air d'agir comme un colonialiste avec un indigène... La grande masse des réfugiés, des émigrés vivent en France coupés de tout contact français ; j'ai mené une espèce d'existence de juif dans un ghetto... Les pauvres Noirs que vous voyez nettoyer les crottes de chien sur le trottoir le matin, les Algériens, les Portugais, les Turcs, je sais ce qu'ils pensent parfois ; j'étais l'un des leurs... ou presque. Je suis un privilégié, je n'ai jamais ramassé les poubelles, moi... Ce dont le réfugié a le plus faim ce n'est pas de pain, c'est d'échapper à ce sentiment constant de déracinement. »

(Moi) « Vous nous trouvez égoïstes et indifférents ? »

« Quoi ! Mais je suis vous, maintenant. Je suis Français. Passeport, carte d'identité, feuille d'impôts, quittance de gaz, d'électricité et de loyer. Je n'ai pas fait mon service militaire obligatoire, c'est vrai, mais aujourd'hui, vous savez, il y en a beaucoup qui passent au travers... En honnête citoyen sensible j'accueille des réfugiés dans mon restaurant ; des docteurs, des avocats, des capitaines, de simples *nha qué,* et ils dorment tous ensemble dans la salle au départ du dernier client, après avoir balayé les miettes. Je suis vous, je suis nous, je suis Français. Je ne peux pas assumer toute l'horreur du monde, comme disent les journaux bien-pensants. J'ai mes problèmes professionnels, ma santé, mes amours... mes vacances à Val-d'Isère... Excusez-moi, quelle heure est-il ? »

Il consulte sa montre et décroche le téléphone.

« Il n'est peut-être pas encore couché », dit-il pour lui-même.

Il compose un numéro.

« Allô !... Allô Bach', c'est moi, Carlo... Je voudrais que tu viennes demain déjeuner au bouiboui, je t'invite... Non, c'est un service que je te demande... Oui, le chef, l'ancien capitaine... Il commençait une crise cette nuit... Comme d'habitude : palu et dysentrie, je pense... Merci, tu es un seigneur. *Salam.* »

Il raccroche et m'explique.

« Le docteur Bachir Chérif, un copain. J'allais oublier ce pauvre capitaine à cause de notre conversation... Bachir est un bon Français, comme vous et moi. »

Un grand rire.

« Non, on ne sort pas de notre sujet... Bachir a suivi une route semblable à la mienne. Il a dû mentir lui aussi, un peu... Il lui a fallu louvoyer sérieusement au plus près dans les remous de la guerre d'Algérie... Lui aussi : les deux vérités ! Mais l'autre, la deuxième, celle qui est horrible a été plus horrible. Son père a été torturé, égorgé par le F.L.N.... Vous savez, toutes ces choses qu'ils savent faire : la langue coupée, les yeux crevés, les... les... dans la bouche. J'en passe... Son frère a été arrêté par la police française, fourré au trou. Il n'en est jamais sorti !... Bach' faisait ses études à la faculté de médecine de Lyon. Lui aussi, pour ses camarades de cours, ne pouvait être que pro-fellagha... Lui aussi on voulait qu'il se « définisse » par rapport à cette guerre « colo-« nialiste ». Et lui aussi n'en avait rien à foutre, il voulait se définir par rapport à... il voulait être lui, il voulait être médecin. Lui aussi a été troublé, tenté... Lui aussi a voulu rentrer en Algérie. « Ils ont besoin d'infirmiers, là-bas... » A lui aussi un colonel, un de ses professeurs, a dit : « Reste. « Tu es chez toi ici. Finis ta médecine au lieu de « faire le con. »... Je ne sais pas si son professeur a osé le tutoyer... Lui aussi il lui a fallu beaucoup de temps pour devenir Français, pour se sentir Français. C'est fait, maintenant comme moi... Je l'ai rencontré dans un club d'arts martiaux, on est devenus des amis... On ne pratique que les arts de défense... Les deux vérités ! à cause de l'autre... »

Long reste un moment rêveur.

« J'ai su que j'étais devenu Français quand je me suis aperçu que je rêvais en français, en langue française. Il m'a fallu sept ans... Et pendant ces sept ans le colonel a été un de mes très rares liens avec les Français, voilà, pour répondre à votre question. J'avais besoin de lui. »

Un silence que je ne veux pas rompre. Long est grave. Il remplit sa minuscule tasse de *ma cue lo* et boit d'un trait.

« Je n'ai encore jamais parlé comme ça... A Henri ou au colonel c'était inutile, ils savaient, ils devinaient... Et aux autres... ils n'en avaient rien à foutre. Peut-être est-ce parce que vous m'écoutez aimablement ?... Peut-être fallait-il que je dise tout ça un jour ?... Peut-être que le *ma cue lo* rend bavard. (Rire.)... Je ne parlais pas pour moi... Je suis, j'étais un privilégié. Je parlais très bien français, sans accent. J'avais un ami sur qui je pouvais compter. Je n'étais pas vraiment pauvre, mon oncle Trinh m'envoyait parfois de l'argent — c'est un sacré débrouillard celui-là, il a gagné une fortune à Saigon en important des produits pharmaceutiques... Il n'avait pas non plus l'honnêteté scrupuleuse de mon père ! (Nouveau rire.)... Je parlais pour tous ces réfugiés qui arrivent maintenant, ces pauvres gens... J'essayais de vous faire comprendre... que c'est dur, que c'est difficile, même s'ils sont sortis de l'horreur. Excusez-moi. »

Un silence. Il remplit ma tasse.

« Buvez ce *ma cue lo* pour devenir bavarde à votre tour. »

Nous rions.

(Moi) « Croyez-vous qu'il soit plus facile pour un Français de devenir Vietnamien ? »

Il éclate de rire.

« Touché ! Vous avez gagné. Non, c'est impossible. Encore plus maintenant, mais même avant... Non, vous n'avez pas gagné, je ne crois pas que les Français aient jamais voulu devenir Vietnamiens. Ils voulaient être des Français au Vietnam... Henri, lui, a peut-être voulu, pendant un temps, mais il était encore un peu fou à l'époque. Et il a fini par rentrer en France. »

(Moi) « Il a dû vous être d'un grand secours pendant votre période d'adaptation. »

« Henri ? Non... On est devenus des amis beaucoup plus tard, pendant le montage de *Mort d'un capitaine*. A cette époque j'étais déjà Français, bien dans ma peau. »

(Moi) « Pourquoi ? Après tout ce que vous aviez fait ensemble à Saigon ? »

Long hésite un peu.

« Henri est rentré en France bien plus tard que

moi. Un an plus tard... C'est mon père qui l'a fait rentrer. Henri voulait rester chez nous, dans le Sud... Mon père l'a convaincu... Henri a eu du mal à faire son trou ici. A Paris il était lui aussi une sorte d'exilé... Il a passé plus d'un an en Bretagne sur un bateau pour se faire un petit capital... Non, la vraie raison est que Henri croyait... J'avais la réputation d'être pro-Vietcong, Henri ne trouvait pas ça bien de ma part. Pendant le montage de la *Mort,* un soir, on a eu une grande explication de gravures, on a lavé notre linge sale. Il m'a dit que je crachais dans la soupe. Il m'a dit : « Le mensonge est plus fort « que la vérité parce qu'on préfère qu'il en soit « ainsi ! » Il m'a dit : « Pas toi, Long. Ne trahis « pas ton frère. »... Non, il m'a dit vous : « Pas, « vous, Long ! » Il m'a fait tout un numéro sur mon frère, quel type formidable c'était, et patati et patata... Il avait encore pas mal picolé ce soir-là. Il m'a dit que lui aussi avait craché dans la soupe — c'était son expression — mais que le coq avait chanté trois fois par la bouche d'un vieil adjudant et qu'il avait pleuré amèrement. Je n'ai rien compris à son histoire et il n'en a plus jamais reparlé... Dure soirée, mais utile. Le lendemain, on est repartis du bon pied... C'est à cause de cette soirée que j'ai failli retourner au Vietnam à la fin du montage. Henri m'avait troublé. Il était terriblement persuasif en parlant de mon frère...

« Il y avait encore une chose entre nous que je ne vous ai pas dite : à Saigon je ne lui ai pas renvoyé l'ascenseur, je n'ai pas pu... Henri m'avait pris pour assistant pour faire plaisir à mon père, je pense. Mon père savait que je ne voulais pas être soldat, que je voulais être artiste, il le savait depuis la zone viet, depuis le fameux « Tu n'es plus mon père », et la conversation qui avait suivi.

Je suis sûr qu'il avait demandé à Henri de me prendre avec lui, sans ça je ne vois pas pourquoi Henri l'aurait fait : je ne pouvais guère l'aider et je n'étais pas vraiment un de ses amis... En 57, les Américains ont tourné un grand film à Saigon. *The Quiet American,* d'après le livre de Graham Greene. Je me suis mis sur le coup. J'ai eu un petit rôle, j'ai été assistant aussi, interprète, régisseur adjoint... Je suis devenu indispensable parce que j'étais débrouillard. Mais je n'ai pu faire embaucher Henri. Le directeur de production ne voulait rien savoir. « *No bloody frenchie !* » Il croyait que la présence d'un « colonialiste » français dans l'équipe du film choquerait les Vietnamiens. Il n'avait rien compris, il était arrivé à Saigon avec des idées toutes faites... Henri rôdait autour du film parce que ça l'intéressait de voir comment le metteur en scène s'y prenait, mais il était de l'autre côté des barricades, avec la foule des badauds, maintenu par les flics...

« Une nuit, dans un café corse de la rue Tu Do, toute l'équipe des machinistes américains buvait des bières au bar. Des colosses ! Henri était là, buvant de la bière lui aussi. Je ne sais plus pourquoi les Américains parlaient de la guerre d'Indochine, de Dien Bien Phu. L'un d'eux, un peu éméché, asticotait Henri, lui chauffait les oreilles, lui disant que les soldats français étaient des dégonflés qui s'étaient rendus à des va-nu-pieds. Des bêtises d'ivrogne. J'ai senti le coup venir, mais j'ai quand même été surpris. Henri est devenu tout pâle, son visage s'est resserré, s'est fermé, comme on ferme un volet, il est resté absolument immobile. Et c'est parti d'un seul coup. Il lui a balancé sa bière dans la gueule, s'est reculé pour prendre de l'élan et lui est rentré dedans tête baissée. Un boulet !... Henri n'est pas très grand, un mètre soixante-douze peut-être, et l'autre faisait bien un mètre quatre-vingt-cinq et pas loin de quatre-vingt-dix kilos. Il a été projeté jusqu'au bout de la salle en culbutant les tabourets, à moitié assommé par le choc. Henri s'est retourné comme un serpent. Il a attrapé une bouteille de bière, a brisé le culot contre le bar en poussant un cri sauvage et s'est mis en garde face aux trois autres Américains. Il m'a fait peur. Il était pétrifié, il ne bougeait pas. Seul un de ses pieds glissait lentement sur le sol pour en éprouver l'appui et trouver un meilleur équilibre. Son visage m'a fait peur, c'était le visage d'un tueur. L'autre vérité !... Les trois Américains ne bougeaient pas non plus. Ils avaient compris. Un silence ! On n'entendait que la respiration des Américains. Henri, lui, n'avait pas l'air de respirer. Il était aussi immobile qu'une pierre. Ça a tenu à un cheveu... C'est le patron corse qui finalement s'est décidé à essayer de faire rentrer la pâte dans le tube dentifrice... Il a brisé le silence, il l'a fissuré, plus exactement. Il a dit d'une voix très douce, très calme, très basse : « Va-t'en, Henri. Va-t'en, ils ne « te toucheront pas. »... Henri n'a pas bougé tout de suite, mais il a dû lire l'acceptation tacite dans le regard des autres. Il a commencé à se déplacer lentement vers la sortie, toujours en garde, un pied glissant après l'autre pour conserver à chaque instant le meilleur équilibre ; on aurait dit une bête fauve. Arrivé à la porte il a fait encore quelque chose d'incroyable. Il est revenu jusqu'au bar, a posé sa bouteille brisée, a regardé une dernière fois les Américains, a salué le patron de la tête et il s'est retourné tranquillement pour sortir, comme si de rien n'était... Un des Américains a voulu le rattraper, mais les deux autres l'ont retenu. « *Let him go, he's mad*[1]. »

(Moi) « Mais Lanvern ne pouvait pas vous en vouloir de cet incident, vous n'étiez pas responsable. »

« Non, bien sûr... Mais j'étais avec ces Américains, je buvais avec eux. On parlait du plan de travail du lendemain. J'étais adopté... Et Henri devait être furieux contre lui-même. Ce n'est pas une terreur de bistrot, ce n'est pas son genre. C'est un type très sensible... Il n'était pas ivre, mais il avait perdu son contrôle. Il savait que je savais qu'il aurait pu tuer, pour un mot, pour un mot idiot d'ivrogne... Un seul mot! Les mots peuvent blesser, peuvent tuer aussi sûrement qu'un coup de sabre. C'est pour ça que nous rions à chaque phrase, nous autres Vietnamiens, pour en émousser le tranchant... Je n'ai plus revu Henri après cette nuit, jusqu'à ce dîner organisé par le colonel, à Paris...

« Henri a une bête sauvage tapie quelque part au fond de lui-même. Il le sait. L'alcool peut la libérer. Il fait très attention... C'est la seule fois où j'ai vu la bête se manifester à l'air libre. Mais pendant le montage de la *Mort,* je l'ai sentie bouger, plusieurs fois... Henri a filé en Bretagne, quand il est revenu il ne buvait plus du tout... Mais la bête est toujours là, mal enchaînée, elle dort, elle n'est pas morte...

« Vous devriez faire un tour en Bretagne, chez lui... C'est son Hanoi à lui. Il y a ses amis. Il a une petite maison sur le port. J'y suis allé plusieurs fois. Et le colonel aussi... Mais, voyez-vous c'est drôle, même là-bas il n'est pas tout à fait chez lui. C'est une impression... Il n'est tout à fait à l'aise nulle part, il n'est chez lui nulle part... Mon père

1. « Laisse-le partir, il est cinglé. »

l'avait deviné. Dans les papiers que mon frère m'a envoyés à sa mort, il y avait un poème, en français, calligraphié avec des pleins et des déliés comme écrivaient autrefois les instituteurs, dédié « à Henri « Lanvern ». Je le lui ai donné... Je m'en souviens, je le connais par cœur...

Prépare-moi une autre pipe, je t'en prie.
Je ne suis pas d'ici, je pars demain.
Prépare-moi une autre pipe, je t'en prie.
Ni de là-bas au loin, ni de là-haut.
Prépare-moi ma dernière pipe.
Je suis un navire en partance.

« Il a dû l'écrire sur sa natte, à la lumière de sa petite lampe à huile... Il y avait la date, aussi. Le 7 mai 1968. Et le lendemain mon père était mort. »

LE PAYS DE LANVERN
(notes et impressions)

> « Un pays — non, ce sont des côtes brisées de la dure Bretagne : Penmarc'h, Toul-Infern, Poul-Dahut, Stang-an-Ankou... des noms barbares hurlés par les rafales, roulés sous les lames sourdes, cassés dans les brisants... »
>
> TRISTAN CORBIÈRE,
> *Le Casino des trépassés.*

EN débarquant du train de nuit, à Quimper, tout n'est pas absolument obscur malgré la panne ou la grève d'électricité ; les quais luisent, éclairés par une sorte de demi-lueur venue de nulle part. La pluie drue crépite dans les bourrasques, fouette comme grêle. Les matelots joyeux montés en gare de Lorient se bousculent au portillon de sortie, poussant le monde, disant des sottises qui les font rire, leurs grands cols bleus rabattus par le vent. Le nom des bateaux est écrit en lettres d'or sur le ruban des bonnets à pompon rouge : *Rhône, Eole, My Tho, Can Tho.* (C'est à Can Tho que Lanvern a épousé sa Vietnamienne). Je demande : pourquoi ce nom indochinois ? Les matelots ne savent pas. Le *Can Tho* et le *My Tho* font partie d'une flottille de dragueurs océaniques qui portent tous des noms de là-bas. Sans doute un dernier écho de la guerre d'Indochine.

Je prends un taxi pour Saint-Guénolé.

Le vent secoue la voiture. Les essuie-glaces peinent. Il fait froid.

Le jour se lève, mais il n'y a pas de tons roses d'aurore, tout reste blême. La pluie rend plus noirs les toits d'ardoise, plus grises les maisons de granit.

Des villages passent, sévères, déserts ; des chaumières blanches et grises, des calvaires, des cimetières autour de vieilles églises à flèches de pierre. De temps en temps, une affiche publicitaire se dresse et disparaît. Ce pays est sombre et me serre le cœur ! Pauvre jeune Vietnamienne qui rêvait de la douce France et qui est arrivée ici, en plein hiver, comme moi aujourd'hui. Je suis une étrangère. J'ai envie de rentrer chez moi, à Paris, dans mon studio, au chaud, de me réfugier dans mon lit et dormir.

Des arbres passent, des fantômes d'arbres décapés par la tempête. Un grand paysage plat, d'une sauvagerie désolée, dont les lointains s'estompent dans une brume grise.

« Les embruns de l'Atlantique, dit le chauffeur. On arrive à Saint-Guénolé. Après il n'y a plus rien... l'Océan, et l'Amérique ! »

La mer, la mer grise. De longues lames à crêtes blêmes assaillent la côte avec un implacable entêtement. Un beuglement de bête blessée sort d'une bouée qui oscille lourdement au large. D'autres beuglements lointains et les cris angoissés des goélands répondent à son appel.

Des nuages, des nuages gris, sombres, bas se bousculent et fuient, très vite. La pluie.

Un bourg gris, austère. De petites rues étroites, vides, ruisselantes.

Le taxi me dépose devant l'hôtel. Le vent est si violent qu'il m'arrache la porte des mains et je suis projetée par-delà le seuil, comme d'un coup d'épaule.

Ma chambre n'est pas prête, on ne m'attendait pas si tôt. Le chauffage ne marche pas, à cause de la grève. On ne peut pas faire de café non plus. Il fait froid, humide. Je voudrais repartir.

L'électricité est revenue vers onze heures.

Excellent déjeuner de langoustines et de poisson. Je regarde la tempête derrière la fenêtre.

La pluie cesse.

« Le renversement de la marée ». La patronne me fait un cours de météorologie : « Ce matin le vent était au suroît — au sud-ouest. Avec la marée il a sauté à l'ouest. Ce soir peut-être, ou dans la nuit, il passera au noroît et la tempête devrait s'éloigner vers la mer du Nord. Seulement il y a deux autres dépressions très creuses qui arrivent, alors tout va recommencer. On en a bien pour huit jours. »

Je lui dis qu'elle doit être fille de marin pour en savoir tant sur le vent.

« Ici chez nous, paysans, marins ou commerçants, on est bien obligés de le connaître. C'est notre vie à tous, notre joie et notre malheur ! »

Elle rencontrait parfois Henri Lanvern. « Il venait manger avec Dédé, du *Pen ar Bed.* » Il y a longtemps il a même amené une actrice célèbre. « Je ne l'ai pas reconnue de suite parce qu'elle était maquillée comme dans les films. Qui aurait pu penser, quand même... Je ne peux pas croire qu'il soit espion, comme ils disent. »

Elle se souvient mal de la jeune femme vietnamienne. « Mais le petit ! Beau garçon celui-là !

Il l'emmenait aussi à la pêche avec Dédé. Maintenant il est militaire, aviateur. Une vraie tête de Bigouden avec ses yeux un peu chinois. On dit que nous autres Bigoudens du sang chinois on a ! »

La pluie a cessé, mais on respire un brouillard d'eau salée et le vent est toujours formidable. Ni la mer ni le ciel n'ont changé d'aspect, de couleur ; les nuées grises, aux nuances d'ombres et d'obscurité courent à l'infini au-dessus de la houle plus lente, plus lourde, plus puissante, qui gronde et se brise. La bouée sonore lance sa mise en garde, les goélands répondent avec leur désespoir.

Les forces de la nature qui déterminent le tempérament d'une région déterminent aussi le tempérament de ses habitants. Les humeurs de la mer, du vent, de la pluie, subies depuis des générations sur cette côte décapée jusqu'au granit bien au-delà de la ligne des hautes eaux, ont donné une tonalité particulière aux humeurs de Lanvern.

Son père, son grand-père, son arrière-grand-père, toute sa parentèle depuis plus d'un siècle sont nés ici. J'ai retrouvé dans le cimetière les noms de trois Lanvern marins-pêcheurs gravés autrefois dans le granit : « *1863, Yan. Péri en mer* » — « *1897, Pierre. Disparu en mer d'Islande à 16 ans* » — « *1904, Corentin. Emporté par une lame sur les bancs de Terre-Neuve* ». Un autre Lanvern, Gwenaël, caporal de l'infanterie de Marine, « *décoré de la médaille militaire, tué au siège de Tuyen Quang, Tonkin, 1884* ».

Sur le monument aux morts, il y a neuf Lanvern « *morts pour la France* » pendant la Grande Guerre, trois en 1939-1940, un fusillé par les Allemands pendant l'Occupation et un dernier enfin, Mathieu,

« *tué au combat dans le djebel Amour, Algérie* », en 1961.

Henri Lanvern est né ici, dans une petite maison sans étage au croisement de deux rues, face au port.

A dix-huit ans il a, lui aussi, éprouvé le besoin de partir risquer sa peau de l'autre côté de la terre, mais c'est ici qu'il revient chaque fois que les choses vont mal (« comme un crabe dans son trou », disait le producteur).

Son enfance n'a pourtant pas dû être d'une gaieté folle. Cadet d'une famille de cinq enfants — trois filles, deux garçons. Le père, patron de pêche, mort des suites d'un accident en 1938, « alors que le petit n'avait pas quatre ans ! ». La vie a été difficile, « surtout pendant l'Occupation, quand ils ont fusillé le vieux Gwen, qui était l'oncle, et qui avait cassé une bouteille de vin rouge sur la tête d'un officier de la Kriegsmarine ». L'ancien curé de la paroisse, « qu'on appelle ici monsieur le recteur », s'est occupé de l'éducation du garçon : petit séminaire jusqu'à onze ans, puis pensionnaire au grand séminaire de Pont-Croix. Pendant les vacances scolaires, il embarquait sur les chalutiers pour gagner un peu d'argent. La mère est morte « de consomption » en 1950.

Le jour de ses dix-huit ans, « à la surprise générale », Henri Lanvern a abandonné ses études et s'est engagé à Vannes dans l'infanterie coloniale, « volontaire pour l'Indochine ».

Son frère aîné, chef mécanicien, navigue actuellement au long cours sur les lignes d'Amérique latine. Deux de ses sœurs sont mariées et ont quitté la région, la troisième est missionnaire à Madagascar. « Depuis la mort du cousin Mathieu, tué en Algérie, et le décès d'une vieille tante il y a trois ans, il ne reste plus de Lanvern vivant au pays. »

Ces renseignements m'ont été donnés par l'adjoint au maire et le correspondant de *Ouest-France*.

Aucun d'eux n'a bien connu Henri Lanvern. « C'est un solitaire. Il venait, comme ça, et il repartait. Il a ses amis. »

Le correspondant de *Ouest-France* se souvient d'une anecdote lors de son dernier passage : « Il a passé un après-midi entier sur les dunes, au-delà de la Torche, à essayer de comprendre le langage des oiseaux de mer. Il avait retrouvé un vieux dictionnaire phonétique d'un certain Dupont de Nemours. Ce type-là avait décelé soixante-dix-sept mots dans la langue du seul goéland, paraît-il. J'enquêtais à propos d'une histoire de pollution sur la grève et je l'ai trouvé allongé dans le sable avec son bouquin. On a d'abord parlé ensemble de choses sensées. Tout à coup il m'a dit : « Écoute « celui-là. » Il y avait une de ces mouettes qui piaillait plus fort que les autres. Il a feuilleté son bouquin et a lu un passage — plus exactement il a produit une espèce de croassement avec sa bouche. Il riait : « Hein ! C'est tout à fait ça, non ? » Je ne trouvais pas son imitation excellente, et pour moi ces bestioles piaillent toujours de la même façon, mais la mouette lui a répondu, ma parole ! Elle tournait autour de nous, avec son petit œil cruel. Ils ont encore croassé tous les deux. Il m'a dit : « Je vais te traduire. Si on en croit M. Dupont « de Nemours cet oiseau-là nous marque sa répro-« bation. Cet oiseau-là ne nous aime pas. Il nous « jette un sort ! » Il riait, tout ça était une farce ! mais avec lui on sait jamais. J'y ai repensé quand on a appris la nouvelle de son arrestation. Peut-être Henri savait-il déjà ce qui l'attendait là-bas ? »

« Il y a des chances ! laisse échapper l'adjoint au maire, et tout le monde, ici, n'a pas été surpris !

Il y en a au moins un qui raconte que Henri l'avait prévenu. »

Malgré sa réticence et ses échappatoires, je finis par obtenir le nom.

« Dédé ! son copain, le patron du *Pen ar Bed.* Il a fait une marée avec lui juste avant de partir là-bas. Et vous pouvez être sûr que M. le recteur... Il a aussi été le voir à Combrit où il a pris sa retraite. Mais celui-là ne parle pas, à cause du sceau de la confession. »

Le port.

A Paris, un ami qui se flatte d'être un « plaisancier éclairé », m'avait prévenue : « Saint-Guénolé ! un port de fous ! Plein ouest, des cailloux partout, une passe mortelle en forme de baïonnette, que jamais homme n'a embouquée sans peur ou mal ; même en plein jour, par beau temps je ne m'y risquerais pas. Des fous ! Ils auraient pu s'installer à Kérity, mieux abrité, à dix kilomètres, mais non ! Il faut vraiment qu'ils aiment leur coin et qu'ils aient l'âme chevillée au corps ! »

Mon ami parisien n'a pas exagéré.

Trois énormes brise-lames et une haute muraille de béton protègent le bassin en eau profonde des fureurs du grand large. On ne voit plus la mer, mais on l'entend, vague après vague, coup après coup, s'acharner inlassablement contre cet abri artificiel. Le long du quai, une soixantaine de chalutiers, encastrés les uns dans les autres sur plusieurs rangs, grincent et s'entrechoquent. La peinture agressive de leurs coques — rouge, verte, bleue, orange —, leurs grosses bouées de plastique rose fluorescent, leurs pavillons multicolores apportent une étonnante note de gaieté dans tout le gris de cet après-midi d'hiver. Malgré la protection du mur, de furieuse rafales de vent mouillé tourbillonnent et chassent les relents de varech, de poisson mort, d'échappement de diesel. De l'autre côté du bassin : des hauts-fonds, des roches noires, une côte basse, une chapelle. Le phare et le sémaphore d'Eckmühl voilés d'embruns se profilent au loin sur la fuite des nuages.

Des noms sont peints à l'arrière des bateaux : *Danton*, *Marat*, *Jésus-Marie-Joseph*, *la Capricieuse*, *Droits de l'homme*, *Notre-Dame de la mer*... Beaucoup de noms bretons aussi. Le *Pen ar Bed* est le dernier d'une rangée, le plus éloigné du quai. Lourd, râblé, les flancs éraflés et rugueux ; un gaillard d'avant massif, disproportionné de taille, lui donne un air de brute têtue. Deux hommes s'activent sur le pont. Je demande si André, le patron, est là. Je suis obligée de crier à cause du vent.

« Oui. »

Un des hommes s'est détourné un instant, puis a repris son travail. Je dis que j'aimerais lui parler. Il ne répond pas. J'insiste, je me sens un peu ridicule à hurler ainsi. Sans me regarder il a un vague geste de la main que je ne sais comment interpréter. J'attends.

Au bout de quelques minutes, il passe d'un bateau à l'autre et saute sur le quai. C'est un colosse, une sorte d'ours aux cheveux ébouriffés, à la barbe noire et frisée ; aussi peu gracieux que son *Pen ar Bed*, pour ainsi dire. Il m'observe attentivement et me salue d'un mouvement de tête. J'expose mon propos, mon enquête sur Henri Lanvern. Il a l'air d'écouter. Ses yeux bruns, plissés, ont une expression indéfinissable de regard en dedans. Comme il ne répond pas, je me crois obligée d'en rajouter, d'expliquer. Le vent infernal n'arrange pas les choses, je me sens de plus en plus ridicule. Il tourne la tête, lance quelques mots en breton à l'homme resté à bord et m'observe à nouveau sans rien dire. A bout d'arguments, je demande s'il est vrai que Lanvern l'ait prévenu de ce qui allait arriver là-haut.

Le silence. Tous les grondements du vent et de la mer, les cris déchirants des goélands, mais le silence de cette espèce de primitif planté en face de moi.

Il parle encore une fois à son acolyte et soudain me dit, entre deux phrases en breton destinées à l'autre : « Déjà perdu trente millibars et ça continue à descendre ! » Il se rend compte que je ne comprends rien, il m'explique plus clairement que le baromètre baisse ; la tempête va s'aggraver dans la nuit, il a fait doubler les amarres du *Pen ar Bed*. Il a la parole brève et l'accent du Finistère. Sans transition il ajoute :

« Vous êtes une actrice de cinéma ? »

(Moi) « Non. »

« Sa maîtresse ? »

(Moi) « Non. »

« Si c'est encore pour écrire des bêtises sur lui, ce n'est pas la peine. »

Il n'a rien compris, ou rien écouté de ce que je lui ai dit, trop préoccupé sans doute de ses millibars perdus. Je suis transie de froid et cet insupportable vent me fait tituber. Je suis exaspérée par ce dialogue de sourds. Décidément les gens d'ici sont bien à l'image de leurs rochers de granit, de leurs bateaux qui ressemblent plus à des fers à repasser qu'à autre chose. Je pense que Lanvern lui aussi doit être une sacrée tête de mule.

Pour comble, il recommence à pleuvoir. Les goélands redoublent de désespoir.

« Il hale au noroît ! »

Indifférent aux cinglades de pluie, l'ours a fait

face au vent et examine le ciel plus noir. Après un court silence il dit encore :

« Vous êtes venue de Paris rien que pour me poser des questions sur lui ? »

(Moi) « Oui. A vous et à monsieur le recteur. Je crois que j'ai eu tort, j'aurais mieux fait de rester chez moi. »

Je pars vers le bourg, les basques de mon imperméable collées aux jambes, poussée dans le dos par la violence forcenée des rafales de pluie.

« Attendez, je vous ramène dans ma voiture. »

Il va même jusqu'à m'ouvrir la portière avant de s'installer au volant.

Nous roulons en silence, lentement, le long des bâtiments de la criée couverts d'inscriptions contre le « nucléaire », de têtes de mort, d'un unique et surprenant « Brejnev go home » et de sigles « F.L.B. » et autres « C.R.S. = S.S. ».

Il m'invite à prendre un grog, pour me réchauffer.

Le bistrot sent la vinasse, le chien mouillé et l'eau de Javel. Pas de juke-box, ni d'éclairage au néon. A une table, de vieux pêcheurs roulent des cigarettes ; un briquet passe de main en main, sans qu'un seul mot soit échangé.

L'ours boit une menthe à l'eau. Ses yeux enfoncés sous l'arcade sourcilière semblent m'observer placidement d'on ne sait quelle retraite lointaine. Il a dépassé la quarantaine, mais ses traits taillés à coups de serpe, son front droit, ses pommettes hautes, son nez mince, sa mâchoire couverte de poils noirs ont résisté à l'érosion des tempêtes et aux petits ravages que l'âge accumule chaque jour un peu plus sur le visage des hommes. Il n'est pas laid. Il est même presque beau, d'une certaine façon. C'est un prince barbare. Il a de la noblesse d'attitude.

« Le vent d'ouest fatigue, quand on n'a pas l'habitude. Il énerve aussi un peu. »

Toujours cet usage breton d'en revenir au vent, à propos de tout. Il sirote sa menthe, le verre a l'air minuscule entre ses mains énormes. Un long silence.

« Henri disait que les Chinois sont un peu comme nous autres Bigoudens : avant d'attaquer le vif du sujet il leur faut parler de choses et d'autres. C'est une question de politesse, et ça donne le temps de se connaître un peu, de se préparer. »

Il prend des gants pour me faire la leçon. Avec un peu d'exaspération je joue le jeu ; je lui parle du temps qu'il fait, qu'il fera. Ses yeux noisette s'arrêtent un moment sur moi, se détournent et reviennent. Il paraît prêt à répliquer du même ton, mais change d'avis.

« Le vent d'ouest énerve les Parisiennes, c'est bien connu. »

Il se met à rire. Il a de belles dents blanches. Nous échangeons d'autres banalités sur la pluie, le vent, les nuages et la mer. Il met longtemps à répondre chaque fois, comme si je lui tendais des pièges subtils. Je ne réussis pas à l'apprivoiser.

(Moi) « Lanvern partait souvent en mer avec vous ? »

« Il embarquait quand il voulait. »

(Moi) « Parce qu'il est votre ami ? »

Il prend son temps, de toute évidence il n'aime pas tellement les questions.

« Mon associé. Il m'a prêté l'argent... C'est un bon matelot aussi. »

Je n'en tirerai rien de plus. En me déposant devant l'hôtel il propose de me faire visiter le *Pen ar Bed* le lendemain. « Si ça vous intéresse ? » Vous verrez comment on vit à bord. »

Il ajoute avec sérieux : « Mettez un pantalon, c'est préférable. »

Je suis recrue de fatigue, comme à la veille d'une brusque attaque de grippe. J'en ai par-dessus la tête de ce pays sauvage, de ce vent fou, de cette humidité salée, de ces marins rugueux et méfiants.

J'aurais quand même voulu savoir si Lanvern a vraiment éprouvé le besoin de partager son secret avec l'ours, comme le suggère l'adjoint au maire. J'aimerais bien savoir ce qu'ils ont bien pu se dire, tous les deux.

La tempête a redoublé de violence. Le vent a soufflé à plus de cent cinquante kilomètres/heure. Au milieu de la nuit, un véritable raz de marée a submergé le port, ravagé les bâtiments de la criée. « C'est pire qu'en 1924 et qu'en 1967 », claironne la patronne très excitée en m'apportant le petit déjeuner. « Rien n'a été épargné. Tout cassé, je vous dis. Les camions frigorifiques, des balances qui valent dans les sept mille francs pièce, les télex, les livres de comptes, tout ! Personne n'a été emporté. Dieu soit loué ! »

J'ai vaguement entendu quelques chocs dans mon sommeil, mais j'avais pris un somnifère.

Le téléphone est coupé, l'électricité aussi.

10 heures.

Il fait à peine jour ; une lumière grise, grise, qui ne ressemble à rien, comme un reflet de soleil mort. Le vent, toujours. Les nuages en fuite, si bas, si sombres. La mer s'est retirée avec la marée, mais elle revient déjà ; elle gronde ; elle explose au loin contre toutes les têtes noires des récifs et, avec un décalage de temps, on croit entendre le canon. Les goélands jettent leurs mauvais présages.

Le bitume a été arraché par plaques, les rues sont ravinées ; partout du goémon et d'énormes blocs de pierre. Sur le grand terre-plein du port c'est un désastre : un amoncellement de ferraille tordue, de boue, de roches, de moellons. Cela fait penser au dernier typhon de la Jamaïque dont la télévision a montré les images. Des hommes s'affairent à sauver ce qui peut l'être. Le vent leur rentre dans la gorge l'écœurante odeur de mazout du dépôt de carburant éventré. Trois bateaux de pêche ont rompu leurs amarres, l'un s'est échoué sur un haut-fond, les deux autres sont montés sur le parapet qui borde la conserverie de poisson. De vieux pêcheurs en sabots, quelques femmes en noir s'abritent contre le mur du Café de la Marine. Il paraît qu'on est sans nouvelles d'un chalutier de Lorient. Trois cargos ont lancé des S.O.S. toute la nuit et un dock flottant dérive avec quatre hommes à bord au large de la pointe du Raz.

13 heures.

Marée haute. L'excès de vent, d'eau et de bruit rend ivre. Il est difficile de rester debout. Les vieux pêcheurs silencieux regardent la mer qui se creuse, puis se gonfle d'un lent mouvement continu, toujours recommencé. Inlassables, les lames d'un gris d'ardoise s'élèvent au-dessus de la ligne d'horizon, se cabrent, se brisent, croulent, percutent dans un fracas d'explosion la protection de béton de l'avant-port, montent verticalement comme une muraille que le vent abat aussitôt, et le ciel s'obscurcit, on ne distingue plus rien à cause de ces énormes masses d'eau projetées. On respire de l'écume. On est aveuglé, suffoqué, cinglé, brûlé de sel. Le bourg entier est balayé d'embruns. Les rues sont transformées en torrents.

Dans l'arrière-port, devant la conserverie, à l'abri d'un café, une foule assiste à la remise à flot des deux bateaux échoués sur le parapet. Le *Pen ar Bed* les tire avec son treuil. Dédé dirige la manœuvre. Je découvre la solidarité des gens de mer.

Des nouvelles circulent. Il y aurait peu d'espoir de retrouver vivants les dix marins du chalutier lorientais. Le dock flottant dérive toujours vers la côte, ses quatre hommes d'équipage ont été hélitreuillés par un appareil de l'Aéronavale. Trois cargos en difficulté ont trouvé refuge en baie de Camaret. Deux marins d'un pétrolier grec ont été emportés par une lame.

17 heures.

Le vent est un peu tombé. La mer se retire. C'est l'heure indécise entre le jour et la nuit, qui est triste. C'est l'heure du bilan. Désolation sur mer, désolation sur terre. Le chalutier de Lorient est perdu corps et biens. Des milliers de containers de produits chimiques dangereux mal arrimés ont été rejetés à la côte. Les dégâts provoqués par la tempête se chiffrent déjà à plusieurs dizaines de millions de francs lourds. Seule note de réconfort : les chalutiers de Saint-Guénolé en pêche au large de l'Irlande ont mis à la cape et tout va bien à bord.

Au Café de la Marine, Dédé, plus hirsute que jamais, boit une menthe à l'eau avec les patrons des bateaux qu'il a tirés de leur mauvais pas. Il me fait signe, il m'invite à venir les rejoindre. Il est souriant et chaleureux. Il me présente à ses compagnons : « C'est une amie d'Henri. Elle veut tout connaître de la vie du marin breton ! »

Il rit. Je ne reconnais plus mon ours rugueux, méfiant et taciturne. Il règne une sorte d'exaltation joyeuse dans ce bistrot qui m'avait paru tellement sinistre la veille. Ce n'est pas l'alcool, tous ces hommes boivent peu, c'est quelque chose dans l'air, dans ce fameux vent d'ouest qui n'énerve sans doute pas que les Parisiennes. On se serre pour me faire place. Il fait chaud, les tricots bleus dégagent des odeurs de saumure et de mer qui se mêlent à celles de la fumée des cigarettes et du vin. Les vieux pêcheurs font cercle autour de nous, ils m'observent sous l'ombre noire des visières de leurs casquettes, ils lancent parfois de courtes plaisanteries en breton dont je dois faire les frais et qui font rire tout le monde.

Peu à peu, Henri Lanvern devient le sujet de la conversation. Dédé ne dit rien lui-même, mais il encourage les autres à raconter des souvenirs.

Je perçois une légère tension quand je pose mon magnétophone sur la table, une réticence. « On parle, on parle, c'est plus pareil quand tout est enregistré. — On n'a rien à dire sur lui, il n'y a pas de secret chez nous. — Pourquoi vous prenez ça ? on cause entre amis. — Moi, j'ai pas peur de le dire dans votre micro : moi je suis communiste. Je dis : Henri a fait le con — excusez-moi, madame, c'est le mot... »

Ils ont oublié le magnétophone. Dédé ne boit que des menthes à l'eau et parle très peu. C'est pourtant le seul qui aurait peut-être quelque chose d'intéressant à dire. Chaque fois que nos regards se croisent il a un sourire désinvolte, presque moqueur. J'ai l'impression qu'il pense : elle voulait des détails sur Henri, elle est servie.

Il a raison. Nous sommes restés plus d'une heure

dans ce bistrot, mais rentrée à l'hôtel je n'ai conservé que quelques phrases de tout ce que la bande magnétique avait enregistré.

« ... Quand il est revenu de son Indochine il a embarqué à la pêche une année complète, à économiser l'argent pour ses films. »... « Une fois, sur le banc de la Grande Sole, il a sauté sur le chalut qui était à flotter le long du bord pour ramender une déchirure. Ma parole, ça je l'ai vu. Tout notre poisson fichait le camp par ce trou. Il a sauté par-dessus bord, à pieds joints pourrait-on dire. Un chalut ça flotte, vous savez, madame, à cause des vessies natatoires des poissons qui leur sortent de la bouche comme des ballons, mais c'est quand même pas une bouée de sauvetage. Il a fait vite. A la fin il avait de l'eau jusqu'au cou. On l'a croché avec une gaffe. Il est fou, un peu, moi je vous le dis. »... « Il avait encore ses maladies de là-bas. Le paludisme ! Il grelottait comme une feuille morte, avec des 40 et plus de température. »... « Et des cauchemars aussi. Il gueulait en dormant. Une fois, sur le *Marat*, avec toi Dédé, tu te rappelles ? De quoi avoir peur ! On le réveillait, il ne disait rien, pas d'explication, il faisait semblant de rigoler. »... « Le dimanche sa femme faisait le repas chinois, avec du riz et tout, même les baguettes. C'était pas mauvais, mais ça ne tient pas au corps. »... « Timide, gentille, pas causante. Quand elle était en colère valait mieux filer doux, elle avait son caractère. »... « Lui aussi il a son caractère. Il était même mauvais quand il avait bu. Il vous rentrait dedans à coups de tête. Pas aussi costaud que Dédé, mais teigneux, méchant. »... « Moi, j'aime bien ses films. Je suis communiste. — Tu l'as déjà dit, on le sait, on le sait ! — Oui je suis communiste, mais je trouve que ses films sont bien, pas dans mes idées, mais bien. »...

« Le premier, qu'il a fait ici, ça c'était la vraie vie du marin, pas du cinéma. Même toi, le rouge, tu peux pas dire le contraire. »... « Il m'a dit il y a longtemps : si mon film ne marche pas j'arrête, je reviens ici et j'embarque à la pêche pour le restant de mes jours. Il ne rigolait pas. »... « Il l'aurait fait, c'est sûr. »... « Chaque fois avant de commencer un tournage il venait passer quelques jours. On le voyait à sa tête, fallait pas l'embêter, on le savait, on le laissait tranquille. Il embarquait pour une petite marée, ou alors il se baladait tout seul sur les rochers de la Torche. »... « Fallait qu'il se concentre, comme un sportif, quoi !... »... « Et le méchoui à l'île du Loch, aux Glénans ! Deux moutons entiers ! On était entre nous, venus sur le *Pen ar Bed* avec nos femmes et les enfants.On a fait un feu. On a chanté des chansons de marin. Une belle journée ! Il avait fait venir des Arabes pour cuire les moutons, des types qu'il avait connus en Indochine, je crois. »... « Il y avait aussi son copain le militaire manchot et un Vietnamien qui rigolait tout le temps. Il ne peut pas dire une phrase sans se marrer, celui-là. »...

La tempête a repris dans la nuit avec une violence terrible. J'ai entendu tout le vacarme habituel : crépitements d'averse, craquements, grondements du vent et de la mer. Il y eut même un moment une sorte de déflagration, semblable à l'éclatement d'une bombe, suivi d'un raclement effrayant, d'un déchirement métallique, mais je me sentais trop fatiguée pour me lever et je me suis rendormie.

Le matin, je vois le dock flottant. Une masse immense dressée contre les nuages, menaçante, tout près, presque sur la route, à cinquante pas à peine de l'hôtel. Il domine le bourg.

Deux cents mètres de long, quarante-cinq de large, plus de vingt mètres de haut (indications données par la patronne). Il est brisé en son milieu, échoué sur les rochers ; la mer qui l'a déposé là s'est retirée, mais parfois une lame plus haute le frappe par en dessous, il vibre comme une gigantesque caisse de résonance et des torrents d'eau sous pression jaillissent de la tôle déchirée.

Marée haute. Il doit être midi et demi, mais j'ai perdu la notion de l'heure.

Je ne sais pas depuis combien de temps je suis là, assourdie par tout ce bruit, au milieu de la foule, mal abritée contre une maison de granit. Une autre lame s'élève avec une redoutable lenteur, une inquiétante détermination, elle s'élève encore, elle arrive. Un choc sourd. Une muraille d'eau se dresse et le dock tout entier disparaît dans une explosion d'eau. Vingt mètres de haut, deux cents mètres de long : on ne voit plus rien. Nous sommes giflés par les embruns. Un formidable fracas de ferraille entrechoquée. Le rideau se déchire, le dock émerge du bouillonnement d'écume et de flots, comme un bateau fantôme ; les hautes grues d'abord, puis les superstructures, la coque noire enfin. La mer ruisselle en cataracte. La lame se retire.

Une sorte de silence ; le piaulement, le hululement, le sifflement de la tempête, mais une impression de silence par comparaison.

Des voix hurlent : « Il a encore avancé... encore avancé ! »

Une autre lame s'élève avec la même redoutable lenteur...

J'entends des lambeaux de phrases : « ... heureux... pas un pétrolier... Bretagne... poubelle... »

Une autre masse d'eau, droit dressée, verte par transparence, casse net et retombe de tout son poids sur le dock. Une autre volée d'embruns s'abat et nous cingle. A la longue cela devient une grande fatigue, ce bruit et cette fureur qui ne s'apaisent pas.

Le large dos buté de Dédé. Il est avec un grand gaillard au teint d'Arabe qui n'est pas l'un des marins rencontrés la veille au Café de la Marine. Je crois comprendre que c'est un ami d'Henri, un ancien soldat d'Indochine qui veut me parler, mais toute conversation est impossible, bâillonnés par le vent comme nous sommes.

Une grosse pluie vient par nappes, frappe de biais, presque horizontale, mêlée aux embruns ; on respire une eau tantôt douce, tantôt salée.

Pluie, pluie et sombre ciel tout le reste du jour.

LE COMPAGNON DE ROUTE

« O my God, hear my cry or let me die![1] »
HENRY VAUGHAN.

DÉDÉ et l'autre grand gaillard au teint d'Arabe m'ont invitée à déjeuner. « A Pont-l'Abbé, loin de la mer... » Pendant tout le trajet en voiture nous n'avons pas échangé un mot, nous avions besoin de calme et de silence.

Après le repas, la conversation en vient lentement à Lanvern. J'ai l'impression que Dédé n'a amené l'ancien soldat d'Indochine que pour me le jeter dans les pattes, pour voir mon jeu. Dédé joue aux échecs avec moi, hier au bistrot il lançait ses fous, aujourd'hui c'est son cavalier. Il m'observe, il attend, il reste toujours sur la réserve.

J'apprends que le grand gaillard a quitté l'armée en 1966. « Quinze ans ! Sous-officier breton au service de la France, ancien adjudant-chef de la coloniale, quatrième échelon, et tout le bazar... » Maintenant il est professeur d'éducation physique dans un collège religieux de Quimper. « Il était avec Henri, là-bas, à Dien Bien Phu et le reste »,

1. « O mon Dieu, entends mon cri ou laisse-moi mourir. »

me prévient Dédé. « Pas dans la même unité », corrige l'autre.

Je pose mon magnétophone sur la table et le mets en marche. Il n'y a pas de protestation. Dédé a dû préparer le terrain.

(Moi) « Avez-vous connu Ky ? »

« Le capitaine Ky ? Cacao ? Un peu : il a été mon dernier commandant de compagnie, là-haut. On l'appelait Cacao pour rigoler, pourtant c'était pas un rigolo... Un Tonkinois, têtu comme un Breton ! »

(Moi) « Je croyais que vous n'étiez pas dans la même unité que Lanvern ? »

« Non, j'étais au 2/1 R.C.P... Mais à la fin, à Dien Bien Phu, on a regroupé ce qui restait de chez nous et ce qui restait du *bawoan*... Pas grand-chose, de quoi faire deux petites compagnies. J'ai passé sous les ordres du capitaine Ky. »

(Moi) « Avec Lanvern ? »

« Pas dans la même section. »

Le grand gaillard a la parole brève. Il répond sans détour, mais sans chaleur, avec une certaine réticence.

(Moi) « Vous étiez très lié avec lui ? »

« Évidemment. On est du même pays, non ? On parlait breton... »

Il se tourne vers Dédé.

« Tu sais, chez les paras il y avait un tas de Bretons, même à la Légion. Rien qu'au bataillon on avait deux capitaines. Ce sont eux qui ont eu l'idée, ils ont commencé entre eux et puis tout le monde a suivi parce que ça marchait. Les Viets n'y pigeaient que dalle... Tu comprends, les Viets écoutaient nos fréquences radio, ils étaient au courant de tout ; nos pertes, nos besoins de renfort, nos tirs de mortier, tout, alors on n'a plus trafiqué qu'en breton... Le plus drôle c'est qu'un Dakota

P.C. tournait haut dans le ciel et enregistrait les émissions radio. Rentré à Hanoi les spécialistes du Deuxième Bureau eux non plus n'y comprenaient que dalle. Ils ont imaginé que les Viets avaient reçu des renforts de techniciens des transmissions qui opéraient dans « une langue asia-« tique archaïque, peut-être un dialecte de Corée « du Nord ». Parole d'honneur ! Ils nous ont envoyé une demande de renseignements à ce sujet. J'ai vu la note. Une langue asiatique archaïque ! Un dialecte de Corée du Nord ! Du bon breton de chez nous, du Finistère !... »

Il rit.

« Henri faisait le Coréen du Nord pour Cacao », ajoute-t-il à mon intention.

Un silence.

(Moi) « Vous avez été fait prisonniers ensemble ? »

« Oui, c'est-à-dire non. Henri a dû être pris le 7 au matin, avec Ky. Moi j'ai réussi à passer la Nam Youm dans la brume, en profitant de la pagaille. J'ai été pris le soir, à cinq heures, comme tout le monde. »

Il a retrouvé une brièveté toute militaire. Son visage au teint mat est hachuré d'un réseau de rides si profondes et si tortueuses qu'on voit que la vie ne l'a pas épargné. Il a vécu les mêmes expériences qu'Henri. Je lui demande de me raconter comment cela s'est passé là-bas. Il renâcle, je suis obligée d'insister, de le forcer.

« Oh ! vous savez... La dernière nuit... On y voyait quand même à cause des lucioles, les fusées éclairantes que balançaient les avions... On était cramponnés à notre colline... Bombardés, tiraillés, ça n'arrêtait pas depuis le 1er mai... En fin d'après-midi, quand on pouvait mettre le nez par-dessus la tranchée, on voyait les Viets courbés qui avançaient dans les boyaux d'approche. On pouvait même s'en farcir quelques-uns au fusil, mais il y en avait trop... Vers minuit le capitaine Ky a réussi un joli coup. Les Viets ont cessé de nous canonner et, soudain, au clairon des milliers de *bodoï* sont sortis de la terre comme des rats, en cavalant vers nos barbelés. Ça grouillait, bon Dieu ! des rats ! méchants comme des rats affamés... les malheureux ! Ky avait prévu. Henri à la radio, en breton. Là en bas, dans la plaine, un artilleur breton. Tout ce qui restait de pièces en état de tirer. Les derniers obus ! Henri avait monté le son de la radio, on entendait, en breton : « 4 — 3 — 2 — 1 — « Zéro ! »... Servis ! Ça n'a pas fait un pli, serrés comme ils étaient. Peut-être deux cents au tapis, je ne sais pas. Ça nous a mis un peu de baume sur le cœur... »

Il hésite encore, mais je sens qu'il est pris par ses souvenirs. Les détails semblent lui revenir à l'esprit avec une vivacité et une netteté parfaites.

« Ça n'a pas duré... Dix contre un, vingt contre un, comment savoir ? Il n'y a pas de miracle, les cinq collines ont commencé à tomber, l'une après l'autre. D'abord Éliane II qui a sauté en l'air avec une énorme mine... On a réussi à se cramponner à la nôtre jusqu'à l'aube, comme la chèvre de M. Seguin... Des jours qu'on ne mangeait plus, qu'on ne buvait plus, qu'on ne... qu'on n'allait plus à la selle... Des morts, des blessés, des camarades, qui tombaient dans la boue, qui se noyaient dans la boue rouge grouillante de mouches. Et après on marchait dessus, sans le savoir. La boue était tiède au soleil, mais si froide la nuit... Ky a été blessé, et Henri aussi, un peu. Une balle en séton. Il a démoli sa radio à coups de fusil... Vous savez, on ne peut pas raconter ces histoires-là, il n'y a pas de mots pour ça. Je me souviens de tout, mais je ne peux pas raconter... Le matin à la section il ne restait plus que moi et trois petits. Trois et moi. J'ai filé avec mes trois derniers petits gars. Les Viets étaient partout. On a pu traverser la rivière à cause de la brume. De l'autre côté j'ai encore un peu avancé et puis j'ai croisé les derniers légionnaires qui partaient à la contre-attaque — cinquante peut-être ? je ne sais plus — et les types du 8e, du lieutenant Baïlly. Je suis tombé. Dans les pommes ? endormi ?... Ce sont les mouches qui m'ont réveillé, et l'odeur, et le soleil. J'avais basculé dans une des morgues. Une tranchée avec je ne sais combien de corps entassés là-dedans. Et depuis combien de temps ?... Ça ne devait pas être tous des nègres, mais ils étaient tous noirs, gonflés comme des chambres à air. Ça bourdonnait ! Ça fermentait ! Ça bougeait même là-dedans ; la dilatation, à cause de la chaleur. Une autre vie, je peux vous le dire, mais pas ragoûtante. Je ne pouvais même pas vomir. J'avais l'estomac retourné comme un gant, et je n'avais rien dedans pour vomir... J'ai pué la mort pendant trois jours, jusqu'à ce que les Viets me permettent d'aller me laver dans une rivière...

« A cinq heures de l'après-midi, on a reçu l'ordre de détruire nos armes. J'ai démonté mon MAT 49 et la mitrailleuse de 30 qu'on avait ramenée des collines, j'ai dispersé les morceaux dans la boue... Un de mes petits *nhaq* a découpé en morceaux au couteau son béret rouge... C'était fini. Plus un coup de feu. Il faisait très beau. Haut dans le ciel un Dakota balançait encore un parachute de temps en temps. J'ai... il faut le dire, il n'y a pas de honte, j'ai pleuré... J'étais pas le seul... Une si belle journée ! Une lumière ! Un silence !... Quand on a passé de l'autre côté des collines, en colonne, poussés par les Viets, après un kilomètre peut-être, on a vu de l'herbe, et des arbres, avec des feuilles dessus... Ça sentait bon... Vers minuit ils nous ont arrêtés sur une crête. On s'est écroulés dans l'herbe mouillée. On se serrait parce qu'on avait froid. Toutes les étoiles étaient dehors. On entendait les derniers coups de feu du point d'appui Isabelle... Et puis le silence !... Les étoiles, la Voie lactée, la Lune. On était morts de fatigue et on ne pouvait pas dormir, à cause de... les étoiles, brillantes, scintillantes, nettes... Il y avait tant d'étoiles... Jachié cherchait la Grande Ourse, la Polaire, pour l'orientation, pour nous évader... »

Un court silence.

« Il y a une chose, j'y pense maintenant... On était prêts à y aller encore, à contre-attaquer, à tenter une sortie, à leur rentrer pour la dernière fois dans le lard, et puis il y a eu cet ordre, et... on a eu envie de... de... »

Il cherche ses mots. La peau de son front et de ses joues est comme tendue par son effort.

« ... Je parle pour moi... et pour mes trois derniers petits *nhaq*... On a eu envie de... d'un seul coup, à cause de cet ordre, on a eu envie de vivre... Non, pas de vivre, de survivre, de nous en tirer. On était fatigués ! Oui, on était fatigués !... Et on a eu peur tout à coup. »

(Moi) « Vous voulez dire que vous n'aviez pas eu peur, avant, pendant la bataille ? »

Il s'écarte de la table, pousse un soupir, puis se tourne lentement vers Dédé, comme pour le prendre à témoin de l'absurdité de ma question. Il répond avec détachement :

« Si, bien sûr... ce n'est pas pareil. Vous ne comprenez pas. Avant on avait tous un travail à faire, une mission à remplir, n'est-ce pas ? Il fallait y aller, quoi ! Il fallait garder ces cinq collines, ou les reprendre... Tout le monde a peur, la guerre est faite pour faire peur, mais on contrôle sa peur parce qu'on a une mission, une responsabilité... Moi je n'étais que cabot-chef, mais même le plus abruti de mes voltigeurs avait sa responsabilité... Et puis, brusquement, à cinq heures de l'après-midi, plus de mission, plus de responsabilité, plus rien... alors tout à coup, on ne pense qu'à soi, qu'à sauver sa peau, sa paillasse, à n'importe quel prix. Et une sale peur vous vient. Une sale peur! Chacun pour soi... La solitude au milieu du troupeau!... Heureusement que j'avais retrouvé Jachié. »

Un silence.

(Moi) « Qu'avez-vous fait ? »

« Rien. »

(Moi) « Vous vous êtes rendu. »

Il hésite et se tasse dans son siège.

« Non, pas vraiment. Pas de drapeau blanc et tout ça... Pas de bras en l'air. On savait encore se tenir. »

(Moi) « Que s'est-il passé ? »

« Vers cinq heures et demie ils ont tiraillé un peu pour tâter nos défenses. Quand ils ont vu qu'on ne répondait pas, ils ont rappliqué en masse. Ils avaient compris. On est sortis de notre trou. Ils rappliquaient de partout, des cinq collines, du nord, de la plaine à l'ouest, ça grouillait... Ils nous ont séparés. *Mao len* — vite! J'ai quand même pu serrer la main à deux de mes petits voltigeurs. Pas celle du troisième. Ils m'ont bousculé. Je lui ai fait un salut de loin... Après j'ai marché tête baissée avec le troupeau et j'ai pensé à moi, à ma peau... »

Il se redresse et me regarde soudain d'un œil mauvais.

« Écoutez, je ne sais pas ce que vous cherchez... Ce n'est pas moi qui vais me mettre à pleurnicher, ça non ! On était des soldats, volontaires. On leur avait fait payer cher. Très, très cher ; ils ne nous ont pas gobés comme un œuf. On n'attendait pas de cadeaux de leur part... Je vais vous dire : j'étais là-haut parce que je l'avais bien voulu. Et Henri aussi !... On était peut-être encore des gamins, mais on connaissait déjà les choses de la vie... et on savait tous les deux reconnaître un homme bien quand on en rencontrait. Je suis revenu vivant et à peu près intact de là-bas, alors cela peut paraître facile de dire ce que je vais vous dire maintenant... Et c'est pour toi aussi Dédé, ce que je vais dire... Je suis content et fier d'y avoir été, même s'il a fallu payer le prix de la captivité, parce que là-haut... Ah ! comment dire ?... Là-haut, on a eu des exemples, mon vieux. Des maîtres. Des patrons. Des capitaines ! Des hommes bien ! Je ne parle pas seulement de courage, ce qui est essentiel... je parle de la manière aussi. La manière !... si tu vois ce que je veux dire ! Ne rigole pas, Dédé, j'essaie de faire comprendre. C'est toi qui m'as arrangé cette conversation avec cette dame. Puisqu'on y est, allons-y... Je ne suis pas, je ne me suis jamais cru indispensable. Mais là-haut j'ai connu des hommes qui l'étaient, indispensables. Ils sont presque tous morts... Oh ! je sais bien que ce n'est pas parce qu'on accepte de se faire tuer pour une cause que cette cause est juste. Mais je m'en fous de la cause... Je vous parle des hommes... Je pourrais vous donner la liste. De toutes les origines, de tous les rangs de l'armée. Il y en a je ne sais même pas leur nom... Je ne les ai vus qu'une fois. Je sens encore... leurs doigts sur mon cœur. Un seul type bien, vraiment bien, et ça change tout. Un seul ! Là-haut il y en avait plein ! Et ils avaient la manière. Je peux vous le dire... »

Il a parlé avec une sorte de rage. Il se détend

un peu et un sourire éclaire son visage sombre.

« Ce que je vais vous dire maintenant va encore plus vous étonner. L'amour, voilà ce qu'il y avait là-haut. Et pourtant on s'étripait pis que de la volaille sur les cinq collines, dans la boue rouge, et... et vorace, et dans les charognes de nos camarades des contre-attaques de mars et d'avril... La merde pue moins, croyez-moi !... N'empêche : de l'amour ! Je dis la vérité... Là-haut, on s'aimait les uns les autres... Qu'on me démente, si on l'ose... »

Il finit le peu de vin qui reste dans le fond de son verre. Il a les sourcils froncés, il réfléchit avant de continuer.

« Excusez-moi, je me suis emporté... On a dit, on a écrit trop de bêtises, de mensonges, là-dessus, ça m'énerve. Moi, je n'en parle jamais d'habitude. A quoi ça sert ? Mais puisque je dois le faire aujourd'hui... Allons-y ! C'est vrai : la fraternité humaine, là-haut ! C'est drôle, hein... Et l'espérance ! Jusqu'au bout on y a cru... Pourquoi croyez-vous que j'ai franchi cette saloperie de rivière avec une mitrailleuse de 30 et mes trois derniers petits gars ? Parce que j'y croyais encore. J'ai cru jusqu'à cinq heures de l'après-midi. Pas l'espoir de survivre, non ! l'espoir de tenir ! On y croyait tous ! Je ne parle pas des gens de Hanoi. Nous, les petits, on y croyait encore le 7 mai. Nos capitaines devaient bien savoir, eux, ils étaient plus intelligents, que la perte de cinq collines c'était la fin. Mais ils étaient morts... avec la manière !... Nous on le savait aussi, on n'était pas si bêtes, quand même, il ne fallait pas beaucoup de bon sens pour comprendre, c'était assez clair. Mais on ne voulait pas le savoir, on voulait croire... Je vais vous dire : la dernière nuit encore il y en a qui tombaient du ciel. Pas des paras, du tout-venant, des types qui n'avaient jamais sauté de leur vie. Eux aussi y croyaient. Des Arabes, des nègres, des Français, des *nhaq*. Des volontaires, pas des condamnés... Ils avaient quand même l'air un peu ahuris, une fois arrivés au sol... Il y en a un qui m'a donné un coup de pastis. Il lui restait encore du pastis dans son bidon... Bien gras, bien rose, bien propre comme un sou neuf. Il trouvait que je puais. Il me disait : « Te colle pas contre moi, tu « vas me faire dégueuler. » On était dans notre trou. Lui, il sentait encore l'eau de Cologne. Il m'a tout de même donné à boire, du pastis de Hanoi : « Un tiers pour deux tiers d'eau », il m'a expliqué, c'était son dosage. Et mes trois derniers petits Vietnamiens ont eu droit à une gorgée, eux aussi... Le brave type. Complètement ahuri ! Il était tombé au milieu d'un tir d'orgue de Staline... Lui aussi, celui-là, il est mort. Sur la route, plus tard. Je pourrais vous dire son nom si je voulais, je m'en souviens très bien... »

Un silence.

« Je ne sais pas ce qui vous intéresse, moi. Il faut me poser des questions, sans ça... »

(Moi) « Étiez-vous dans le même camp que Henri ? »

« Oui... Dans la même colonne d'abord, sur la route. Il nous a rejoints au pied du col de Ban Pha Dinh. Il avait les coudes ficelés dans le dos par du fil électrique et trois *bodoï* pour lui tout seul. pas beau à voir. Ils lui avaient filé une bonne avoine quand ils l'eurent repris après son évasion. Avant d'être au *bawoan* il avait été au G.C.M.A., dans les maquis méo de la montagne. Il avait tenté de les rejoindre. Trois jours de liberté, il a eu... le palu aussi en prime, et un abcès à cause de sa blessure ; il était plutôt mort que vif. Il puait la bouse de buffle parce que les Viets l'avaient enfermé dans un enclos à bestiaux... Avec Jachié on l'a tout de suite entouré. Les Viets gueulaient. « *Him! Him!* Pas parler! » On n'allait pas le laisser comme ça, non?... Jachié était caporal au bataillon. Un Polonais d'origine, avec un nom imprononçable et un nez qui lui sortait de la tête comme un bec de corbeau. Son prénom c'était Tadé, mais on l'appelait Jachié. Excusez-moi, c'est comme ça, les soldats aiment ce genre de plaisanterie. (Il rit.) Pauvre Jachié, il est mort, de la dysenterie justement, au camp, là-bas... Dans la nuit, parce qu'on ne marchait que la nuit à cause des avions français qui fichaient la frousse aux Viets, dans la nuit Jachié a réussi à lui desserrer un peu son fil électrique, pour rétablir la circulation... La montée du col, un calvaire! Deux mille mètres d'altitude. Il pleuvait. Un froid de canard. Les coolies viets qui retapaient la piste à moitié effondrée par nos bombes, qui nous insultaient, qui nous jetaient des pierres, les salauds. Il y en a un, une plutôt, qui nous a refilé un peu de tabac, il faut le dire... Henri qui était complètement perdu, en plein délire, en pleine crise. On entendait ses dents qui claquaient. Il ne nous reconnaissait même plus, Jachié et moi. Il tombait tout le temps. Il fallait le relever, il ne savait pas dans quelle direction il avançait. Tu l'as déjà vu bourré, Dédé?... c'était la même chose. On l'encadrait comme on pouvait... Il ne t'a jamais raconté ça, Dédé?... Non? Jamais?... Ni son coup de folie, le lendemain?... Jamais! Eh bien tu vas voir... Allons-y!... »

Un silence.

« Enfin on est arrivés là-haut, quoi! Je ne sais pas comment, mais on y est arrivés, tous. Le jour se levait. Ils nous ont collés sous les arbres, toujours rapport aux avions, bien qu'avec la pluie !... C'était comme ça avec eux, la nuit sur la piste, le jour sous les arbres... Les trois *bodoï* sont venus reprendre livraison d'Henri, qu'ils ont traîné comme un sac un peu plus loin... Au bout d'un moment on a commencé à organiser notre petit camping, notre pique-nique : les feux, corvée d'eau, le riz à cuire. La routine... Attention, pas de beurre dans les épinards, pas d'épinards non plus. Du riz, un point c'est tout, pas même de sel. Je vais te dire : comme professeur d'éducation physique j'ai quand même quelques notions de diététique. Il faut deux mille cinq cents calories pour un sédentaire et quatre mille minimum pour un sportif ! On marchait depuis Dien Bien Phu ; quarante, cinquante kilomètres par jour suivant le terrain. Un bel exploit sportif. On recevait mille cinq cents calories, c'est tout ! On vivait sur nos réserves. Mais nos réserves avaient déjà été à moitié bouffées par la bataille... Je ne sais pas comment on avançait encore, médicalement c'est impossible. Notez bien, la médecine a fini par avoir raison, pour beaucoup !... »

Un silence.

« Allons-y !... On a bouffé notre petit tas de riz sur des feuilles d'arbres, ou des écuelles de bambou qu'on s'était fabriquées, sauf ceux qui avaient encore leur gamelle, mais il n'y en avait pas beaucoup. On mangeait avec nos mains, avec des baguettes... La pluie avait cessé... Tout à coup on entend des hurlements ! J'ai cru que les Viets étaient en train de saigner un cochon. Des hurlements affreux. Et des cris... On s'est tous levés pour aller voir. C'était Henri. Je ne sais pas comment il s'était débrouillé, il avait toujours les coudes ficelés dans le dos, il avait réussi à agripper un Viet au mollet, et il le mordait. Un chien enragé ! Le Viet hurlait et lui tapait dessus.

D'autres sont arrivés en aboyant. Une meute ! Ils lui tapaient tous dessus, pour lui faire lâcher prise, à coups de crosse. Impossible de lui faire recracher son mollet. Ils ont dû l'assommer... Tu le connais, Dédé ! Tu sais comme il peut être quand il a bu. Méchant comme un Breton méchant... Quand il a une idée dans la tête !... Là, il n'avait pas bu, le pauvre, même pas une goutte d'eau, et c'était pas une idée dans la tête, c'était un mollet dans la mâchoire ! J'ai cru qu'il était mort. Et son Viet est parti en sautillant et en braillant, avec du sang plein sa jambe ; il lui avait enlevé un bifteck, mon vieux. Les autres ont continué à lui taper dessus un bout de temps. Nos sentinelles affolées essayaient de nous refouler. On n'était pas encore devenus tout à fait des moutons quand même. Ils nous menaçaient avec leurs fusils : « *Him ! Him !* « *Mao len !* Fout' le camp. *Tot ka divé !* » Tout leur charabia y passait... Avec Jachié on braillait plus fort qu'eux : « *Lâbes farik, Rallass !* C'est cama- « rade pour nous, camarade. *Dien cai dau.* Il est « fou la tête. *Nixt* pagaille ! » On utilisait tous les patois du corps expéditionnaire. Le chef viet raide comme un piquet : « Pas camarade. Colonialiste. « Criminel de guerre. » Tout de suite les grands mots !... Je me suis dit : Henri va y passer. Ils vont le fusiller pour nous apprendre aussi sec la démocratie correcte et l'amitié des peuples assoiffés de paix et la politique de clémence du Président Ho et à être de vrais combattants de la paix et Dieu sait quoi encore, sans oublier Henri Martin !... Ils ne l'ont pas fusillé. Je ne sais pas pourquoi. L'occasion était bonne. Ils l'ont ficelé à un arbre, un peu plus serré, c'est tout. Ils auraient aussi bien pu ficeler un cadavre, dans l'état où il était... Sa tête pendouillait... Le Vietnamien respecte le fou, et Henri était devenu fou, ça c'est sûr... Tu le connais, Dédé, tu sais comme il est. Il veut trop de la vie, c'est pour ça qu'il buvait. Quitte ou double. Tout ou rien. Ange ou démon. C'est ça la folie : ne pas se contenter d'un juste milieu tolérable, comme tout le monde. Il faut un peu de souplesse pour vivre, que diable !... Le Viet ne ferait pas de mal à un fou. C'est peut-être pour ça ?... Ou alors ils savaient qu'à l'usure ils réussiraient à le faire marcher à quatre pattes, en aboyant...

« Enfin, Henri n'était pas mort, c'est le principal. A la nuit on a été le récupérer, avec Jachié. Les Viets voulaient qu'on le laisse, mais on n'allait pas l'abandonner derrière nous pour qu'ils le fassent crever en douce parce qu'ils n'avaient pas eu le courage de le fusiller devant nous. On n'était pas devenus tout à fait des moutons. Courage, ça va venir !...

« Il a fallu le porter, au début, pour descendre ce foutu col de Ban Pha Dinh. Il n'avait rien de cassé, coup de pot. A la fin il s'est réveillé. Il avait soif. Jachié avait encore de l'eau dans son bidon de bambou. Il a voulu marcher. Très bien, on l'a laissé marcher... Je vais vous dire, madame : on lui a sauvé la vie cette nuit-là. On l'a sauvé comme s'il était notre petit enfant. Il ne disait rien. Il rigolait parfois. Il était encore fou... Après, il nous a expliqué qu'il s'entraînait à rigoler. Il nous a dit, dix, douze jours plus tard, qu'il s'entraînait. Il ne savait plus où il était, mais il savait que les autres allaient le fusiller après ce qu'il avait fait. Il avait réfléchi à son comportement devant le peloton d'exécution. « Pas *La Marseillaise* : trop pompier « et je chante faux », il nous a dit. « Pas le poing « levé : d'abord j'étais attaché et puis je ne suis pas « coco. » Il cherchait un mot historique. « Merde : « un peu trop facile quand même et déjà utilisé par « Cambronne !... » Il cherchait un dernier mot et il ne trouvait pas. « Mon testament. Rien à léguer, « rien à dire. » Ça l'embêtait. Il aurait pu faire son acte de contrition, comme tout bon chrétien, vous me direz, mais ça ne lui était pas venu à l'esprit... Il avait pesé le pour et le contre et il avait décidé de leur rigoler au nez. Il nous a dit : « C'est ce que « j'ai trouvé de mieux... »

« En fait de rigoler !... A l'aube on était au fond de la vallée. « *Tot ka* sous les arbres, *mao len...* » Henri un peu plus loin, avec ses deux *bodoï*. Le troisième n'avait pas suivi, rapport à son mollet. Pique-nique. Sermon du chef viet. Confit en dévotion : « L'amitié des peuples assoiffés de paix... » C'est vrai qu'on crevait de soif !... « Sale guerre « injuste et criminelle... Atrocités du corps expédi- « tionnaire... Valets du colonialisme cupide et « avide... Noirs desseins de... de... » J'ai un peu oublié son numéro. Et tout à coup : « Suivez « l'exemple héroïque de votre camarade Henri... » Surprise dans les rangs ! « Qui lutte si ardemment « contre les fauteurs de guerre... » Le chef viet, tout épanoui de sourire, surveillait l'effet de son baratin. Nous, on était lessivés. On a fini par comprendre qu'il parlait d'Henri Martin... Pas celui qui a une avenue à Paris, un autre. La police en France l'avait fourré au bloc pour je ne sais plus quelle bêtise. Il s'était peut-être couché sur les rails devant un train de soldats en partance pour l'Indochine, ou bien il avait mis de la limaille de fer dans un moteur de bateau ? A l'occasion d'une semaine nationale du Sang, il avait héroïquement refusé de donner le sien pour qu'il ne serve pas aux blessés d'Indochine... On a eu droit au panégyrique de ce petit con. Ensuite le chef viet en est venu à notre Henri à nous. « Un de vos camarades a commis « une faute odieuse et bestiale envers le peuple du « Vietnam tout entier qui est si bon pour vous, etc.

« Les masses populaires et laborieuses décideront « du juste châtiment exemplaire... » Mauvais, ça. Ils n'avaient pas encore réglé le sort d'Henri. Ils faisaient ça pour mieux nous tenir en laisse. Si nous devenions de bons petits moutons bien sages alors, peut-être ? la clémence du Président Ho... C'est un homme bon et patient, Ho Chi Minh. Il attend... N'est-ce pas ?...

« Tous les soirs, la brebis galeuse ralliait le troupeau... Souvent il puait le buffle. Jachié se débrouillait pour desserrer en cachette les fils électriques ; sans ça il aurait perdu ses bras, il ne pouvait déjà presque plus bouger ses doigts qui étaient devenus gros et noirs comme des boudins...

« Marche ou crève ! Ce n'est pas une manière de parler, on commençait pour de bon à larguer des copains derrière nous à chaque étape. Sur tous ceux qu'on a laissés comme ça, je crois qu'il n'y en a eu que deux qui nous ont rejoints au camp, deux mois plus tard. Les autres... disparus ! Henri tenait le coup. Il était à moitié mort, mais il voulait vivre... Nous, professeurs d'éducation physique, on le sait bien : la vraie différence entre deux athlètes c'est la psychologie, l'énergie psychologique ! l'un deviendra un champion, l'autre restera dans le rang. C'est dans la tête que ça se tient... Henri était bourré d'énergie psychologique. Il voulait vivre, il voulait sortir vivant de ce merdier. Il marchait comme une bête, sans dire un mot. Il s'économisait pour tenir... Beaucoup ont lâché. Certains ont tenu jusqu'au camp, et puis... ils en ont eu marre. Tout ça ne les intéressait plus. Ils se sont recroquevillés sur leurs bat-flanc. Ils pourrissaient et pourrissaient, l'âme et le corps gâtés. En cinq, six jours ils étaient morts... Un, à côté d'Henri. On était rangés comme des sardines, quarante à la fois sur un long bat-flanc qu'on avait construit de nos mains. Le type à côté d'Henri, un gamin, beau gosse, blond, vingt ans — on avait presque tous vingt ans, mais à cet âge-là il y en a qui sont plus gamins que d'autres —, commence à donner des signes. On le secoue, on l'engueule, on l'insulte : « Tu vas te lever, petit lâche. Pédé ! Pauvre type ! » C'était pour créer le choc psychologique. Rien à faire. Il restait la bouche ouverte, la mâchoire pendante, les yeux écarquillés. Il avait de grands yeux bleus. Il allait mourir. Le lendemain, il ne bougeait toujours pas. Pas de température, il n'avait pas de fièvre. On l'a pris sur notre dos, avec Henri, on l'a porté jusqu'à la rivière et on l'a foutu à l'eau. « Si tu veux mourir, autant te noyer... » Là, il a quand même réagi. Il a crachoté et il est remonté sur la berge où il est resté comme un chat mouillé, à faire des petits bruits, des petits sanglots. On l'a réconforté, gentiment. Il ne répondait pas... Je ne sais pas comment il a regagné le bat-flanc, mais il l'a fait tout seul... Il a tenu encore deux jours. On ne savait plus quoi faire... Un compagnon de route, un camarade, quand même !... On avait beau être devenus des moutons !... On en avait tous marre, mais lui, il en avait un peu plus marre que nous, il en avait trop marre ! Le matin du troisième jour Henri l'a senti, tout dur et tout froid, tout contre lui. Au début, on était serrés comme des sardines sur ce bat-blanc...

« J'y ai repensé depuis... Si on n'avait pas reçu cet ordre, à cinq heures de l'après-midi, le 7 mai ! Il serait sans doute mort de toute façon ce gamin, mais pas comme ça, pas comme ça !... Moi aussi je serais mort. Et Henri ! Et d'autres qui ont survécu... J'aime la vie. Je suis heureux d'être vivant. Mais ceux qui sont morts ne seraient pas morts comme ça... Rien que d'y penser, vaut mieux se taire parfois... Mais peut-être faut-il que cela soit dit. »

Un silence.

« Plus tard, ça a été le tour de Jachié. Mais il s'est débattu comme un beau diable, lui, avec son grand nez en bec de corbeau. Il ne voulait pas lâcher prise, lui... Henri et moi on l'accompagnait aux feuillées — c'est le nom militaire des cabinets, des trous qu'on creuse —, on l'accompagnait pour qu'il ne tombe pas dedans, il était si faible. Un rien l'aurait sauvé, parce qu'il voulait vivre, lui. Ils n'avaient pas d'émétine... admettons, admettons !... mais une boulette d'opium, ça ils en avaient. Les salauds ! »

Un long silence. Ni Dédé ni moi n'essayons de le rompre. Il y a quelque chose de terrible dans l'immobilité de l'ancien soldat.

« Moi je ne le cache pas, je suis un anticommuniste, « primaire », comme ils disent. D'accord !... « Chacun son goût, la merde a bien le sien », disait Jachié... « Soldat polonais au service de la France ! » Henri et moi on lui répondait : « Soldats « bretons au service de la France... » Je vais vous dire : Tadé, il avait la manière... »

Un autre long silence. Il reprend d'une voix lasse :

« Donc Henri n'a pas été fusillé... Pas de martyr ! surtout pas ! c'est ça leur combine. Il faut que l'homme s'enfonce de lui-même dans la boue, qu'il se roule dans la boue... une boue bien pire que celle des cinq collines !... Pas de martyr, pas de brutalité non plus. S'ils lui ont tapé dessus c'est qu'ils n'avaient pas d'autre moyen de lui faire lâcher son mollet à ce moment-là... Non, leur combine c'est de démolir le type de l'intérieur. Par la bouffe d'abord : toujours avoir faim... C'est très bon, ça marche très bien. On ne souffre pas, aucune douleur. On devient complètement abruti. Par la tentation de la trahison, du reniement ensuite :

il faut que le type crache dans la soupe. Ça commence en douceur... Si on met le petit doigt là-dedans, à la fin tout le bonhomme y passe... Il fallait nous dégrader...

« Au bout de dix jours ils lui ont retiré ses fils électriques et ils l'ont laissé avec nous sous les arbres... Ils l'avaient maté. Ils le croyaient... D'une certaine façon, ils avaient raison. »

Un silence.

« Henri a expliqué pourquoi il avait mordu son *bodoï*. C'était un fumier ! Les deux autres ça allait, mais celui-là le collait toujours dans des coins où il y avait des fourmis, des sangsues. Il lui posait son riz un peu trop loin, pour qu'il soit obligé de se vautrer la bouche en avant pour arriver à en manger un peu, comme une bête. Un vrai fumier !

« Il n'était jamais à court d'espiègleries vicieuses, « il aurait fini par m'avoir », disait Henri... Des fumiers il y en a partout... Parce que dans l'ensemble nos gardiens n'étaient pas de mauvais bougres. La plupart étaient même de braves types, ils nous refilaient leurs mégots, parfois aussi une cigarette entière. Une demi-banane une fois !... La misère commune... Ils vivaient mieux que nous, mais pas tellement... Ce ne sont pas les hommes, c'est leur système qui est mauvais...

« Henri voulait leur rigoler au nez. Il y avait pensé toute la nuit en marchant avec nous. Son « testament »... Il l'avait répété, comme un acteur, et nous on croyait qu'il était devenu fou... Il faut bien dire que cette nuit-là il était un peu fou... Le palu, les coups, son abcès, la faim... Le matin, dans son coin à part, le chef viet est venu le voir avec son baratin de faux curé. Henri a pensé : c'est le moment ! Il a essayé de rigoler. Il n'a pas pu. Il se forçait ; il nous a dit qu'il arrivait très bien à faire rigoler tous les muscles de son visage, il s'était entraîné, mais... mais il pleurait. Il ne pouvait pas s'empêcher de pleurer. Les larmes dégoulinaient toutes seules sur ses joues. Il voulait rire et il pleurait... C'est normal, les nerfs vous trahissent. On ne commande pas ses glandes lacrymales, c'est comme les intestins avec la dysenterie... Quelquefois, rien qu'au cinéma, vous avez du mal à garder vos yeux secs. Mais lui ça le rendait fou de rage... Plus il avait honte et plus il pleurait... « A croire que j'étais devenu une « outre pleine d'eau salée et tiède, impossible de « m'arrêter... » Le chef viet devait être plutôt satisfait du résultat de son sermon !... Il ne pouvait même pas s'essuyer les yeux parce qu'il était ficelé comme un saucisson. »

Un silence. Il fait chaud dans la salle de restaurant dont nous sommes les derniers clients. Avec une serviette l'ancien soldat essuie la sueur qui luit sur son visage et boit un grand verre d'eau. Il a un grognement désabusé.

« Je ne vois pas pourquoi... agiter tous ces vieux souvenirs... Faut avoir été là-bas pour comprendre... Je n'aime pas en parler, je n'en parle pas. A quoi ça sert ?... Je vais vous dire, madame, si je vous raconte tout ça c'est parce qu'il m'a dit de le faire. »

(Moi) « Qui vous a dit de le faire ?... Dédé ? »

L'ancien soldat a l'air aussi surpris que moi. Dédé nous surveille tous les deux, ses deux énormes battoirs posés à plat sur la table de chaque côté de son verre de menthe à l'eau.

« Le colonel, pardi ! »

(Moi) « Quoi ! Quel colonel ? Le colonel du S.D.E.C.E. ? Vous le connaissez ? »

« Ben, forcément !... Il était là-haut, avec nous. Il commandait le *bawoan*... Après aussi, j'ai été sous ses ordres. »

(Moi) « Et il vous a dit de me parler d'Henri Lanvern ? »

« Oui. »

(Moi) « Comment savait-il que j'allais venir ici ? »

« Ça ? Je ne sais pas. »

(Moi) « Il vous a donné l'ordre de me parler. »

« Il n'a pas d'ordre à me donner. Je suis civil. Professeur d'éducation physique... Il me l'a demandé. »

(Moi) « Comment ? Expliquez-moi. »

« Il m'a téléphoné. Il y a cinq jours. Il m'a dit que vous alliez venir. Il m'a expliqué comment vous étiez. Il m'a dit : « Tu verras, « elle a un magnétophone. Vas-y, dis-lui ce « que tu sais. Elle veut tout savoir. Raconte-« lui. »... »

(Moi) « Et vous avez accepté ? »

« Il m'a dit : « Je te le demande. »... »

Le laconisme militaire. Je reste stupéfaite de ce qu'il vient de m'annoncer. Il ajoute encore, pour se justifier :

« Je lui ai bien dit que je ne pouvais pas aller trouver quelqu'un que je ne connaissais pas, comme ça, et me mettre à déballer ma salade... Je lui ai dit que je n'aimais pas parler de ça... De toute façon, ça n'intéresse plus personne. Et puis je ne sais pas raconter, moi !... Il m'a dit : « Tu n'auras qu'à répondre « à ses questions, les souvenirs reviendront. »... C'est vrai, il avait raison, les souvenirs reviennent, des choses que je croyais oubliées... Il m'a dit : « Faut que tu le fasses. Ça peut aider « Henri. »... »

(Moi) « Comment ? Cela peut aider Henri ? »

« C'est ce qu'il a dit. »

(Moi) « Comment cela ? »

« Il ne me l'a pas dit. Il a seulement dit : « Ça « peut aider Henri. »... Vous devriez le savoir, vous... En tout cas, lui, il doit le savoir. Il sait ce qu'il fait. »

(Moi) « Vous m'avez dit avoir servi sous ses ordres ; apparteniez-vous au S.D.E.C.E. ? »

« Non... pas directement... J'ai fait deux missions pour lui, en Algérie... Vous savez, dans certains cas, le S.D.E.C.E. peut puiser dans le personnel de l'armée pour des coups bien précis et limités... Et j'avais fait un stage au 11e choc, comme beaucoup de paras... »

Ses réponses sont faites à contrecœur, me semble-t-il. Il hésite et précise d'un ton plus ferme :

« Je ne suis pas du S.D.E.C.E... Mais si le colonel avait besoin de moi... Vous n'avez pas écouté ce que je vous ai dit tout à l'heure sur... là-bas, là-haut... Il peut me demander n'importe quoi. Je sais qu'il ne me trompera pas. Je le sais. »

(Moi) « Apparemment il pouvait aussi demander n'importe quoi à Lanvern. »

« Oui. »

Il a lâché son « oui » avec une tranquille certitude.

(Moi) « S'il ne vous l'avait pas demandé, vous ne m'auriez rien dit ? »

« Non. Pour quoi faire ? Je ne vous aurais même pas vue... Je n'en ai jamais parlé. Demandez à Dédé... C'est bien la première fois, hein ? Dédé ?... Henri non plus... Il ne t'a jamais rien raconté, hein ?... »

Dédé hoche la tête.

(Moi) « Que voulait-il donc que vous me disiez ? Y a-t-il un secret dans la vie de Lanvern, là-bas ? »

C'est à son tour d'être stupéfait.

« Un secret ? Pourquoi ?... Quel secret ? Il n'y a pas de secret... Il était comme... comme nous tous. Tôlard. Il voulait vivre. Il a essayé d'être plus malin qu'eux. C'est tout. »

Il me regarde, se tourne vers Dédé et me regarde à nouveau.

« Puisqu'il faut y aller, allons-y... Il voulait vivre. Il a fait ce qu'il fallait. Il a craché dans la soupe, si vous voulez tout savoir... et il l'a mangée ensuite, cuillerée par cuillerée... comme nous tous, ou presque. Il y en a qui ne l'ont pas fait, c'est vrai... Comment vous dire ?...

« On a marché. On a traversé la rivière Noire à Ta Khoa, le fleuve Rouge au-delà de Yen Bay. On est remontés vers le nord, vers la frontière de Chine. On est passés au nord de Tuyen Quang — vingt-cinq kilomètres — on a vu une vieille borne coloniale dans les broussailles. Henri a dit : « C'est « là que mon arrière-grand-oncle Gwenaël est mort « et enterré... » On a marché jusqu'aux calcaires de la rivière Claire, on a traversé la rivière, on a marché jusqu'à un village qui s'appelle Chiem Hoa sur le Song Cam. On a encore marché deux jours et puis ils nous ont dit de nous arrêter. Ça faisait plus d'un mois que Dien Bien Phu était tombé, plus d'un mois qu'on marchait en troupeau... On était arrivés. Une petite vallée encaissée entre les calcaires. Ils nous ont dit : « C'est là, le camp ! » Il n'y avait rien... On avait laissé à chaque étape, abandonné derrière nous, je ne sais pas... peut-être un cinquième de nos camarades. Je ne sais pas... On était devenus des moutons à force d'avoir faim. La faim n'est rien d'autre qu'un des moyens du Viet... Beaucoup de nos camarades sont morts dans les trois, quatre jours qui ont suivi...

« On a construit notre propre camp, avec les

coupe-coupe qu'ils nous ont filés, qu'étaient même pas aiguisés. Du travail de cochon ! Tous les jours cours d'éducation politique. Des âneries ! Des mensonges !... On ne savait pas pour combien de temps on était là... Ceux de Cao Bang sont bien restés quatre ans à mariner dans leur jus, non ?... J'essaie de vous expliquer l'atmosphère, je ne voudrais pas que vous croyiez : ça ne ressemblait peut-être pas à un camp d'extermination, ou de déportation, ni rien de ce que les Allemands ont inventé. Peut-être ?... On avait un ancien déporté, justement — un juif en 1944, à dix-sept ans, pour fait de résistance —, il rigolait. Il disait : « C'est de « la rigolade à côté, sauf pour la bouffe ! Pas de « chambre à gaz, pas de Kapo. » N'empêche qu'il est mort. Dysenterie, amibiase, comme Jachié... Il y a des jours, on avait le moral à zéro, en dessous de zéro. Plus d'espérance !... Il y a des moments où la mort semblait le moyen le plus simple de s'en aller, de foutre le camp, de s'évader. Pas de barbelés, pas de miradors, pas de mitrailleuses, de projecteurs, mais impossible de s'évader. On y avait bien songé, tous les trois... Un type a essayé. Il s'est tiré dans la nuit. Trois jours après les *bodoï* du coin l'ont ramené. Je peux vous dire que ça a été sa fête. Et il n'avait pas mangé pendant trois jours. Ça l'a tué. Oui, il est mort lui aussi... Toutes ces histoires de tôle c'est toujours la même chose... ennuyeux...

« Et il y a des jours pourtant, où j'ai été heureux là-bas. Je ne sais pas comment vous expliquer, je ne comprends pas... Un soir, au coucher du soleil, devant les calcaires, le long de la rivière... Et un matin, très tôt, je me souviens... On fumait un peu de tabac que les paysans avaient déposé pour nous sur la piste de la corvée de riz. Je ne fume plus maintenant, depuis dix ans... Un matin, comme ça, on rêvait tous les deux. Les autres dormaient encore. Jachié était mort. Peut-être que le tabac nous avait soûlés un peu ? Henri m'a dit d'un coup : « Je suis heureux, pourquoi ?... » L'homme est quand même un drôle d'être ! J'abrège ! Henri voulait vivre... Je vais vous dire : si Jachié a tenu presque jusqu'au bout c'est à cause d'Henri. Il lui communiquait son énergie, et à moi aussi. Il l'a fait rire, jusqu'à la fin ; il avait la joie de vivre. Il lui parlait de la mer... Il a même réussi, pendant une corvée de riz, à voler un tout petit cochon noir. Un coup sur la tête, pan ! sous la chemise ! Il l'a jeté dans la jungle avant de rentrer au camp, à cause de la fouille. On a eu du mal à le retrouver... C'était pour Jachié, pour nous et pour quelques autres. On ne pouvait pas en donner un morceau à tout le monde... Le faire cuire a été une autre histoire. Fallait pas que les Viets le voient. Un cochon cuit, ça se sent... »

Une rafale de pluie cingle soudain la fenêtre sur rue. Dehors la tempête continue. Il fait sombre. Un silence.

« Je ne peux pas aller plus vite... ce n'est pas mon genre... »

(Moi) « Je n'ai rien dit. »

« Vous êtes tout le temps impatiente, je le sens... Un secret ! Il n'y pas de secret... La faim ! la mort ! plus de la moitié de nos camarades ne sont pas revenus... On les enterrait. On mettait une petite croix de bois, de bambou... Une mousson et tout ça aura été nettoyé. Il doit y avoir de grands arbres là-bas, maintenant...

« Allons-y !... Un jour Henri a dit : « Puisqu'ils « en veulent, on va leur en donner. » Il parlait de leur foutue éducation politique, leur propagande... « Le corps expéditionnaire est une entreprise de « meurtre et de brigandage... » « Les mains san-

« glantes du colonialisme... » Leur baratin ! Moi, j'ai horreur des sermons. Ça m'entrait par une oreille et ça me ressortait par l'autre, mais à force de les avoir entendus je me rappelle des bouts de phrases. Ils voulaient nous « améliorer », comme ils disaient. Nous faire « progresser sur le chemin « de la vérité », ils disaient... bof !... Trois heures, tous les jours ! Henri a dit : « C'est ça qu'ils veulent, « je vais leur en donner pour leur pognon ; ils « seront contents et ils nous foutront la paix. » Il a voulu être plus malin qu'eux... Quand le Viet posait sa question idiote : « La guerre d'Indochine « est... ? » Il répondait aussi sec, comme au catéchisme : « Injuste et criminelle et ainsi de suite. » Paf ! Bravo ! Le Viet satisfait !... Au début, pas de quoi en chier une pendule, si j'ose dire... Il y avait du vrai : aucune guerre n'est tout à fait juste et il y a toujours des innocents qui trinquent, j'ai été soldat assez longtemps pour le savoir... Mais le Viet poussait le bouchon chaque jour un peu plus loin. Et Henri allait chaque fois le ramasser... On en est arrivé au moment où il n'était pas seulement question de la guerre, mais de nos chefs, de la France, attention ! Henri n'a pas vu tout de suite le virage. La faim rend bête, pour certaines choses en tout cas. Vous repérerez un serpent à vingt mètres dans les broussailles et vous serez aussi malin qu'un singe pour l'attraper, le cuire et le bouffer ; vous deviendrez plus dégourdi qu'un Romanichel pour voler l'œuf d'une poule sous son cul sans qu'elle caquette ; mais pour les idées et les trucs comme ça... Oui, la faim ça vous monte au cerveau, ça rend un peu bête d'une certaine façon...

« Henri a marché un peu trop longtemps dans leur combine, et il en a entraîné d'autres... L'exemple : ça joue dans les deux sens, pour le bien et pour le mal... pour le moins bien, disons. Un soir, un adjudant... pas un foudre de guerre, un bon vieux juteux, un pépé de l'intendance... Vieux ! Il avait peut-être quarante ans, pour nous à l'époque c'était vieux. Il était à moitié bouffé par les furoncles, le pauvre vieux... On l'écoutait, il était un peu notre conscience. Il remettait toutes choses à leur vraie place. Il avait du bon sens. On avait aussi faim de paroles simples et droites... A sa façon, pépère, modeste, tranquille, c'était un exemple. On lui doit tous beaucoup, là-bas... Vous savez, le « chacun pour soi », la sauvagerie, la saloperie n'est pas loin sous la surface. Une mince couche, il ne faut pas la déchirer. La civilisation est comme une mince couche de peinture, vous grattez trop et hop ! la sauvagerie de l'homme vous saute au visage. Je le sais, je l'ai vu plusieurs fois. Quinze ans soldat, et quatre ans d'Algérie, alors vous pensez !... Là-bas le vieux pépé à furoncles recollait la peinture, rebouchait les trous... Un soir il lui dit : « Pourquoi fais-tu ça ? » C'était à la fin d'un de leurs cours ; une « campagne de « dénonciation des atrocités », vous voyez le genre. De la boue ! « Pas toi, Henri », lui a dit le pépé... J'étais là, juste à côté... Je peux vous dire : Henri a reçu un coup sur la tête. Il s'est arrêté. Il aurait reçu une balle dans le ventre ça aurait été pareil... Je crois qu'il s'est réveillé à ce moment-là. Il a quand même essayé de se défendre. Il a dit : « C'est « de la farce, tout ça, des mots, je rigole, je leur « mens, je leur mens, tu le sais. » Il ne riait pas, il était blanc... jaune. On était tous jaunes à cause de la dysenterie, du béri-béri, et du palu... Pépé le regardait, c'est tout. Il ne lui a pas fait de sermon, pas comme le Viet, le vieux juteux... Il le regardait, avec sa bonne tête de pépé : « Pas toi, « Henri. » C'est tout... Jachié, sur le bat-flanc, à cause de sa faiblesse, Jachié a dit : « Il a « raison... »

« Henri a fait la gueule. Tu le connais, Dédé... Il n'y a que la vérité qui lui fasse mal... Le lendemain il était malade ; la fièvre, la tripe et tout. Il est resté en chien de fusil. Grabataire ! Il ruminait. On a eu peur qu'il se laisse aller, comme le petit blond. Il ne disait plus un mot... Je crois qu'il ne s'était pas rendu compte, jusque-là, et d'un seul coup, à cause de pépé, il s'est rendu compte... La faim rend un peu bête. Il s'était cru plus malin qu'eux...

« Comment vous expliquer ?... C'est vrai que c'était de la farce toutes leurs balivernes ! D'une certaine manière ça n'avait pas d'importance, il y en a pour qui ça n'a aucune importance. Moi, par exemple : aussitôt entendu, aussitôt oublié ! Qui pourrait croire à des sornettes pareilles ? Ils ne parlaient que par slogans... « Tuez le vieil « homme ! » (Il rit.) Ce n'est pas au pépé qu'ils en voulaient, mais à l'homme qu'on était avant d'avoir le privilège d'être capturés par le camp de la paix et rééduqués... »

Il a un autre long rire. Tout son visage criblé de cratères et de tranchées comme un champ de bataille se fripe, seuls ses yeux ne rient pas. Je pense au « testament » de Lanvern face au chef viet, quand il croyait être fusillé.

« J'ai beaucoup réfléchi à tout ça, par la suite... « Pas toi, Henri ! » Sacré vieux pépé à moitié pourri de furonculose ! Il avait mis le doigt sur la plaie. Il avait tout compris dans sa tête de vieux gratte-papier. « Pas toi, Henri !... » Pas après Dien Bien Phu, les cinq collines, là-haut... Quand même !... « Tuez le vieil homme », il a dit la vérité ! (Un rire grinçant.) Il avait la manière, lui aussi. Pas de sermon, seulement : « Pas toi ! » Et Henri a compris tout de suite... Je vais vous dire : le vieux pépé a sauvé son âme, comme Jachié et moi nous avions sauvé son corps au col de Ban Pha Dinh... »

Il y a une terrible tension dans le regard de l'ancien soldat. Lentement il prend la serviette et essuie son visage luisant en fermant les yeux. Il se tourne vers Dédé et revient vers moi.

« Je ne sais pas pourquoi le colonel m'a demandé de vous dire tout ça ?... Peut-être faut-il que cela soit dit... »

Un court silence.

« Vous comprenez, ce n'était pas seulement le fait d'avoir craché dans la soupe, c'était le mensonge... Accepter le mensonge. Utiliser le mensonge. Mentir avec les menteurs... On ne peut plus croire en rien ! Leur force, c'était qu'il y avait toujours une goutte de vérité dans leurs mensonges, pour appâter... Une seule goutte vraie dans une mer de mensonge ! J'y ai bien réfléchi, depuis... J'ai lu des livres. Il n'y a pas de vérité absolue, paraît-il, seulement une vérité relative... Peut-être ? Les philosophes ne savent pas ce qu'est la vérité. Peut-être ?... Mais tout ça c'est des mots, moi je sais ce qu'est le mensonge. On ne peut pas vivre en mentant, même en rigolant par-derrière, en clignant de l'œil, en se croyant malin, en disant : j'ai menti. Même pour un bol de riz, même pour sauver sa peau... On a tous menti un peu, dans le sillage d'Henri. Et Jachié est mort quand même ! Nos mensonges ne nous ont même pas permis d'obtenir une boulette d'opium pour le sauver... Oh ! le Viet était content, il le pouvait, il avait gagné, on était devenus ses complices... J'y ai bien réfléchi : le mensonge c'est la pourriture... On ment trop dans notre monde d'aujourd'hui !... Bon Dieu ! c'était quand même plus simple là-haut, sur les cinq collines...

avec nos capitaines. On ne mentait pas... »

Un silence.

« Le vieil homme a dit la vérité... Brave pépé ! Quand je pense que là-haut je ne lui aurais même pas confié un de mes groupes de voltigeurs ! »

De nouveau ce rire auquel les yeux ne participent pas.

(Moi) « Henri Lanvern est-il resté longtemps grabataire ? »

« Une journée. »

(Moi) « Et il n'a plus... « craché dans la soupe » ? »

« Non. »

(Moi) « A-t-il été libéré en même temps que vous ? »

« Non... huit jours plus tard... Un dernier truc pour nous mater. Le coup classique... On était tous parés, briqués ; ils nous avaient même refilé des petits treillis verts, des baskets et des casques de latanier pour épater la galerie de journalistes qui nous attendaient sur le fleuve. Banderoles : « Vive l'amitié des peuples ! » Drapeaux rouges ! Des paysans sont même venus en colonne par quatre nous embrasser : « Bon coyage, et prompt « retour dans vos foyers », tous en chœur ! Le grand cirque... C'est la vérité, je ne plaisante pas. Moi, c'est un vieux barbichu qui m'a bécoté. Le pauvre vieux, il était plus gêné que moi. Il aurait pu être mon grand-père. Je trouve dégoûtant qu'on force des gens respectables à faire les guignols... Écoute, Dédé, tu imagines nos vieux retraités bigoudens, tes copains du port, les bois-sans-soif du Café de la Marine mobilisés pour une mascarade pareille ?... En rang par quatre, place de la Mairie ! Un coup de sifflet : crachez votre chique. Un coup de sifflet : embrassez ces types. Un coup de sifflet : braillez le slogan. Un coup de sifflet : barrez-vous maintenant, on vous a assez vus...

Bon, je continue. Pour nous tous c'était : En avant marche, direction la sortie, alors le reste on n'en avait rien à foutre... Au dernier moment — on voyait déjà les péniches de la Marine sur le fleuve, leurs petits pavillons tricolores — halte-là ! Le chef de camp avec son sourire de faux cul : « Les « colonialistes français... » Il débite son sermon. A l'écouter on leur aurait fait un dernier coup en vache, un chauffeur d'ambulance militaire français aurait « sciemment » écrabouillé un buffle, ou un poulet, ou un canard, ou peut-être même une vieille femme, j'ai oublié depuis le temps... J'abrège, son discours a bien duré une demi-heure avec tous les beaux adjectifs bien en place. Bref, le Vietnam démocratique ne pouvait rester insensible devant un tel étalage de « cynisme criminel « et de perversité impérialiste ». Ils ont retenu cinq prisonniers. Pépé, bien sûr, malgré sa septicémie. Henri était aussi du lot, le chef de camp avait une dent contre lui depuis qu'il ne disait plus un mot au cours du soir. On n'était pas très fiers de les laisser derrière nous. On n'était pas sûrs de jamais les revoir... On en avait tant laissé déjà ! Moi, je peux vous dire : je ne me suis senti libre qu'une fois à bord de la péniche de la Marine, quand on a débordé la rive. »

(Moi) « L'avez-vous revu à Saigon ? »

« A Hanoi, d'abord. A l'hôpital. »

(Moi) « Avez-vous rencontré sa femme, là-bas ? »

« Non, j'étais déjà rentré en France... Je suis parti quand il s'est fait démobiliser sur place. Je lui ai dit qu'il était idiot : c'est vrai, sergent à vingt ans, plein de décorations, deux blessures ; avec un peu de pot il aurait terminé ses quinze ans adjudant-chef, Légion d'honneur, quatrième échelon, le maximum d'annuités et de campagnes doubles, une retraite plus une pension, cinquante pour cent à la S.N.C.F... Ou alors il aurait été tué en Algérie... Mais c'est pas ça qui lui faisait peur il était par nature un homme de guerre... Je ne pensais pas qu'il réussirait comme il l'a fait au cinéma, je n'y croyais pas... Au camp il disait qu'il se ferait affecter au service Cinéma des armées, ça l'intéressait déjà... Et puis un jour à Saigon il plaque tout. C'est le colonel qui m'a prévenu. Quand il a quitté l'armée, je peux vous dire, il n'avait rien dans les mains, rien dans les poches... Tu le connais, Dédé, quitte ou double ! hein ? tu es d'accord ?... Sa vie est un zigzag. Il a failli devenir curé, il aurait pu être un marin — tu m'as dit toi-même qu'il était bon matelot, hein ! »

« Il a été marin », lâche tranquillement Dédé.

« Bon, il a été marin, il a été soldat, il est metteur en scène de cinéma. Maintenant on dit que c'est un espion, et quoi encore... C'est le colonel qui m'a prévenu. Il n'était que commandant à l'époque. Henri n'avait rien dit à personne, il avait mégoté son affaire tout seul. Rayé des contrôles de l'armée. Terminé. Il ne voulait pas rester... Je sais pourquoi, moi. C'est son orgueil ! Il avait un peu craché dans la soupe, il a pensé qu'il ne pouvait plus revenir en tendant sa gamelle. La dernière victoire du Viet... Victoire, c'est à voir. Mais à ce moment on l'a tous pensé, même le colonel, on s'est tous dit : c'est un naufrage... Henri a réussi très bien ! Pourtant je peux vous dire, il a sauté du bateau tout nu, sans même sa bouée de sauvetage. Il a sauté sans parachute. Par respect humain ! »

(Moi) « Quand Lanvern est venu passer quelques jours ici avant de partir pour la Thaïlande, l'avez-vous rencontré ? »

« Oui. »

(Moi) « Vous a-t-il parlé de ce qu'il allait faire là-bas ? »

« Oui, forcément. Il m'a parlé de son film, un peu... »

(Moi) « A-t-il parlé de Ky ? »

« Non. »

(Moi) « Pourquoi a-t-il été chercher Ky au Laos ? »

« Je ne sais pas... Parce que le colonel le lui a demandé... »

(Moi) « De quoi avez-vous parlé ensemble? Racontez-moi. »

« Je ne me rappelle pas... de tout, de rien... Il est toujours comme ça avant un film. Il fait le point. On est juste là pour l'écouter, n'est-ce pas Dédé ?... Il réfléchit à haute voix... Il était content de sa vedette. Il l'appelait « le roi de gouttière ». Je crois qu'ils ont eu une bagarre entre eux, mais que c'était arrangé... Il a parlé des Méo aussi... Oui, je me souviens, il a parlé du colonel. Il a dit qu'il avait encore une sacrée réputation, là-haut. Beaucoup de Méo ont quitté le Tonkin et le Laos ces derniers temps pour se réfugier en Thaïlande, beaucoup de ceux-là se souviennent du colonel — le Tigre Blanc, c'était son nom de guerre... Henri disait que les Méo avaient confiance en lui à cause de la bénédiction du colonel et que cela lui faciliterait le tournage... Il a dit que le tout était de démarrer, dans un film comme ça, créer l'ambiance, le ton, l'atmosphère, les contacts humains... Il m'a expliqué longuement, il devait avoir besoin de... Il a dit, je crois : « Après, même « si je me casse une jambe, ils pourront le termi- « ner. » Il était préoccupé, mais pas plus que d'habitude... Il disait : « J'ai peur, c'est comme « avant un assaut », mais il le dit pour chaque film. »

(Moi) « — Si je me casse une jambe ! » C'était peut-être une manière d'annoncer qu'il irait chercher Ky et qu'il ne terminerait pas le film ? »

« Peut-être, mais je ne pouvais pas le savoir... Non, j'ai eu l'impression qu'il était heureux de retrouver ses Méo qu'il avait connus au G.C.M.A. Et moi, je serais bien parti avec lui, s'il avait eu besoin de quelqu'un pour porter les bagages... Vous savez, l'histoire, dans le livre, se passe à Bornéo ; c'est le colonel qui lui avait conseillé de l'adapter au pays méo. »

(Moi) « C'est le colonel ?... Vous êtes sûr ? »

« Oui, je me souviens, il y a longtemps, quand il travaillait le scénario. Le colonel est même venu ici. Ils ont été aux Glénans ensemble, sur le bateau de Dédé. Il l'a poussé à faire le film en Thaïlande, chez les Méo. »

Voilà une information que le colonel s'était bien gardé de me donner. Il ne ment pas, « sauf par omission », avait dit le vieux journaliste.

Il fait sombre. L'ancien soldat regarde sa montre. Je sens qu'il en a par-dessus la tête de cet interrogatoire.

(Moi) « Une dernière question : le colonel vous a-t-il demandé de me dire quelque chose de particulier ? »

« De particulier ? Comment ça ?... Il m'a demandé de répondre à vos questions, c'est tout. De vous dire comment c'était là-haut, là-bas... Mission accomplie, j'ai fait ce que j'ai pu. Si vous ne me croyez pas... »

Il se lève, son grand corps de sportif se déplie. Il fait quelques pas et revient vers moi.

« Qu'est-ce que vous imaginez ? Il n'y a pas de combine... Vous vouliez savoir qui est Henri Lanvern, paraît-il ? Je vous ai dit ce que je savais, à cause du colonel... Et je peux vous dire encore :

Henri est mon ami!... Et encore une dernière chose : la cause dont je parlais tout à l'heure! Elle n'était pas si mauvaise notre cause, quoi qu'on en dise. Il n'y a qu'à regarder maintenant. On a aussi trop menti sur notre cause, sur notre guerre. Je ne veux pas en discuter, parce que je ne connais pas vos idées, mais je sais ; j'y étais. »

Nous rentrons à Saint-Guénolé. La tempête faiblit. Il ne pleut plus. La route luisante reflète de grands nuages.

« Le vent a repassé au noroît », constate Dédé.

Je n'arrive pas à joindre le colonel au téléphone.

SEPT PHOTOS
(suite)

« Un Breton aux longs cheveux
que rien n'arrête quand il dit : je veux. »

LES figures incompréhensibles qui s'agitent contre les parois de la caverne de Platon ne sont que l'ombre de l'être véritable qui passe et repasse devant l'entrée.

Je regarde mes sept photographies. Je ne sais toujours pas si j'approche de l'être véritable de Lanvern, mais j'ai l'impression que l'ombre incompréhensible qui voile ses sept visages est celle du colonel.

La tempête semble se calmer dans la nuit. La lune et les rayons du phare d'Eckmühl éclairent la monstrueuse silhouette noire du dock flottant. Parfois un grain crépite contre ma fenêtre.

« Le vent est au nord », m'annonce la patronne au petit déjeuner.

Dédé vient me chercher pour visiter le *Pen ar Bed*.

Un pâle soleil. Une lumière d'une lividité froide,

qui change constamment avec le passage des nuages. La mer est tantôt couleur d'ardoise, tantôt grise comme l'acier. Un vent glacé rebrousse l'eau du port.

(Moi) « Que signifie *Pen ar Bed* ? »

« Le bout du monde. *Pen* c'est tête, et aussi une pointe, un cap, une extrémité. *Pen ar Bed* c'est l'extrémité du bout du monde, le bout du bout du monde... C'est Henri qui a choisi ce nom. »

Le chalutier est rangé le long du quai, très en contrebas car la marée est basse. J'y accède par une échelle de fer gluante de mazout scellée dans le béton. Dédé me présente à son équipage, cinq gaillards de sa carrure. Je reconnais quelques têtes du Café de la Marine. Ils embarquent les vivres : sacs de pommes de terre, cageots de légumes, caisses d'œufs, bouteilles de vin et d'eau minérale...

« On appareille ce soir », confirme Dédé.

Il m'explique : le *Pen ar Bed* est un chalutier « classique », c'est-à-dire un modèle ancien sur lequel le filet de pêche est mis à l'eau par le flanc du bateau. La technique moderne est de mouiller directement le chalut à l'arrière par une sorte de potence de pendu. « Mon prochain sera comme ça... » Le poisson est conservé dans la glace. « Une dizaine de jours au maximum. »

Il me fait visiter la passerelle, une robuste cahute au milieu du pont, derrière le treuil. C'est à la fois fruste et sophistiqué : le radar, le sondeur, le système Decca qui permet de faire le point par radio et de savoir à quelques dizaines de mètres près quelle zone le chalut est en train de draguer.

Ni lui, ni moi ne sommes dupes. Je n'ai pas

oublié : « *Nous sommes comme les Chinois, ...*
d'attaquer le vif du sujet... »

Dédé est prévenant : « Attention, baissez la tête... Agrippez-vous à cette poignée... Laissez-moi vous tendre la main. » Il me renseigne avec ce laconisme breton et j'essaie de poser des questions intelligentes. On s'apprivoise peu à peu.

Derrière la passerelle, la cuisine : un réduit d'un mètre vingt sur un mètre ; un fourneau à gaz butane, une pompe à eau de mer et quelques casseroles pas très propres.

« On mange bien à bord. »

Une trappe. Un trou noir qui sent le mazout et la saumure. Une échelle verticale. Dédé me précède et allume une lampe à pétrole.

« C'est là qu'on vit quand on ne travaille pas. »

Dédé se tient courbé, le gîte est trop bas pour sa taille. Une table massive rivée au sol occupe presque toute la place. Il reste juste de quoi se couler autour pour s'asseoir sur des bancs étroits. Derrière, de chaque côté, des sortes de niches, des lits clos, fermés par des panneaux coulissants. Les boiseries sont grossières, rugueuses, imprégnées d'humidité ; j'ai l'impression d'être enfermée dans un caveau pour les morts. L'air manque et la lampe à pétrole fume.

Dédé m'a invitée à m'asseoir sur un des bancs. Je branche mon magnétophone et j'attends.

Des oscillations faibles, des grincements, le clapotement de l'eau contre la coque, le claquement des sabots de l'équipage sur le pont au-dessus de nous, qui engrange les vivres.

« On n'est pas mal ici... Quelquefois, quand le poisson rend, on passe des trente heures d'affilée là-haut, alors quand on redescend on est bien, on a chaud, on va dormir dans notre trou, comme

ans le ventre de sa mère. Voulez-vous
que chose ? »
« Non merci. »
i un petit porto, ou un « lambic », un
du pays, vous allez voir. »
le verse d'autorité un verre d'une sorte de calvados et se sert une menthe à l'eau.

(Moi) « Vous ne buvez jamais d'alcool ? »

« Non... Attention, c'est fort. »

Un silence. Il me surveille de ses yeux châtains, un mélange de gris et de cuivre.

« Alors vous faites son portrait, en quelque sorte ? »

(Moi) « Oui. »

Je n'ajoute rien, je le laisse venir.

Un silence.

« Hier, l'autre, il voyait Henri à sa manière... Il a ses idées... Il a plus parlé de lui que d'Henri. C'est plus son portrait à lui que celui d'Henri que vous avez récolté... C'est un paysan, son père était métayer. Pas un marin comme Henri et moi. »

Un autre silence, qui s'éternise.

(Moi) « Vous connaissez le colonel ? »

« Oui. »

(Moi) « Vous a-t-il aussi demandé de me parler ? »

« Non. Je l'ai vu trois fois. Je savais que c'était l'ancien commandant d'Henri. Je ne savais pas qu'il était des services secrets... Moi, vous savez, je ne suis pas trop militariste... plutôt le contraire... Je ne veux pas dire que ce soit un mauvais homme, mais... »

Il ne termine pas sa phrase et reste silencieux, comme si rien ne lui plaisait davantage. Il veut jouer au chat et à la souris.

(Moi) « Mais... ? »

Il hausse les épaules et a un rire qui découvre

deux incisives blanches, légèrement séparées, qu'on appelle les dents de la chance. Il ne dira rien d'autre sur le colonel.

(Moi) « L'adjoint au maire laisse entendre que Lanvern vous aurait prévenu de ce qu'il allait faire là-bas. »

« Non... pas vraiment. »

(Moi) « Vous a-t-il aussi dit qu'il risquait de se casser une jambe, comme à l'autre ? »

« Non... On était en mer... On était en pêche dans le sud-est des Sorlingues... Il aime embarquer avant de commencer un film, il dit que ça l'aide à remettre les choses à leur place... On a capté un *mayday*, le S.O.S. d'un yacht (il prononce « yak »), un hollandais, à quinze nautiques de nous. On était tout juste à mouiller le chalut, manque de pot... Quand la tartine vous échappe des mains, elle tombe toujours du côté du beurre ; la loi de l'emmerdement maximum !... En crochant trop vite le panneau, Loïc s'est fracturé le poignet... Quand on est arrivés là-bas, il y avait déjà un hélico de la Royal Navy sur le coup... On a quand même repêché une bonne femme qui était plus qu'à moitié gelée, une jeunette... Vous ne pouvez pas savoir les embêtements qu'elle m'a faits par la suite, celle-là ! Elle a prétendu qu'on avait voulu la violer, qu'on l'avait mise toute nue, qu'on l'avait soûlée pour en profier, qu'on l'avait battue... C'est vrai : à poil et roulée dans une couverture chaude, mais on lui avait laissé sa culotte. Quelques claques aussi pour la réaction et un grog, sans ça elle passait... On l'a débarquée à Plymouth : encore trois jours de pêche perdus, à cause de sa plainte. Elle avait porté plainte, les Anglais ne rigolent pas avec ces plaisanteries-là... Ils en ont aussi profité pour vérifier nos mailles de chalut, ils n'ont pas les mêmes mesures que nous. Résultat : amende, ou confiscation des engins de pêche, au choix !... Je vous raconte tout ça pour comprendre la suite. En rentrant à Saint-Guénolé, la nuit, sur la passerelle, Henri m'a dit : « Moi aussi je vais avoir à « répondre à un *mayday* là-haut ; j'espère que ça « se passera mieux que pour toi. »... Voilà exactement ce qu'il m'a dit. Sur le coup je n'y ai pas fait attention. »

(Moi) « A-t-il mentionné le nom du général Ky ? »

« Oui, peut-être bien... plus tard. Je ne me rappelle plus... Par nuit calme, en route, on ne parle pas comme à terre, on a le temps, on est un peu engourdi, on est bien... on rentre à l'écurie. La moitié du cerveau suppute le prix de la vente du poisson, l'autre moitié est libre. On a un œil pour le compas, le Decca, le radar, et l'autre pour le plaisir de regarder la mer et le ciel. Une oreille pour le rythme du moteur, les grincements, les chocs inhabituels, et l'autre pour écouter les copains à la radio v.h.f. On échange des blagues... Quand Henri est à bord, je mets la radio en sourdine, il a toujours des choses intéressantes à raconter... Quelquefois il récitait des poèmes...

On demande : Où sont-ils ? Sont-ils rois dans
[quelque île ?
Nous ont-ils délaissés pour un bord plus
[fertile [1] *?*

« Il m'a seriné ces vers je ne sais combien de fois cette nuit-là, j'ai fini par les connaître par cœur. Il disait que ces questions sur des marins disparus en mer étaient exactement les questions qu'on se poserait à propos de son film. Je crois qu'il a parlé de son ancien capitaine... Je n'étais pas d'humeur à l'écouter, j'avais mes préoccupations. La petite garce !... Trois jours de pêche

1. Victor Hugo, *Oceano nox.*

de perdus, à Plymouth, plus encore une demi-journée pour la ramasser et la mener là-bas, plus l'amende salée. Plus l'honneur, quand même ! comme si nous autres Bigoudens on était des sauvages !... Avec ça plus question d'aller rôder avec ce chalut dans les eaux anglaises, ils m'auraient à l'œil. Et j'oublie le poignet de Loïc, trois semaines d'incapacité, un bon matelot... Les plaisanciers, je vais vous dire, il y en a ça va, mais d'autres !... Tenez, l'été dernier, à cinquante nautiques des Glénans, un soir, calme plat, mer d'huile avec un restant de houle. Tout à coup une, deux fusées rouges — c'est le signal de détresse —, et quand il y en a deux c'est : faites vite. Je me déroute, en avant toute. J'arrive sur un yacht. Tout semblait normal à bord. Deux types et trois femmes buvaient tranquillement du whisky en rigolant sur des matelas pneumatiques. Un type à casquette blanche me hèle : « Pouvez-vous « prendre une de ces dames à votre bord, parce « qu'elle a un train pour Paris demain matin et « on n'arrivera pas à l'heure ? »... Je vous jure ! c'est la vérité. »

(Moi) « Qu'avez-vous fait ? »

Un silence. Dédé braque sur moi un regard aussi impénétrable que pénétrant.

« Par radio j'ai signalé l'infraction aux Affaires maritimes, avec nom du bateau et tout... Comme je suis bonne poire, j'ai quand même embarqué la bonne femme. Elle a dégueulé partout : le mélange de Chanel n° 5, de mazout brûlé, de poisson et de sueur d'hommes mal lavés — on revenait de douze jours de mer —, ça ne pardonne pas aux jolies dames. L'année prochaine, elle passera ses vacances à la montagne, l'air y est plus frais...

« Dites-moi, j'ai l'impression que ce n'est pas

tant le portrait d'Henri que vous cherchez, mais celui de ceux qui le connaissaient un peu. Je l'ai bien vu hier. Je le vois maintenant. »

Je ne suis pas surprise de la perspicacité de mon ours, il m'en a déjà donné d'autres preuves.

(Moi) « Vous avez raison. J'essaie de connaître Henri Lanvern, de relier ce que j'apprends de lui à l'ensemble plus vaste qui a été sa vie, pour le comprendre un peu mieux. Il y a un proverbe : « Dis-moi qui tu hantes et je te dirai qui tu es. » C'est un moyen indirect de le connaître. Je n'en ai pas d'autre. »

« Et vous désirez ajouter un marin breton à votre galerie de portraits ? »

(Moi) « Oui. Pourquoi pas ? Si vous le voulez bien. »

« Au moins vous êtes franche, vous... Ma vie est ma vie. Elle ne regarde que moi. »

Dédé s'est refermé d'un coup. Il est assis en face de moi, les yeux fixés sur son verre de menthe à l'eau qui disparaît entre ses énormes pattes. Son ombre massive projetée d'un côté par la flamme de la lampe semble animée d'un balancement souple dû au léger roulis du bateau. De multiples voix bretonnes, mêlées aux claquements des sabots et à des grincements, viennent du pont par la trappe restée ouverte. Parfois un craquement sourd lorsque la coque heurte le béton du quai. Il fait presque bon maintenant dans ce trou humide, la chaleur animale ! Dédé n'a pas coupé les ponts. Il réfléchit.

J'étale mes sept photos sur la table. Dédé les ramasse et les regarde une à une à la lumière de la lampe à pétrole. Il pousse parfois un grognement. Je lui tends alors celle de Ky accroupi près du feu de bivouac avec deux autres soldats et Henri le matin de l'embuscade sur la piste Pavie, que le borgne unijambiste d'Ivry m'avait donnée.

(Moi) « C'est Ky... Les deux autres sont morts ce jour-là. »

Dédé examine attentivement les visages l'un après l'autre, longtemps.

(Moi) « Le quatrième en profil perdu, c'est Henri. Il a été blessé quelques heures après. »

Dédé reste silencieux, lourd, épais, opaque, rien dans l'expression de son visage ne laisse deviner ce qu'il pense. Il finit par reposer la photo sur la table et reprend celle où Henri blessé sort des flammes soutenu par un petit soldat vietnamien.

« Tout ça a été vain, pour eux comme pour les autres. Il n'y a qu'à regarder le résultat, aujourd'hui. »

Je le laisse un instant à ses réflexions avant de reprendre :

(Moi) « Vous le connaissiez bien, avant ? »

« Oui. »

(Moi) « Vous alliez à l'école ensemble ? »

« Non... J'étais à la communale. On n'est pas trop pour les curés dans la famille... Chez les Lanvern non plus d'ailleurs, sauf la mère qui était bigote... Nous, les marins, sur la côte, on est des rouges, le couteau entre les dents, on vote à gauche, c'est notre réputation en tout cas... En 36, pendant le Front populaire, le père d'Henri portait le drapeau rouge de la fédération socialiste de Penmarc'h-Saint-Guénolé. Il est mort en 38 et la mère à mis Henri à l'école catholique... On était tout de même copains, on jouait ensemble, on se bagarrait contre ceux de Penmarc'h... On faisait du sport, il était bon en foot et en cross. Moi, j'étais meilleur que lui en lutte, sauf quand il devenait méchant, là il fallait faire gaffe !... Même quand il était à Pont-Croix, au grand séminaire. Moi, j'ai quitté l'école à quinze ans, avec le brevet... Il me prêtait les livres qu'il aimait... Il embarquait avec moi dès qu'il pouvait. On nous appelait Pile et Face parce qu'on était toujours ensemble... Je me souviens il disait : « Quand je serai grand j'aurai « un boutre en mer Rouge et je ferai le commerce « des perles », ou bien il irait défricher une plantation en Birmanie. Il était plein d'idées, ça dépendait des livres qu'il avait lus... Il me disait : « Quand j'aurai bien démarré, tu viendras me « rejoindre, on est associés tous les deux. »... Et puis, le jour de ses dix-huit ans, il s'est sauvé du séminaire, il a tout plaqué pour s'engager. »

(Moi) « Vous a-t-il dit pourquoi ? »

« Oui... Il est venu de Pont-Croix en car jusqu'à bord du *Jaurès* le dire à mon père, qui l'a foutu dehors... Mon père était pacifiste. Quatre de ses frères ont été tués en 14-18 et un autre en 40, à Dunkerque, sur le *Simoun*... L'Occupation avait bien un peu ébranlé ses convictions, mais il était contre la guerre d'Indochine, la « sale guerre »... Moi aussi. J'ai été communiste, c'est vous dire. J'ai manifesté à Brest, et une fois à Marseille contre le départ du *Pasteur*. »

(Moi) « Êtes-vous toujours communiste ? »

« Non... C'est mon affaire... Je ne vais certainement pas leur cracher dessus, si c'est ça que vous attendez... J'ai été heureux quand j'étais communiste... A la cellule, à la base, entre nous, entre travailleurs on se sentait bien. La solidarité humaine... On était pour la justice, c'était simple. Quelquefois je regrette ce temps-là... Je suis resté un syndicaliste. »

Je sens que je ne dois pas insister. Dédé a gardé la photo d'Henri à la main, il la regarde à nouveau.

« C'est bien lui, avec sa pomme d'Adam... Avant

son départ il était un peu moins maigre... et les cheveux plus longs. »

(Moi) « Qu'a-t-il dit pour expliquer son engagement ? »

« A mon père ? Il n'a rien eu le temps de dire... « Tu ne vas pas aller massacrer là-bas de pauvres « gens qui ne t'ont rien fait. » Il l'a viré du *Jaurès*, ça n'a pas traîné... Mon père était comme ça... Un brave avec un sale caractère. Deux fois plus fort que moi. Fallait pas le mettre en colère. Il soulevait un essieu de wagon de marchandise au *fest noz*. Terrible à la lutte bretonne aussi... Un dur, mon père c'était un dur ! Une brute si vous voulez... En 17, sur les bancs de Flandre, il est resté vingt-trois heures dans l'eau en soutenant un copain blessé quand son bateau a sauté sur une mine... Son copain était mort de froid, mais il n'avait pas voulu le lâcher... Il avait fait Terre-Neuve et l'Islande au temps des goélettes... Je l'ai des fois entendu raconter comment les hommes embarquaient... des malheureux qui avaient signé leur engagement par un coup de folie au bistrot, pleins de lambic et de vin, qu'on montait de force, que leurs propres femmes et les gendarmes poussaient à bord. Et ceux qui étaient tellement bourrés qu'on les portait comme des morts. Mon père avait seize ans, le mousse était souvent le souffre-douleur des hommes en ce temps-là, ils le réveillaient la nuit d'un coup de pied rien que pour se faire bourrer leurs pipes... Mon père c'était un cas, il n'y en a plus comme ça... C'était un vrai pacifiste... Il avait fait une seule exception : les Allemands pendant l'Occupation, ceux-là il ne pouvait pas les voir... mais alors l'Indochine !... « Tu ne feras pas ça, petit. Pas toi ! »... »

Les phrases de Dédé sont lentes à venir, entrecoupées de longs silences.

« Parce que mon père aimait bien Henri. A douze ans il l'avait embarqué comme mousse pendant les vacances scolaires pour qu'il se fasse un peu d'argent... Il avait une pinasse à voile et à moteur en ce temps-là. La pêche n'était pas comme maintenant. Le port non plus. Plus difficile. On rentrait et sortait avec la marée... Mon père aimait bien Henri... Henri était le premier de sa classe... « Si tu ne te laisses pas entortiller par « les curés, tu finiras capitaine au long cours, « mon petit. »... Il me faisait honte, parce que moi, les études... Et Henri était aussi un bon mousse, un bon matelot... Seulement il ne fallait pas attaquer mon père sur ses principes... C'était trop pour lui... « Si tu fais ça, tu peux aussi bien quitter « le *Jaurès* tout de suite ! Il n'y a plus de place « pour toi à bord. »... Après il a regretté... Henri est reparti sans dire un mot, sans se retourner... Je l'ai retrouvé dans un des blockhaus du Mur de l'Atlantique dès que j'ai pu. C'était notre coin... Il m'attendait, tranquillement. On a parlé. »

Un silence. Dédé a les yeux obstinément fixés sur la photo, perdu dans la rêverie.

(Moi) « Vous ne voulez pas me dire ce qu'il vous a dit ? »

« Si... Je peux vous le dire, mais... On a parlé de... Je ne sais pas, c'est difficile à raconter... Il y a si lontemps et pourtant je n'ai pas oublié... On a parlé de la vie... Henri m'a dit : « Je veux savoir si « j'ai de la chance ! »... Des paroles de gamin ! C'était le jour de ses dix-huit ans. Il a parlé de choses qui lui semblaient importantes, profondes... De la vie, du sens de la vie... Du courage. Henri avait perdu sa mère l'année d'avant. On a parlé de la mort... de Dieu, même, vous voyez ! de l'existence de Dieu !... Henri lisait beaucoup. Il a toujours aimé les livres... Vous devriez voir sa bibliothèque aujourd'hui! au moins un millier de bouquins. Et trois rayonnages rien que sur l'Indochine, la guerre d'Indochine. Quand il est revenu il a voulu savoir ce qu'était réellement cette guerre, tout ce qui a été publié il l'a acheté, même Ho Chi Minh, Giap et d'autres... On en a souvent discuté par la suite, la nuit, sur la passerelle du *Pen ar Bed*. Il aimait ces heures de nuit, seuls tous les deux, en route pour l'Irlande ou les côtes anglaises...

« Ce jour-là, dans le blockhaus il m'a dit que la vie dans certains livres était plus vraie que la vraie vie... Il voulait partir. Il voulait savoir s'il avait de la chance. Je ne me souviens pas des mots exacts, mais il disait que s'il n'avait pas de chance, tant pis, mieux vaut être fixé et il le saurait vite là-bas. Mais s'il avait de la chance, alors il savait qu'il ferait un jour de grandes choses... Il ne savait pas quoi... Il m'a lu des passages de livres qu'il aimait et qu'il avait recopiés sur un petit carnet de poche...

« Il ne faudrait pas croire... pas un coup de tête, il était très calme. Il avait beaucoup réfléchi avant de prendre sa décision... Depuis la mort de sa mère, je pense... Moi, j'ai plus les pieds sur terre que lui, mais il m'avait aussi donné envie de partir. Un peu plus tard je me suis engagé au commerce, pour naviguer au long cours, pour aller voir ailleurs... J'ai fait escale dans un certain nombre de ports, Port-Saïd, Singapour, Sourabaya, Penang, Tsiang Tsiang, Kobé... Jamais Saigon, ni Haiphong... Le *S/S Anita Hans* de Waestervick... « *Yog tolla swenska, fu fâne*[1]. » J'ai bien été obligé de l'apprendre! Un liberty ship suédois. J'ai embarqué à Lorient, il avait perdu deux

1. « Je parle suédois, sacré nom. »

matelots lettons dans un coup de chien du golfe de Gascogne. J'étais le seul Français à bord, *let matrose* [1]... On a commencé par astiquer la Baltique de haut en bas, en mangeant des harengs et en buvant du lait. Je me suis fait tatouer par un Chinois à Copenhague — un aigle terrassant un dragon, en deux couleurs, bleu et rouge, au milieu du dos. Vous voulez voir ?... Moi aussi j'ai eu de la chance. A Gdansk j'ai failli me faire descendre par la police militaire russe pour une histoire d'excès de vodka et à Stettin j'ai échangé une demi-cartouche de Camel contre une maladie honteuse... Moi aussi j'ai été un peu fou, vous voyez. La mer !... On piquait la rouille à coups de mailloche et on ne cessait de badigeonner au minium ce vieux rafiot. Il faut se purger de ses illusions, même un marin-pêcheur bigouden de Saint-Guénolé !... Pourtant la mer est toujours la mer... La tentation du bout du monde... Savoir si la terre est vraiment ronde. Et comment ça se passe de l'autre côté... c'est vrai !... On a fini par faire route pour l'océan Indien, la mer de Chine et le Soleil Levant... Mais moi je n'ai pas vu ce qu'Henri a cru voir, là-bas, moi j'ai vu la réalité. »

Dédé repose la photo.

« De là-bas il m'a envoyé une fois une carte postale — le grand pont de Hanoi sur le fleuve. « Ici ce n'est pas ce que tu croyais. »... Rien d'autre... On n'en avait pas parlé dans le blockhaus, mais il savait que j'étais comme mon père, contre cette guerre... Je le suis toujours. »

(Moi) « Étiez-vous là quand il est revenu, avec sa femme ? »

« Oui. »

(Moi) « Était-elle malheureuse ? »

1. Matelot léger.

« Oui... sans doute... Henri était tout le temps en mer. Elle parlait mal le français aussi. La vie n'a pas dû être drôle tous les jours pour elle. Pour le petit ça allait. Malin comme un singe. A l'école il s'est vite fait des copains. Ça n'a duré qu'un an. Ensuite Henri a fait son film. Celui-là. »

Il ramasse la deuxième photo de la série — prise en 1960 sur le pont d'un bateau de pêche — et me la tend.

« Le *Saint-Just*, de mon père, en mer d'Iroise... Mon père avait choisi le nom pour embêter son ennemi préféré, le patron du *Saint-Pierre* qui était calotin. Il disait : « Moi, mon saint est laïque et « républicain ! »...

« On a tous participé au tournage. Même mon père qui a fini par pardonner à Henri son engagement. Henri peut être drôlement convaincant quand il veut quelque chose !... Le film était vaguement inspiré d'un livre de Kipling, *Capitaines courageux*... Au début c'était incroyable, le jeune acteur parisien était malade comme un chien, vautré sur le pont dans son dégueulis, insensible... On a même été obligés d'appeler un docteur par Radio-Conquet pour savoir comment le ranimer. Mon père avait peur qu'il nous claque entre les doigts. Henri était enchanté, il filmait tout, il disait : « Faudra bien qu'il s'en sorte, c'est écrit « dans le scénario. »... Il était très dur avec lui, très sec. Regardez la tête qu'il fait sur la photo, les poings serrés ; on dirait qu'il veut positivement lui communiquer son énergie. Il le surveille comme un chien qui va mordre...

« La première marée, douze jours sur les bancs de la Sole, le Parisien a été malade à chaque lame. Cela faisait pitié... Le temps était mauvais, on a eu trois jours de cape. Quand on est rentrés je me suis dit : celui-là on ne le reverra pas de sitôt, il va filer dare-dare et retourner chez sa mère. Il était tout pâle et tout tremblant en débarquant et il avait perdu au moins dix kilos. La vie est dure sur un chalutier, mais si on est malade en plus !... Henri l'a repris en main et le jour du départ il était là, ma foi, pas très faraud mais il était là, poussé par les uns, tiré par les autres. Je ne sais pas s'ils l'avaient fait boire. On se serait cru revenu au temps des goélettes terre-neuvas de mon père. Cette deuxième marée n'a pas été plus brillante. Même cirque, il dégueulait toujours tripes et boyaux... A la fin, Henri et le scénario ont eu tout de même raison ; en deux mois et demi il est devenu un matelot acceptable. Le type avait changé, ça se voyait bien sur l'écran. Un gamin qui devient un homme. »

(Moi) « L'équipe technique n'était pas malade, elle aussi ? »

« Ils n'étaient pas nombreux, deux types pour la caméra, un pour le son. Il n'y a pas beaucoup de place à bord... Ils étaient malades mais ils travaillaient quand même... des anciens d'Indochine, la femme d'Henri leur faisait des repas chinois quand on rentrait... Ils sont restés trois mois en tout. C'était bien... Henri a le pouvoir de faire rêver les gens autour de lui. Tout le monde était dans le coup. Enfin presque. Il y a toujours deux clans dans un petit port comme ici, ceux qui sont pour et ceux qui sont contre. De vieilles rivalités de famille, de personne. Des chamailleries pour rien, des jalousies. Un peu de haine, parfois... C'est normal, c'est partout pareil... Mais personne n'a oublié le film ici... Et on a bien rigolé aussi... Le dernier jour du tournage le producteur est venu, un gros pépère à lunettes. Il a offert un grand banquet à l'hôtel de la Mer pour tous ceux qui avaient participé au film. Il a placé mon père à la place d'honneur, à sa droite, il l'appelait « capi- « taine »... Mon père n'était pas bavard, il était même plutôt méfiant au début, mais... ils se sont entendus comme deux larrons... Il a expliqué à mon père qu'il avait décidé de produire le film quand Henri lui avait dit que c'est comme ça qu'il avait appris la vie et la mer, à douze ans, mousse sur le bateau de mon père. « J'étais sûr qu'il réussi- « rait son film, puisqu'il l'avait vécu. — J'étais « moins dur avec lui qu'il ne l'a été avec son « acteur », a répondu mon père... Après le banquet on a fait un tour au large à bord du *Saint-Just*. Il y avait de la houle, mais le producteur n'a pas eu le mal de mer, lui. Faut dire qu'il carburait au champagne. On était tous un peu... sauf mon père... Au retour, à la nuit le producteur a voulu nous montrer comment on débarquait clandestinement d'un sous-marin anglais pendant l'Occupation... Il a mal calculé son coup et a sauté à côté du Zodiac, dans son beau costume de sortie. Il a réussi à remonter dessus et a pagayé tout mouillé jusqu'à la côte. Il a tout mimé : les traces de pas effacées sur le sable derrière lui, les cris d'oiseaux de reconnaissance, la fuite devant un chien... Il a même rampé dans un caniveau — toujours dans son beau costume — pour éviter une patrouille allemande. Il était complètement bourré, mais il n'était pas ridicule. On rigolait, mais il nous a épatés... même mon père. C'est que... ce n'était pas tout à fait de la farce, il l'avait fait trois fois pendant la guerre, c'est le directeur de production qui nous l'a dit... Il avait perdu ses lunettes et ne voyait plus rien. On lui a prêté un costume bleu de marin et la fête a continué. De bistrot en bistrot, on les a tous faits. Il a lancé un défi à mon père, au bras de fer. Il fallait le voir, tout rouge, les dents serrées, les yeux qui lui sortaient de la tête, tremblant d'énergie. Mon père aurait pu faire plier le bras d'un seul coup, sans forcer, il aurait pu lui briser le poignet s'il avait voulu, mais il ne voulait pas lui faire perdre la face... il faisait semblant de lutter farouchement. A la fin quand même, pour l'honneur des marins de Saint-Guénolé !... A minuit, les filles de la criée sont venues nous rejoindre, on a dansé. Il n'avait plus d'argent, il écrivait sur des bouts de papier, sur les murs : « Le producteur reviendra demain vous payer. »... Toute la nuit !... Même les gendarmes n'y ont rien trouvé à dire. Pas de bagarre, c'était bon enfant... Le matin, pas mal de vieux Bigoudens se sont retrouvés sur le dos comme des crabes, au bord des chemins, incapables de se remettre sur leurs pattes... Le producteur avait filé en voiture. Il est revenu vers midi avec l'argent pour payer et la foire a failli recommencer parce qu'il a bien fallu refaire la tournée des bistrots, histoire de régler les dettes... »

Un silence. Dédé se prend la tête entre ses deux énormes battoirs. Il hésite avant de reprendre :

« Vous aurez quand même votre portrait de marin breton, pas seulement nos histoires de bistrot... »

Il écarte ses deux mains et me regarde attentivement. Des yeux scrutateurs qui ne révèlent pas ce qu'ils constatent.

« Ce qui m'a surtout intéressé dans ce film ce sont les rapports de travail. Je vous l'ai dit, je suis syndicaliste, ces choses-là m'intéressent... Je sais bien qu'un film n'est pas une entreprise comme les autres, c'est une sorte d'artisanat, comme la pêche que nous faisons ici... Ils n'étaient pas très nombreux : cinq seulement à bord, acteur compris, et une douzaine pour les scènes à terre ; c'est un peu comme un équipage si vous voulez.

Leurs rapports entre eux étaient intéressants à observer. Chacun avait sa place, maître et responsable dans sa spécialité, mais tous participaient à l'ensemble... Comment vous dire ?... Ce qu'il y a trop souvent de dégradant dans le travail c'est qu'on demande à un travailleur de produire quelque chose, mais on le laisse dans l'ignorance la plus complète de la nécessité et du sens de son travail lié à un ensemble plus vaste. Il y a là comme un mépris de l'homme et du travail. « Faites ce qu'on vous dit, comme on vous le dit, et « ne vous mêlez pas du reste ! »... Sur ce film, Henri, avant chaque scène, expliquait, non seulement à l'acteur, mais à tous les techniciens, le sens de la scène, pourquoi elle était nécessaire et comment il envisageait de la tourner pour lui donner la forme la plus efficace. Ainsi chaque technicien, même le plus modeste, le machiniste, savait ce qu'on attendait de lui. Et il pouvait faire des suggestions — même en dehors de son domaine, je l'ai vu plusieurs fois — qui allaient dans le sens recherché. Il y avait participation consciente de tous et le film devenait une entreprise collective en quelque sorte... J'en ai parlé à Henri. Il m'a dit : « C'est comme ça que commandait mon capitaine « en Indochine, je ne fais que l'imiter ! » Il disait que tourner un film ressemblait beaucoup à mener une compagnie au combat. Je veux bien le croire, encore que quand j'ai fait mon service militaire on ne me demandait pas mon avis, à moi... Malgré tout j'ai réfléchi à ce que j'avais vu.... On a eu beaucoup de discussions à ce propos au syndicat, pour nous il n'y a pas que les revendications de salaire, il y a aussi les revendications sur les conditions de travail. Ce film était exemplaire en ce sens. »

Un silence.

« L'autre sujet d'intérêt était les rapports du capital et du travail. Le film avait un budget très modeste. L'équipe tout entière autogérait ce budget. J'ai eu l'impression que c'était très efficace, pas de gaspillage... Les techniciens étaient payés au minimum syndical, mais ils étaient aussi à la part, comme nous autres marins-pêcheurs. Ils recevraient un pourcentage sur les recettes quand le coût du film aurait été amorti. J'ai demandé au directeur de production de faire une conférence là-dessus au syndicat. »

(Moi) « Le film a-t-il eu du succès ? »

« Oui... un bon succès. Il a obtenu un prix au festival de Berlin. Il a passé dernièrement à la télé... Je ne sais si l'équipe a touché une grosse part. »

Dédé regarde maintenant la photo de l'escalier triomphal que descend Henri en smoking au bras de sa femme en tunique de soie.

« Elle était belle... Elle s'habillait toujours à la vietnamienne... Elle aimait danser. Elle dansait bien... très pudiquement. Je ne l'ai jamais vue en maillot de bain, même sur la plage en été elle était toujours emmitouflée dans un peignoir éponge. Elle ne voulait pas bronzer, elle gardait son chapeau conique pour protéger son visage du soleil... Elle aimait aller au marché, ça lui rappelait Saigon. Elle discutait tous les prix, c'était drôle de la voir... Après ce film ils sont partis pour Paris, Henri avait d'autres projets de cinéma... Elle est revenue en vacances, avec le petit, pas souvent. Henri avait racheté la maison de sa mère à ses frères et sœurs... J'ai senti très vite que le mariage ne tiendrait pas. Et pourtant Henri l'aimait... Elle est retournée là-bas, je crois. »

Un silence.

« Je ne vois pas ce que je peux vous dire d'autre. »

(Moi) « Henri ne vous a jamais parlé de sa guerre ou de sa captivité ? »

« Non... Il m'a prêté des livres là-dessus... Parfois des choses banales ; quand le crachin tombait il disait que c'était comme au Tonkin pendant la mousson de nord-est, une nuit sur l'Odet il a dit que ça lui rappelait le Mékong... Pendant plusieurs années il a eu des cauchemars, il criait : « Non ! « non ! non ! » Des hurlements de terreur aussi... Il disait des mots en vietnamien. Il appelait un type : « Lin ! Lin ! »... Il était ruisselant de sueur et nous regardait avec un air égaré quand on le réveillait. Il n'a jamais voulu donner d'explication...

« Sa captivité non plus... Si, une fois, indirectement, il y a dix ans, une nuit, dans un bistrot, il était un peu bourré et moi aussi... Il racontait une histoire qu'il avait lue : que les Romains attachaient des masques comiques sur le visage de leurs prisonniers, avant de les donner à bouffer aux lions dans l'arène ; ils ne mouraient pas en martyrs mais en clowns, à la grande rigolade de tous les spectateurs... Tout à coup il est devenu sérieux, comme si une idée le frappait, et il a dit : « C'était le bon temps. Aujourd'hui, les nouveaux « Romains ne cherchent même plus à faire rire. Ils « vous collent des masques de déchet, de rebut, de « chien ; ils vous font aboyer à leurs ordres et ils « finissent par vous laisser, pourris et jaunâtres, « comme des chiens galeux sur une décharge « publique. Pas de martyrs, pas de clowns, pas de « spectateurs non plus ; ça pue trop et ce spectacle « vraiment totalement abject se joue à huis clos. »... Après ça il a fait l'idiot, il a aboyé, fait semblant de renifler les verres, il en a cassé un entre ses dents et il l'a mangé, je vous jure ! il l'a mangé, sauf le pied. Ça faisait des craquements terribles, plus forts que si vous croquez un biscuit de mer. Il avait trop bu et il avait aussi une poussée de fièvre de là-bas, les yeux creux, le nez pincé, il était tout luisant de sueur... Un des clients du bar, un peu gris lui aussi, c'était le samedi soir, a ricané : « Tout ça c'est du baratin d'ivrogne ! » Henri s'est retourné d'un bond. « C'est la vérité ! » Il était pâle comme un mort. J'ai cru qu'il allait déclencher une bagarre, je connais les signes. Plus personne ne riait. J'ai voulu le retenir par le bras, il m'a repoussé. Tendu comme une fune de chalut, bon Dieu, il vibrait littéralement !... Il a repris le contrôle de lui-même, je l'ai vu dans ses yeux. Il a dit d'une voix tranquille : « La vérité, « c'est que parmi ces chiens il y en a qui sont restés « des hommes tout le temps, jusqu'au bout. C'est « ça la vérité ! » Et il est sorti, droit comme un piquet. Presque exagérément droit, comme s'il était dessoûlé d'un coup... Il était malade et il avait bu. Il avait un tas de problèmes à l'époque... Il n'a plus jamais voulu retourner dans ce bistrot-là...

« Je l'ai ramené chez lui. L'excès de sa rage et de son humiliation l'empêchait de prononcer une parole. Il a pris une bouteille de whisky et deux verres. Son visage était tout rouge, ses oreilles plus rouges encore. Sa pomme d'Adam était agitée de spasmes, j'ai cru qu'il allait se mettre à pleurer. Il a rempli nos verres en tremblant. La sueur coulait par-dessus ses sourcils, le long des joues et du menton, et tombait dans les verres. Il a bu d'un trait... Il a fini par dire d'un ton bas : « J'ai « gâché mon film. » Il y avait dans le calme de sa voix quelque chose qui me disait de me tenir sur mes gardes. Je le surveillais. Il a encore dit du même ton : « J'ai foutu en l'air la vie de ma « femme. » Et un peu plus tard. « J'aurais mieux « fait de crever là-haut, avec les copains. »... Il tremblait toujours et il était brûlant de fièvre. D'un coup de pied il a éparpillé par terre une pile de dossiers. Il m'a pris mon verre des mains. « Donne-moi ton verre, Dédé, ne bois plus. » Il l'a vidé d'un coup. Il a bu encore, directement à la bouteille. Il semblait que l'alcool ne lui faisait plus d'effet, que rien n'était assez fort pour ses nerfs tendus... Il m'a pris par les épaules et m'a regardé en face. Il m'a dit : « Tu vois, Dédé, je ne « suis bon qu'à faire le guignol dans un bistrot « pour faire rigoler une bande d'ivrognes en trahis- « sant mes compagnons. Faire rire d'eux c'est pire « que mentir, c'est pire que les masques de clown « des Romains, c'est détrousser les morts. »... Il m'a repoussé. « Barre-toi, Dédé. » Il est allé s'étendre sur son divan, la bouteille à portée de main. Il a fermé les yeux. « Dédé, je t'en prie, barre-toi, fous « le camp. » Il a rabattu son coude sur ses yeux pour les cacher. « Il faut que tu me laisses, parce « que tu es mon ami. Laisse-moi seul. Barre-toi. » Sa voix était étrange, à la fois douce et terriblement autoritaire. « Éteins la lumière. »... Sa poitrine montait et descendait comme soulevée de sanglots. Je suis parti en le laissant dans la nuit. »

Un silence. Il conclut d'un ton brusque :

« Il ne boit plus du tout. »

(Moi) « Je sais. »

« Non, vous ne savez pas... Il est resté enfermé dix-sept heures de suite... Je n'ai pas dormi pendant ces dix-sept heures, j'avais peur qu'il n'aille se... Je suis retourné plusieurs fois. Il gueulait : « Fous-moi le camp », ça allait !... Une fois je l'ai entendu fourrager à la recherche d'autres bouteilles, je pense... Je l'ai entendu ronfler, mais je restais toujours dans le coin, aux aguets, parce que... C'est le matin qui est mortel pour l'ivrogne, l'instant où par la fenêtre il aperçoit les nuages dans le vent, les goélands, les bateaux en partance, les enfants sur le chemin de l'école, de l'autre côté d'une vitre infranchissable. Croyez-moi... De la nuit il ne reste que des cendres, des mégots, des bouteilles vides, un fond d'alcool puant dans un verre sale, l'horreur, la peur, la peur et le goût de la mort... Je le sais, et je ne suis pourtant pas un imaginatif comme Henri. Et je buvais moins que lui. Cela faisait des mois que Henri buvait, à cause de son sacré film, et de son goût pour ça, aussi... »

(Moi) « C'était quand il est venu se réfugier ici après la *Mort d'un capitaine* ? »

« Oui, il était arrivé seul par le train de nuit, la veille de la sortie du film à Paris. Il était déjà bourré. Il s'est enfermé chez lui, il ne sortait que pour boire. Je n'ai jamais vu un homme si désespéré. Il avait à peu près la tête qu'il a sur ces deux photos-là. »

Dédé me tend les deux gros plans de 1967 et 1969. Henri Lanvern est bouffi, empâté. Ses yeux pâles sont voilés. On ne retrouve plus trace de l'innocence du jeune adolescent romantique qu'il a été, ni ce masque énergique qu'on constate sur toutes les autres photos. Il se dégage de ces deux visages une impression de tristesse et de veulerie.

« Il était en plein divorce et il voulait avoir la garde du petit... Il avait retrouvé son sale caractère et il n'arrivait plus à le dominer... Mais cette nuit-là j'ai eu peur qu'il se... qu'il se tue. Il en était capable. Il disait souvent ces derniers temps, c'était une de ses phrases : « Quand on descend « trop bas, quand on dépasse le point de non- « retour, il y a toujours la possibilité de remettre le « compteur à zéro... Ce n'est pas parce qu'on cesse « de pédaler que le monde cesse de tourner. » C'est pour ça que je montais la garde... Dans l'après-midi il a fini par sortir en survêtement de sport faire un cross. Sa porte est toujours ouverte pour moi, je suis entré. Il avait cassé toutes ses bouteilles, il avait dû se couper, il y avait du sang par terre et sur les serviettes de toilette. Je l'ai attendu. Il est revenu une heure après, soufflant comme une forge, grisâtre ; il a dû s'allonger sur son divan. Il ne disait pas un mot, il faisait comme si je n'existais pas. Il a été prendre une douche. Je l'entendais crier quand l'eau était trop chaude ou trop froide. Il y est bien resté un quart d'heure et il en est ressorti moins pitoyable, bien qu'il se soit rasé d'une main peu sûre et que toutes ses coupures saignaient abondamment... Je lui avais fait du café ; on l'a bu ensemble et il m'a dit : « Dédé, j'ai besoin de toi. Il faut que tu me trouves « un embarquement. » Je lui ai répondu qu'avec sa réputation d'ivrogne aucun patron ne voudrait de lui. Ça lui a fichu un coup. Il a insisté : « Il faut que « j'embarque même si je ne suis pas payé, ça m'est « égal. » Je l'ai engueulé : « Tout travail mérite « salaire, le syndicat s'opposera à ton embarque- « ment. »... Il m'a regardé. Il avait un regard de... Ça m'a fait mal au cœur. Il a ramassé le verre sale à moitié plein de whisky et de pastis mêlés. Il l'a tenu devant lui, sa main tremblait comme celle des vieux alcooliques le matin au bistrot avant qu'ils n'aient bu leur premier café arrosé de la journée. Il a dit : « Je meurs d'envie de boire « cette saloperie. » Et ça se voyait, ses yeux étaient plus brillants... Il a jeté le verre contre l'évier... Il a dit : « Dédé, trouve-moi un embarquement. Si « je peux embarquer je ne boirai plus une goutte, « plus jamais. J'ai besoin de trois mois de mer. »... Je lui ai dit qu'il existait des cliniques de désintoxication pour des cas comme le sien. Du coup il est redevenu l'homme qu'il était avant :

« Qu'est-ce que tu crois ! Je ne suis pas encore « tombé aussi bas. C'est moi qui m'en sortirai « tout seul. » Il était furieux. Je l'aimais mieux comme ça...

« Je lui ai trouvé un bateau. Ça n'a pas été facile, le patron l'a pris à l'essai, prêt à le virer au retour de la première marée... Henri est resté cinq mois à bord. Au début il faisait une gueule d'enterrement, paraît-il, et puis la vie a repris le dessus... »

(Moi) « C'est aussi à cette époque que vous avez cessé de boire ? »

« Oui... Nous avons fait un pacte. A deux on est plus forts... Mais pour moi ça a été plus facile que pour lui. Et puis j'aime bien la menthe à l'eau... »

Un silence.

(Moi) « Comment êtes-vous devenus associés ? »

« Henri m'a prêté de l'argent. On a fait un contrat. C'est tout ! »

J'ai l'impression de tomber non sur la mauvaise volonté de Dédé, ou même sur son laconisme habituel, mais sur une lassitude, ou peut-être une sorte de pudeur. Il regarde sa montre.

« On part ce soir. J'ai du travail... Le rôle à prendre aux Affaires maritimes... tout vérifier à bord... Je vous en ai déjà beaucoup dit. Trop ! Je me suis laissé embarquer... Je ne sais pas si Henri aurait aimé... Il était discret, secret même... Il était sur ses gardes. Il ne faudra pas le trahir, mademoiselle. Personne n'aime voir sa vie étalée partout, pour tous... Parce que les gens ne savent pas. Vous ne savez pas... Moi, je ne sais rien de vous, je devine... Il faut aimer pour comprendre... Je ne sais pas si vous aimez Henri... Il vous intrigue, il vous intéresse, c'est sûr ; mais... »

Dédé se lève. Il déploie son immense carcasse et reste courbé devant moi à cause du peu de hauteur de plafond.

« Il faut que j'aille sur le pont. Je reviendrai. Prenez un autre lambic en m'attendant. »

D'autorité, il remplit mon verre et remonte vers la trappe par l'échelle.

Je bois le lambic d'un trait, qui me râpe la gorge et me réchauffe les entrailles. Je me sens bien dans cette espèce de trou humide et tiède. La lampe ne fume plus. Le bruit du travail sur le pont n'arrive qu'assourdi.

Pour me rendre compte je me glisse dans un des lits clos de l'équipage. Une paillasse, deux couvertures de laine rugueuse, une petite lampe de chevet encastrée, un cendrier plein de mégots vissé à portée de main, la photo d'une femme et de quatre enfants, un crucifix avec quelques branches desséchées de buis ; une odeur de mer, de poisson mort et d'homme en sueur. Une tanière ! Je ferme un instant les panneaux à glissière et j'ai l'horrible impression d'être dans mon cercueil.

Je griffonne quelques notes et impressions en attendant le retour de Dédé.

Henri voulait savoir s'il avait de la chance. Il en a eu beaucoup à mes yeux. Il est parti pour la guerre, il n'est pas mort en soldat, il n'est pas mort prisonnier, affublé de son masque de chien. Chaque fois qu'il trébuchait, tombait et s'enfonçait, il y a eu quelqu'un pour lui tendre la main et l'aider à revenir. « *Pas toi, Henri !* » D'abord, le père de Dédé, à douze ans, pour en faire un homme, un marin. Ensuite le colonel dans les maquis méo. Le capitaine Ky au combat. Le grand gaillard au teint d'Arabe et Tadé sur la piste du camp. Le vieux pépé. Le journaliste et les cameramen de l'armée pour lui inculquer son nouveau métier. Sa femme, peut-être, quand il eut soif d'amour.

Le père de Ky et de Long a tenté de lui apprendre la sagesse. Même le producteur a parié sur son premier film. Et Dédé enfin, qui le sauve de la chute en répondant à son appel au secours.

Pourquoi tant de choses en une seule vie ? Et qu'en a-t-il fait ?

Que leur apportait donc Henri Lanvern pour qu'ils fassent tous si grand cas de lui ? Même « le roi de gouttière » qui ne pense pourtant qu'à sa propre gloire.

Je me demande s'il existe des amitiés qui ne reposent pas sur des illusions volontaires.

Tout est paisible dans l'abri. Je n'entends même plus le claquement des sabots sur le pont, comme si l'équipage avait déserté le bateau. La flamme immobile de la lampe monte droite, en forme de poignard.

Je ne sais pourquoi je me souviens avoir lu autrefois que la vie, au sens biologique du terme, ne consistait qu'en actions nécessaires à la simple existence dans la nature et à la reproduction de l'espèce. Le mammifère humain ayant satisfait à ces exigences s'adonne à d'autres occupations non biologiques qui ne lui sont pas imposées par la nature, qu'il invente en quelque sorte, qu'il crée. Cette vie créée, inventée, est la vraie vie humaine. La vie humaine serait, dans ce qu'elle a de plus humain, une œuvre de fiction, et l'homme serait une espèce de romancier de lui-même. Pour donner une quelconque réalité à sa création il est condamné à la vivre.

Cette idée me remplit d'une satisfaction profonde. Je me plais à imaginer Henri Lanvern romancier et dramaturge mettant en scène son dernier acte, cette décision qui me paraît toujours plus inexplicable qu'aucun geste humain n'a le droit de l'être. A bout d'imagination Henri Lanvern a voulu terminer le roman de sa vie par une chute spectaculaire et peut-être ainsi s'étonner lui-même... Pendant un instant j'ai pensé : C'est parfait, j'ai compris... Et puis une légère gêne remonte à la surface, minant ma certitude.

Le retour bruyant de Dédé met brusquement fin à mes divagations alcoolisées.

Dédé dévale d'un bond l'échelle de fer. Il est de bonne humeur.

« Vent de nord, force 7. Mer agitée à grosse dans les secteurs Sud-Irlande et Ouest-Manche. C'est bon. La prochaine dépression est au large de Terre-Neuve, on a le temps de voir venir... Je ne vous ai pas fait attendre trop lontemps ? »

(Moi) « Non. Votre lambic m'a tenu compagnie. »

Il rit.

« Attention c'est un traître et un menteur. Il vous fait prendre l'illusion pour la vérité. »

(Moi) « Pourquoi m'en avoir offert, alors ? »

« Pour vous décontracter... De toute façon, votre magnétophone est insensible aux insinuations du lambic, lui... (Il rit.) Vous devriez aller à Combrit voir monsieur le recteur. Un saint homme !... bien que les curés et moi ça fasse deux... C'est lui qui connaît le mieux Henri. »

Un silence.

« Que voulez-vous encore savoir ? »

Je suis prise de court. Dédé s'en aperçoit et a un sourire.

« Je vais vous le dire... Henri est devenu mon associé, comme il l'avait prédit avant de partir en Indochine. Il avait gagné pas mal d'argent avec un de ses films et il voulait pouvoir embarquer à la pêche quand ça lui chantait. Moi j'en avais plein le dos d'être à la botte de mon père, en vieillissant il devenait plus tyrannique que le capitaine Achab de *Moby Dick*. Vous connaissez?... Un livre épatant que Henri m'avait prêté... On a acheté le *Pen ar Bed*... Henri ne joue pas au marin pour la frime. Quand il embarque il est inscrit au rôle, il travaille et il touche sa part comme les autres... Il y en a peut-être qui disent qu'il n'en a pas besoin, qu'il ôte le pain de la bouche d'un brave type, mais ce n'est pas vrai... Il en a besoin pour son équilibre. Il me l'a dit. Ce n'est pas difficile à comprendre, il a besoin de temps en temps de rentrer dans le rang, de mettre la main à la pâte... Le cinéma c'est l'illusion, si on n'y prend pas garde ça peut devenir le mensonge, insensiblement. Henri a besoin de se replonger le nez dans la réalité. Voilà ce qu'il m'a dit. Dans la réalité, dans la vérité! Et la vérité, c'est quoi?... C'est que la vie est dure à gagner, que l'homme gagne son pain à la sueur de son front. C'est ça la vérité. La vie est dure... « J'ai besoin de me faire souffrir « un peu pour ne pas l'oublier, sans ça je finirai « par déconner dans mes films », c'est ce qu'il m'a dit, mot pour mot. Je crois qu'il a raison...

« Voyez-vous, Henri et moi on s'épaule. Il a besoin de moi, comme moi j'ai besoin de lui. C'est pour ça qu'on est restés amis depuis tout ce temps... Moi j'ai besoin qu'il me rappelle à l'occasion que... comment disent les curés, déjà?... que l'homme ne vit pas que de pain... »

19 heures.

Le *Pen ar Bed* s'écarte du quai dans un grondement de diesel, en bousculant un peu les autres bateaux de son énorme mufle. Trois matelots en ciré jaune s'activent sur le pont, attentifs à placer des défenses d'osier pour amortir les heurts trop violents. Dédé est à la passerelle. Il lâche un instant la barre, ouvre la porte et me fait un geste d'adieu, main tendue, paume en avant, tous doigts écartés, comme Lanvern sur sa dernière photo prise en Thaïlande.

Il actionne ensuite la corne de brume, trois fois. Il fait nuit, mais la pleine lune inonde le port d'une lumière glacée et je peux voir son rire derrière la vitre.

Il fait froid, le vent pique les yeux. Quelque part, sur un autre chalutier, une radio nasille une chanson à la mode ; une voix à l'accent breton reprend le refrain.

Le *Pen ar Bed* passe entre les balises du chenal et la mer aussitôt l'assaille. Il disparaît presque complètement dans le creux d'une vague, on ne voit plus que son feu en tête de mât. Il émerge, tout noir, découpé en ombre chinoise sur une crête argentée pour disparaître encore. On n'entend plus le bruit de son moteur à cause du vent. Il s'éloigne dans la nuit éblouissante tour à tour visible et invisible, silencieux comme la barque de Charon. Un nuage masque la lune, Je ne vois plus que son feu qui semble palpiter au loin dans l'obscurité.

MONSIEUR LE RECTEUR
(première partie)

« Mais n'ayez donc pas peur. De quoi avez-vous peur ? »

JEAN-PAUL II.

IL a quatre-vingt-deux ans. Un vieillard puissant, large, massif, dans une soutane râpée boutonnée de haut en bas. Un visage d'une structure grossière, lourdement raboté, peu différent de ceux des vieux retraités du Café de la Marine ; un front bas, buté, couturé de grosses veines et de rides emmêlées comme des racines d'arbres ; un nez aplati de boxeur ; des narines poilues largement ouvertes ; des lèvres épaisses, sensuelles ; des oreilles informes, rouges, écartées, poilues également ; des cheveux drus, gris et agités comme les vagues de l'Atlantique : une sorte de Bacchus ou de Pan primitif, la réplique ratée d'une sculpture de Rodin.

Son aspect déçoit d'abord : où est le saint homme ? Dans cette face triviale de vieux marin ou de vieux bûcheron, nulle trace d'un élancement, d'une aspiration, d'une quête spirituelle.

Mais soudain on voit les yeux. Tout change, on est cloué sur place. Sous les sourcils broussailleux deux yeux gris acier vous enchaînent. Deux pierres lumineuses, magnétiques. Impossible de leur échapper. Un regard tour à tour doux, bienveillant, dur, inquisiteur, d'où jaillit parfois un éclair glacial, bon, mélancolique, malicieux, chaleureux, qui sonde douloureusement jusqu'au plus profond, qui fouille, scrute, pèse, qui juge peut-être. Nul ne peut mentir devant un tel regard.

J'avais pris rendez-vous par l'entremise de l'évêché de Quimper. Imposant et monumental il m'accueille à la porte de sa modeste maison.

Une cellule à demi monacale, à demi paysanne. Un sol en terre battue. Aux murs nus et blancs sont suspendus la reproduction d'une Vierge à l'enfant et un crucifix de buis. Une table de cuisine recouverte de toile cirée ; de part et d'autre un fauteuil de bois noir et deux chaises inconfortables. Un buffet breton clouté de cuivre. Une belle cheminée de granit où des bûches achèvent de brûler. Il ne fait pas chaud. Sur la table un gros livre relié qui doit être la Bible, un bateau en bouteille, un plumier d'écolier et un encrier.

Il me désigne une des chaises.

Il m'observe tranquillement. Je suis impressionnée, par son regard, par ses yeux qui sont à cet instant d'un gris lumineux, d'une nudité transparente. Pendant un instant je ne sais quoi dire. Il attend.

Je demande la permission d'utiliser mon magnétophone. Il acquiesce sans un mot, son regard patient et interrogateur reste fixé sur moi. Je me jette à l'eau.

(Moi) « Il est venu vous voir, n'est-ce pas, avant de partir pour la Thaïlande ? »

« Oui. »

(Moi) « Vous a-t-il dit ce qu'il envisageait de faire là-bas ? »

« Oui. »

(Moi) « Abandonner son film, rechercher le général Ky ? »
« Oui. »
(Moi) « Vous a-t-il dit pourquoi ? »
« Oui. »
(Moi) « Pourquoi ? »
Un éclair, mais les yeux du vieillard se dégèlent aussitôt. Il prend son temps pour répondre.
« Qu'espérez-vous donc de moi ? Une simplification commode ?... pour expliquer ses mobiles ?... Il pensait qu'il devait le faire. »
(Moi) « Est-il venu chercher conseil auprès de vous ? »
« Non. »
Cet insupportable laconisme breton. Je suis désemparée : à quoi bon !
Il doit le lire en moi, parce qu'il reprend :
« Non. Il avait déjà pris sa décision. Il avait seulement besoin de me parler... Il n'était pas nécessaire de vous faire recommander par l'évêché, je vous aurais reçue de toute façon... »
Un silence.
« Le colonel qui est responsable de toute cette affaire m'a appelé au téléphone. Il m'a dit que vous étiez une bonne personne. Plus exactement : que vous n'étiez "pas une mauvaise personne". »
Il a un petit rire et ses yeux prennent un éclat malicieux pendant un bref instant.
(Moi) « Vous aussi vous le connaissez ? »
« Henri l'a souvent amené ici. »
(Moi) « Pourquoi veut-il tant qu'on me parle ? Que veut-il ? »
« Il pense que vous êtes malhabile, mais que votre méthode est bonne et qu'il faut vous aider. »
(Moi) « Pourquoi ? mais pourquoi ? »
« Il pense que vous pouvez vous approcher de la vérité. »

(Moi) « Quelle vérité ? »

Le pesant vieillard en soutane penche son front noueux, comme un bœuf sous le joug. Pendant un instant j'échappe à son regard. Il fait un puissant effort pour se redresser.

« Nous n'avons pas beaucoup de temps, mon enfant. J'ai un enterrement tout à l'heure. Un vieux du bourg, un ancien combattant de 14. L'avant-dernier. Je ne suis plus du « service actif », comme disait Henri, mais je veux l'accompagner. C'est pour cette raison que vous me voyez en soutane. Je suis trop vieux pour les modes d'aujourd'hui et les gens d'ici aiment bien un peu de tradition. Il faut aussi user les vieilles choses *usque ad finem*, je n'aime pas le gaspillage. »

(Moi) « Pourquoi le colonel ne m'a-t-il pas dit lui-même ce qu'il souhaite m'entendre dire ? Je ne comprends pas. »

« Vous ne l'auriez pas cru... Nous ne cherchons pas les choses, mais la recherche des choses. »

(Moi) « C'est lui qui l'a fait tomber dans ce piège. J'ai presque l'impression qu'il veut me faire tomber moi aussi dans un piège. »

« Croyez-vous que je sois un piège pour vous ? »

(Moi) « Non. Excusez-moi, monsieur le recteur, ce n'est pas ce que je voulais dire, mais ses interventions à distance m'agacent. »

« Allons, mon enfant, nous avons peu de temps. »

Je suis prise de court, je ne sais plus quelles questions poser.

(Moi) « Que pouvez-vous dire de lui, d'Henri ? »

Son regard redevient malicieux.

« Ah ! nous y voilà !... Vaste question... J'y ai pensé avant votre arrivée. Je me suis demandé ce que j'allais vous raconter. Sa biographie ? Son apologie ? Son oraison ? Henri n'est pas mort. C'est l'avant-dernier soldat de la Grande Guerre qui est mort, un vieux paysan, et ce n'est pas moi qui vais faire son oraison mais le recteur de la paroisse... Voyez-vous j'ai été d'abord le professeur d'Henri, j'ai été son tuteur, j'ai été son prêtre, il a été mon enfant de chœur, je lui ai fait faire sa première communion, je l'ai confessé, je suis son directeur de conscience depuis quarante ans. Je sais beaucoup de choses de lui... Certaines peuvent être dites et d'autres que je sais ne regardent que lui et moi. Et il y en a d'autres encore que je ne connais pas. De tous les mystères de la création l'homme est le plus mystérieux ! (Un petit rire.)... Aussi loin qu'on jette la sonde, les profondeurs échappent... J'ai pensé à tout ça en vous attendant. Je vais essayer de vous dire pourquoi j'aime ce garçon. »

Un silence. Son menton paraît s'enfoncer plus avant dans la poitrine et son corps peser plus lourdement sur le fauteuil.

« Mon premier souvenir remonte à 1938, à la mort de son père. J'étais là quand il a vu le corps de son père. C'était un jeudi, un jour de vacances en ces temps-là. Il avait galopé avec des gamins de son âge dans les landes derrière la Torche. Il était revenu un peu plus tard, écorché et joyeux. Il avait quatre ans. Il était entré en courant. Il s'est arrêté brusquement en me voyant, et les femmes et les bougies allumées, et les volets tirés, et son père couché sur le lit. Il s'est approché. Il a regardé. Il a poussé un cri terrible : « NON ! » Il s'est enfui dans une panique folle. « Non ! non ! non ! » Personne n'a pu l'arrêter. Il a disparu... Tous les amis de son père l'ont cherché jusque tard dans la nuit. Il n'est revenu que le matin. On n'a jamais su où il avait passé la nuit, dans un bateau du port sans doute. Il avait quatre ans. C'était un tout petit bonhomme, un petit animal sauvage...

« Il n'a pas pleuré. Sauf à la messe, pendant le *De profundis*... C'est curieux, il a toujours craint, encore aujourd'hui il craint la musique, car elle excite trop fortement en lui cette partie si précieuse et si dangereuse de l'âme... La musique le bouleverse... C'est moi qui l'ai initié à la musique classique, plus tard, vers onze, douze ans. Il écoutait, parfois il se levait tout à coup et sortait précipitamment, car les larmes jaillissaient de ses yeux. Je me souviens d'une de ses phrases : « Que me veut à moi ce Mozart ? »... C'était un jeune garçon très intense, plein de santé. Il lui fallait épuiser ses muscles pour fatiguer la bête, pour rendre inoffensif l'être instinctif qui tire sur sa chaîne ; alors, seulement, il pouvait écouter la musique sans trop réveiller son inquiétude...

« Oui, c'était un garçon bien attachant qui vivait les lèvres fermées, si vous me permettez cette image. Intense et sensible, d'une grande émotivité, une sensualité si vous voulez, qui le poussait aux excès et qu'il a essayé de contenir toute sa vie sans jamais réussir à l'étouffer. Le vieil héritage ! On n'est pas impunément celte, breton, bigouden, fils d'un peuple outrancier et orgueilleux qui n'a peur de rien autant que de lui-même, croyez-moi...

« Je n'ai pas été surpris quand il a réussi dans sa profession. Il a toujours eu un regard, il savait voir les choses, il avait de la curiosité, et surtout il aimait la vie, les gens... la mer, le ciel, les nuages. Je crois que ce sont les qualités nécessaires à un artiste... La sympathie, l'amour est la clef de la connaissance...

« C'était un petit païen, mais à l'époque je ne désespérais pas d'en faire un bon prêtre... Oui, il aurait pu devenir un bon prêtre. Comme il a été bon soldat. Aussi surprenant que cela paraisse, il faut les mêmes qualités humaines. Je le sais, j'ai été soldat moi aussi. »

(Moi) « Vous avez été soldat ? »

« Oui, mon enfant, à la fin de la Grande Guerre, en 16, 17 et 18, je m'étais engagé... En 39-40 j'ai été aumônier des corps francs ! et en 44-45, de la 1re Armée. Je crois connaître les soldats... Mais revenons à notre petit païen. Vers quatorze ou quinze ans il a eu une crise mystique. Il s'est jeté dans l'Église et l'étude de la religion avec toute sa fougue. Il voulait devenir missionnaire, ou moine. Il devait rêver d'être un saint, bien sûr. C'est un romanesque. Il se rêvait meilleur, meilleur qu'on ne peut jamais l'être... Une crise comme tant d'adolescents en connaissent au moment où les inquiétudes de la puberté agitent l'âme, mais qui a duré plus longtemps, qui était plus profonde à cause de son caractère. J'ai cru qu'il était sauvé... Voyez-vous, mon enfant, la vie est dangereuse et cruelle pour de telles natures. La foi sauve. La foi donne la joie. Je sais que l'homme n'est pas heureux. Moi, j'ai été heureux, je suis heureux. Et j'en rends grâce !... Henri n'est pas un homme heureux... C'est un cœur élevé qui se tourmente... Les saints Évangiles lui apportent encore parfois un peu de réconfort. Il les relit de temps en temps. Il m'a dit un jour que c'était le plus beau livre, le plus grand livre du monde. Mais que sont les saints Évangiles sans la foi ?...

« Il était au grand séminaire de Pont-Croix. Il venait me voir le dimanche. Je l'exhortais. Je lui disais de faire tous les gestes de la religion, de prier... Il ne pouvait plus prier. Il disait : « Je ne « peux plus prier, je n'ai que du vide dans mon « cœur. » Il disait qu'il ne pouvait même plus pleurer d'émotion. C'était au moment de la mort de sa mère... Depuis ses quatre ans, depuis qu'il avait vu le corps de son père étendu sur le lit, qui le matin était encore en vie, il a une horreur, une peur, une épouvante de la mort. Sa crainte de la mort était aussi puissante que sa vitalité...

« Je me souviens, en 43-44, nous avons accueilli à l'école des petits réfugiés de Brest... Ce furent des mois terribles. Certaines nuits, le ciel était rouge dans le nord, on entendait un grondement de tempête, et on savait que Brest était bombardé, presque à cent kilomètres à vol d'oiseau. Certaines nuits le ciel était rouge au sud-est, c'était Lorient qui brûlait. Tout ça à cause des bases sous-marines allemandes... Quelques-uns de nos petits réfugiés étaient tout habillés de noir, leurs parents avaient été tués dans les bombardements. Nous l'avions expliqué à nos élèves. Je me souviendrai toujours de l'attitude de Henri !... Il devait avoir dix ans... C'était un garçon précoce, très en avance pour son âge. Il apprenait avec ardeur, lisait avec avidité, mais du point de vue mental et émotif il était encore tellement enfantin... On pourrait dire, si vous voulez bien, que son intelligence se développait indépendamment de... de la sagesse. »

Il a un petit rire d'excuse, mais ses yeux ne me quittent pas, comme s'il contrôlait à chaque instant ma capacité à comprendre ce qu'il me dit.

« Il voulait découvrir le secret du monde... L'éternité et l'infini. A dix ans ! Des questions qu'on se pose à quinze ans, que d'aucuns ne se posent jamais ! Ses petits camarades étaient plus prosaïques... Comme beaucoup d'enfants il vivait alternativement dans deux univers distincts ; l'un ensoleillé, calme et protégé ; l'autre souterrain, sombre et menaçant. Il n'était pas capable de me le dire, ou plus exactement ne le voulait-il pas — les enfants sont très secrets quand il s'agit des bas-fonds de leur monde imaginaire —, mais je le sentais, je le devinais ; parfois il laissait échapper un signe... Je crois aussi connaître les enfants ! De petits Poucet qui sèment derrière eux leurs petits cailloux, blancs ou noirs, c'est selon. Il suffit d'être un peu attentif... Il avait des cauchemars. Le corps froid de son père avec son bandage autour de la tête... Le souvenir du masque d'éther appliqué de force sur son visage quand il avait six ans — une mastoïdite opérée à l'hôpital de Quimper. Vous connaissez cette pénible impression d'étouffement, contre laquelle on est impuissant alors que tout le corps se révulse ? On ne pratique plus de cette façon aujourd'hui... A six ans, il ne pouvait comprendre qu'on le livre ainsi, lié à une table d'opération, sous le regard inquiet de sa mère, sans qu'elle fasse un geste pour le sauver... D'autres enfants subissent ce genre d'intervention chirurgicale sans traumatisme profond, mais, je vous l'ai dit, il était plus intense... Pendant quelques années, il a cru qu'il ne pouvait plus se fier à personne, même à moi... Il était toujours sur ses gardes, prêt à fuir... Il était seul et il avait peur, et je ne pouvais rien pour lui... L'arrivée de ces petits garçons tout vêtus de noir l'a bouleversé. Il y avait en plus parmi eux un petit juif à qui nous avions fabriqué un certificat de baptême... Je crois qu'on en avait même profité pour le baptiser un peu. On ne sait jamais !... »

Un petit rire de connivence.

« Nous étions pourtant discrets au sujet de ce petit — peut-être un peu trop mystérieux ? Henri a deviné que le pauvre était encore plus menacé qu'il ne croyait l'être lui-même... Un jour à la récréation il a fui, il s'est sauvé... Il a couru se cacher, pas chez sa mère, chez son seul vrai ami, un gamin de son âge, le fils d'un pêcheur du port. Un pêcheur dans tout les sens du terme, un vieil anticlérical, celui-là !... Il nous l'a quand même ramené au bout de trois jours, quand il l'a découvert...

« C'était une époque bien cruelle... Regardez nos monuments aux morts. Tous ces fusillés !... Un des oncles d'Henri a été fusillé mais c'était un ivrogne... Nous faisions tout ce qui était en notre pouvoir pour tranquilliser nos petits élèves, pour leur donner une vie normale, mais la souffrance et la mort, le mal... A dix ans, Henri en avait un étrange pressentiment... une étrange conscience. Il a fini par retrouver un équilibre... Mais je pense que dans tout ce qu'il a fait dans sa vie depuis, il y a la trace, l'ombre de ces bouffées de terreur qui ont troublé son enfance. »

Un silence. Le vieillard ferme les yeux un instant. Ses gros doigts tripotent les boutons de sa soutane comme les grains d'un chapelet. Il a presque l'air de s'endormir. Puis ses lourdes paupières se soulèvent.

« Je crois qu'aujourd'hui il est plus ou moins libéré de la peur de la mort. Autant qu'on puisse l'être jamais... Nous avons tous, à partir d'un certain âge, un peu de mort en nous. On s'y habitue. Le matin en se rasant on reconnaît chaque trait, chaque signe que le burin creuse chaque jour davantage dans la vieille carcasse... Mais lui, plus tard, après la guerre, à quinze ans, seize ans, quand cette angoisse l'empoignait dans la nuit, il était obligé de se relever, de marcher dans le dortoir du grand séminaire, de sortir dans la cour, de courir jusqu'à l'épuisement... Il m'a dit une fois : « Je sais ce que c'est de mourir. »... »

(Moi) « Et pourtant il s'est engagé pour faire la guerre en Indochine. »

« Oui, ce fut une surprise, même pour moi. Il est venu me voir... Il venait d'avoir ses dix-huit ans.

On a parlé toute la nuit. Il était décidé. Il m'a dit : « Je veux savoir qui je suis. »... Il a essayé de m'expliquer. Il a essayé... Il mêlait beaucoup de choses... Des réflexions personnelles, des citations... de Chateaubriand, de *La Condition humaine* de Malraux qu'il venait de découvrir, de Rimbaud, vous voyez ?... Il disait aussi vouloir jouer « quitte ou double », « pile ou face »... Il parlait de la liberté, du libre arbitre et du déterminisme, nous avions souvent tous les deux ce genre de discussion d'étudiants... Il parlait aussi d'une initiation nécessaire, d'un examen de passage... J'essaie de me souvenir. Son geste n'avait pas été prémédité. Son désir de partir avait certainement mûri lentement dans son subconscient, disait-il, mais sa décision avait été prise brutalement dans la nuit, la veille de ses dix-huit ans, s'était imposée comme une évidence, comme la seule chose possible et juste... Il voulait me convaincre ; il m'expliquait son choix avec force, mais sans exaltation ni passion excessive. Il voulait me faire comprendre qu'il avait besoin de savoir qui il était, et qu'il savait que la réponse était là-bas... Le matin même il avait distribué ses livres à ses camarades et il avait quitté le séminaire. « Sans me retourner ! »... Il n'avait aucun argument politique, économique, ni colonialiste bien sûr, pour se justifier. Le problème n'était pas là. Il ne parlait que de lui. Il disait qu'il lui fallait suivre, obéir à ce « *quelqu'un qui est en* « *moi plus moi-même que moi* ». »

(Moi) « Cela paraît confus et puéril. »

Le regard bienveillant du vieux prêtre devient fixe, ses yeux ont soudain la couleur de l'étain.

« C'est une citation de Claudel, mon enfant... Ce n'est pas parce qu'on emprunte à d'autres l'expression de sentiments qu'on n'éprouve pas profondément ces mêmes sentiments... Peu de gens savent s'exprimer, voyez vous, sinon nous serions tous de petits Mozart... Ne riez pas de lui. Les souffrances de la jeunesse ne sont pas comiques ; c'est l'oubli, le temps et la perspective qui les font paraître telles. Il n'avait que dix-huit ans, du point de vue émotif il n'était toujours qu'un adolescent... Et je trouve que cette nuit-là, à sa manière, il avait fort bien su dire les tourments, les incertitudes, les espoirs et la vitalité de l'adolescence. Beaucoup mieux que je n'ai pu vous le suggérer... Cette nuit-là j'ai eu une vision assez claire de son être intérieur, de son âme... Il était confiant, il savait qu'il pouvait tout me dire, et il m'a tout dit. Au-delà de ses... cogitations, si vous voulez, il y avait la question essentielle que chacun porte en soi et dont la réponse demeure réservée, tant qu'on est là pour la poser. »

Il se tasse un peu plus dans son fauteuil et penche la tête en avant. Quand il la relève son regard me sonde un long moment.

« Confus ! il l'était peut-être en effet ? mais essayer de voir clair en soi n'est point chose aisée. Que savent les hommes de leur propre nature, combien vont à travers la vie en se croyant autres qu'ils ne sont en réalité ?... J'ai prié pour lui... La guerre est terrible. Elle tue. Elle peut aussi briser, mutiler, humilier, déshonorer, dégrader avant de tuer. Cette guerre d'Indochine me faisait peur, on racontait tant de choses sur la cruauté des combats là-bas, j'avais peur qu'il perde son âme. J'avais peur qu'il soit amené à commettre des actes... Les journaux parlaient d'atrocités commises de chaque côté. »

(Moi) « Vous n'avez pas tenté de le retenir ? »

« Non... Je l'ai mis en garde. J'ai eu confiance en lui... C'était son affaire, en quelque sorte. Notre affaire, nous savons ce qu'elle est : elle est en nous-même. Elle est pour chacun en lui-même... Ce n'était plus un enfant, il était droit, honnête et propre. J'ai prié avec lui. Et le matin il est parti pour la caserne de Vannes. Les coqs avaient chanté toute la nuit et les chiens aboyé. Et ce matin c'était le silence, le calme. C'est un joli mensonge poétique de dire que le coq chante au lever du soleil... Il m'a dit au revoir, il est monté dans l'autocar et, je ne sais pourquoi, l'inquiétude qui m'avait étreint toute la nuit s'est dénouée, je me suis senti apaisé...

« Non, je ne l'ai pas retenu. J'étais son confesseur, pas son maître... J'ai eu dix-huit ans, moi aussi... La guerre peut être, pour certains, un approfondissement, je le sais...

« J'ai fait confiance aussi aux autorités de la France. Si elles envoyaient là-bas des jeunes garçons se battre il devait y avoir une raison honorable, même si moi je ne la voyais pas clairement... J'ai fait confiance au général qui commandait là-bas, le général de Lattre de Tassigny. Je l'ai connu quand j'étais aumônier. Un chrétien et un homme de devoir. »

(Moi) « Mais Henri Lanvern n'était-il pas un garçon plus fragile que les autres ? »

« Pas plus fragile, plus intense... L'homme est l'être en danger de la création, l'être « risqué » qui a constitutivement une chance de se perdre. Les biologistes d'aujourd'hui rejoignent les chrétiens en cette constatation... S'il n'était pas parti là-bas, Henri pouvait se perdre tout aussi bien... Il a failli se perdre, plus tard, dans l'alcool. »

(Moi) « Je me permets d'insister, monsieur le recteur, mais n'est-il pas écrit : « Tu ne tueras « point », « Qui brandit l'épée périra par l'épée » ? Henri partait là-bas pour tuer, ou être tué. »

Ses gros doigts noués sur le ventre, les yeux mi clos, la tête inclinée de côté ; tout dans son attitude exprime la lassitude. Il plisse les lèvres pour laisser échapper une sorte de sifflement attristé.

« Oui, mon enfant, mais hélas ! qui ne tire pas l'épée périra sur la croix ! Nous l'avons bien vu en 40 !... Laissons cela... « Je ne suis pas venu pour « juger », dit le Christ. Et il a dit aussi : « Rendez « à César... » Aujourd'hui César c'est la République. La part de César c'est ce que le citoyen doit faire. La loi humaine. Henri remplissait un devoir envers la République... Notre part, à nous autres prêtres, n'est pas de juger César. »

(Moi) « Henri n'est pas parti là-bas pour César, vous me l'avez dit, il est parti pour des raisons personnelles. Et je ne suis pas certaine que cette guerre ait été un devoir pour un citoyen fran... »

Je regrette aussitôt mes paroles. Le regard glacial sorti de ce visage massif de vieillard m'arrête net, comme s'il avait crié : « Taisez-vous ! » Pendant un éclair il n'a plus aucune trace de charité chrétienne dans les yeux. Puis sans presque rien changer à son inertie, à sa placidité il a la faculté singulière de faire passer sur ses traits toute une gamme de sentiments. J'ai l'impression que notre conversation ne l'intéresse plus, qu'il n'a plus envie de me parler de Lanvern. Il se tasse davantage dans son fauteuil. Il s'appesantit encore et courbe sa nuque épaisse ; plus bœuf sous le joug que jamais.

« Qu'attendez-vous de moi ?... Un jugement politique sur la guerre d'Indochine ? Je ne suis pas compétent ! »

Il se renferme dans le silence. Son regard ne me quitte pas. Il doit se rendre compte de mon désarroi, car il reprend d'un ton adouci.

« Pourquoi toujours tout juger ? On ne peut que

constater... C'est de l'Histoire, maintenant. L'Histoire de France... Cette guerre comportait, comme toute entreprise humaine, une part de bien et une part de mal. Nous voilà tombés dans la banalité et le lieu commun, à présent !... Il y a une tendance trop marquée de nos jours à tout confondre. La politique et la psychologie notamment... Je croyais que c'était Henri Lanvern qui vous intéressait. Sa vie. Les chemins qu'il a suivis... Henri est parti volontaire pour l'Indochine. Il aurait pu continuer de brillantes études. Il était libre, il n'était pas obligé de devenir prêtre, il le savait. Il n'était pas coincé dans une alternative, il ne s'est pas réfugié sous la protection du sabre pour échapper au goupillon... Henri a agi avec une certitude intérieure, ce n'était peut-être pas logique, ni raisonnable, mais pourquoi vouloir expliquer l'homme uniquement par la logique ? ou bien par l'économie ? ou par la physiologie, la libido et quoi encore ? L'homme est un être infiniment complexe... Quand il est venu me trouver il avait déjà mis le feu à ses vaisseaux. Il jubilait de les voir brûler derrière lui. Si j'avais tenté de le retenir il serait parti quand même, mais je lui aurais rendu les choses plus difficiles. »

Un silence.

« Il avait promis de m'écrire, au moins une fois par mois. Il a tenu sa promesse... J'ai pu suivre son évolution, je n'ai pas perdu le contact. »

(Moi) « Avez-vous gardé ses lettres ? »

« Oui. »

(Moi) « Pourrais-je les voir ? en lire quelques-unes ? »

« Ce ne sont que les remarques d'un jeune garçon... Je ne sais pas si... »

Il ne termine pas sa phrase. Un autre silence. Il donne à son immobilité pesante un air de réticence puis de résignation. Il dénoue ses gros doigts et désigne le buffet clouté de cuivre de sa main droite.

« En haut, au fond, à gauche, une boîte à chaussures. Apportez-la-moi, je vous prie. »

Dans la boîte en carton, il y a plusieurs gros paquets de lettres. Le vieux recteur fouille dans la poche de sa soutane, sort une paire de besicles et les chausse. Il lève un instant les yeux au-dessus des verres pour m'examiner, comme s'il regrettait déjà sa décision.

« Je ne sais si cela est de quelque intérêt pour vous. »

(Moi) « Je ne le connais que par écho, par ouï-dire. Avec ses lettres il n'y a pas d'intermédiaire, c'est ce qu'il a voulu dire lui-même. C'est lui. »

Un silence. Je ne peux guère le presser. Sa placidité s'anime lentement. Il sort le premier paquet de lettres de la boîte ; les enveloppes sont jaunies par le temps, certaines sont chiffonnées, maculées de traces de boue rouge, d'autres semblent délavées par la pluie. Il pousse un soupir, une sorte de grondement.

« Lui, il y a plus de vingt-cinq ans !... Et c'est ce qu'il a voulu me dire, à moi... Mais c'est vrai, c'est lui ! Une part de lui, tout au moins... »

Il écarte plusieurs enveloppes, en choisit une, je n'ai pas l'impression que ce soit au hasard. Ses gros doigts malhabiles sortent la lettre de l'enveloppe, il la parcourt rapidement et commence à lire à haute voix.

EXTRAITS DE LETTRES

> « Méfie-toi de ce que tu souhaites dans ton adolescence parce que tu l'obtiendras dans ta maturité. »
>
> GOETHE.

« *Singapour... Le* Pasteur *mazoute et fait des vivres, entouré d'une multitude de barcasses montées par des marchands chinois et voleurs. Du commerce par va-et-vient de petits paniers. Consigné à bord. C'est la tour de Babel. Plus de cinq mille rombiers : légionnaires, Arabes, Africains ; les Français jouent à la belote.*

L'Asie enfin ! A nous deux !... »

J'ai arbitrairement reconstitué la ponctuation et les paragraphes, car le vieux recteur a commencé par débiter les mots qui composent le texte de ces lettres sur un ton monocorde, ne les détachant que pour reprendre souffle ; du ton qu'il avait sans doute utilisé autrefois pour annoncer du haut de sa chaire : « Lecture de l'épître de saint Paul aux Ephésiens : Paul, apôtre du Christ Jésus, par la volonté de Dieu... »

Néanmoins, peu à peu, lettre après lettre, le ton change, la voix se fait plus nuancée. Il appuie sur certains mots. Il lève même parfois ses gros doigts pour souligner ce qui lui semble important.

A la fin de chaque lecture, il m'observe gravement, avant de choisir avec soin la lettre suivante, je ne sais sur quel critère.

Jamais il n'a indiqué la date à laquelle la lettre dont il me lisait un extrait avait été écrite, mais autant que j'ai pu m'en rendre compte il les choisissait dans l'ordre chronologique. Il n'a fait que de rares commentaires.

« Haiphong... La mer cesse d'être bleue d'un seul coup. Une frange de mousse sale et l'eau devient rouge. Nous remontons le Cua Cam en L.C.I. Des anciens, qui reviennent pour un deuxième séjour, sont penchés sur la rambarde. Ils évoquent des noms exotiques, des lieux de combat peut-être. J'écoute sans rien dire. « La Cat Ba, le Dong Trieu, Sept Pagodes, la Tête de Vipère, la route Mandarine, la Cotonnière de Nam Dinh, Tuyen Quang. » Je vais mettre mes pas dans ceux du vieil oncle Gwenaël, qui est mort là-bas pendant le siège, au siècle dernier. Il y a du typhon dans l'air, paraît-il. Le ciel est jaune, inquiétant, étouffant. Il pleut... »

« ... Cantonné pour la première nuit en Indochine dans un bâtiment de la cimenterie, pas du luxe, de la poussière grise partout. Quartier libre jusqu'à dix heures, deux anciens m'emmènent manger sur le port. J'apprends mon premier mot de vietnamien : « mao len », *vite. « Français toujours dire* mao len ! » *a protesté le cyclo-pousse qui nous transportait. Le cyclo-pousse est un vélo avec un siège pour le passager, comme il y en avait à*

Paris pendant l'Occupation. Je ne sens pas de haine contre nous. Moi je suis un « Français tout neuf » qu'ils prononcent « tout neup ». Le bistrot est plus asiatique que dans tous les films que j'ai vus, il ne manquait que l'arrivée de Humphrey Bogart en smoking blanc au milieu de toutes ces bouilles de petites bonnes femmes fendues d'un sourire laqué de noir. Mes deux anciens se sont amusés à me faire prendre du concentré de piment rouge pour de la sauce tomate locale, les brutes ! Le typhon nous est tombé dessus à minuit, ça vaut les plus grosses tempêtes de chez nous, et pour la pluie n'en parlons pas : on avait de l'eau jusqu'aux genoux dans notre bâtiment de la cimenterie, on aurait pu organiser une compétition de natation...»

« ... Vous aurez moins souvent de mes nouvelles car le facteur ne passe pas tous les matins ici. Après le stage à l'École spéciale de Ty Wan, j'ai sauté, sur un maquis hmong, à la frontière de Chine. Là-haut, ils ont tous des têtes de sherpa Tensing et ils cavalent aussi vite que lui sur les pentes abruptes. Je me demande si je ne préfère pas la montagne à la mer. C'est tellement beau. Les nuits sont magnifiques, les constellations un peu basculées par rapport à la Bretagne. On peut voir Orion et Altaïr et la Croix du Sud, très bas sur l'horizon.

Je comprends la nostalgie des résistants : le maquis c'est le sentiment de la liberté. Je suis épuisé et heureux... »

« ... Ça y est, le fameux baptême ! Je n'ai pas

trouvé le temps d'avoir peur. Je ne me suis ni distingué, ni tout à fait couvert de ridicule. Le patron, un beau brigand, nous a fait manœuvrer comme un artiste. La tactique de la guérilla c'est de céder pour infléchir le mouvement de l'adversaire vers l'endroit où on lui fera mal. Il a eu mal. Mon groupe F.M., que j'ai entraîné moi-même, en a mis quatre au tapis. J'ai voulu aller récupérer les armes et on a failli tomber dans un piège à notre tour. Pas de casse, heureusement. Le patron m'a engueulé sec, il m'a littéralement mâchonné et recraché. Il ne rigole pas, celui-là. J'étais plutôt débilité, mais mes sherpas, mes amis hmong m'ont remonté. Je sais que vous n'aimerez pas, mais je dois vous dire que j'ai fumé de l'opium pour la première fois. C'est un de leurs chefs qui m'a dit de le faire pour me détendre, pour mieux réfléchir. C'est le chef qui préparait mes pipes. Douceâtre, un peu écœurant. J'ai vomi et puis j'ai ressenti un agréable engourdissement des membres. On garde l'esprit très clair, ce n'est pas du tout comme l'alcool. Tranquillisez-vous mon père, je ne recommencerai pas. Là-haut je ne bois pas non plus. On en peut pas à la fois pitonner, picoler et guerroyer... »

« ... *On est au-dessus des nuages depuis trois semaines. En bas c'est la mousson. Les Viets pataugent et se retirent. On avait un peu trop pincé la queue du dragon, comme ils disent ici, mais la pluie le calme sérieusement. Il fait aussi froid que dans les montagnes Noires, du côté de Guiscriff en automne. Le matin il y a même de la glace. On a fait une petite incursion en Chine, ni vu, ni connu, une histoire de relais radio pour renseignements. On a des amis de l'autre côté de la frontière. Je ne me débrouille pas trop mal en dialecte hmong. Ils ne sont pas bouddhistes, ni animistes, ils sont monothéistes comme nous chrétiens, mais leur Dieu est plutôt vague, à ce que je crois comprendre. Le patron m'a à la bonne...»*

«... Hanoi... 71ᵉ compagnie de Q.G. La purge ! Les procès de Moscou ! Pour une pauvre histoire d'opium, je vous expliquerai. On va me refiler à la régulière, aux ratisseurs de delta. J'ai supplié le patron de me laisser là-haut. Adieu à mes sherpas tensing ! Les derniers mois ont été la Gloire Éternelle. Toute la montagne à l'ouest du fleuve Rouge est libre. Balade de Lao Kay à Cha Pa, le Fan Si Pan à plus de trois mille mètres d'altitude, ensuite Bin Lu, Phong Tho, Tsa Ye Pin, un tour en Chine, descente en pirogue de la Nam La jusqu'à Lai Chau, et ensuite la rivière Noire. Regardez sur la carte. Je sais déjà que je ne revivrai plus jamais une aventure pareille et je suis triste. Mes jambes me sont remontées dans le ventre, j'ai la fièvre et un peu de dysenterie...»

« ... Le patron n'a pas été décapité, ils lui ont refilé le 5ᵉ bataillon de para vietnamien. Le 5ᵉ nuoc mam. *Moi aussi. Ma section est commandée par un Viet. Il parle français comme vous et moi, même mieux, son vocabulaire est très choisi. Il est froid comme un serpent, très strict sur la discipline. Je vais regretter mes bons sherpas. Je suis cabot depuis deux mois, autant dire que je suis une légume.*

Un caporal c'est une légume,
Ça chie, ça boit, ça baise, ça fume,
Ça sait même pas signer son nom,
C'est bête comme un cochon,
Caporal con, caporal con, caporal con.

Excusez-moi, mon père, c'est pour vous rappeler de vieux souvenirs de 14-18... »

(Le vieillard me demande aussi de l'excuser, mais en lisant le passage il n'a pu s'empêcher de fredonner la sonnerie et ses yeux brillaient de plaisir. « Rien n'effarouche plus les jeunes femmes d'aujourd'hui », a-t-il dit en souriant.)

« *... Le lieutenant viet est plutôt duraille. J'ai mangé ma brioche là-haut avec mes sherpas, beurre et confiture, maintenant je suis au pain sec et à l'eau. Quinze dont huit, pour une bêtise. Il m'a dit que si je voulais demander ma mutation dans une autre unité il ne s'y opposerait pas. « Ici vous aurez l'honneur de servir le Vietnam et peut-être de mourir pour lui !* » *Il parle le français comme on ne le parle plus et la timidité le rend de temps en temps pompeux. J'ai fermé ma gueule parce que j'avais tort. En attendant il pousse l'entraînement à fond. Il veut que sa section soit la meilleure du bataillon...* »

« *... Maintenant je sais. Trois jours le nez dedans. A la section on a eu cinq tués. Le caporal chef Chauveau, qu'on appelait Veau Froid, le caporal Tran et le caporal T'ich, Lân et le petit An de ma voltige. On a eu de la chance parce que le lieutenant a un instinct de fauve. Le reste du bataillon a plus trinqué que nous. Je ne vous raconte que le plus chaud de l'affaire. Le matin. Crachin. Froid* *de canard. En colonne par un. La rizière inondée et les diguettes noyées ne permettaient pas le déploiement en tirailleurs. Pas un paysan, pas un buffle, pas un oiseau. Comme vous voyez, ça commence bien ! En face la haie de bambous d'un village et planqué dedans le bataillon 89 de la 308, mais on ne le savait pas encore. Il y avait aussi le tombeau d'un notable entre nous et le village, une petite bosse qui émergeait à peine. Chef de voltige, j'étais devant, noblesse oblige ; j'essayais de profiter de l'angle mort du tombeau. Et puis ce qui devait arriver arriva. Tous cloués, le museau au ras de la flotte, par un feu d'enfer qui part de la haie. Ça giclait, ça ricochait, ça claquait. Je ne sais pas comment on a réussi à barboter jusqu'à ce tombeau de miséricorde. Derrière nous la moitié de la section et le reste de la compagnie se repliaient sur la digue du canal. Mais Ky, le lieutenant, et son radio avaient foncé avec nous. On était onze. On a creusé comme des forcenés avec nos baïonnettes, on allait à la rencontre du vieux notable mort, on cherchait l'abri de son caveau, parce que les Viets nous tapaient au mortier. C'est là que le petit An a été touché, il a duré une demi-heure. Notre artillerie s'est mise à matraquer le village sans pour autant calmer les Viets. Ces haies de bambous sont terribles, un tank ne passe pas au travers, et vous pouvez creuser les meilleurs blockhaus dessous. Le Mur de l'Atlantique ! On savait, par la radio du lieutenant, que la situation n'était pas brillante. La 2e compagnie était pratiquement hors de combat à l'est du village, coincée entre deux feux. Les Viets tenaient trois villages en fait. Vers cinq heures de l'après-midi le crachin s'est enfin levé et deux Hellcat de l'Aéronavale se sont pointés avec de grosses bombes de cinq cents livres. Par radio on leur a*

plus triste au monde qu'une bataille gagnée !» Cultivé, notre lieutenant. Il y a du vrai là-dedans !

Excusez l'incohérence de mes propos. On part à l'instant. A bientôt !»

Commentaire du recteur : «Il avait d'abord écrit : «Adieu !» Il l'a raturé et remplacé par : «A bientôt !»

«*Toujours en opération sur le Day. Je n'aime pas la guerre du Delta. Pauvre paysan tonkinois, au milieu de sa rizière froide. Ky, dit Cacao, notre lieutenant, nous évite le maximum de bavures, mais quand même ! Il est bien. On parle, le soir. Il m'a expliqué la vie des villages. L'autorité de l'empereur s'arrête à leurs portes. Chaque village est une sorte de petite république qui s'administre elle-même.*

Le commandant a lu la prière des parachutistes pour nos morts. Je vous la recopie, je sais que vous l'aimerez :

Donnez-moi, mon Dieu, ce qui vous reste,
Donnez-moi ce dont les autres ne veulent pas.
Je veux l'insécurité et l'inquiétude.
Je veux la tourmente et la bagarre.
Que je sois sûr de les avoir toujours
Car je n'aurai pas toujours le courage
De vous les demander.

J'aurais voulu inventer ça moi-même, malheureusement je ne suis pas poète. C'est tellement ce que je ressens. C'est tellement ce que je demande. Tellement ce que je pressens de ma vie...

Car vous seul donnez, mon Dieu,
Ce que l'on ne peut attendre que de soi.

Je l'ai échappé belle. Deux trous dans ma tenue

de combat. Je me sens un peu mal parce que Duc a été tué par une mine. Les deux jambes et le bassin arrachés. Il est demeuré conscient et très calme près d'une demi-heure. Il a parlé avec le lieutenant, il a réglé ses comptes avant de mourir. Je n'ai pu rester près de lui, et pourtant c'était un ami. Je croyais m'être endurci, mais je n'ai pas pu rester! Il ne souffrait pas trop. Il savait qu'il mourait, il voulait laisser ses affaires en ordre derrière lui. Un rombier un peu nerveux avait à moitié bousillé un buffle qui a meuglé horriblement dans la brume jusqu'à ce que qu'on le fasse taire.

Il y avait avec nous pour cette opération un cameraman et un photographe de l'armée. On les appelle « Radar ». Ils se sont approchés de Duc, ils le connaissaient; Duc a déjà trois ans de guerre dans les paras. Ils ne l'ont pas filmé. Je trouve ça bien. L'agonie de Duc lui appartenait, et un peu à nous, ses derniers compagnons. Il est mort les yeux ouverts. L'infirmier ne lui a pas fait de sirette de morphine.

Que sait-on des morts, si ce n'est qu'un jour on leur ressemblera ?

On est restés cinq heures sur place à le garder. Il pleuvait sur nos capotes, il faisait froid ; un ciel gris, l'interminable tristesse de la rizière et des coups de feu lointains. Il faisait si sombre partout qu'on ne savait pas de quel côté arrivait la nuit. On a reçu l'ordre de se remettre en marche. On l'a porté dans une toile de tente. On l'a déposé dans un petit poste au bord du fleuve, on va le laisser là. Un L.C.M. [1] *viendra l'emporter demain. Je confie cette lettre au chef du poste... »*

1. *L.C.M.* : bateau de débarquement d'origine américaine.

Le vieux recteur retire ses besicles. Son regard devient vague et toute sa personne s'imprègne d'une passivité exaspérante. Il remet soigneusement la lettre dont il vient de lire un passage dans son enveloppe. Il finit par lever les yeux sur moi — deux yeux de moine du Moyen Age, implacables et doux. Son silence, son immobilité ajoutent encore un poids à son détachement.

Soudain, avec une vivacité surprenante, il frappe le bord de la table de deux doigts qu'il porte ensuite à son oreille.

Il doit lire en moi l'incompréhension, parce qu'après un temps il dit :

« Faut être au diapason. »

Comme je ne vois toujours pas où il veut en venir, il ajoute :

« Il écrit pour moi, pour moi tout seul. »

Un silence.

(Moi) « Oui, je sais. D'ailleurs vous ne me lisez que des extraits. »

Sans paraître avoir entendu ma réplique, il se penche sur les lettres entassées devant lui. Il tripote un des boutons de sa soutane.

« Il faut savoir régler son poste... Je ne veux pas dire qu'il y ait un code, non, mais un dialogue, une conversation qui se poursuit... Nous sommes présents l'un à l'autre en esprit. Il ne dit pas tout, il suggère seulement. Il sait que je le connais et il me connaît. Il est difficile d'entrer en tiers dans ce genre d'échange et je ne vois pas comment vous pourriez en percevoir les nuances. »

Un silence.

« Je ne suis pas certains que ces lettres vous éclairent beaucoup sur lui. »

Le ton de cette dernière phrase est désabusé, mais le regard reste lourd et dense.

(Moi) « Je le trouve pudique, il ne s'apitoie pas sur lui-même. Je le trouve aussi beaucoup moins émotif et puéril que vous me l'aviez laissé croire. »

Un sourire éclaire son visage.

« Oui, la pudeur est dans sa nature, et la réserve. Mais, croyez-moi, il est plus sensible qu'il ne le laisse paraître... Avant son départ nous avions fait une sorte de pacte, un accord : il me raconterait moins ses émotions ou ses répulsions — que la mémoire conserve toujours profondément, surtout à son âge — mais plus les faits au jour le jour, et ses réflexions sur ces faits — que la mémoire efface progressivement. Un journal intime, un dialogue intime exactement. Je pensais que cela pourrait lui servir de référence, plus tard, quand il reviendrait... Son apparente insensibilité peut vous tromper, elle ne me trompe pas ; il respecte notre contrat...

« Par la suite, quand il a décidé de rester à Saigon, et bien des années après à Paris, et pendant le tournage de ses films à l'étranger, à New York, à Berlin, en Angleterre, il a conservé ce principe... Dans cette boîte, j'ai presque toute sa vie. De 1951 à 1978. Jusqu'à sa disparition en Thaïlande... Le long chemin ! »

(Moi) « Dommage que vous ne me laissiez pas les lire. »

Pour toute réponse, il pousse un grognement et rechausse ses besicles. Distraitement il choisit une nouvelle enveloppe, l'ouvre, parcourt la lettre — ses lèvres bougent, je l'entends marmonner. Puis il la range dans l'enveloppe et en choisit une autre qu'il parcourt à nouveau.

« Ah ! voilà. Il n'écrit pas que des choses tristes, vous allez voir. »

« On est crevés et nos tenues de combat sont des guenilles en lambeaux. Vivement le retour à la base arrière de Hanoi. Crevés mais heureux : pas de perte depuis quinze jours. On a nos petits bonheurs de clochards, une cigarette partagée à trois, un auvent de pagode quand il pleut, parfois un quart de vinogel — du tord-boyaux, trafiqué à mort, parfaitement dégueulasse. « Encore un coup que les boches ne boiront pas », aurait dit le vieil oncle Gwen, celui qui a été fusillé. Lin, notre dernière recrue, un môme malin comme un singe, nous a déniché des « œufs de mille ans », une spécialité vietnamienne peu appétissante mais délicieuse, avec un petit poussin confit dans chaque coquille. C'est encore meilleur avec un zeste de citron et du gros sel. Lin les avait certainement chapardés mais le lieutenant n'a rien dit pour cette fois.

Nous ratissons l'est de l'évêché catholique du Phat Diem en compagnie de tirailleurs algériens. Que d'eau, que d'eau ! La terre molle et mouillée du Déluge ! Le vent est au nord-est, ça sent la marée. Il paraît que la côte gagne un mètre sur la mer chaque année. Ce soir, notre campement ressemble à une chromolithographie d'un de nos vieux livres de voyages de la bibliothèque du séminaire : La Horde barbare. *Tout y est, le ciel jaune, les touffes de bambous, la fumée bleue de nos feux, les chiens furtifs, nos trognes de soudards, un vénérable notable à barbiche sous un parapluie noir entouré d'une partie de ses gens. Il ne manque que le bétail pillé, les têtes coupées de nos ennemis plantées sur des lances, et deux ou trois chameaux si cela existait ici. Il faut ajouter au tableau la parole : le français, le vietnamien, l'arabe ; et toutes les nuances de voix, aigres, suraiguës, gutturales, graves. Et aussi l'aboiement des chiens, et les cris des oiseaux de mer, et le coassement des crapauds-buffles, et parfois le rire d'hommes joyeux.*

A la nuit, les Arabes ont chanté une mélopée qui rappelait toutes les escales faites par leur transport de troupes entre l'Algérie et l'Indochine. Je ne vous cite qu'un refrain, le plus décent, pour ne pas offenser vos oreilles :

Ils sont tous passés par Bangkok,
Z'ont attrapé des gonocoques.
Ah ! comme il est joli,
Mon bourricot la nuit !

Les Vietnamiens du bataillon ont répliqué à leur tour dans un incroyable sabir :

Min hoï, Linh taï beaucoup salaud.
Cassé caï-dit, payé nam sous.

Il est préférable de ne pas vous traduire. Nous, les Gaulois, on a été moins brillants :

D'la campagne d'Indo
J'en ai plein le cul
On n'y boit que d'l'eau
L'Viet nous a biens eus. »

Commentaire du recteur :

« Vous voyez !... Pas de révélation... comme me l'a écrit un jour le père de son capitaine : « Son « éducation ne fait que commencer, le polissage « du jade n'est pas encore achevé. »... »

Un silence.

« Pour moi c'était important... ces petites touches, l'une après l'autre. Goutte à goutte !... J'ai pu suivre son chemin. Il ne me trompe pas, on ne trompe pas son vieux maître... Mais pour vous je ne vois vraiment pas... »

Il réunit en paquet les enveloppes éparses devant lui et les range dans la boîte à chaussures.

(Moi) « Il a été blessé en décembre 53, sur la piste Pavie. Vous a-t-il écrit de l'hôpital, après ? »

Derrière la broussaille des sourcils, le regard gris.

« Oui ».

Son « oui » ressemble à un grondement.

(Moi) « Que s'est-il passé là-haut ? Vous a-t-il parlé de Lin ? »

Un autre grondement. Il ferme la boîte à chaussures.

(Moi) « Que vous a-t-il écrit ? »

Le recteur ne m'a pas quittée des yeux ; il n'y a pas de refuge devant un tel regard. Il ne répond pas. Je viens de poser une question à laquelle il ne peut répondre, je le sais.

Le silence dure.

« Vous cherchez un secret... Une réponse simple ! Le colonel m'avait bien prévenu... Comme si une seule chose pouvait expliquer un homme ! Il n'y a pas de secret, mon enfant... Le seul secret de l'homme est qu'il reste presque toujours une énigme pour lui-même... Pendant cinquante ans, j'ai entendu des confessions, croyez-moi. J'ai assisté beaucoup de moribonds... Rares sont les hommes qui deviennent adultes. Ce sont des enfants qui ont peur... Vous ne trouverez pas ce que vous cherchez, parce que cela n'existe pas. »

Il ferme les yeux un instant.

(Moi) « Henri avait-il toujours peur ? »

« Bien sûr, comme tout un chacun... Mais il ne le montrait pas, comme tout un chacun... Sauf à moi. »

(Moi) « Avez-vous peur, vous aussi, monsieur le recteur ? »

Un silence. Ses yeux sont de verre, avec peut-être

ce souverain reflet que je ne connais qu'au chat.
« Il y a deux mille ans j'ai été sauvé avec la multitude. Je le sais au plus profond de moi-même. Pourquoi aurais-je peur ? de quoi aurais-je peur ? »

Un silence. Il soulève le couvercle de la boîte de carton.

« Henri m'a parlé de la peur. Une seule fois. Après la guerre. Il tournait un film, là-haut, sur les collines. »

Sans hésiter il choisit une lettre.

« ... *J'aime la jungle, j'aime les arbres et j'aime la mousson. Me voilà revenu pour un temps chez mes bons sherpas tensing. Je tourne un film, un film d'une heure, mon premier vrai film. Je devrais être heureux.*

Hier, on a marché pendant vingt-deux heures. Il a plu presque tout le temps, mais quand on est arrivés sur la crête le vent a chassé les nuages et on voyait les étoiles. Le vieux Yao, le chef, nous a accueillis. On s'est réchauffés à son feu. On a mangé et on a bu. Le petit Long est tout de suite tombé dans la soupière, moi je suis sorti pour marcher un peu sur la crête dans les hautes herbes. La nuit était d'une beauté inimaginable. Je pouvais voir au loin à l'est un des sommets de la haute région du Tonkin qui domine la vallée de la rivière Noire. Il faisait froid. J'avais le cœur serré et j'avais peur.

Il y a deux sortes de peur. Quand j'étais sentinelle sur le Tsi Con Ling, à la frontière de Chine, par des nuits pareilles ; quand je me suis évadé, après Dien Bien Phu, tout seul pendant trois nuits pareilles où j'essayais de retrouver mon chemin grâce aux étoiles, j'ai eu peur. C'était une peur simple, une peur merveilleuse, une peur de mammifère, une peur de la chair seule. Un bruit insolite, un silence ; j'étais aux aguets ! Je n'avais peur que de la souffrance, de la faim, de la mort, des bêtes et des hommes. Peut-être aussi un peu de la nuit, comme tous les animaux diurnes.

Mais cette nuit j'ai eu peur d'autre chose. C'était la paix, je retrouvais des amis chers, je tournais mon premier film, et j'avais peur. C'est une peur de l'esprit, une peur d'homme. Je crois que j'ai eu peur de ne pas faire ce que je dois. Peur de désobéir à la Grande Loi. Une Loi éternelle que je ne connais pas, que personne ne connaît, mais dont nous savons qu'elle doit exister. Je connais bien cette peur, je l'ai déjà éprouvée dans mon camp viet. Peur de tomber. Ne pas faire le bien que je suis capable de faire. Vous vous rappelez ma dernière nuit à Saint-Guénolé ? notre discussion sur cette parabole des talents qui n'est que dans un seul Évangile ?... C'est une peur terrible ! C'est peut-être la peur du jugement de Dieu ? Mais vous savez que je n'ai pas la foi, mon père. Je crois au Diable parce que je le sens autour de moi. Je connais la force de persuasion du Mal. Je ne suis pas sûr de croire en Dieu, même le nez en l'air, sous les étoiles... J'ai peur d'être inutile. Accusé de « parasitianisme » comme disait notre chef de camp. Quel jargon !

« On peut avoir peur de ne pas gagner, il ne faut jamais avoir peur de perdre », dit le Tao. Cela ne m'aide pas beaucoup.

Je suis vivant. Je suis un survivant, comme vous le savez. Un survivant est toujours un débiteur.

J'ai une petite crise de palu : ceci explique peut-être cela... »

Commentaire du recteur :

« Après sa captivité, il était en doute de lui-même et sur toute chose... Je lui ai répondu que c'était l'orgueil. On ne se méfie pas assez de l'orgueil, cela passe parfois pour un sentiment noble et c'est en vérité le plus redoutable des péchés, celui qui fait tomber les meilleurs. Je crois aussi que l'orgueil est lié à la peur. Je sais que le plus grand orgueilleux de tous, le prince du Matin, a peur. C'est pour cela qu'il est prosélyte, pour faire partager sa peur... »

Un silence. Il range soigneusement la lettre.

« Ce qui me touche, c'est que toutes les traces sont là — je peux les reconnaître — des traces qu'il va creuser, approfondir, plus tard... Les deux peurs !... La chair et l'esprit !... Quinze ans après il a tourné un documentaire scientifique pour la télévision à ce sujet. J'ai une lettre... Écoutez ! »

« ... C'est un film fascinant. A l'université de Los Angeles, pendant que j'interviewais un biologiste éminent, les sirènes d'une multitude de voitures de police et d'ambulances hurlaient. Il y avait eu au même moment un crime particulièrement odieux. On entendait encore des coups de feu. Le biologiste me parlait tranquillement du mode d'opération de « quelque chose qu'il faut bien appeler la volonté » sur le cortex cérébral et du libre arbitre. Il a conclu en souriant : « Il est possible que l'homme soit une monstruosité biologique, l'admettre franchement est sans doute l'un de nos progrès récents les plus remarquables. Nous avons peut-être été faits fous ! »

Pas très réjouissant, le gaillard ! Et le piaulement affolé des sirènes de police semblait confirmer son diagnostic. Mais ce sont les physiciens qui m'ont entraîné le plus loin. Ils m'ont fait

« Il ne vous surprend pas ? »

Un autre silence.

« Ce garçon que j'aime et que je connais m'a toujours surpris... Il me surprend... Les hommes me surprennent chaque fois... avec leurs petits trésors et leurs grandes misères... »

Un grondement.

« Il va vous surprendre... Écoutez ! »

Il choisit une lettre.

« ... *J'ai perdu ma femme. Je le sais. C'est fini. J'espère conserver la garde du petit.*

Quand je suis arrivé en Indochine, d'abord chez mes sherpas tensing et ensuite au 5ᵉ, j'ai cru que j'étais l'un des leurs, qu'il n'y avait pas de différence. « Les hommes naissent libres et égaux » — un de nos bons vieux principes républicains ! Plus tard j'ai pensé que j'étais au moins une sorte de métis, parce que je les aimais. A la fin, quand j'ai quitté ce pays en 59, j'ai su que je n'étais qu'un étranger ; peut-être, avec un peu de vanité, un des étrangers qu'ils préféraient ! Aujourd'hui je n'ai plus d'illusion.

J'ai perdu ma femme. Beaucoup de par ma faute. Je ne voudrais pas que le petit reparte là-bas avec elle. Lui est un vrai métis. Il est la preuve qu'on s'est aimés, eux et nous. On a besoin de cette preuve ici. Et puis c'est mon fils, je voudrais qu'il devienne meilleur que moi.

Je suis fatigué. Je bois trop. A quoi je sers, si je suis né pour moi seul ?

Je regrette parfois le temps du risque physique dans la sécurité morale, le temps du Delta et le temps de là-haut, même le temps des Cinq Collines. Maintenant je vis dans la sécurité physique, mais je risque mon âme... Pourquoi tombons-nous tous, un jour ou l'autre ?

Vous m'avez dit une fois : « Il n'y a de saint ad vitam aeternam *que les sculptures de pierre ou de granit de nos églises. Nous sommes des hommes, Dieu nous a faits libres ; contre cette liberté lui-même ne peut rien. »*

Ce soir je suis fatigué. Je sais aussi que j'ai gâché mon film, Mort d'un capitaine. *J'ai choisi ce métier de cinéaste parce que je croyais que la distinction entre la vérité et le mensonge ne s'appliquait qu'aux idées, non aux émotions. Une émotion pouvait être futile, superficielle ; elle ne pouvait jamais être menteuse. Mozart ne ment pas, vous le savez. Ma conscience ne m'a jamais menti.*

Ce soir je suis moins sûr. On peut tricher aussi avec les émotions.

Je suis tourmenté jusque dans mes rêves par une fable que j'ai lue. Je rêve qu'un peintre — de la Renaissance peut-être — doit exécuter une fresque de la Cène. Il a trouvé facilement des modèles pour son Christ et pour onze de ses disciples. Il travaille. Les années passent. Il lui manque toujours son douzième apôtre. Judas Iscariote. Il le cherche. Il ne le trouve pas. Judas était quand même un des douze ! choisi par le Christ lui-même ! Et Judas, pris de remords, s'était pendu le lendemain ! Il faut trouver un visage qui suggère cette ambiguïté...

Les années passent. La fresque est presque achevée.

Une nuit que le peintre erre dans les bas-fonds de la ville en quête de son Judas, un ivrogne, chassé à coups de bâton d'un débit de boisson, roule dans le ruisseau. Le peintre se penche, regarde l'homme à ses pieds et reconnaît tout de suite le visage qui le hante. Il le réconforte. Il lui demande de venir dans son atelier. Il lui dit :

« *Lève-toi et suis-moi. Tu es celui que je cherche et enfin je t'ai rencontré. Je te laverai et je te nourrirai. Je te donnerai beaucoup plus que trente deniers.* »

L'ivrogne a un sursaut d'horreur et se tapit plus profondément dans la fange. Puis il se met à pleurer. « *Non, gémit-il, vous ne pouvez pas faire ça. Vous ne pouvez pas, Seigneur...* »

Le glas de l'église de Combrit. Dong !... dong !... dong !...

Le vieux recteur se redresse lourdement, comme un bœuf effaré. Il émet un grondement :

« Ah ! c'est l'heure ! Il me faut y aller... L'avant-dernier soldat de la Grande Guerre. »

Il fait une tentative pour se lever, se ravise et reprend la lettre inachevée.

« Attendez ! »

« ... — *Non, gémit-il, vous ne pouvez faire ça. Vous ne pouvez pas, Seigneur... parce que.. parce que... J'étais votre Christ il y a dix ans* [1]. »

Le glas !

1. Cette fable est citée par Joseph Kessel dans *La Tour des malheurs.*

MONSIEUR LE RECTEUR
(deuxième partie)

LE glas.

On entend aussi des coups de feu tirés par des chasseurs et les aboiements des chiens. Et toujours les cris des mouettes, déchirants comme ceux d'enfants abandonnés.

Le ciel, tendu par la traînée d'un avion long-courrier, est partout du même bleu délavé. Le dur pays breton s'imprègne de lumière blonde et de douceur. La vivacité de l'air donne des impressions de profondeur. Le vent du nord n'a plus un goût de goémon et de sel, mais des senteurs de mousses, de champignons et de feuilles mortes. Il est trois heures de l'après-midi. Je marche en silence à côté de monsieur le recteur qui a mis une pèlerine noire sur sa soutane et s'est coiffé d'un grand béret comme en portent les chasseurs alpins et les bergers des Landes. Il consacre toute son attention aux flaques du chemin de terre. Nous longeons le cimetière.

Le glas.

Les détonations des fusils. Les cris des oiseaux de mer.

Soudain sonne une trompe de chasse dans le lointain. Le mur de l'église nous en renvoie l'écho assourdi. Le recteur s'arrête.

« Écoutez !... C'est un artiste !... Un vieil original qui vit sur la rivière. Il aime les animaux, il croit de son devoir de les prévenir que la chasse est ouverte. »

Il rit, et ses yeux gris sont tout illuminés de joie.

Le glas.

Le galop d'un cheval. Une jeune fille à la longue chevelure rousse retient un instant sa monture.

« Bonsoir, monsieur le recteur, je serai à la messe. Il faut que je me dépêche », crie-t-elle en saluant de la cravache, avant de relancer son alezan d'une pression de bottes.

« Bonsoir, Amélie. »

Le glas.

Sur la place les hommes sont en costume sombre et presque toutes les femmes portent la haute coiffe de dentelle des Bigoudennes.

Le bedeau doit se tromper de manette, parce que tout à coup, sans transition, les cloches carillonnent allégrement, comme un dimanche de Pâques pour annoncer la Résurrection.

Le vieux recteur rit à nouveau.

« Il a peut-être raison, ce n'est pas si triste de mourir après une dure et longue vie de travail, quand on a semé et récolté plus de blé qu'on n'en a mangé. »

(Moi) « Que disait Henri dans sa dernière lettre de Thaïlande ? »

« Il parlait de son film. »

(Moi) « Pas de la recherche de Ky ? »

« Non... Il disait qu'il était heureux... « C'est ce « que j'ai fait de mieux dans ma vie profession- « nelle. C'est un chant d'amour. »... Il me parlait du roi. Il l'appelait son roi de gouttière... Il me parlait de ses « sherpas tensing »... C'est la lettre la plus joyeuse que j'aie jamais reçue... Voyez-vous, quand il est parti pour l'Indochine à dix-huit ans j'ai pensé : ce garçon reviendra parce qu'il a trop de soif de vie en lui pour être tué. Aujourd'hui je dis : il reviendra, parce qu'il a trop de joie en lui pour mourir. »

LE COLONEL
(suite et fin)

« *Mulier, quid ploras ?* »

LE train de nuit de Quimper me ramène à Paris. Il bruine, il fait froid.

Le flot gris des banlieusards mal réveillés dévale les escaliers de la gare Montparnasse. Un sapin de Noël, des guirlandes, de longues files d'attente devant les stations d'autobus, des immeubles noirs et morts, des rues luisantes, le halo blafard des brasseries ; tout cela baigne dans un brouillard un peu jaune. Les lumières de la tour se perdent dans les nuages.

Une immense affiche propose des vacances aux Seychelles : une jeune femme en bikini et un garçon athlétique sur une plage de rêve. Des graffitis obscènes. Des affirmations péremptoires : « Mort à Khomeiny », « Mort au fascisme », « Mort au Shah », « Staline était le plus grand ». Des rendez-vous : « Tous à la Mutualité le 28. » Des inscriptions en arabe aussi, et même en chinois avec la traduction : « Mao est notre père. »

Les titres des journaux ne sont pas plus gais :

guerres, massacres, famines. Trois millions de Cambodgiens seraient déjà morts, tués à coups de bâton. Le Sahel se transforme en désert par la faute des hommes. En France le pouvoir d'achat des travailleurs a baissé de 0,5 %.

Sur les trottoirs les poubelles et les sacs de plastique éventrés s'amoncellent : grève des éboueurs.

Mon chauffeur de taxi a un énorme chien-loup sur le siège à côté de lui.

J'ai rendez-vous avec le colonel à dix-sept heures.

Au neuvième étage du bâtiment blanc de la caserne du boulevard Mortier des hommes sombrement vêtus vont et viennent par deux ou trois dans le couloir, s'ignorant les uns les autres, comme des gens qui se retrouveraient à un enterrement. On me jette des regards furtifs.

Mon cerbère me fait entrer dans une grande pièce.

« Il ne va pas tarder, dit-il. La prière chez le Vieux dure un peu plus longtemps que d'habitude. »

La pièce est parfaitement silencieuse, insonorisée sans doute. Une table de conférence couverte d'un tapis vert avec accrocs, comme un billard de bistrot minable, en occupe le centre. Une dizaine de chaises sont disposées tout autour. Sur un des murs la photo en couleur du président de la République. Sur celui d'en face une hache peinte en rouge dans une boîte en verre, une flèche indique : BRISEZ-LA ; deux seaux peints en rouge aussi, remplis de sable dans lequel sont piqués des mégots ; et l'habituel avis concernant les mesures à prendre en cas d'incendie :

« *1er. Criez : Au Feu !*

2e. Brisez la glace en vous enveloppant le poing d'un mouchoir.

3e. Emparez-vous de la hache... » etc.

L'éclairage est au néon. Derrière les deux fenêtres à double vitrage le brouillard fait un mur gris.

Avec dix minutes de retard, entrée du colonel. Il est toujours aussi gris, aussi austère.

« Excusez-moi, j'ai été retenu en réunion. »

Il va s'asseoir au bout de la table, sous la photo du président.

J'ai soigneusement préparé mes questions. Je branche mon magnétophone. Il braque sur moi son regard de policier et m'arrête d'un geste de sa main valide.

« C'est fini... Il est mort. »

Sa voix vibre d'à peu près autant d'émotion que l'horloge parlante. Je n'ai pas encore réalisé. Son regard est impénétrable. Il insiste.

« Il est mort... Henri Lanvern est mort. »

Il est immobile et digne comme un fonctionnaire, aussi froid qu'un commissaire politique. Un silence.

« Il est mort il y a trois mois. Avant que vous ne commenciez cette enquête. Tout cela n'a plus d'importance maintenant... Je suis désolé qu'on vous ait commandé ce travail. »

Pourquoi cet homme est-il incapable de toute chaleur communicative ? Il doit être aussi froid au-dedans qu'au-dehors.

(Moi) « Je ne comprends pas... Comment ? Depuis quand le savez-vous ? »

« Depuis quelques jours. Nous venons seulement d'en avoir la certitude à l'instant. »

(Moi) « De quoi est-il mort ? »

Il marque une hésitation.

« Les choses habituelles... palu... amibes. Un peu de sa blessure... Les drogues aussi, ils ont amélioré leur arsenal depuis le temps. Il existe des produits chimiques qui provoquent des angoisses insupportables... Il est mort de... misère physiologique et... d'horreur de la vie. »

Sa voix morte me met hors de moi.

(Moi) « Il est mort du cœur. Par amitié... Il est mort à cause de vous. Vous pouvez être fier ! »

Il a presque une réaction de véhémence, son front bombé devient luisant de sueur, mais il garde son masque impénétrable. Pauvre masque usé.

(Moi) « Son vieux recteur disait : « *Il reviendra* « *parce qu'il a trop de joie en lui pour mourir* »... « *comme un rat empoisonné dans son trou* ». La dernière phrase est de vous, colonel. »

Un silence. Je ressens un étrange malaise devant ce regard indéfinissable qui se veut impassible et que je ne peux m'empêcher de trouver au fond usé et las.

Il reprend d'un ton neutre de nécessité officielle :

« Votre enquête n'a plus d'objet. C'est fini... Je vais vous faire raccompagner par une voiture de service. »

(Moi) « Qu'est-ce que cela veut dire ! Ce n'est pas vous qui avez déclenché cette enquête... »

Il me coupe sèchement.

« Si. »

(Moi) « Quoi ? »

« Nous avons créé les... disons, les... conditions favorables pour que... »

(Moi) « Qui, nous ? »

« La Maison, nous. »

(Moi) « Ce n'est pas possible ! Comment ? Pourquoi ? »

« Parce que nous pensions que cela pouvait être utile à Henri. Un document comme le vôtre, complétant le rapport officiel, pouvait devenir un instrument de pression, le cas échéant. La menace d'une campagne de presse... Même le gouvernement vietnamien ne peut y être indifférent. »

(Moi) « Attendez ! Je cherche à bien comprendre. Vous affirmez que c'est vous, que c'est le S.D.E.C.E. qui a suggéré l'idée de cette enquête ? »

« Exactement. »

(Moi) « Et ce serait vous, enfin le S.D.E.C.E., qui m'aurait choisie moi, personnellement, pour la mener ? »

« Oui. Vous étiez un de nos choix, parmi d'autres. »

(Moi) « Incroyable ! Vous voudriez me faire croire que j'ai été manipulée tout le temps ! »

« Non, vous étiez absolument libre. Nous ne pratiquons pas le mensonge et la désinformation... pas dans ce genre de chose en tout cas. Nous croyons que la vérité est têtue. Qu'elle finit toujours par sortir du puits, un jour ou l'autre. Pour chercher la vérité il faut être libre, tout à fait libre. Vous étiez libre, je peux vous le garantir. D'ailleurs vous le savez très bien. »

Toujours cet air impénétrable de bouddha. Un bouddha qui ne sourirait jamais.

(Moi) « Pourtant, colonel, vous m'avez menti. Au moins deux fois. »

« Non... Je ne vous ai pas tout dit. La loi des services comme le nôtre est le secret. Non seulement pendant une opération, mais même après. Il y a des choses que vous ne devez pas savoir. Il en va de la sécurité d'autres opérations futures. »

(Moi) « Vous avez menti, colonel. A notre première rencontre vous m'avez dit que... J'ai tout enregistré. Vous avez dit — je cite : « *Je ne vous « reçois que parce qu'on m'en a donné l'ordre.* »

« Exact. Je n'étais pas partisan de cette enquête. Je n'avais pas confiance en vous. Par la suite j'ai changé d'avis. »

(Moi) « Admettons ! Vous m'avez dit aussi que c'est par hasard, dans la presse, que vous apprenez le tournage du film d'Henri Lanvern dans le nord de la Thaïlande. Or je sais que c'est vous qui avez pertinemment décidé Henri à faire ce film chez les Méo — vos Hmong — et non à Bornéo, chez les Dayak, comme le prévoyait le roman. Cela s'est passé sur une île des Glénans. Encore une de vos subtiles techniques de manipulation ?... Cette fois vous avez laissé des témoins derrière vous. »

Un silence. Le colonel garde la pesante indifférence d'un bouddha, ou d'un commissaire.

« Vous mêlez deux choses... D'abord, c'est vrai, j'ai conseillé à Henri de tourner son film chez les Hmong... Je n'ai pas eu grand mal à le pousser. Il les connaît. Il savait qu'il trouverait là-haut toute la collaboration souhaitable. Nous avions déjà fait un film chez ces gens. Un documentaire... Il faut que je vous explique... Henri disait qu'un film doit avoir une nécessité profonde. Le destin des Hmong !... Le film pouvait les aider, sans rien perdre de sa force romanesque, au contraire. Les aider à faire connaître leurs problèmes au reste du monde, sourd et aveugle... »

(Moi) « Je sais : votre rêve d'une fédération hmong indépendante. Votre baleine blanche ! »

« Appelez ça comme vous voulez... Je reprends... Ensuite, et c'est vrai encore, cette affaire d'évasion de Ky et des autres nous tombe sur le râble. Un an et demi plus tard ! Le film aurait pu ne jamais se faire, ou être terminé depuis longtemps... Coïncidence ? Hasard ?... C'est la vérité ! J'avais presque oublié ce maudit film ! Je vous le dis. »

Il ne m'a pas quittée des yeux. Il m'a convaincue. « *Il ne ment pas, à son niveau on ne ment pas, sauf par omission.* »

Un silence. Ces yeux ne disent rien, mais je suis soudain moins sûre du froid intérieur. Je crois qu'il se protège comme il peut. Je crois que cet homme est très triste et qu'il ne veut rien en laisser paraître. Je crois qu'il force sa nature. Rien ne l'obligeait à me recevoir, après tout. « *Votre enquête n'a plus d'objet.* »

(Moi) « Vous l'aimiez ? »

« Je vous en prie ! »

J'aurais proféré une obscénité, sa réplique n'aurait pas été plus glaciale.

Il se lève avec un air de regret et reprend son ton sinistre de nécessité officielle.

« Je vais vous faire raccompagner. »

(Moi) « Colonel, pour moi cette enquête n'est pas terminée. Vous m'avez dit que j'étais libre. J'ai quelques questions à vous poser. »

Il se rassied.

« Je ne répondrai qu'à celles qui n'ont pas trait à des opérations. »

(Moi) « Long dit que les Vietnamiens savaient très bien qui ils allaient attraper. »

« Oui ».

(Moi) « Ils savaient que c'était Henri Lanvern. »

« Oui ».

(Moi) « Comment le savaient-ils ? »

Un très court silence.

« Je ne répondrai pas à cette question... Vous savez, même le Christ avait un agent double dans son équipe de douze. »

(Moi) « Pourquoi voulaient-ils l'attraper ? »

Un temps de réflexion.

« Plusieurs raisons... D'abord ils se sont trompés sur lui, ils ont cru que... »

(Moi) « Ils ont cru qu'il était du S.D.E.C.E., à cause de votre coup de téléphone à la production. »

« Si vous faites les questions et les réponses !... Vous réagissez exactement comme eux ! Les Viets, les communistes en général, vivent dans un système clos ; ce qu'ils croient la vérité leur fait repousser la vérité même... Il y a autant de crétins chez les communistes que partout ailleurs. Ils procèdent parfois par syllogisme. Vous connaissez ?... « *Ce qui est rare est cher. Un appartement* « *bon marché est rare. Donc un appartement bon* « *marché est cher.* » Absurde !... Ils ont raisonné de cette manière. A leurs yeux Henri ne pouvait être qu'un agent secret... Ils voient le monde à leur image, ils ne pouvaient tout simplement pas concevoir qu'Henri n'était que ce qu'il était. »

Un silence.

« D'autre part le film les embêtait. Ils ont fait une démarche officielle au Quai d'Orsay pour l'empêcher, tout au moins pour qu'il soit tourné à Bornéo chez les Dayak et non chez les Hmong. Ils qualifiaient le projet tel qu'il était de « geste objectivement inamical ». Toujours leur langue de béton !... Bref, ils ont voulu faire d'une pierre deux coups ; en arrêtant Henri ils espéraient bien arrêter le film par la même occasion. »

(Moi) « En quoi donc ce film les embêtait-il donc tant ? »

« Parce qu'il soulève le problème des Hmong... Pour les communistes la direction des masses humaines passe par une uniformisation de leurs comportements. Ce qu'ils appellent le « centralisme démocratique » ! Les Hmong du Tonkin ne se laissent pas uniformiser... Il y a beaucoup de bruit et de fureur en Haute Région. Le film en répercutait l'écho, d'une certaine manière. »

Un silence.

« Par contre, les Chinois y étaient favorables. Depuis la mort de Mao, pour des raisons pragmatiques et d'opportunité, ils en arrivent peu à peu à la conception d'une... relative autonomie de leurs minorités ethniques. Je dis bien relative. Les Hmong sont aussi une de leurs minorités. »

(Moi) « Ne croyez-vous pas que vous exagérez l'importance de ce film ? »

« Je constate. Les Vietnamiens ont peut-être exagéré son importance, ce n'est pas mon affaire, c'est la leur. Ils voulaient arrêter le film, maintenant nous le savons avec certitude. »

(Moi) « Comment le savez-vous ? »

Je sens la tension du colonel se durcir. Il ralentit ses gestes au point de s'immobiliser.

« Je peux vous le dire... Vous n'étiez quand même pas la seule corde à notre arc, vous pouvez l'imaginer... La D.S.T.[1] a capturé un agent du K.G.B. à Marseille, la main dans le sac. Miraculeusement il n'était pas couvert par l'immunité diplomatique, on n'était pas obligés de l'expulser. La D.S.T. nous l'a refilé. Nous avons entamé des tractations discrètes avec les Soviétiques, comme il y en a déjà eu beaucoup. « Votre type contre Lanvern. »... Cela a duré longtemps. Le Vietnam est le moins docile des « pays frères ». Leur orgueil !... Les Russes ont tergiversé : « C'est une affaire purement laotienne », etc. « Non-ingérence »... etc. Et puis... ils tenaient bougrement à récupérer leur type... Ils nous ont proposé un marchandage. Le rapport du chef de leur bureau à Hanoi sur

1. *D.S.T.* : Direction de la Sécurité du Territoire.

Lanvern, sa capture... et sa mort. C'est comme cela que nous avons appris qu'il était mort... Rapport édulcoré, évidemment. Il faut savoir lire entre les lignes. »

(Moi) « Comment savez-vous que ce rapport n'est pas mensonger ? »

Le colonel est absolument immobile, presque pétrifié.

« Nous n'échangeons pas un agent du K.G.B. sans garantie. »

(Moi) « Vous avez échangé cet agent contre ce rapport ? »

« Oui... et quelques autres babioles. Ils tenaient beaucoup à leur type. »

(Moi) « Comment pouvez-vous être si sûr qu'ils vous ont dit la vérité ? »

« Nous avons des moyens de contrôle... dont je ne vous parlerai pas. Mais je peux vous dire qu'ils nous ont donné ce rapport parce qu'il n'avait plus d'importance. Ils savent que le temps passe vite en Occident et que nous avons la mémoire courte. Ils ont attendu le temps qu'il fallait. Aujourd'hui d'autres nouvelles accaparent notre attention... Les Vietnamiens ont lancé une offensive au Cambodge, ils vont prendre Phnom Penh. Les Chinois vont être obligés de réagir. Vous verrez les journaux demain, vous verrez. Je ne crois pas qu'il y ait de gros titres sur la mort de Lanvern... vieille de trois mois, cela n'intéresse plus personne. »

(Moi) « Alors pourquoi avez-vous échangé ce rapport sans intérêt contre cet intéressant agent du K.G.B. ? »

« Parce que je voulais savoir. »

Jusqu'à présent il a toujours dit « nous ». Je voudrais lui demander si c'est lui, lui seul, qui a voulu cet échange, mais je n'ose pas, tant il est raide et froid. Le sinistre éclairage au néon lui donne l'air d'un moribond.

(Moi) « Où Lanvern a-t-il été pris ? »

« A deux jours de marche de la frontière du Laos. En Thaïlande. »

(Moi) « Comment ? »

« Le coup classique. Au moment de sa rencontre avec les évadés, dans une clairière. Un commando bien aiguisé... Les convoyeurs hmong ont résisté. Un petit accrochage. Ils ont été massacrés... Les Viets voulaient Lanvern vivant, mais il avait un revolver, disent-ils. Il se serait défendu et c'est à ce moment qu'il aurait été blessé à la jambe. Ky a été tué dans l'échauffourée. Le cadre blessé a été achevé ainsi que les deux gardes. Un des Viets du commando, blessé par Henri, est mort sur la piste du retour. »

(Moi) « Et ensuite ? »

« La routine habituelle... Le camp de « rééducation » de Vieng Xai au nord-est du Laos. Puis le camp de Muong Pon sur la piste Pavie, au Tonkin. Ils le tenaient à l'écart des autres prisonniers. Interrogatoires en vue du procès de Vientiane. »

Un silence. Le colonel est une statue en pierre grise.

(Moi) « Comment Lanvern s'est-il comporté ? »

« Il ne leur a jamais dit un mot... Il est resté muet. »

(Moi) « Il n'a pas parlé de vous, de Ky ? »

« Non... Une fois dans ses cauchemars, quand ils le droguaient. »

La voix du colonel n'exprime aucune émotion. C'est vraiment une voix morte.

(Moi) « S'il avait accepté de jouer le jeu, de mentir, de dire qu'il était espion, qu'il était passé au Laos et tout ce que les autres voulaient, il aurait été jugé, mais il aurait pu être sauvé, il aurait pu être échangé tôt ou tard. Il le savait, n'est-ce pas ? »

« Oui ».

(Moi) « Et son silence leur faisait croire qu'il avait un secret ? »

Le colonel ne répond pas.

(Moi) « Pour savoir, ils augmentaient les pressions... Ces doses de drogues qui provoquent les angoisses dont vous parliez ? »

« Oui. »

Un silence interminable. Il ne bouge pas.

« Colonel, je vous plains. »

Un autre silence. Il ne bouge toujours pas.

(Moi) « Pourquoi me racontez-vous ça ? Vous n'y étiez pas obligé. »

Il répond très lentement.

« Parce qu'il faut que la vérité se sache... Tout cela n'intéresse personne... Sauf vous... et moi. »

LA HUITIÈME PHOTO

> « Le monde n'a gardé aucun souvenir de son existence ; la miséricorde et la justice le dédaignent. Ne parlons plus de lui ; mais regarde et passe. »
>
> DANTE, *L'Enfer*.

QUAND je l'ai quitté, le colonel m'a tendu une enveloppe.

« Avec le rapport il y avait une photographie. Je vous en ai fait tirer une copie. »

L'image surexposée est de mauvaise qualité. Le visage de Lanvern sous une lumière verticale et dure. On dirait le masque mortuaire d'un Baudelaire décharné.

On ne voit pas les yeux qui sont dans l'ombre dense des arcades sourcilières, comme deux trous noirs. Le creux des joues aussi est noir, et la bouche. Vu de loin c'est une tête de mort. De près on peut reconnaître certains traits caractéristiques : le front, les pommettes, quelques rides, le menton, la pomme d'Adam. Ce n'est pas aussi effrayant à regarder que je ne l'ai craint. Ce masque dégage une impression d'austérité monacale, presque de sérénité. Peut-être parce qu'on ne voit pas les yeux.

« *Il existe des produits chimiques qui provoquent des angoisses insupportables. Il est mort de misère physiologique et d'horreur de la vie.* »

Le recteur a dit : « *Il reviendra parce qu'il a trop de joie en lui pour mourir.* »

TABLE DES MATIÈRES

ŒUVRES DE PIERRE SCHOENDOERFFER

LA 317e SECTION, La Table Ronde, 1963.
L'ADIEU AU ROI, Grasset, 1969.
LE CRABE-TAMBOUR, Grasset, 1976.

IMPRIMÉ EN FRANCE PAR BRODARD ET TAUPIN
7, bd Romain-Rolland - Montrouge - Usine de La Flèche.
LIBRAIRIE GÉNÉRALE FRANÇAISE - 14, rue de l'Ancienne-Comédie - Paris.
ISBN : 2 - 253 - 03079 - 1

30/5713/0

indiqué où on était et Ky leur a dit de taper la haie, juste en face. Beau spectacle ! Le premier zinc est descendu à quarante mètres et a littéralement déposé son bébé dans les bambous. Ky nous a prévenus : « Dès que le deuxième tire son coup on y va ! Baïonnettes au canon ! » L'autre tournait en rond attendant d'y voir clair. Il se décide, pique. Ky : « A l'assaut ! » et il fonce sans se retourner. Là il s'est passé quelque chose d'extraordinaire, mon père. On l'a tous suivi en gueulant, il nous a enlevés. Je voyais cette bombe qui tombait. On a vu l'explosion. De la terre, de la boue, des bouts de bois, des bouts de ferraille dégringolaient du ciel, des bouts de Viets sans doute aussi. On a senti le souffle. C'est dur de courir dans la rizière, dans l'eau jusqu'à mi-cuisse. On ne va pas vite. On n'a plus rien vu dans la fumée de l'explosion. On était à moitié abrutis par la déflagration. On pateaugeait derrière le lieutenant. Il nous a enlevés, comme une grosse lame à la Torche, malgré nous. Quelques instants avant on était recroquevillés dans notre tombeau, gémissant sur notre propre misère !

Les Viets devaient être encore plus abrutis que nous parce qu'on est arrivés sans casse sur la brèche ouverte. On est arrivés là-dedans comme des fous furieux avec nos baïonnettes. On aurait culbuté le diable en personne. Il aurait fallu nous abattre pour nous arrêter. Fous, on était fous. Et en même temps on est restés très professionnels, ma voltige voltigeait au doigt et à l'œil. On n'était plus que dix et on a nettoyé trente ou quarante mètres de haie avant de nous arrêter épuisés, essoufflés, et de nous enterrer pour résister à leur contre-attaque. Le reste de la section n'a pas tardé à nous rejoindre. C'est à ce moment que Veau Froid, T'ich et Lân ont écopé. Toute la nuit on a tenu.

Pas le temps de finir mon récit, on part dans dix minutes.

Trois jours seulement qu'on a chargé, pas eu le loisir d'y repenser beaucoup, je suis encore en pleine digestion, mais il y avait plus dans cette affaire que ce que je vous en ai déjà dit. Je ne voudrais pas me leurrer, je crois qu'il y avait un sentiment de bonheur. On était fous et en même temps on était très attentifs les uns aux autres. Et aussi avec les Viets qu'on a capturés, plus ou moins en mauvais état, faut le dire. Toute la nuit on a tiraillé dans la boue et dans l'eau. L'air sentait la viande, comme l'étal d'un boucher. Les blessés mouraient, les nôtres, les leurs, on ne pouvait pas faire grand-chose. On avait tué sans hésitation et sans remords. On avait été fous, mais après il y a eu aussi comme de la charité. Si la charité est bien l'amour des autres, la conscience qu'on a d'eux en soi-même. C'était à la fois horrible et magnifique.

Je sais que j'ai vécu un moment unique.

Il faut que chacun aille au bout de sa propre nature, coûte que coûte ; courir le risque d'être soi, avoir le courage et la force de jouer cette partie unique, et même de la perdre.

Au matin le bataillon 89 n'était plus là, les survivants s'étaient glissés hors de la nasse. Il ne restait dans le village que nos morts, leurs morts et nous. Plus vingt-huit armes récupérées, rien que pour la section, dont un canon sans recul. On avait quand même gagné ! mais il n'y avait plus la joie sauvage de la veille. On faisait nos comptes. En buvant le café le lieutenant m'a cité une phrase de Wellington le lendemain de Waterloo : « Sauf une bataille perdue, rien n'est

pénétrer à des profondeurs vertigineuses sous la surface de notre monde quotidien, jusqu'à des confins où nos certitudes ne sont plus qu'illusion. Souvent on m'a répété la fameuse phrase de Sir James Jeans : « L'univers ressemble plus à une grande pensée qu'à une grande machine. » Presque tous les savants que j'ai interrogés — et beaucoup avaient reçu le prix Nobel pour leurs travaux — souscrivaient avec prudence à cette conception. L'un d'eux, physicien — prix Nobel, lui aussi — m'a même dit — je le cite intégralement : « Il est possible que le matériau de l'univers soit mental. Quand on plonge dans l'infiniment petit — l'infra-atomique — la matière semble disparaître, muée en énergie qui semble disparaître aussi et au-delà il ne reste que des virtualités, imprévisibles, incertaines, des processus qu'on ne peut plus définir à l'aide de concepts tels que la localisation, la masse, la vitesse, l'énergie — et on n'a toujours pas touché le fond. Cela ressemble... Et c'est la même chose si on s'élève vers l'infiniment grand — le cosmos — dans le domaine des dimensions super-galactiques. »

Je lui ai demandé : cela ressemble à quoi ?

« Je ne sais pas. Ne me faites pas dire ce que je n'ai pas dit... Nous ne savons pas ce qu'est l'esprit, nous ne savons pas comment il est lié à la matière — pas encore. Heinrich Heine raconte quelque part que le monde n'existe que dans le sommeil plein de cauchemars d'un dieu ivre. Un matin il se réveillera, prendra deux Alka-Seltzer et tout sera fini. Les poètes en savent plus long qu'on ne le pense. Peut-être participent-ils mieux que nous à l'harmonie universelle ? Peut-être y a-t-il plusieurs voies qui mènent à la connaissance, la nôtre, et celle des poètes, des mystiques, des prisonniers dans leur cellule, des amoureux, qui

sait ? La rationalité n'est qu'un aspect du monde. L'intuition est souvent plus riche de possibilités que la logique. Illusion ? Nous savons bien, nous autres physiciens, que la solide apparence de ce bureau (il a donné un coup de poing sur son bureau) n'est qu'une illusion. « Nous sommes faits « de la substance des songes[1] », a dit le plus *grand poète de tous les temps. Peut-être ? peut-être ? »*

Le savant qui parlait ainsi avait une carrure de déménageur, un nom russe imprononçable, des mains de pianiste et un esprit facétieux. Il aime aussi écrire des poèmes que ses pairs ne tiennent apparemment pas en grande considération.

J'ai cru comprendre de toute cette enquête qu'il est fort possible que l'esprit et la matière soient un peu comme l'énergie et la matière. $E = mc^2$. *Il faudrait pouvoir observer un événement, ou un être, simultanément dans deux systèmes de référence différents. Des systèmes qui à la fois s'excluent mutuellement et en même temps se complètent. Cela demande une certaine forme de schizophrénie ! Le Yin et le Yang de mon autre bon maître !... « Il n'y a rien hors de l'esprit ; « rien non plus à trouver dans l'esprit », dit le Tao... »*

Commentaire :

« Vous voyez ?... Voilà une face d'Henri Lanvern que vous ne connaissiez pas. »

(Moi) « Non, je ne la connaissais pas, mais elle ne me surprend pas. »

Le recteur me regarde avec stupeur. Je ne sais ce qu'il pense, ni ce que signifie ce regard. En tout cas ma remarque l'a intrigué.

Un silence.

1. Shakespare.